IM SCHATTEN DES SANTA JUSTA

Ferngesteuert

RANDOLF KROENING

Copyright © 2019 Randolph Kroening

All rights reserved.

ISBN-13: 978-1-79292-434-7

Die folgende Geschichte ist – mit Ausnahme der beschriebenen Technologien – durchweg Fiktion. Jegliche Ähnlichkeit mit lebenden oder bereits auf natürlichem Wege verstorbenen oder ermordeten Personen ist nicht beabsichtigt und rein zufällig.

INHALT

Danksagung	i
Erstes Kapitel	1
Zweites Kapitel	27
Drittes Kapitel	54
Viertes Kapitel	84
Fünftes Kapitel	115
Sechstes Kapitel	151
Siebentes Kapitel	176
Achtes Kapitel	207
Neuntes Kapitel	241
Zehntes Kapitel	271
Abschlussbemerkungen	309
Bildnachweis	311
Über den Autor	312

DANKE!

Nachdem ich etwas Angst hatte, dass dieser Krimi zu sehr in das Genre des Sachbuchs abgleiten könnte, danke ich meinen beiden Lektorinnen, meiner Frau Nadja und Anja Schaetzel, diesmal ganz besonders dafür, dass sie mit vielen kritischen Fragen und Kommentaren dafür gesorgt haben, dass eine gewisse Ausgewogenheit herrscht.

Ebenso geht mein Dank an die zahllosen Menschen, die mir mit offenen Worten und einem riesigen Schatz an Insiderwissen bei meiner Recherche geholfen haben, für die das, was ich im Buch beschreibe der Alltag ist, und die meinen höchsten Respekt verdienen.

ERSTES KAPITEL

Donnerstag, 16:13 Uhr

„Ja komm, das zweite Tor hätte aber wirklich nicht sein müssen!", sagte Rodrigo Mendes.

„Was heißt hier: ‚Nicht sein müssen?' Ist doch schon ein Wunder, dass der Torhüter das Tor für die Drachen nicht selbst geschossen hat, so wie der ständig über seine eigenen Füße gestolpert ist", entgegnete Pedro Gomez.

„Ach komm, lass sein!", winkte Rodrigo ab. „Anderes Thema: Was macht der Nachwuchs?"

„Rennt jetzt schon dem Ball hinterher wie Ronaldo", strahlte Pedro.

„Ich habe gesagt: ‚Anderes Thema'!"

„Wie wäre es mit Arbeit?", fragte Pedro und streckte den Arm aus.

Rodrigos Blick folgte dem ausgestreckten Arm und stöhnte. „Echt jetzt? Eine Dreiviertelstunde vor Schichtende?"

Pedro zuckte mit den Schultern. „Wir könnten uns einfach darauf einigen, dass wir beide nichts gesehen haben, die Sonne steht ja auch schon ganz schön tief ..."

„Damit uns vielleicht ein paar Kollegen sehen, uns anscheißen und wir die nächsten paar Wochen unsere Runden in der Nachtschicht in Bairro Alto drehen, uns von versoffenen Engländern, Deutschen und Holländern anpöbeln lassen und an den Oreganotütchen der Drogendealer schnuppern dürfen. Nein danke! Und vielleicht ist er ja auch nur halb so betrunken, wie er aussieht ..."
„Ich weiß, die Hoffnung stirbt zuletzt."
Die beiden Beamten der Lissabonner Touristenpolizei setzten sich langsam in Bewegung in Richtung des etwa vierzigjährigen Mannes, der offensichtlich schwer angeschlagen über den Largo de São Domingos stolperte, direkt auf den kleinen Ginjinhashop zu, in der offenkundigen patriotischen Absicht, sich den Rausch mit einem echten portugiesischen Nationalgetränk wegtrinken zu wollen. Sie waren noch etwa zwanzig Meter entfernt, da begann er mit den Armen zu wedeln, mit Händen, die nach nicht vorhandenen Stützpfeilern und Hauswänden suchten, bis ihm schließlich die Knie einknickten. Vermutlich wäre er hart auf dem Pflaster aufgeschlagen, wenn da nicht eine beherzte junge Frau mit ein paar schnellen Schritten herangetreten wäre, ihn aufgefangen und gegen das halbkugelförmige Denkmal zur Erinnerung an das Massaker an mehreren Hundert Lissabonner Juden im Jahre 1509 gelehnt hätte.

„Danke für Ihre Bemühungen", sagte Rodrigo, der als erster bei dem Denkmal ankam, während er sich noch die vorgeschriebenen Lederhandschuhe überzog. „Aber jetzt treten Sie bitte zu Ihrer eigenen Sicherheit etwas zurück."

Die junge, unscheinbare Frau zögerte einen Augenblick, dann nickte sie, richtete sich auf, trat ein paar Schritte zurück, warf noch einen Blick auf den Mann, drehte sich um und lief langsam davon.

Pedro hatte sich inzwischen neben den Mann gekniet. „Hallo, können Sie mich verstehen?", fragte er, während er dem Mann vorsichtig die Hand auf die Schulter legte. Er zuckte zurück, als der Mann plötzlich dumpf aufstöhnte

IM SCHATTEN DES SANTA JUSTA

und so schnell in sich zusammensackte, dass weder Pedro, noch der schnell hinzutretende Rodrigo eine Chance hatten, ihn davor zu bewahren, von der Schräge des Denkmals abzurutschen und aufs Pflaster zu fallen. Sie knieten schnell nieder und beugten sich über den am Boden Liegenden. Fast gleichzeitig kamen ihre Köpfe wieder hoch, und sie sahen sich überrascht an.

Einige Minuten zuvor

Er wusste genau, was mit ihm passierte. Er wusste nur nicht warum. Er sah, wie die Häuser um ihn herum immer stärker schwankten, die an ihm vorbeilaufenden Menschen waren nur noch bunte Schatten. Seine Hände zitterten wie die eines Drogensüchtigen auf Entzug, seine Füße schienen ihm nicht mehr zu gehören, er fühlte sich erschöpft, schwitzte wie nach einem langen Lauf, und ihm war entsetzlich übel.

Er blieb kurz stehen, zog seinen kleinen Slingbag vom Rücken und begann, halb blind darin herumzuwühlen.

Der Schock nahm ihm den Atem.

Es war weg.

Er hatte die Kontrolle verloren.

Benommen torkelte er weiter. Plötzlich wusste er wieder, wo er war, und seine unkoordinierten Bewegungen bekamen zumindest ein Ziel.

Ginjinha.

Doch sein Körper hatte andere Pläne.

Oder besser: gar keinen Plan.

Er hörte einfach auf zu funktionieren.

Er spürte, wie er beim Fallen aufgefangen wurde, dann war da noch ein kurzer Schmerz am Rücken, in Hüfthöhe. Der Rest waren nur noch dumpfe Geräusche, als hätte man ihm eine dicke Decke um den Kopf gewickelt.

Eine Decke, die ihn zu ersticken drohte.

Er nahm noch kurz wahr, wie jemand mit einer tiefen Stimme zu ihm sprach.

Dann wurde ihm schwarz vor Augen.

Zur selben Zeit

Die beiden Polizisten hatten den Mann inzwischen auf den Rücken gedreht. Pedro hatte sein Funkgerät gezogen, war aufgestanden, ein paar Schritte zurückgetreten und dabei, über die Zentrale einen Notarztwagen zu rufen. Rodrigo hatte den rechten Handschuh abgezogen und presste zwei Finger auf die Halsschlagader des Liegenden. Nichts. „Los! Wiederbelebung!", rief er Pedro zu.

„Lassen Sie mich machen, ich bin Arzt", sagte ein älterer Herr, während er niederkniete, dem am Boden liegenden Mann mit dem Daumen kurz das Lid des rechten Auges nach oben schob und dann sofort mit der Herzmassage begann. „Notarzt?"

„Auf dem Weg", antwortete Pedro. Im selben Moment hörten sie auch schon die Sirene.

Der Arzt richtete sich auf. „Er ist im Koma, Vitalfunktionen sind kaum noch spürbar. Er hat Glück, dass das Krankenhaus gleich hier den Berg rauf ist, vielleicht rettet ihn das ..."

Als der Krankenwagen zehn Minuten später abfuhr, sahen sich Rodrigo und Pedro an. „Denkst du auch, was ich denke?", fragte Pedro.

„Wenn du gerade denkst, dass da eine Menge Papierkrieg auf uns zu kommt, dann ja."

„Wobei ich eher denke, dass sie da im Krankenhaus den größeren Spaß haben werden, wenn sie versuchen rauszufinden, was den Typen derart umgehauen hat. Alkohol war es definitiv nicht, auch wenn er ziemlich zielstrebig in Richtung Ginjinhatränke unterwegs war, aber er hatte nicht die Spur einer Fahne. Apropos." Rodrigo sah auf die Uhr und schielte dann in Richtung des Ginjinhashops. „Eigentlich haben wir ja schon Schichtende ..."

„Und eigentlich haben wir auch noch die Uniform an. Aber die haben hier auch die kleinen handlichen, ungekühlten Wasserflaschen ..."

„Du mich auch ein paar Mal ..."

Donnerstag, 19:23 Uhr

Sie presste die Augen zu. Ganz fest. Als sie nicht mehr unterscheiden konnte, ob die Lichtpunkte, die sie immer noch sah, davon herrührten, dass sie so fest die Augenlider zusammenkniff, oder ob es tatsächlich noch Licht von außen war, zog sie sich ihre Bettdecke über den Kopf und drehte sich zur Wand. Nach einer quälenden Unendlichkeit hörte sie, wie sich die Tür hinter dem Mann schloss.

Sie wartete noch, bis sie ganz sicher war, dass er nicht zurückkam, auch wenn sie eigentlich wusste, dass das nicht geschehen würde.

Er war danach noch nie zurückgekommen.

Noch nie.

Ana hatte gewusst, dass das, was kommen würde, unvermeidbar war. Sie war so müde gewesen, als sie am Nachmittag von der Schule nach Hause gekommen war, sodass sie sich erst einmal komplett angezogen in ihr Bett gelegt hatte. Nur ein paar Minuten die Augen zumachen, bevor sie mit den Hausaufgaben anfangen würde. Mehr als zwei Stunden später war sie aufgewacht, mit brennendem Durst, bunten Ringen, die vor ihren Augen tanzten – und dem Schock, als sie merkte, dass es wieder passiert war.

Panisch vor Schreck war sie aufgestanden, hatte tapfer die sich ihren Hals hoch drängende Übelkeit hinuntergekämpft, sich schnell ausgezogen, das beschmutzte Laken vom Bett gezerrt und war ins Badezimmer zu dem großen Wäschekorb gelaufen, in dem die Schmutzwäsche gesammelt wurde. Dort hatte sie ihre Sachen und das Laken ganz tief unter den anderen Wäschestücken vergraben.

Beim Umdrehen hatte sie gequiekt vor Schreck.

In der geöffneten Badezimmertür hatte ihr Papa gestanden.

Er hatte nichts gesagt. Er hätte auch nichts sagen müssen. Sein Gesicht sprach aus, was er dachte.

Sie war langsam in ihr Zimmer gegangen, immer in der Hoffnung, ihr Papa würde noch etwas hinter ihr her rufen.

Er hatte es nicht getan.

Nur zwanzig Minuten später war er zu ihr gekommen.

Es hatte wehgetan, doch Ana hatte versucht, sich den Schmerz wegzuträumen. Viel schlimmer als der Schmerz war jedoch gewesen, die Tränen ihres Papas zu sehen.

Deshalb hatte sie auch ganz schnell die Augen zugemacht, aus Angst davor, ihren Papa weinen zu sehen.

Jetzt, wo die Tür ihres Zimmers geschlossen und sie wieder allein war, wünschte sie sich, dass sie ihm gesagt hätte, dass das alles nicht so schlimm sei. Dass sie ja schon groß sei und wisse, dass er das tun müsse.

Und vor allem, dass sie ihn trotzdem lieb hatte.

Donnerstag, 20:01 Uhr

Sie saßen sich schweigend gegenüber, jeder in seinem Sessel, jeder mit seinem Laptop auf dem Schoß, den Blick starr aufs Display gerichtet. Carina seufzte gespielt gequält auf, griff nach ihrem Weinglas und schielte unauffällig in Nunos Richtung.

Der blickte nicht einmal auf.

Nein, das hatte sich Carina irgendwie anders vorgestellt, irgendwie ... romantischer. Sie hob den Kopf, holte tief Luft und ...

„Ich hab dir da mal was geschickt", kam es unvermittelt von Nuno. „Ist nur ein erster Vorschlag, aber ich denke, das sieht schon sehr vielversprechend aus."

‚Ich hab dir da mal was geschickt!' Carina schüttelte den Kopf. ‚Danke, Doktor Martins!', dachte sie. ‚Wir sitzen im selben Raum! Wie wäre es denn mit „Ich hab hier was gefunden, komm doch mal rüber und sieh es dir an ..."?'

Sie öffnete ihren Emaileingang. Zwei Emails von Nuno. Sie öffnete die erste. Statt eines ‚Hallo Schatz, schau dir das doch mal an' ein minimalistisches ‚FYI'. Aber wahrscheinlich wollte Nuno nur verhindern, dass Carina vor romantischer Verklärung den Blick fürs Wesentliche verlor.

Sie klickte auf den Link in der Email. Ein Browserfenster öffnete sich, und Carina schnappte nach Luft. War der Doktor jetzt völlig übergeschnappt? Schon fast ängstlich öffnete sie die zweite Email. Als sich das nächste Fenster öffnete, wusste sie, dass sie ihre Frage von eben beruhigt mit einem klaren ‚Ja' beantworten konnte.

„Nuno, das kann jetzt nicht dein Ernst sein, oder? Sag bitte, dass du nur Spaß machst, ja?"

Verwundert hob Nuno Martins den Kopf. „Wieso? Es sollte doch schon etwas Besonderes sein, oder? Ich meine, ich weiß ja nicht, wie oft du noch vorhast zu heiraten ..."

„Nuno ..." Carina suchte krampfhaft nach Worten. „Das letzte Mal, als ich nachgesehen habe, habe ich weder zu irgendeiner königlichen Familie, noch zum diplomatischen Corps gehört. Paços de Conselho! Palácio de Monserrate! Das ist doch ..."

„Na, was schwebt dir denn so vor?", unterbrach Nuno, der sichtbar kämpfte, sich seine Enttäuschung nicht anmerken zu lassen. „Hochzeit am Strand? In *havaianas*? Ich meine, immerhin ist Portugal das einzige Land in der EU, wo das geht."

‚Ich hätte kein Problem mit einer Strandhochzeit', dachte Carina. Laut sagte sie: „Es muss ja nicht gleich der Strand sein, aber ich dachte schon eher an etwas mehr Familiäres. Wie die Kirche ‚Senhora da Rocha' bei Armação de Pêra zum Beispiel. Ich denke auch, dass die völlig ausreichend ist, von meiner Seite kommen schließlich nur meine Mutter, meine Kollegen und ein paar Freunde. Was mich zu der bislang noch gar nicht diskutierten Frage bringt, wer denn deine Gäste sein werden."

Sie sah sofort die Veränderung, die in Nunos Gesicht vorging, und ihr wurde klar, dass sie einen wunden Punkt getroffen hatte. Das Thema Familie hatte er in der ganzen Zeit, die sie jetzt zusammen waren, erfolgreich vermieden. Zu seinem fünfzigsten Geburtstag im letzten Jahr waren auch nur ein paar Kollegen erschienen. Pflichtveranstaltung, denn der Chef hatte geladen. Ein wunder Punkt offensichtlich. Also schnell das Thema wechseln. „Sieh mal, Nuno, eine Trauung und Feier in einem dieser Paläste kostet mit Sicherheit eine unsittliche Summe, das Geld wäre doch viel besser in unserer Hochzeitsreise angelegt ..."

„Lass es doch kosten, was es will!", unterbrach er sie erneut, diesmal deutlich schroffer als vorher. „Ist doch nur Scheißgeld!"

Carina prallte zurück. *Der* Themenwechsel war dann wohl abendfüllend in den Tanga gegangen. Abgesehen davon, dass sie sich gerade nicht sicher war, vor dem Nuno Martins zu sitzen, den sie kannte; demselben, der normalerweise bei jedem Schimpfwort unmerklich zusammenzuckte. „Weißt du was?", sagte sie mühsam beherrscht, zumindest was die Lautstärke ihrer Stimme anging. „Ich habe jetzt keine Lust auf dieses großkotzige ‚Was kostet die Welt, wir haben es doch'. Weil, *wir* haben es eben nicht. *Du* hast es. Es ist mir auch ohne solche Bemerkungen bewusst, dass ich nur einen Bruchteil der Kosten für unsere Hochzeit beisteuern kann!" Mit einem Ruck stand sie auf. „Sag mir Bescheid, wenn man wieder vernünftig mit dir reden kann." Sie drehte sich um und ging ohne zurückzublicken aus dem Zimmer.

IM SCHATTEN DES SANTA JUSTA

Donnerstag, 20:47 Uhr

Inês Almeida Jardim hatte die Wohnungstür noch nicht ganz hinter sich geschlossen, da nahm sie auch schon diesen unverwechselbaren Geruch wahr. Eine Mischung aus Schweiß, dem kalten, schlecht verborgenen Rauch einer heimlich am offenen Fenster gerauchten Zigarette und, als sie sich dem Wohnzimmer näherte, auch unverkennbar Alkohol.

Ihre Bewegungen wurden unwillkürlich langsamer, so als wollte ihr Körper ihr helfen, das Unvermeidliche noch ein ganz klein wenig zu verzögern. Ihr Atem begann flacher zu gehen. Als sie die angelehnte Wohnzimmertür erreicht hatte, war sie kurz davor zu ersticken.

Sie legte die Hand auf die Klinke und schob die Tür auf.

Ihre Vorahnung hatte sie nicht getäuscht.

Mário saß zusammengesunken in seinem Sessel, die einzige Beleuchtung des Zimmers war das blassblaue Flimmern des Fernsehers, in dem irgendeine unsägliche Talkshow lief, was ihr sagte, dass ihr Mann den Fernseher nur eingeschaltet hatte, um nicht in völliger Stille und Dunkelheit zu sitzen.

„Hallo", sagte sie mit heiserer Stimme.

Mário hob müde den Kopf. „Hallo."

„Wie war dein Tag?" Eine Höflichkeitsfloskel, auf die sie keine erschöpfende Antwort erwartete. Beziehungsweise eigentlich insgeheim hoffte, keine zu bekommen.

„Wie immer." Die unverbindliche Antwort eines Mannes, der nichts zu sagen hatte.

Oder nichts sagen wollte.

Inês holte tief Luft. „Was macht Ana?"

Mário zuckte mit den Schultern. „Was soll sie schon machen? Ist in ihrem Zimmer und schläft. Sollte sie zumindest um diese Zeit." Er ergriff das Brandyglas, das neben ihm auf dem kleinen Beistelltisch stand, stellte fest, dass es leer war, langte nach unten, wo sich neben dem Sessel die

Flasche CRF Aguardente Velha versteckte, und schenkte sich großzügig nach.

Inês zwang sich, ruhig zu bleiben. „Hast du schon etwas gegessen?", fragte sie.

„Das Bisschen, was ich heute noch essen würde, kann ich auch trinken", kam es zurück. „Möchtest du auch einen?"

Inês biss sich auf die Unterlippe, um nicht laut loszuschreien. Sie atmete schwer.

Nach endlosen drei Sekunden wandte Mário den Blick von ihr ab, nahm einen Schluck aus seinem Glas und stierte mit leerem Blick in den Fernseher.

Wie betäubt wandte sich Inês ab, mit einer leichten Übelkeit kämpfend. Fast schon wie ferngesteuert ging sie aus dem Wohnzimmer direkt ins Bad. Ihr Inneres schrie sie an, es nicht zu tun, doch sie konnte nicht anders und öffnete den Korb für die Schmutzwäsche.

Im nächsten Moment wünschte sie sich, sie wäre blind.

Sie setzte sich mit vor die Augen gepressten Fäusten auf die Toilette.

Nicht schon wieder!

Alles in ihrem Kopf verengte sich. Sie verspürte plötzlich einen stechenden Schmerz im Nacken, der sich langsam aber unaufhaltsam über ihr gesamtes Hirn ausbreitete.

Ein Schmerz, der ihren ganzen Körper zu durchdringen drohte, als sie die Schritte hörte, die vom Wohnzimmer aus den langen Korridor entlang zum Kinderzimmer liefen.

Donnerstag, 21:14 Uhr

WAS. WAR. DAS. DENN. JETZT. HIER?

Fassungslos starrte er auf die lange Schlange der mit vollgepackten Koffertrolleys wartenden Reisenden, von denen einige den Eindruck machten, als hätten sie ihren halben Hausrat aus der Heimat dabei.

IM SCHATTEN DES SANTA JUSTA

Oder, mit Blick auf einige der in der Schlange Stehenden, mit eindeutig afrikanischem oder chinesischem Ursprung, wahrscheinlich sogar den ganzen, die hier, am „Nichts zu verzollen"-Durchgang des Lissabonner Flughafens vor ihren persönlichen „Point of no return" erreicht hatten. Oder auch den „Point of ganz schnell return", je nachdem, was die Zollbeamten aus dem einen oder anderen besonders gewissenhaft mit Folie eingewickelten Gepäckstück – nicht selten nur einem einfachen Karton – zogen. Das war bei diesen Menschen ziemlich sicher noch nicht einmal irgendein halb- oder ganz toter Kadaver eines auf der Liste der geschützten Arten stehenden Tieres, zum Weiterverkauf zu Liebhaberpreisen, sondern eher die Warenerstausstattung eines geplanten legalen oder vielleicht auch etwas weniger legalen gastronomischen Familienbetriebs.

Das wäre ja auch eigentlich gar kein Problem, wenn die Lissabonner Zollbehörden den grünen Ausgang nicht zwischenzeitlich vom quasi unbeschränkten Durchgang mit gelegentlichem Eingreifen von der Seite zu einem „Bitte warten – Sie werden platziert" Etablissement umfunktioniert hätten. Warten, bis man durchgewunken wurde. Am Zoll! Ein Traum nach so einem Tag ...!

Ihm war heiß, der Schweiß lief ihm über die Stirn und den Rücken hinunter, und er hatte das Gefühl; zu riechen wie ein Iltis. Ungeduldig rückte er Schritt um Schritt vor. Vermutlich wäre auch alles noch etwas schneller gegangen, wenn denn da nicht die heimgekehrten Portugiesen wären, die mit vor das Gesicht gehaltenen Mobiltelefonen, auf deren Displays sie wie hypnotisiert starrten und Schrägstrich oder hektisch irgendwelche Nachrichten tippten, was sich naturgegeben auf die Koordination der Beinbewegungen auswirkte.

Er atmete tief durch, als er endlich die überdimensionale Werbung für irgendeine Edeluhrenmarke rechts liegen lassen und durch das Glastor in die Freiheit der Ankunftshalle des Lissabonner Flughafens „Humberto Delgado" treten durfte.

Sofort umfing ihn ohrenbetäubender Lärm, der ihn an seine letzte Ankunft auf dem Aeroporto Internacional de Maputo erinnerte, wo ihn der afrikanische Dschungel von der Geräuschkulisse her auch bereits innerhalb des Flughafengebäudes empfangen hatte.

Und bei allem Familiensinn: Konnten die großen Wiedersehensfeiern nicht vielleicht auch in einem anderen Teil der Halle und nicht direkt hinter dem Zugang in dieselbe stattfinden ...?

Als er endlich den Ausgang der Ankunftshalle erreicht hatte, sank seine Stimmung angesichts der Schlange am Taxistand auf den Nullpunkt. Dort traf sie sich etwa fünfundzwanzig Minuten später mit der Stimmung des Taxifahrers, als er dem seine Zieladresse – das Memmo Alfama Hotel – nannte, natürlich mit Anweisungen hinsichtlich der Route, um sich nicht noch eine überteuerte Grand Tour de Lisbonne mit einem schweigsamen, aber geschäftstüchtigen Stadtführer einzuhandeln.

Während das Taxi durch das nächtliche Lissabon rollte, zog er sein Mobiltelefon aus der Tasche. Er wählte eine Nummer aus der Kurzwahl. Nach nur einem Klingeln wurde auf der anderen Seite abgenommen. „*Sim?*"

„*Jeg ankom*", antwortete er. „In zwanzig Minuten bin ich im Hotel."

Auf der anderen Seite startete ein Redeschwall in einer Lautstärke, dass er das Telefon gute dreißig Zentimeter von seinem Ohr entfernt hielt und immer noch jedes Wort glasklar verstand. „Ist ja gut!", unterbrach er schließlich. „Kein Grund zur Panik. Ich bin ja hier. Ab jetzt übernehme ich, okay?"

Ohne die Antwort auf der anderen Seite abzuwarten, legte er auf und steckte das Mobiltelefon wieder in seine Jackettinnentasche. Er lehnte sich zurück und ließ das nächtliche Lissabon an sich vorbei gleiten.

Er war unglaublich erregt, aber es fühlte sich gut an.

Zur selben Zeit

Er saß an seinem Schreibtisch, die mit dunkelgrünem Leder bezogene Oberfläche erleuchtet durch die Bankerlampe mit Messingfuß und grünem Lampenschirm, die einzige Lichtquelle im großzügig bemessenen Arbeitszimmer, und starrte auf den Bildschirm ohne wahrzunehmen, was dieser gerade anzeigte. Durch die nur angelehnte Tür lauschte er angestrengt in das Dunkel, in dem der Rest der Wohnung verborgen lag.

Doch da war nichts.

Nicht, dass er etwas erwartet hätte. Die Ansage von vorhin war ja klar und deutlich gewesen. Er war derjenige, der den nächsten Schritt tun musste.

Aber nicht mehr heute Abend.

Nuno Martins klickte auf das kleine iTunes-Symbol im Dock seines MacBook Pro, langte nach vorn und betätigte den Einschaltdrehknopf am Subwoofer der futuristisch aussehenden Harman Kardon SoundSticks III Lautsprecheranlage. Die blauen LEDs leuchteten auf. Er scrollte durch seine Playlisten und entschied sich schließlich für Gordon Haskells „Harry's Bar". Nur einen Augenblick später erstickte der satte Klang der mit leichten Piano- und Saxophonklängen unterlegten rauchigen Stimme die unerträgliche Stille.

Apropos Bar. Nuno stand auf, lief zu dem kleinen, passend im Stil des Schreibtisches aus dem neunzehnten Jahrhunderts gehaltenen, mit kunstvollen Schnitzereien versehenen Eckschränkchen, auf dem seine Sammlung edler Spirituosen stand, von denen er sich seiner Erinnerung nach keine einzige Flasche selbst gekauft hatte. Er zögerte einen Moment. Dann nahm er eines der geschliffenen Nosing Gläser, stellte es vor sich ab, griff nach der Flasche Talisker Dark Storm, die 1-Liter Duty Free Abfüllung, noch immer in der geheimnisvoll in Blau-, Grau- und Weißtönen mit etwas Silber gehaltenen Box und noch genauso versiegelt wie an dem Tag, an dem er sie letztes Jahr zu seinem fünfzigsten Geburtstag von einem ehemaligen Studienkollegen geschenkt bekommen hatte. Er öffnete die Versiegelung, zog den Korken heraus und goss sich etwa einen Fingerbreit in das Glas. Wieder zögerte er, dann fügte er weitere zwei Fingerbreit hinzu.

Er ging zurück zu seinem Schreibtisch, ließ sich in seinen bequemen Sessel fallen, nahm einen tiefen Schluck und schloss die Augen, während er das scharfe, aromatische Getränk mit der Zunge in seinem Mund rollte.

Er lehnte sich nach vorn und öffnete das Fenster mit den Fotos vom Palácio de Monserrate.

Er nahm noch einen Schluck Whiskey, obwohl er die Wirkung des ersten schon jetzt spürte.

Er starrte auf das Bild vom Pátio des Palastes. Und plötzlich begann sich der prunkvolle Innenhof vor seinem inneren Auge mit Menschen zu füllen. Da waren seine Kollegen, Sara und ihr Freund, Bruno, Kendra, Carla, und natürlich Carinas Mutter. Immer mehr Menschen tauchten auf, doch sie alle gehörten irgendwie zu Carina.

Nuno Martins wurde klar, dass am Tag seiner Hochzeit kein Mitglied seiner eigenen Familie anwesend sein würde.

Seine Familie existierte nicht mehr.

Zumindest nicht für ihn.

Donnerstag, 22:34 Uhr

Mit einer für portugiesische Verhältnisse unglaublichen Vorsicht bog das Taxi in die Gasse ein, wobei ihm optimistisch fünfundzwanzig bis dreißig Zentimeter Spielraum zwischen seinen Außenspiegeln und den Häuserwänden blieben. Dass die Gasse mit grobem Kopfsteinpflaster versehen und entsprechend uneben war, erleichterte das Ganze auch nicht gerade, was den Fahrer bei jedem Vor- und Zurücksetzen fluchen ließ. Dann hielt der Wagen abrupt an.

Aksel sah auf und aus dem Wagenfenster. „Ich sehe keinen Hoteleingang", sagte er.

Der Taxifahrer zuckte mit den Schultern. „Weiter geht es nicht. Hotel ist die Gasse hier weiter runter."

Aksel starrte ihn an. „Echt jetzt? Und wofür dann der ganze Zirkus mit dem Einparken hier?"

Der Taxifahrer hob den Zeigefinger. „Deshalb."

Aksel hatte gerade den Mund geöffnet und Luft geholt, da hörte er, wie hinter ihnen eine dieser urigen Straßenbahnen die Straße hinaufpolterte, von der sie gerade abgebogen waren. Er winkte ab. „Wieviel?"

„Zwölf fünfundfünfzig."

Aksel reichte dem Fahrer einen Zwanzigeuroschein. „Fünfzehn. Und eine Quittung bitte", fügte er hinzu, um das Glück des Mannes an diesem Abend vollkommen zu machen.

Wenig später stand er an der Rezeption des Memmo Alfama Hotels. „Sie haben eine Nachricht, Senhor Nysgård", sagte der junge Mann hinter dem Tresen und überreichte ihm einen mit dem Hotellogo versehenen Umschlag. „Die Senhora ist übrigens noch nicht eingetroffen."

‚Das ist auch ganz gut so', dachte er. Das letzte, was er jetzt wollte, war, ihr durchgeschwitzt, wie er nach dem Flug war, und mit einem mörderischen Druck auf der Blase gegenüberzutreten. Er schob dem jungen Mann einen Zehneuroschein über den Tisch. „Wenn Sie bitte kurz durchklingeln könnten, sobald die Senhora auf dem Weg nach oben ist ..."

„Selbstverständlich."

Wenig später betrat er sein Zimmer, ein mit schlichter Eleganz eingerichteter so genannter „Terrace Room", und öffnete die Tür zur Terrasse, die er sich mit den daneben liegenden Zimmern teilte und von der man, im roten stylischen Flechtwerkstuhl unter einem ebenfalls roten Sonnenschirm sitzend, einen atemberaubenden Blick über die Alfama und auf den Tejo hatte.

Doch Aksel war nicht wegen der Schönheit Lissabons bei Nacht hierher gekommen. Schnell verstaute er seine Sachen in den für Gäste mit längeren Aufenthalten etwas unterdimensionierten Schränken, erklärte die Duty Free Tüte, in der er sich eine große Flasche Beluga Vodka zu einem im Vergleich zu Norwegen lächerlichen Preis mitgebracht hatte, zum provisorischen Schmutzwäschebeutel und stopfte alles, was er gerade trug, mit Ausnahme seiner Jeans, hinein. Dann ging er in die Dusche und genoss das Gefühl, als das heiße Wasser auf seinen Körper prasselte.

Mit dem Badetuch um die Hüften gewickelt kam er fünfzehn Minuten später wieder aus dem Badezimmer – gerade rechtzeitig, um das Klingeln des Zimmertelefons zu hören.

„Ja?"

„Die Senhora ist auf dem Weg nach oben."

„Danke."

Er blickte kritisch an sich herunter. Gut, dann musste es eben so gehen, auch wenn das unter Umständen die falschen Signale sendete ...

Ein lautes Klopfen an der Tür riss ihn aus seinen Gedanken. „Komme!"

Die junge Frau war fast genauso groß wie er. Sie trug diese Art Jeans, die nur ganz knapp auf der Hüfte saßen, ein kurzes, tief ausgeschnittenes hellgelbes Top, das den Bauchnabel mit einem Piercing frei- und darüber hinaus keinen Zweifel daran ließ, dass sie auch sonst sehr sparsam mit Unterwäsche umging, darüber eine schwarze Bolero-Jacke. Sie schien kein Make-up aufgelegt zu haben, ihre halblangen schwarzen Haare wirkten etwas zerzaust, ihre völlig aus dem Rahmen fallenden hellblauen Augen funkelten. Lediglich ihre etwas flache Nase verriet, dass sie irgendwo afrikanische Wurzeln hatte. Sie sah ihn einen Augenblick lang von unten bis oben an und zog die Augenbrauen hoch.

Dann gab sie ihm eine klatschende Ohrfeige. „Wage es nicht noch einmal, mich so lange hinzuhalten!", zischte sie.

Aksel musste sich eingestehen, dass er wahrscheinlich massiv abbaute. Er hatte den Schlag noch nicht einmal im Ansatz kommen sehen. Aber er kam nicht dazu, weiter darüber nachzudenken, denn genauso unerwartet erhielt er plötzlich einen heftigen Stoß vor die Brust, sodass er rückwärts ins Zimmer zurückstolperte und dabei auch noch das Badehandtuch verlor.

Er beschloss, dass es das Risiko nicht wert war, sich danach zu bücken und dabei mit dem Gesicht in gefährliche Nähe zu ihren Knien zu geraten. Stattdessen stellte er sich breitbeinig hin und verschränkte die Arme vor der Brust. „Dir auch einen schönen Abend", sagte er. „Und danke der Nachfrage, ich hatte einen guten Flug."

Sie machte zwei schnelle Schritte auf ihn zu.

Er widerstand dem Drang zurückzuweichen. Das hätte ohnehin bedeutet, nackt, wie er war, auf die Terrasse hinauszutreten.

„Wann?", fragte sie mit gefährlich leiser Stimme. „Und komm mir jetzt nicht wieder mit irgendwelchen Ausreden. Wir hatten eine Vereinbarung. Also?"

Er atmete tief durch. Er fluchte innerlich, als er spürte, dass die Erregung südlich seines Bauchnabels in Anbetracht der Situation unangemessene Folgen hatte. „Noch in dieser Woche, versprochen."

Sie sah ihm einen Moment lang tief in die Augen. Dann landete ihre Hand erneut klatschend auf seiner Wange.

„Wofür war das denn jetzt?", fragte er überrumpelt.

„Damit du es nicht wieder vergisst", antwortete sie. Blitzschnell glitt ihre Hand nach unten und umfasste seine inzwischen voll aufgerichtete Männlichkeit. „Und jetzt fick mich endlich!"

Zur selben Zeit

Er hörte, wie sie versuchte, ruhig und gleichmäßig zu atmen um ihm vorzuspielen, dass sie schlief. Sie war gut darin, andererseits übte sie das ja auch schon eine ganze Weile, um ihn von sich fernzuhalten.

Wie gesagt, sie war gut darin. Nur hin und wieder schluckte sie. Schlafende schlucken nicht.

Es drängte ihn, sich auf die Seite zu drehen und seinen Arm um sie zu legen. Gleichzeitig wurde ihm bewusst, dass sein nackter Körper mit einem dünnen Film kalten Schweißes überzogen war, dass sein Deo schon vor Stunden aufgegeben hatte und er unter den Achselhöhlen und im Schritt wahrscheinlich roch wie ein Raubtierhaus. Von seiner Alkoholfahne ganz zu schweigen, wobei die den Gesamteindruck seiner Körperausdünstungen wahrscheinlich eher noch verbesserte.

Aber er wollte diese Frau. Seine Frau. Er wollte sie so sehr, dass er seinen desolaten Zustand einfach ausblendete.

Mário spürte schon bei der ersten Berührung, wie sie sich versteifte. „Inês, bitte ...", flüsterte er. „Ich bin doch dein Mann ..."

Genervtes Schnaufen antwortete ihm.

In Mário erwachte der Trotz. Er ließ seine Hand erst nach unten und dann unter ihr T-Shirt gleiten.

Sie warf sich herum und stieß ihn von sich. „Lass das!", fuhr sie ihn an. „Geh weg! Du stinkst! Und überhaupt, was soll das? Du kriegst doch sowieso keinen hoch!"

Als hätte er einen Faustschlag in die Magengrube erhalten, ließ er sich zurücksinken, wandte sich von Inês ab und rollte sich wie ein Baby zusammen. Was ihn an der ganzen Situation am meisten verletzte, war, dass seine Frau recht hatte. Er war bei allem Verlangen noch nicht einmal im Ansatz hart geworden.

Was vermutlich an Bildern lag, die sich in seinen Kopf schlichen, sobald er sich nicht stark genug zwang, an etwas anderes zu denken.

Er setzte sich auf, schob seine unendlich schweren Beine aus dem Bett und stand auf. Er griff nach seiner Unterhose, die er vorhin achtlos auf den Fußboden des Schlafzimmers hatte fallen lassen und stieg hinein. Er ging in die Küche, öffnete den Kühlschrank, nahm eine Wasserflasche heraus und trank ein paar tiefe Züge. Er stellte die Wasserflasche wieder in das Türfach und zögerte einen Augenblick. Dann griff er kurz entschlossen nach der Flasche Croft White Port, zog den Korken heraus und trank gierig. Noch mit geöffneter Kühlschranktür stand er einfach nur da und wartete auf die Wirkung des Alkohols.

Er schaltete das Licht in der Küche aus und trat in den Korridor. Schon fast mechanisch wandte er sich nach rechts in Richtung Wohnzimmer, wo er sich wie so oft auf dem Sofa zusammenrollen und in eine Decke gewickelt schlafen würde. Doch als er am Kinderzimmer vorbeilief, wurden seine Schritte auf einmal langsamer.

Und ohne dass er es kontrollieren konnte, blieben seine Füße einfach stehen, und seine Hand legte sich auf die Türklinke ...

Juni 1988

Er zuckte zusammen, als er plötzlich auf dem Flur draußen lautes Gekreische und Gekicher hörte, gefolgt von einigen ebenso lauten, gespielt bedrohlich klingenden Sätzen in einer tieferen Stimmlage, das ganze begleitet von dem Klatschen unüberhörbar nackter Füße.

Gut, dass man Nacktheit ansonsten nicht hören konnte.

Genervt zog er das Buch, das vor ihm lag, näher zu sich heran und stützte seinen Kopf auf beide Hände, mit denen er sich gleichzeitig die Ohren zuhielt.

Es half nicht viel.

Schon gar nicht, wenn er hin und wieder die rechte

Hand herunternehmen musste, um sich Notizen zu machen.

Dann trat auf einmal Ruhe ein. Erleichtert nahm Nuno auch die linke Hand wieder herunter und atmete tief durch.

Im nächsten Moment wünschte er sich fast das Kreischen und Trampeln von vorhin zurück. Das war allemal noch erträglicher gewesen als das rhythmische Stöhnen und Quieken, das jetzt durch seine geschlossene und immerhin recht massive Zimmertür drang. Also hatte sein Bruder entweder seine eigene Tür mal wieder aufgelassen oder aber er probierte mit seiner neuen Eroberung gerade neue Stellungen und Plätze im Treppenhaus aus.

Nuno Martins unterdrückte den starken Drang aufzustehen, in den Flur hinauszutreten und dort für einen *coitus interruptus* zu sorgen. Stattdessen stand er auf, ging zum Wandregal, auf dem seine fast noch brandneue und unsittlich teure Stereoanlage der Marke „Technics" stand, öffnete die Abdeckung des Plattenspielers, dreht sich zur Seite, zögerte einen Augenblick, zog erst Vivaldis „Vier Jahreszeiten" aus dem Schallplattenschieber, die er jedoch nach einem rauen Röhren seines Bruders, das an das eines brünftigen Elches erinnerte, entschlossen wieder zurückschob und stattdessen nach Pink Floyds Doppelalbum „The Wall" griff. Als die ersten Takte des ersten Tracks „In The Flesh" er- und dank der massiven 110 Watt Boxen die Kopulationsgeräusche draußen übertönten, ließ er sich wieder in seinen Schreibtischsessel fallen, schloss für einen Moment die Augen und ließ sich von den schweren Bässen durchdringen. Dann lehnte er sich wieder nach vorn und begann weiter zu lesen.

Nach fünfzehn Minuten schrak er zusammen, als plötzlich die Tür aufgerissen wurde. Er fuhr herum. Sein Bruder Eduardo stand splitterfasernackt an den Türrahmen gelehnt; mit der linken Hand kratzte er sich die haarige Brust, die rechte hielt eine Tequilaflasche.

„Auf das Leben und auf die Frauen. Und auf den Alkohol und die sonstigen Genüsse dieser Welt!", prostete er Nuno zu. Dann hielt er ihm die Flasche hin. „Du auch?"

„Was willst du?", fragte Nuno ungehalten, während er mit der Fernbedienung die Lautstärke herunterdrehte. „Ich habe zu tun." Demonstrativ legte er die rechte Hand auf das vor ihm liegende geöffnete Buch.

„Du bist ein Scheißspießer und Langweiler!", antwortete Eduardo mit einem deutlichen Schlurren in der Stimme. „Dann werde ich dich jetzt gar nicht erst fragen, ob du Lust auf einen Dreier hast. Luisa oder Rita oder Susana oder wie auch immer ist immer noch rollig wie ein ganzes Tierheim, und ich brauche dringend mal einen Schongang. *Sharing is caring*, du verstehst?"

„Du bist so ein ignorantes, respektloses Arschloch ..."

„Und du eine verschissene Jungfrau, die irgendwann mal eine ihrer Leichen auf dem Seziertisch vögeln wird, weil das die einzigen Menschen sind, die du nicht mehr zu Tode langweilen kannst."

Nuno wandte sich ab und widmete sich wieder seinem Buch. Zumindest versuchte er es. Nach zwei Minuten, also einer gefühlten Ewigkeit, drehte er sich wieder um.

Eduardo stand immer noch nackt in der Tür und grinste.

Nuno lehnte sich wieder in seinem Sessel zurück und stöhnte. „Was willst du, Eudardo? Kannst du dich nicht einfach still und leise darüber freuen, dass unser Vater und unsere Mutter die nächsten Wochen auf der Quinta verbringen und du dich hier ungestört austoben kannst?"

„Würde ich ja auch, aber da gibt es zwei Dinge, die mich daran hindern."

„Und die wären?"

„Fragst du das im Ernst?"

Nuno sah ihm direkt ins Gesicht und schwieg.

Eduardo seufzte. „Na gut. Also zum einen bist da du, der du die Stimmung drückst mit deinen ewigen Moralpredigten und deinem Saubermann-Image, aber das ist zu verschmerzen, da du dich ja meistens hier in deiner Höhle aufhältst." Er machte eine Pause.

Nach dreißig schmerzhaften Schweigesekunden hielt Nuno es nicht mehr aus. „Und zum anderen?"

„Zum anderen ist das Haus zwar schön und groß, aber das Leben findet draußen statt. Und auch, wenn unser Vater unter Salazar groß und vor allem reich geworden ist und das Glück hatte, nach '74 alles behalten zu können – wie er das angestellt und wen er dafür alles bestochen hat, will ich gar nicht wissen – nutzt mir das als armen Studenten gar nichts ..."

„Student! Du! Ich hab schon bessere Witze von dir gehört!"

Eduardo seufzte erneut. „Du wirst auch noch irgendwann lernen, dass es nicht nur Schwarz und Weiß gibt, sondern ganz viel Grau. Nur weil du den ganzen Tag über deinen Büchern hängst, heißt das ja nicht, dass Leute, die auch noch ein Leben außerhalb des Hörsaals haben, keine Studenten sind. Aber egal, wo waren wir stehengeblieben? Ach ja, Leben, und dass es teuer ist. Könntest du deinem einzigen geliebten Bruder ein paar Escudos zuwachsen lassen?"

Nuno starrte ihn an. „Heute ist erst der 17.! Du kannst doch unmöglich schon wieder pleite sein!"

Eduardo zuckte mit den Schultern. „Ist es meine Schuld, dass unser alter Herr noch nie etwas von Inflation gehört hat? Seine monatliche Apanage reicht doch vorn und hinten nicht. Also, dir vielleicht, aber wie gesagt, du hast ja auch kein wirkliches Leben."

„Dann solltest du vielleicht auch mal aufhören, deinen ganzen Spinnerklub mit durchzufüttern. Oder zu ertränken, besser gesagt."

„Ich führe den ergaunerten Reichtum unseres alten Herrn wenigstens einem guten Zweck zu. Und meine politischen Freunde sind keine Spinner."

„Darüber kann man streiten", murmelte Nuno. „Schmarotzer sind sie allemal. Oder willst du mir jetzt erzählen, dass sie bei euren wöchentlichen Sauftouren auch nur eine einzige ihrer Rechnungen selbst bezahlen?"

„Sie gehören eben der hart arbeitenden und ausgebeuteten und daher unterbezahlten Arbeiterklasse an", konterte Eduardo.

„Und du siehst dich eher als portugiesischer Friedrich Engels, als ein im einfachen Volk badender Gönner, der sich jederzeit in den mit Geldscheinen gepolsterten heimischen Schoß der wohlhabenden Familie zurückziehen kann, wenn es ihm mal zu volksnah wird", sagte Nuno. „Und ‚Arbeiterklasse', also, ‚Arbeit', genau genommen, ist ein gutes Stichwort. Wie schon gesagt, ich habe zu tun, also verschwinde!"

„Und was ist mit dem Geld?"

„An welcher Stelle unseres Gespräches habe ich gesagt, dass ich dir Geld geben würde?"

„Das habe ich jetzt einfach mal so vorausgesetzt, weil du mein Bruder bist. Insofern war die Frage vorhin eigentlich auch eher rhetorisch."

„Dann würde ich vorschlagen", sagte Nuno, während er demonstrativ nach der Fernbedienung seiner Stereoanlage griff, „dass du auch weiterhin Selbstgespräche zum Thema Geld führst." Er drehte die Lautstärke wieder hoch, gerade noch rechtzeitig, um die letzten Klänge von „Another Brick in the Wall Part II" zu hören, die seinen Bruder kraftvoll aus dem Zimmer spülten.

Nuno versuchte noch ein paar Minuten lang mehr oder weniger erfolgreich, sich auf sein Buch zu konzentrieren, doch spätestens, als er aufstehen musste, um die Platte herumzudrehen, war es mit der Konzentration endgültig vorbei.

Er ging zum Fenster, öffnete es und starrte hinaus. Unter ihm in der Avenida de Liberdade flanierten die Menschen an den Schaufenstern der teuren Geschäfte vorbei, junge Leute wie er saßen unter Palmen in den Cafés auf der Mittelinsel der breiten Straße, lachten und unterhielten sich.

Und plötzlich fühlte er sich in seinem Zimmer tatsächlich wie lebendig begraben ...
In einem Edelsarg ...

Freitag, 1:46 Uhr

Unruhig warf sich Carina auf die andere Seite. Die Uhr am Funkwecker zeigte 01:47 Uhr. Nuno war noch immer nicht ins Bett gekommen, und sie hatte auch keine Geräusche gehört, die darauf hinwiesen, dass er sich noch in irgendein anderes Zimmer bewegt hatte.

Sie fühlte sich elend, weil sie und Nuno einen ihrer goldenen Grundsätze gebrochen hatten: Nie einen Tag im Streit zu beenden.

Was war denn bloß los mit ihm? Von einer Sekunde auf die andere hatte sich Nuno vom gewissenhaften Weddingplanner in einen aggressiven Anti-Familien-Hulk verwandelt. Jetzt, wo ihr übermüdeter Geist so darüber nachdachte, war sie sich auch fast sicher, vorhin einen leichten grünen Schimmer auf seiner Haut gesehen zu haben ...

Was wusste sie denn eigentlich wirklich über Nuno? Er hatte nie ernsthaft über seine Familie gesprochen; sie wusste nur, dass seine Eltern damals bei einem Autounfall ums Leben gekommen waren. Aber genau genommen hatte der Doktor das Thema immer irgendwie geschickt vermieden. Selbst bei den wenigen Treffen mit Carinas Mutter! Carina wusste bis heute noch nicht, wie er das angestellt hatte, nachdem sie in ihrer beruflichen Vergangenheit bereits mehrfach erwogen hatte, Verhöre mit besonders renitenten Verdächtigen ihrer werten Frau Mama zu überlassen. Nuno hatte irgendwann sogar einmal aus Spaß gesagt, dass Carinas Mutter ihm bei der Arbeit eine große Hilfe sein könnte. Anstelle der oft mühseligen und langwierigen Obduktionen und Tests zur Feststellung der Todesursache seiner Fälle könnte sie die Opfer doch einfach befragen, irgendwann würden sie schon freiwillig reden ...

Erneut wälzte sie sich herum, doch ihr war klar, dass das so nichts würde mit dem Schlafen. Ihre Hände und Füße kribbelten, an ihrem Körper juckten tausend Stellen gleichzeitig, sie schwitzte, und überhaupt fühlte sie sich, als hätte sie sich über die letzten Stunden hinweg pausenlos starken Espresso intravenös gegeben.

Was hielt sie denn noch im Bett?

Im selben Augenblick, als sie sich die Frage gestellt hatte, wusste sie auch schon die Antwort: ihr verdammter Stolz. Nuno hatte sie verletzt. Er sollte, nein, er *musste* den ersten Schritt machen.

Diesen Satz betete ihr ihr Gehirn wie ein Mantra vor, auch noch, als sich ihr Körper bereits aufrichtete und sich ihre Beine aus dem Bett schwangen.

‚Scheiß auf den Stolz!'

Wo kam das denn jetzt her? Etwa von ihrem Herzen? Schlief sie vielleicht eigentlich tief und fest und träumte, mitten in einer Telenovela zu stecken?

Ein stechender Schmerz in den Zehen ihres linken Fußes sagte ihr, dass sie vermutlich nicht träumte. Und dass sich ihr Orientierungssinn noch nicht an den neuen Standort des kleinen Abstelltischchens gewöhnt hatte ...

Leise öffnete sie die Schlafzimmertür. Der Flur lag komplett im Dunkel, das einzige Licht (wenn man es denn so nennen wollte), kam von unten durch die geöffnete Küchentür, von den Displays des Kühlschrankmonsters, des Backofens und der Mikrowelle. Aber auch unter dem Spalt zwischen Boden und der Tür zu Nunos Arbeitszimmer glaubte sie einen leichten Lichtschein zu sehen.

‚Das kannst du jetzt nicht bringen!', sagte wieder das Gehirn, als sich ihre Füße zielsicher und scheinbar taub in Richtung des Arbeitszimmers in Bewegung setzten. Vor der Tür wartete sie, bis sich ihr Atem etwas beruhigt hatte. Sie lauschte angestrengt. Nichts. In Nunos Zimmer herrschte absolute Ruhe. Keine Musik, kein Klappern einer Computertastatur, gar nichts. Ihre Hand legte sich auf den Türgriff. Millimeter um Millimeter drehte sie ihn und schob dann langsam die Tür auf.

Der Schreck nahm ihr den Atem. Ihre Kehle wurde eng, und Tränen schossen ihr in die Augen. „Nuno ...", flüsterte sie. „Nein ... Warum ...?"

„Eduardinho" und „Ginjinha Sem Rival" gehören einfach zum Pflichtprogramm für jeden Lissabonbesucher. Das kleine Geschäft (eigentlich nur ein ausgebauter Hauseingang) liegt an der Einmündung der Rua das Portas de Santo Antão zum Largo de São Domingos und wird als „Loja com História", „Laden mit Geschichte" geführt, erkennbar an dem kleinen Schild über dem Geschäft.

ZWEITES KAPITEL

Freitag, 07:04 Uhr

Er sah die Angst in ihren Augen. Er wusste, dass sie ihm nie sagen würde, dass sie Angst hatte vor dem, was jetzt passieren würde.

Dieses Wissen quälte ihn mehr, als wenn sie sich schreiend und weinend vor ihm auf dem Bett wälzen würde.

Mário legte ihr seine schweißnasse, zitternde Hand auf die Brust. Sofort spürte er, wie sie sich verkrampfte. Er sah, wie ihre Hände, die wie abwehrend auf ihrer Brust gelegen hatten, langsam nach unten glitten, den unteren Saum ihres Schlafanzugoberteils ergriffen und diesen noch langsamer nach oben zogen, sodass ihr Bauch nackt war.

Mário schluckte trocken. Er nahm die Hand weg und griff neben sich. Sofort sah er, wie Ana ihre Augen fest zusammenkniff.

Und er wusste, dass er es heute nicht tun würde.

Nicht tun *konnte*.

Zögernd nahm er die Hand weg und stand langsam auf. Als er stand, wurde ihm einen Moment lang schwarz vor Augen, und er musste sich an dem rosafarbenen, mit weißen und roten Rosenranken bemalten Kleiderschrank festhalten.

Ana hatte schon bei seiner ersten Bewegung die Augen aufgerissen. Er sah, wie sie ihn traurig und gleichzeitig dankbar ansah.

Er ertrug den Blick genau zwei Sekunden. Dann zwang er sich zu lächeln, legte kurz den Zeigefinger seiner rechten Hand auf seine Lippen, drehte sich um und öffnete schnell die Tür des Kinderzimmers.

Draußen kam ihm selbst die abgestandene Luft des Korridors vor wie eine frische Meeresbrise, und er atmete tief durch.

Er hörte, wie in der Küche die Kaffeemaschine ansprang. In drei, vielleicht vier Minuten würde Inês aus der Küche direkt in Anas Zimmer gehen, um sie für die Schule fertig zu machen.

Mário wusste, dass sie ihn wieder mit dieser Mischung aus Verachtung und Mitleid ansehen würde, die er so sehr hasste, die ihn sich so minderwertig fühlen lassen würde, wie das letzte Stück Abschaum.

Aber mit Blick auf Ana war er das ja vielleicht auch.

Er sah auf die Uhr. 7:21 Uhr. Die Enge des Hauses und die Anwesenheit dieser beiden Menschen erschienen ihm plötzlich unerträglich. Er musste raus hier!

Aber wohin? In irgendeinen Park, wo die Bänke jetzt im Sommer meist mit Obdachlosen belegt waren? Ins Stadtzentrum, wo um diese Zeit außer ein paar Pastelarias noch nichts geöffnet war? Vielleicht sollte er sich ja an den Rossio setzen, auf einen Platz in der Außenbestuhlung des McDonalds, der jeden Morgen der Stammplatz für eine nette, leider geistig behinderte alte Frau war, und den Bussen zusehen, die überfüllt mit Menschen, die eine Arbeit hatten und zu dieser fuhren, die Avenida de Liberdade hochschaukelten. Oder auf genau dieser Avenida auf einer Bank unter Palmen sitzen und beobachten, wie die gerade von ihren Bossen mit einem Kleinbus der Marke Mercedes

Benz abgesetzten Bettel- und Diebeskommandos der Zigeuner ihre täglichen Runden begannen, bewaffnet mit Pappbechern, Krücken, großen Pingo Doce- und Continente-Einkaufsbeuteln und Schildern, die entweder die notleidende Familie in Rumänien zeigten oder auf Englisch erklärten, dass man ins Krankenhaus müsse und die Behandlung nicht bezahlen könne. Oder, als letzte Option, sich zu der Mischung aus Obdachlosen und Überresten des Partyvolkes der vergangenen Nacht am Cais do Sodré gesellen, die auf den wellenförmigen Holzbänken am Tejo in die erste Sonne des Tages blinzelten und die Literflaschen Bier oder die Tetrapaks mit billigem Wein oder Sangria kreisen ließen, und tief den säuerlichen Geruch des verschütteten Bieres aus den in Massen herumstehenden Plastikbechern einatmen.

Zu seinem Erschrecken erschienen ihm alle diese Möglichkeiten als durchaus in Betracht zu ziehende Alternativen zu dem, was ihn hier zu Hause erwartete.

Er musste raus.

Die Wut in ihm auf sich selbst war zu groß, und diese Wohnung hier erstickte ihn.

Er schaffte es gerade noch rechtzeitig, bevor ihn die Wände der Wohnung erschlugen, in seine Schuhe zu schlüpfen, die Schnürsenkel schnell an den Seiten in die Schuhe zu stopfen, seinen kleinen Rucksack vom Haken zu reißen und an seiner Frau unter deren wütenden Blicken vorbei zur Wohnungstür zu stürzen.

Zur selben Zeit

Sie saß mit angezogenen Beinen auf ihrem Bett. In ein paar Minuten würde Mama zu ihr kommen und sie für die Schule fertig machen. Sie würden wieder zusammen vor dem Kleiderschrank stehen, und Ana würde wie jeden Morgen die große Dame spielen, die sich nicht für ein Kleid entscheiden kann. Etwas später würde ihr Mama noch die Haare flechten und sie mit dem Auto in die Schule bringen. Dabei würde Mama die ganze Zeit über so tun, als wäre alles in Ordnung und dass es völlig normal wäre, dass ihr Papa plötzlich ganz schnell wegmusste.

Und Ana würde so tun, als wäre eben mit Papa nichts gewesen. Als hätte er nicht wieder Tränen in den Augen gehabt, nicht zu sich selbst den Kopf geschüttelt und hätte dann nicht verschwörerisch wieder den Zeigefinger auf die Lippen gelegt.

Ana hatte genickt.

Ihr Geheimnis.

Sie würde es nie verraten. Und sie würde sich heute in der Schule auch ganz große Mühe geben, damit niemand etwas bemerkte. Nicht einmal ihre Schmerzschwester ...

Freitag, 09:31 Uhr

Carina hob zum dritten Mal innerhalb der letzten zehn Minuten ihren halbvollen Kaffeebecher zum Mund und zuckte vor dem ihr inzwischen widerlich erscheinenden Geruch von abgestandenem und kaltem schwarzen Kaffee zurück. Ihr Magen revoltierte, und tausende Quellen begannen in ihrem Mund zu sprudeln. Schnell entschuldigte sie sich, stand unter den erstaunt-besorgten Blicken ihres Teams auf und lief hinaus. In der Toilette stützte sie sich auf den Waschtisch und betrachtete aufmerksam ihr Spiegelbild.

Blass, dunkle Schatten unter den Augen, nicht wirklich professionelles Make-up, zu viel Lippenstift.

Aber in Anbetracht dessen, was sie letzte Nacht erlebt hatte, fand Carina, dass sie durchaus Modelqualitäten hatte.

Der Anblick von Nuno, wie er zusammengesunken in seinem Schreibtischsessel gesessen, nein, *gehangen* hatte, eine zu zwei Dritteln geleerte Whiskeyflasche und ein umgefallenes Glas vor sich, sein Kopf auf die Brust gesunken und ein Speichelfaden, der ihm aus dem Winkel des halbgeöffneten Mundes lief, hatte sie geschockt. Nuno Martins, ihr Nuno, der sonst so gut wie nie harte Sachen trank, der Prototyp eines Gesundheitsfanatikers und uneingeschränkter Herrscher über seine Gefühle, das zu einem Grad, der Carina hin und wieder in Versuchung führte, nach einem implantierten Chip zu suchen, hatte sich einfach mal so mit einer Flasche Edelwhiskey abgeschossen. Und zwar richtig. Zwar war er in einem Zustand gewesen, der Carina aus ihren wilden Vor-Nuno-Tagen noch sehr bekannt vorkam, aushäusige Übernachtung nach dem mehr oder weniger kontrollierten Absturz in der Bar ihrer Freundin Sara im „Estrela" eingeschlossen, aber Nuno so zu sehen, war dennoch ein Schock gewesen. Dabei war es nicht mal so sehr die Tatsache, dass er betrunken war, sondern vielmehr, dass irgendetwas im Zusammenhang mit der Hochzeitsplanung das hier ausgelöst hatte.

Sie hatte ihn vorsichtig aus seinem Sessel gehoben, ihn ins gemeinsame Schlafzimmer gebracht (ein Kraftakt, der ihr den Schweiß aus allen Poren getrieben hatte), ihm einen Eimer neben das Bett gestellt und sich dann neben ihm aufs Bett gelegt. An Schlaf war nicht zu denken gewesen. Sie hatte bis zum Morgengrauen seinen Kopf gestreichelt, hatte ihren Wecker ausgeschaltet, noch bevor dieser losgehen konnte, hatte dann in der Gerichtsmedizin angerufen und Nuno krankgemeldet. Als sie aus der Dusche gekommen war und er immer noch geschlafen hatte, hatte sie ihm noch einen Zettel geschrieben, dass er auf der Arbeit heute nicht erwartet wurde und offiziell als krank galt.

Ihr übermüdetes Gehirn fühlte sich an, als hätte es etliche Runden in einer Mikrowelle gedreht. Die Ungewissheit, was Nuno dazu gebracht hatte, seine guten Vorsätze derart mit Füßen zu treten, quälte sie.

Aber gerade konnte sie ohnehin nichts tun, also noch ein letzter Blick in den Spiegel und zurück ins Büro.

„Alles in Ordnung, Chefin?", empfing sie Bruno. „Wilde Nacht gehabt?"

‚Und was für eine!', dachte Carina bitter. „Hat sich in Grenzen gehalten", antwortete sie knapp. „Also, was haben wir?"

Als hätte Carla nur auf ihr Stichwort gewartet, berührte sie ihr Tablet, und auf dem großen Bildschirm an der Wand der Besprechungsecke erschien das Gesicht eines Mannes. „Helder Antunes Ferreira, achtunddreißig Jahre alt, ist gestern am späten Nachmittag zwei Kollegen von der Touristenpolizei aufgefallen, als er scheinbar schwer betrunken über den Largo de São Domingos getorkelt ist. Noch bevor sie ihn erreicht haben, ist er zusammengebrochen und quasi sofort ins Koma gefallen. Der Notarztwagen war nur ein paar Minuten später da, konnte aber nicht mehr helfen. Senhor Ferreira ist zwei Stunden nach seiner Einlieferung ins Centro Hospitalar de Lisboa Central gestorben, ohne noch einmal aufzuwachen."

Bei dem Wort ‚betrunken' setzten sofort Carinas Kopfschmerzen wieder ein. „Was macht ein Mann, der sich zu Tode trinkt, als Fall auf unserem Tisch?"

Das Bild von Helder Ferreira verschwand und machte Platz für ein Formular. „Weil der Mann laut Aufnahmebericht aus dem Krankenhaus keinen Tropfen Alkohol im Blut hatte. Und ehe du fragst, auch keine anderen Drogen."

„Dann ist die Todesursache also ungeklärt?"

„Nicht ganz." Carla vergrößerte einen Teil des Formulars.

Carina, Bruno und Kendra lehnten sich nach vorn. „0,73 mmol/l", las Bruno. „Und was bedeutet das?"

„Laut Aussagen des Arztes hatte Senhor Ferreira einen extrem niedrigen Blutzuckerspiegel, was zuerst zu diesem einer Volltrunkenheit ähnlichen Zustand, dann zum Koma und schließlich auch zum Tod geführt hat."

„Also war er Diabetiker?", fragte Kendra. „Hätte er sich dann nicht ständig irgendwie Insulin spritzen müssen?"

„Ja und nein", antwortete Carla. „Ich fange mal mit dem ‚Nein' an. Insulin bewirkt, dass der Blutzuckerspiegel sinkt, wenn er sich also gespritzt hätte, hätte ihm das noch wesentlich früher den Rest gegeben. Und was das ‚Ja' angeht: Als Diabetiker hätte man erwarten sollen, dass er irgendetwas bei sich hat, um sich selbst Insulin zu geben, aber da war nichts."

„Gibt es Anzeichen dafür, dass er ausgeraubt worden ist?", fragte nunmehr Carina.

„Negativ." Carla schüttelte den Kopf. „Er hatte seine Brieftasche mit allen Papieren, Karten und Bargeld bei sich, ebenso ein recht teures Mobiltelefon. Durch die Papiere konnten wir ihn ja auch so schnell identifizieren. Die Kollegen vom kriminaltechnischen Labor waren inzwischen in seiner Wohnung und haben dort einiges an Insulin und auch so genannte ‚Insulin-Pens' gefunden, eine spezielle Art Spritzen. Was das Ganze laut dem Arzt aus dem Central umso verdächtiger macht, denn kein Diabetiker würde das Haus ohne Insulin verlassen."

„Dann können wir also tatsächlich von Mord ausgehen", kam es von Kendra, die wieder von ihrem Tablet aufblickte, auf dem sie während Carlas Ausführungen herumgetippt hatte. „Wenn unser Opfer an massiver Unterzuckerung gestorben ist, die bei einem Diabetiker nur durch Einnahme von Insulin herbeigeführt werden kann, er aber kein Insulin bei sich hatte, dann wurde es ihm irgendwann vorher verabreicht und bei den Folgen vermutlich nicht freiwillig. Aber das ist jetzt nur eine laienhafte Spekulation von jemandem, der eigentlich nichts über Diabetes weiß und nur mal kurz bei Wikipedia reingeschaut hat."

„Gut", sagte Carina. „Nachdem das jetzt nicht wirklich viel ist, womit wir arbeiten können: Die Gerichtsmedizin soll noch einmal gezielt nach Kampf- und Abwehrspuren suchen. Außerdem brauchen wir den üblichen Backgroundcheck von dem Opfer. Privates und Arbeitsumfeld, Social Media Profile, spezielle Foren für Diabetiker, Finanzstatus, vielleicht bringt uns das ja einen Hinweis, was das Motiv angeht. Ansonsten schauen wir uns alle mal tief in die Augen und fragen uns: Was wissen wir wirklich über Diabetes? Ich denke, selbst wenn wir Google mal wieder zu unserem besten Freund machen, ist es effektiv zu wenig, aber immerhin ein Anfang. Ich werde mich mal umhorchen, ob es jemanden gibt, der uns da weiterhelfen kann. Sonst noch Fragen?"

Carla, Kendra und Bruno sahen sich an und zuckten mit den Schultern.

„Na dann, an die Arbeit."

Zur selben Zeit

„Mit wem redest du da?"

Heilige Scheiße! Vor Schreck wäre Aksel das Mobiltelefon fast aus der Hand gefallen, wo es sich etwa vier bis fünf Meter unter ihm auf dem Pflaster der engen Alfamagasse in seine Baugruppen aufgelöst hätte. Immerhin schaffte er es gerade noch, den Anruf wegzudrücken. „Niemand", sagte er etwas heiser mit plötzlich trockenem Hals. „Arbeit."

„Du bist ein Scheißlügner", antwortete sie. „Mir hast du noch gesagt, ich darf niemandem verraten, dass du gerade in Lissabon bist. Also?"

Aksel legte das Telefon auf dem kleinen Tisch neben dem Liegestuhl ab. „Wie gesagt, Arbeit", sagte er knapp. „Willst du noch frühstücken?"

„Und was, wenn ich jetzt ja sage?"

Er holte tief Luft, doch sie war schneller.

„Gib dir keine Mühe, irgendeine Ausrede zu erfinden, weil ich dir in diesem Scheißedelschuppen peinlich bin, ich muss ohnehin zur Arbeit. Duschen darf ich aber noch, ja?" Ohne auf seine Antwort zu warten, trat sie nackt, wie sie war, auf die Terrasse hinaus, gab ihm einen groben Kuss, wobei sie ihm auf die Unterlippe biss, und griff ihm in den

Schritt. „Kannst ja mitkommen."

Einen Moment lang erwog er diese Möglichkeit, während seine Augen hektisch hin und her sprangen und nach unfreiwilligen Zuschauern suchten. Doch irgendwie hatte er gerade das Gefühl, dass er letzte Nacht eine Überdosis Débora bekommen hatte. Das sicherste Anzeichen dafür: Ihr nicht übermäßig intelligentes Gerede ging ihm gerade mörderisch auf die Nerven. „Lass mal", sagte er. „Wir wollen doch nicht, dass du zu spät kommst."

„Kannst ruhig sagen, dass du mich loswerden willst. Aber vergiss nicht, dass du noch eine wichtige Aufgabe vor dir hast. Was immer du sonst noch hier geplant hast, ist nicht wichtig. Ich bin wichtig."

Erstaunlicherweise funktionierte diese Erinnerung diesmal sogar ohne Ohrfeige.

Aksel sah zu, wie Déboras großflächig tätowierter Körper wieder im Dunkel des Zimmers verschwand. Er wartete, bis er das Geräusch des fließenden Wassers aus der Dusche hören konnte, dann griff er schnell wieder zum Telefon. Ein Anruf in Abwesenheit. Die Nummer kannte er nicht, aber er glaubte genau zu wissen, wem sie gehörte.

Nein. Heute nicht mehr.

Er ging zurück zur Liste der ausgehenden Anrufe und drückte die Wiederwahltaste. „Ja, ich, sorry, die Verbindung war plötzlich weg, U-Bahn eben. Wie? Ach, das Wetter ist eigentlich ganz schön hier in London ... Nein, leider keine Zeit dafür, mein Tag ist komplett durchgeplant ..."

Und das war noch nicht einmal gelogen.

März 1990

Seine Schritte wurden unwillkürlich langsamer, als er den trunkenen Lärm hörte, obwohl er noch ein gutes Stück von dem Haus der Studentenverbindung, der „Republik", entfernt war.

Wollte er sich das wirklich antun?

Ja, er wollte. Er musste. Nach zwei Wochen des Schweigens hatte er nun leider keine Wahl mehr.

In der Universität und der Bibliothek war sie seit zwei Wochen nicht mehr aufgetaucht. Am Telefon hatte sie sich verleugnen lassen. Seine Briefe waren unbeantwortet geblieben. An der Tür des Hauses ihrer Eltern war er mal vom Vater, mal von der Mutter weggeschickt worden, wenn von letzterer auch mit einem bedauernden Blick, wie er sich einbildete. Immerhin hatte sie ihm den Tipp mit dem Verbindungshaus gegeben.

Nuno fuhr zusammen, als einige Schritte von ihm entfernt eine Bierflasche auf dem Pflaster zerschellte. Lautes Gejohle kam von oben aus dem offenen Fenster, dann ein „Oh, sorry Mann, war keine Absicht".

Nuno atmete tief durch, senkte den Kopf und ging mit schnellen Schritten auf die mit roten Sternen- und Nelkengraffitis überzogene Haustür zu. Er streckte schon die Hand aus, da wurde die Tür plötzlich aufgerissen, und ein junger Mann mit der Gestalt eines Schwergewichtsboxers versperrte ihm den Weg. „Du gehörst hier nicht her. Verpiss dich!"

„Ich möchte Teresa sprechen."

„Teresa? Kenne ich nicht. Also verschwinde!"

Vielleicht sollte er tatsächlich einfach verschwinden? Andererseits, woher wollte der Typ hier vor ihm die Namen aller Bewohner und Gäste des Hauses kennen. Einen Versuch war es wert ... „Mein Bruder ist auch hier. Eduardo Martins."

Sofort sah er die Veränderung, die im Gesicht des Mannes vorging.

„Eduardo? Dann bist du sein Streberbruder? Sag das doch gleich!" Er drehte sich um und brüllte ins Haus: „Eduardo! Besuch für dich!"

„Ich kann hier grade nicht weg", kam es von irgendwo aus dem oberen Stockwerk.

Der Mann drehte sich wieder zu Nuno um und zuckte mit den Schultern. „Das heißt dann wohl, dass du hochgehen sollst. Treppe hoch, zweite Tür links."

Mit einem mulmigen Gefühl im Bauch ging Nuno langsam auf den Fuß der Treppe zu. Rechts stand eine Tür offen, und er konnte sehen, wie im Gemeinschaftsraum des Hauses einige halbnackte Gestalten auf dem Boden liegend oder in den schmuddeligen Sesseln fläzend an Bier-, Wein- und Schnapsflaschen nuckelten oder sich selbst gedrehte Zigaretten zureichten. Er spürte, wie sein Körper zu jucken begann angesichts des Drecks und des Gestanks in diesem Haus.

Er stieg die Treppe hinauf und wandte sich nach links. Die zweite Tür war nur angelehnt.

Wollte er sehen, was dahinter war?

Wollte er seinen Bruder, so wenig er ihn mochte, tatsächlich in demselben desolaten Zustand sehen, wie diese Gestalten da unten?

Langsam hob er die Hand, zögerte noch einen Augenblick und stieß dann die Tür auf.

Ein spitzer Schrei und ein „Oh shit!" empfingen ihn.

Ihm wurde schwarz vor Augen. „Teresa ...", flüsterte er. „Eduardo, wie konntest du ...?"

Teresa hatte die Bettdecke vor das Gesicht gezogen und schüttelte nur den Kopf. Eduardo hatte sich sofort wieder gefangen. „Hallo Bruderherz", begrüßte er Nuno. „Was treibt dich denn in diese heiligen Hallen? Na, die Sehnsucht nach mir ist es anscheinend nicht."

Nuno kämpfte mit einer aufsteigenden Übelkeit. „Teresa", sagte er heiser. „Warum ausgerechnet er?"

„Ich könnte ja sagen", antwortete Eduardo an Teresas Stelle, „dass es so wenigstens in der Familie bleibt. Die Wahrheit ist aber wahrscheinlich, dass ich der coolere Bruder von uns beiden bin." Er langte rechts neben sich, wollte wohl seine Zigaretten greifen, stieß dabei jedoch gegen einen kleinen Teller, der scheppernd herunterfiel, während sich sein Inhalt auf dem Boden verteilte. Ein Teil davon rollte in Nunos Richtung.

Sein Atem stockte. Er starrte Eduardo an. „Heroin?", fragte er leise. „Bist du jetzt völlig übergeschnappt?"

Eduardo hielt seinem Blick stand. „Erinnerst du dich noch, was uns unser Vater immer am Tisch gesagt hat, als wir noch klein waren? Es wird nur über Sachen gemäkelt, die man zumindest einmal probiert hat. Also, wie sieht's aus, du Prinzipienreiter? Als halbfertiger Mediziner solltest du ja wissen, wie man eine Spritze setzt. Ach so, ich vergaß, du schnippelst ja nur an Toten herum."

Das war der Augenblick, an dem die Wellen über Nunos Kopf zusammenschlugen. Das nächste, woran er sich erinnern konnte, war, dass er wieder aufwachte, als ein Taxi mit quietschenden Reifen vor ihm zum Stehen kam, als er blind auf die Straße gerannt war. Den ihn anbrüllenden Fahrer völlig ignorierend taumelte er einfach weiter.

Eine Stunde später stand er vor dem prachtvollen Haus, in dem die sich über drei Etagen erstreckende Luxuswohnung seiner Eltern und seine eigenen Zimmer lagen. Doch er zögerte, einfach so in das mit rosa Marmor verkleidete Treppenhaus mit dem reichen Wand- und Deckenstuck zu treten, den Portier zu begrüßen, der ihm wie immer unterwürfig die Fahrstuhltür aufhalten würde, dann einfach nach oben zu fahren, um sich in seinem Arbeitszimmer hinter seinen Büchern zu verstecken, die heute wahrscheinlich nur noch gebundenes Papier ohne jegliche Bedeutung für ihn wären.

Er stand einfach nur da und starrte den Eingang an.

Schließlich wandte er sich ab und ging langsam die Avenida da Liberdade hinunter.

Zum ersten Mal in seinem Leben wusste Nuno Martins nicht, wo er hinsollte.

IM SCHATTEN DES SANTA JUSTA

Freitag, 12:47 Uhr

Sie wandte den Blick ab von dem sich vor ihr erstreckenden Waldweg, der auf einem Felsenkliff etwa dreißig Meter oberhalb des sich unten im Tal schlängelnden Wildwasserflusses entlang führte, und sah auf die Anzeige. Fast zwölf Stundenkilometer, ziemlich viel, aber ihre Schrittfrequenz passte wunderbar zu dem stampfenden Rhythmus der Musik aus ihren Kopfhörern. Sie zögerte einen Augenblick, dann berührte ihre Hand den Regler für die Geschwindigkeit des Laufbandes. Nur noch ein klein wenig mehr.

Der Waldweg auf ihrem Monitor wandte sich nach links und führte dann bergab in eine sonnendurchflutete Senke. Sie spürte, wie der Widerstand des Laufbandes nachließ und sie noch ein wenig schneller wurde. Über dreizehn Stundenkilometer! Ein unglaubliches Glücksgefühl erfüllte sie.

Plötzlich verschwamm alles vor ihren Augen, und der Monitor mit der wunderschönen Landschaft begann zu schwanken. Ihre schnell nach vorn zuckende rechte Hand verfehlte den Knopf für die Abschaltung. Sie merkte, wie ihre Beine von einer Sekunde auf die andere nachgaben, sie sah gerade noch die seitlichen Haltegriffe, doch ihre Hände griffen daneben.

Dann wurde es schlagartig dunkel vor ihren Augen, und ihre Beine blieben einfach stehen. Den Aufschlag, als sie mit voller Geschwindigkeit vom Laufband in den hinter ihr liegenden Gang und weiter zwischen die gegenüberliegenden Kardiogeräte des Fitnessstudios geschleudert wurde, noch zwei Meter weiterrollte und schließlich zwischen zwei Crosstrainern liegen blieb, spürte Mafalda Nunes nicht mehr.

Freitag, 13:12 Uhr

Sie kämpfte gegen ihre Tränen, während sie gleichzeitig mit beiden Händen das Handtuch festhielt, das ihr Papa ihr untergelegt hatte, um die Polster der Rücksitze des Autos zu schützen. Sie reckte verzweifelt den Kopf, um wenigstens im Rückspiegel seine Augen zu sehen, doch er hielt den Blick starr geradeaus gerichtet.

„Papa ...", flehte sie leise.

Er reagierte nicht.

Gerade als sie glaubte, dass er sie vielleicht nicht gehört hatte, schloss er kurz die Augen und schüttelte den Kopf.

Das war zuviel.

„Bitte, Papa!", heulte Ana los. „Bitte, ich habe nichts verraten! Es ist doch unser Geheimnis! Ich kann doch nichts dafür ...!" Dann erstickte sie beinahe an ihren Tränen und begann zu husten.

Als der Hustenanfall vorbei war, ließ sie sich zur Seite fallen und rollte sich auf dem Rücksitz zusammen, soweit der Sicherheitsgurt das zuließ, und schluchzte lautlos weiter, bis der Wagen schließlich anhielt.

Sie blieb liegen, die Augen fest geschlossen. Doch ihr Papa machte keine Anstalten auszusteigen.

Nach einer quälenden Minute öffnete sie vorsichtig die Augen. Ihr Papa hatte sich umgedreht und sah sie direkt an. Und sie erschrak, als sie seine müden, traurigen Augen sah.

„Es ist nicht deine Schuld", sagte er heiser. „Es ist alles ganz allein meine Schuld ..." Seine Stimme versagte, er drehte sich schnell um und öffnete die Wagentür.

Einige Minuten später

Er hörte die langsamer werdenden, zögernden Schritte. Und jeder einzelne dieser kleinen leisen Schritte schrie ihn

an: ‚Lass mich jetzt nicht allein!'
Er konnte es nicht.

Sie waren nach der Ankunft zu Hause zuerst ins Bad gegangen, wo Ana ihre besudelten Sachen und er das Handtuch aus dem Auto in den Wäschekorb gestopft hatten. Dann hatte er sie vorsichtig mit der Handdusche abgeduscht, in ein großes Badetuch gewickelt und ihr gesagt, dass sie in ihr Zimmer gehen und sich dort ihren Schlafanzug anziehen sollte, dabei bemüht, so ruhig wie möglich zu klingen und ihren ängstlich enttäuschten Blick zu ignorieren.

Er wusste, dass Ana wusste, was jetzt kommen würde.
Dieses Wissen machte ihn krank.

Mário ging in die Küche, öffnete das Tiefkühlfach des Kühlschranks und nahm die mit einer dünnen, raureifähnlichen Schicht überzogene Wodkaflasche heraus. Die Kälte biss schmerzhaft in seine Finger, während er die Flasche unschlüssig in der Hand hielt. Ja, so ein großes Glas Vergessen, das wäre jetzt genau das Richtige.

Aber war es genug?

Mit einem Ruck drehte er den halbgeöffneten Verschluss wieder zu, legte die Flasche zurück in den Tiefkühler und warf die Tür so heftig wieder zu, dass die in der Tür des Kühlschranks darüber stehenden Flaschen laut klirrten.

Nein.

Nicht jetzt. Nicht schon wieder.

Mit festem Schritt ging er zu seinem Arbeitszimmer. Beziehungsweise dem, was früher einmal sein Arbeitszimmer gewesen war.

Damals, bevor er seinen Job verloren hatte.

Jetzt war sein ehemaliges Arbeitszimmer eine Abstellkammer für die Dinge, die gerade nicht gebraucht wurden. Mário fand, dass das damit gar kein so unpassender Raum für ihn war.

Und Inês empfand das wohl auch so, da sie keinerlei Widerspruch erhoben hatte, als er sich ein billiges Schlafsofa gekauft, dort reingestellt und begonnen hatte, darauf zu schlafen.

Nicht immer.

Aber in letzter Zeit immer öfter.

Er knipste die kleine Wandlampe an und ging hinüber zu der alten Kommode. Er zog die untere Schublade auf und entnahm ihr eine kleine, in unauffälligen Violetttönen gehaltene Schachtel. Er öffnete die Schachtel, und mit drei Fingern nahm er vorsichtig eine in eine Folie eingeschweißte Spritze heraus.

Mário spürte, wie sein Atem schneller zu gehen begann und ihm auf dem Rücken und der Stirn der Schweiß ausbrach. Mit zitternden Fingern öffnete er die Folie, nahm die Spritze heraus und zog die Schutzkappe von der Nadel. Er hielt die Spritze gegen das schwache Licht der Wandlampe und zog langsam den Zylinder zurück, sodass mehr als die Hälfte der Spritze mit Luft gefüllt war.

Für einen winzigen Moment war da in seinem Kopf plötzlich der Gedanke, dass das alles hier ein Ende hätte, wenn er sich diese Spritze jetzt in die Halsschlagader setzen würde.

Nein!

Nicht so!

Nicht hier in dieser jämmerlichen Kammer.

Es gab noch so viel anderes.

Sein Körper straffte sich. Er richtete sich auf, spannte die Armmuskeln an, um das Zittern zu bekämpfen, und ergriff die kleine Phiole. Vorsichtig drehte er sie auf den Kopf, stieß die Kanüle durch die Gummiversiegelung, drückte den Zylinder der Spritze ganz durch und beobachtete, wie in der Phiole die Luftblasen nach oben stiegen. Langsam, ganz langsam zog er den Zylinder wieder zurück, bis die klare Flüssigkeit die vorher in der Spritze gewesene Luft ersetzt hatte.

Er streckte den linken Arm aus und betrachtete seine Hand.

Das Zittern hatte fast ganz aufgehört.
Das war gut.

Freitag, 15:41 Uhr

Mit einer unglaublichen Kraftanstrengung hob er die Augenlider – und zuckte zusammen, als grelles Licht wie zwei Dolche in seine Pupillen stachen. Sofort presste er die Augen wieder zu, doch es war, als hätte diese eher symbolische Sekunde mehr als ausgereicht, um irgendeine tief in seinem Kopf verborgene Solarzelle aufzuladen, deren einziger Zweck zu sein schien, eine mit einem kleinen Motor versehene Mechanik anzutreiben, die hauchdünne Drähte über sein Hirn spannte und nun fest zusammenzog.

Als die Spannung so groß wurde, dass sie seinen Mund zu öffnen begann, kam die Übelkeit.

Er warf sich zur Seite, doch sein Magen versuchte nur vergeblich, etwas auszuwringen, was nicht vorhanden war, und aus seiner Kehle kam nur ein trockenes, heiseres, schmerzhaftes Krächzen.

Er wollte sich gar nicht vorstellen, was für entsetzliche Schnarchgeräusche er die Nacht über abgesondert haben musste, wenn ihm der Hals derart wehtat.

Apropos Nacht. Nuno Martins hatte zwar anhand des kurzen schmerzhaften Blickes von eben erkannt, dass er sich im gemeinsamen Schlafzimmer befand (zu erkennen an der in Auberginetönen gehaltenen Wand mit dem Wandtattoo „*Carpe noctem*"), hatte jedoch keinerlei Erinnerung daran, wie er hierher gekommen war.

Nachdem er zumindest wusste, wo er war, galten seine nächsten Bemühungen herauszufinden, in welcher Zeitzone er gerade lebte, selbst wenn das hieß, dass er noch einmal die Augen öffnen musste. Er drehte sich so, dass er nicht mehr auf das Fenster sehen würde, schob vorsichtig seinen linken Arm in Augenhöhe und blinzelte die Armbanduhr an seinem Handgelenk an.

Das war der Augenblick, in dem ihm einfiel, dass er statt seiner guten alten Omega Constellation (analog, mit richtigern Zeigern) Carinas Geschenk zu seinem Geburtstag, eine Fossil Smartwatch trug. Die in diesem Moment nichts weiter war als ein Armband mit einer runden schwarz glänzenden Scheibe.

Er stöhnte (wie laut, wusste er gerade nicht zu sagen) und schüttelte kurz das Handgelenk.

Die Uhr sprang an.

15:48 Uhr.

Hoffentlich hatte Carina die Rechnung aufgehoben ... Keine neun Monate alt und schon kaputt ...

Er atmete noch einige Male tief durch. Als er meinte, dass die Übelkeit einen Grad erreicht hatte, den er managen konnte, schwang er sich auf.

Allerdings hatte er das über sein Hirn gespannte Drahtnetz vergessen.

Der Schmerz nahm ihm glatt den Atem.

Dafür setzte jetzt sein medizinischer Verstand wieder ein. Überdosis Alkohol – Dehydrierung – Wasserbedarf – Küche.

Entschlossen stand er auf. Mit halbgeschlossenen Augen tastete er sich die Treppe herunter, die Küchentür war offen, und einige Sekunden später stand er vor dem riesigen Kühlschrank. Einen Moment lang erwog er, seinen Kopf direkt in den Wasserspender zu schieben, doch nachdem er sich dazu in eine Position würde begeben müssen, als wollte er einen wirklich professionellen Limbo Dance hinlegen, streikte der Rest seiner Anatomie, allen voran seine Wirbelsäule.

Als er schließlich wie ein zivilisierter Mensch mit einem Glas vor dem Kühlschrank stand, stutzte er. Die Uhr des großen Displays zeigte 15:51 Uhr.

Sollte er vielleicht auch gleich noch nach der Rechnung für den Kühlschrank suchen ...?

Gierig stürzte er das erste Glas Wasser herunter.

Und das zweite.

Und das dritte.

Als er sich schwer atmend das vierte Glas einließ, fiel sein Blick auf ein gelbes Post-it an der Kühlschranktür. ‚Du bist heute offiziell krank. C.'

Er hätte es treffender kaum ausdrücken können. Nicht, dass er ernsthaft vorgehabt hätte, heute in die Gerichtsmedizin zu fahren. Nur die Sache mit der Zeit machte ihm ein wenig Sorgen. Kurz entschlossen ging er ins Wohnzimmer und schaltete den Fernseher an. RTP 1. Die Uhr in der rechten oberen Ecke des Bildschirms zeigte 15:56 Uhr.

Sofort spürte er das Drahtnetz in seinem Kopf wieder, dieses gepaart mit einem gewissen Schamgefühl. Er hatte sich tatsächlich aus Frust in die Bewusstlosigkeit getrunken und heute die Arbeit geschwänzt, weil er seinen Rausch ausschlafen musste.

Was für ein Bild er für Carina, die ihn ja offensichtlich irgendwie ins Schlafzimmer getragen hatte, abgegeben haben musste, wollte er sich lieber gar nicht erst vorstellen.

Carina ...

Ja, es gab in der Tat eine Menge wiedergutzumachen ...

Aber nicht ohne Dusche.

Montag, 09:42 Uhr

„Geht es euch auch so, oder habe nur ich das Gefühl, dass ich gerade ein Déjà-vu habe?", fragte Carla, als sie sich in ihren Sessel in der Besprechungsecke fallen ließ.

Bruno zuckte mit den Schultern. „Das habe ich ständig, wenn ich dich mit dem Tablet rumspielen sehe ..."

„Können die Kinder vielleicht später weiter spielen?", fragte Kendra genervt.

„Schlechte Laune, Kollegin?", fragte Carina.

„Besuch von der Frau Mutter", raunte Bruno hinter

vorgehaltener Hand, aber so laut, dass es jeder hören musste.

Erstaunt sah Carina ihn an. „Dafür, dass du zum ersten Mal die Mutter deiner Angebeteten kennenlernst, bist du bewundernswert entspannt."

Keine Antwort. Stattdessen sah Bruno zu Kendra. „Bruno ...?"

Kendra schnaufte und zuckte mit den Schultern.

Bruno drehte sich wieder zu Carina. „Mama Chakussanga weiß noch nicht, dass ich existiere."

„Bitte ... was?" Carina starrte ihn an. „Ihr seid doch jetzt schon *Monate* zusammen!"

„Sag das nicht mir."

„So peinlich kannst du doch gar nicht sein!", kam es kichernd von Carla.

Kendra warf ihr einen düsteren Blick zu und schwieg.

„Das ist so ein ‚psychologische Strategie'-Ding", erklärte Bruno, die Tatsache ignorierend, dass Kendras düsterer Blick inzwischen in seine Richtung ging. „Mama Chakussanga war schon nicht erbaut, dass die wohlbehütete Tochter in die böse große Stadt gezogen ist, von der Berufswahl ganz zu schweigen. Dass Kendra jetzt auch noch tagtäglich mit Mördern zu tun hat, war auch nicht hilfreich. Wenn jetzt noch eine Beziehung mit einem Kollegen dazu kommt ..."

„Wir können da gleich eine Ex-Beziehung draus machen! Unter Zeugen!"

„Äh, ja. Genau." Carina lehnte sich nach vorn. „Wir haben ein weiteres Opfer. Carla?"

Sichtbar enttäuscht, dass das Privatleben der Kollegen jetzt nicht weiter öffentlich diskutiert werden würde, tippte Carla mit Schmollmund auf ihrem Tablet herum. Auf dem Bildschirm erschien das Bild einer jungen Frau. „Mafalda Nunes, vierundzwanzig Jahre alt. Ist heute in ihrem Fitnessstudio auf dem Laufband zusammengebrochen, sofort ins Koma gefallen und zwei Stunden später ohne Wiedererlangung des Bewusstseins gestorben. Als Todesursache können wir von derselben wie bei unserem Opfer vom Freitag ausgehen, vor allem, weil sich die Gesamtumstände derart ähneln, dass ein Zufall eigentlich ausgeschlossen werden kann. Mafalda Nunes war wie Helder Antunes Ferreira Diabetikerin, womit im wahrsten Sinn des Wortes ihr Leben von Insulin abhing. Die Gerichtsmedizin hat auf unseren Hinweis hin gezielt gesucht und ist fündig geworden: Mafalda Nunes hat eine Überdosis Insulin erhalten, die ihren Blutzuckerspiegel in solche Tiefen geschickt hat, dass die Ärzte im Krankenhaus keine Chance hatten, sie zu retten, zumal zum einen das Feststellen der Blutzuckerwerte nicht die erste Maßnahme bei der Einlieferung eines komatösen Patienten ist und zum anderen das dagegen sofort durchgeführte Drogenscreening, nichts ergeben hat."

Carina schwirrte der Kopf bei diesen ganzen medizinischen Begriffen. „Wieso kann ein Drogenscreening eine Überdosis Insulin nicht feststellen?"

„Weil Insulin ein Hormon, also eigentlich ein körpereigener Stoff ist. Einen fremd injizierten Anteil zu finden, wäre in etwa so, als wolltest du versuchen herauszufinden, ob dir jemand in einen mit Bombay Sapphire gemixten Gintonic einen Schuss Monkey 47 reingegossen hat. Was relativ doof wäre, weil der Monkey viel besser ist ..."

„Carla!"

„Ist ja schon gut ... Also, um noch mal das Gintonic-Beispiel zu strapazieren: Wenn du einen Gintonic analysieren würdest, würdest du darin Gin und Tonic erwarten. Wenn du menschliches Blut analysierst, erwartest du auch einen gewissen Anteil an Insulin. Weil es eben immer da ist. Also nichts, was auffallen würde. Weswegen es auch unsere Tests nicht finden."

„Und warum haben wir es trotzdem gefunden?"

„Weil die Gerichtsmedizin unserem Hinweis folgend besonders nach Einstichstellen gesucht, diese gefunden und den Blutzuckergehalt des umliegenden Gewebes im Vergleich zum Rest des Körpers getestet hat. Bei unserem Opfer war das Gewebe um die Einstichstelle quasi blutzuckerfrei. Also eine extrem hohe Konzentration an Insulin. Bei einem weiteren Test hat die Gerichtsmedizin Spuren von Symlin gefunden, ein Medikament das wohl die Verdauung verlangsamt und bei Diabetikern üblich ist, damit der Blutzuckerspiegel nach nicht sofort nach dem Essen durch die Decke geht."

Die Gerichtsmedizin.

Genau.

Da war ja noch was.

Als Carina Freitagabend nach Hause gekommen war, hatte sie neben einem Blumenstrauß (weiße Callas – ihre Wunschblumen für den Hochzeitsstrauß), einem *Murgh Sagwala*[1] (eines ihrer indischen Lieblingsgerichte) und einem Begrüßungsglas Croft Platinum Port ein verlegener Nuno (seinerseits mit einem Glas Wasser in der Hand) empfangen. Sie hatte es ganze zehn Minuten ausgehalten, bis sie ihn gebeten hatte, die Büßerkutte wieder auszuziehen, weil sie seiner Männlichkeit, die sie so sehr schätzte, gewaltig abträglich war. Er hatte sich betrunken, na und? Sie hatte die Frage nach dem Warum heruntergeschluckt, sie hatten zusammen gegessen, und sie hatte ihm angemessen ihre ehrliche Bewunderung dafür ausgedrückt, dass er schon wieder feste Nahrung zu sich nehmen konnte. Seinen Blick daraufhin hatte sie nicht so recht zu deuten gewusst ...

Recht früh am Abend hatte ihr Körper dann seine Rechte eingefordert, und sie hatte geschlafen wie ein Stein. Das letzte, was sie wahrgenommen hatte, bevor sie eingeschlafen war, war gewesen, wie sich Nuno neben sie gelegt, ihre Hand ergriffen und leise ‚Danke!' gesagt hatte.

Als sie am nächsten Morgen gegen zehn Uhr aufgewacht war, war sie allein in der Wohnung gewesen. Am Kühlschrank hatte ein neues Post-it geklebt: ‚Bin in der Ge-

---

[1] Stücke von Hähnchenbrustfilet in Currysahne, mit Spinat und grünen Erbsen

richtsmedizin – dein neuer Fall'.

Soviel dann zu einem dringend benötigten Wochenende. Korrektur: ein Wochenende, das sie und Nuno dringend gebraucht hätten, um ein paar Dinge zu klären. Und danke auch, liebe Kollegen, dass sie über ihren Verlobten und über nicht existierende Dienstwege erfahren durfte, dass sie einen neuen Fall hatte!

Der Samstagabend und der Sonntag waren dann in schweigender Übereinkunft diskussionsfrei geblieben. Nicht hilfreich ...

Carina schreckte hoch. „Gut", sagte sie und schluckte trocken. „Was genau verbindet unsere Fälle nun? Beziehungsweise, warum müssen wir bei Senhora Nunes von Mord ausgehen?"

„Zum einen hatten Senhora Nunes wie auch Senhor Ferreira nichts bei sich, womit sie sich Insulin hätte verabreichen können – für Diabetiker ein absolutes Unding – und zum anderen hat Nu ... die Gerichtsmedizin die Einstichstelle stutzig gemacht."

Carina stöhnte. „Was hat Nuno an der Einstichstelle komisch gefunden?"

„Sie war auf der Rückseite des rechten Oberarms."

„Und?"

„Damit muss die Injektion definitiv von einer anderen Person verabreicht worden sein. Oder warum wollte sich ein Diabetiker eine Insulinspritze an einer Stelle setzen, wo er oder sie selbst kaum rankommt?"

„Stopp!", sagte Kendra. „Entschuldigung, aber das macht ja jetzt so gar keinen Sinn. Wie kann ich denn in einem belebten Fitnessstudio unbemerkt von hinten an jemanden herantreten, der auf einem Laufband steht, und ihm eine Spritze in den Oberarm verpassen? Der beim Laufen ständig in Bewegung ist? Da drücke ich doch lieber den Notausschalter und hoffe, dass sich mein Opfer beim Sturz das Genick bricht!"

„Irgendwie habe ich gewusst, dass jemand genau diese

Fragen stellen würde", seufzte Carla. "Ich habe keinen blassen Schimmer. Andererseits war ich auch noch nicht so weit gekommen herauszufinden, wie schnell Insulin wirkt, wir wissen also nicht, wie lange vorher es verabreicht wurde. Was wir dank der unermüdlichen Arbeit von Doktor Martins jedoch wissen, ist, dass die ungewöhnliche Einstichstelle eine weitere Sache ist, die unsere beiden Morde möglicherweise verbindet. Bei Helder Ferreira saß der Einstich nämlich hinten auf der rechten Hüfte, ein wenig oberhalb der Gürtellinie."

‚Wenigstens weiß ich jetzt, warum er den ganzen Samstag verschwunden war!', dachte Carina. "Wie auch immer", sagte sie laut. "Wenn bis jetzt bei unserem ersten Fall zumindest die entfernte Möglichkeit bestanden hat, dass es sich beim Tod von Helder Ferreira um die Folge einer Verkettung unglücklicher Umstände gehandelt haben könnte, dann hat sich das damit nunmehr erledigt. Oder glaubt hier jemand ernsthaft an den zufälligen, gleichzeitigen Tod zweier Diabetiker unter mysteriösen Umständen?"

Am Tisch herrschte schweigende Zustimmung.

"Also dann, lasst uns die Hintergrundrecherche darauf ausweiten, ob es zwischen beiden Opfer irgendwelche Berührungspunkte gab. Hatten sie denselben Arzt, waren sie in denselben Foren unterwegs, kannten sie sich von irgendwelchen Facebook-Gruppen her und so weiter. Ich weiß, das ist nicht viel, aber mehr haben wir leider noch nicht."

"Vielleicht doch, auch wenn es nur eine Kleinigkeit ist", kam es von Bruno. "Wir hatten ja gesagt, dass beide Opfer keinerlei Ausstattung bei sich getragen haben, um sich selbst Insulin zu verabreichen, was für Diabetiker wohl mehr als eigenartig ist. Ich denke, dass hier zumindest ein Teil des Schlüssels zu unserem Problem liegt."

"Guter Hinweis", sagte Carina. "Danke Bruno." Sie blickte in die Runde. "Sonst noch Fragen? Nein? Dann, an die Arbeit!"

Montag, 9:59 Uhr

Er saß im Café „A Brasileira", durch einen besonderen Glücksfall an dem Tisch direkt neben dem des in Bronze gegossenen Fernando Pessoa, an dem reges Gedrängel um den freien Bronzestuhl herrschte; Touristen Schlange standen, um sich mit diesem literarischen Genie, das sich 1935 totgesoffen hatte, fotografieren zu lassen, genoss seinen ausgesprochen guten Kaffee und ein *pão de leite misto*[2] und blinzelte in die Sonne.

Das Wochenende war eine gute Mischung aus Sightseeing, kulinarischen und, in den Nächten, sinnlichen Genüssen gewesen, wobei ihm Débora in aller Deutlichkeit klargemacht hatte, dass er schwer aus der Übung war. Sein Gegenargument, dass er ein langjähriger Ehemann mit wenig Training und noch weniger Abwechslung war, war auf wenig Verständnis und noch weniger Gegenliebe getroffen ...

Vielleicht war es ja an der Zeit, sich allmählich um das zu kümmern, weswegen er eigentlich hergekommen war ...

Er schreckte aus seiner trägen Zufriedenheit hoch, als sein Mobiltelefon zu vibrieren begann.

Konnte der Gedanken lesen ...?

Er drückte auf Annehmen. „*Hvem er plaget?*"[3]

„Mister Nysgård! Welche Freude, Sie endlich am Telefon zu haben!"

Aksel beschloss, dass er diese Freude nur bedingt teilte. „Mister Hassan, sorry, Ihren Nachnamen kann ich leider immer noch nicht aussprechen, ja, ich war ein wenig beschäftigt in den letzten Tagen ..."

„Mister Nysgård", unterbrach ihn die andere Seite ungeduldig. „Mir ist prinzipiell egal, mit wem Sie Ihre Frau

---

[2] Ein Milchbrötchen mit Käse und Schinken
[3] "Wer stört?"

betrügen oder wie Sie Ihre Auszeit vom heimischen Herd zelebrieren. Hier geht es ums Geschäft. Mein Geschäft, von dem Sie nicht unwesentlich profitieren werden. Aber so ganz ohne Ihre Mitarbeit wird es nicht funktionieren, wenn Sie verstehen, was ich meine."

„Mister Hassan", begann Aksel. „Ich bin ja nun gerade erst hier in Lissabon angekommen ..."

„Gerade erst! Donnerstagabend! Und seitdem haben Sie meine Anrufe ignoriert oder weggedrückt!"

Aksel stöhnte lautlos. „Aber jetzt bin ich ja für Sie da, Mister Hassan. Ich schlage vor, dass wir uns heute Abend treffen, vielleicht zum Abendessen, wenn Sie wollen. Sie können auch gern etwas vorschlagen." ‚Wenn es nicht gerade der Istanbul-Döner in Graça ist ...', fügte er in Gedanken dazu.

„20:00 Uhr, das Restaurant ‚Passage To India' in Saldanha. Ich reserviere den Tisch."

„Das wird meine Freundin jetzt nicht so toll finden, aber gut. Ich werde da sein."

„Wir müssen alle Opfer bringen, Mister Nysgård. Und glauben Sie mir, auch auf meiner Seite hat es davon schon einige gegeben. Im wahrsten Sinne des Wortes. Und ich habe kein Problem mit weiteren, wenn Sie verstehen, was ich meine."

Trotz der Vormittagssonne spürte Aksel plötzlich einen kalten Windhauch. „Ich denke, ich verstehe", brachte er heraus. „Ich werde natürlich da sein."

„Natürlich werden Sie das, Mister Nysgård. Und jetzt sollten Sie Ihren Kaffee weitertrinken. Kalt schmeckt er wirklich ziemlich eklig."

IM SCHATTEN DES SANTA JUSTA

Eines der prachtvollen Stadthäuser in der Lissabonner Flaniermeile Avenida da Liberdade. Im Untergeschoss residiert derzeit „Prada"; sehenswert sind auf jeden Fall die Bleiglasfenster des Geschäftes.

DRITTES KAPITEL

Montag, 10:09 Uhr

Mit einem fast schon unmenschlichen Röhren drang er ein letztes Mal tief in sie ein, ergoss sich zuckend in das Kondom, zog sich dann sofort aus ihr zurück, rollte sich auf den Rücken und blieb schwer atmend liegen. Nach einer Weile drehte er sich zu ihr, stützte seinen Kopf auf den angewinkelten Arm, grinste sie an und sagte: „Na? War das geil oder war das geil?"

Inês zuckte zusammen. Ja, er hatte es wie immer geschafft, sie zum Höhepunkt zu bringen. Und leider auch: ja, sie hasste es, auf derart primitive Weise wieder in die Wirklichkeit zurückgeholt zu werden. „Ja, du bist der Größte", sagte sie und verfluchte sich selbst für das leichte Zittern in der Stimme.

Immerhin hatte es offensichtlich gelangweilt genug geklungen, denn Filipe zog die Augenbrauen zusammen und machte einen Schmollmund. „Wenn er dir nicht groß genug ist, dann geh doch nach Hause und lass dich von deinem arbeitslosen Langweiler vögeln!"

Inês unterdrückte ein Stöhnen. Stattdessen fragte sie:

„Wann denkst du denn, dass wir uns endlich in deinem Apartment treffen können? Immer im Hotel ist ja auch nicht so ..." ‚Billig', lag es ihr auf der Zunge. ‚Wobei ... irgendwie eigentlich schon ...', dachte sie gleich danach.

„Ach, mein Apartment ..." Filipe Amaro rollte sich wieder auf den Rücken. „Es geht einfach nicht voran mit der Customization ... Ich weiß, vielleicht sollte ich nicht so individuell sein, aber dieses faule Handwerkerpack kriegt es einfach nicht gebacken. Und mein Bauleiter ist auch der letzte Penner. Ich glaube, ich werde ihn feuern."

‚Ein einfaches „Mach dir keine Sorgen, ich übernehme die Hotelrechnung" hätte es auch getan!', dachte Inês. Wobei ihr eigentlich klar war, dass das reines Wunschdenken war. Filipe Amaro war die perfekte Kombination aus Versager und primitivem Dummschwätzer, der in seinem Leben mit allem gescheitert war, was seine Hände berührt hatten. Sein *„customized apartment"* existierte mit an Sicherheit grenzender Wahrscheinlichkeit nur in seiner Fantasie. Oder war eigentlich eine biedere 2-Zimmerwohnung, die er mit einer Ehefrau und vielleicht sogar Kindern bewohnte. Leider sah er viel zu gut aus und war noch besser im Bett. Trotzdem, irgendetwas musste sich ändern.

„Noch ein Glas Schampus?", fragte Filipe, während er zum Telefon griff, um den in jeder Beziehung unbezahlbaren Zimmerservice zu rufen.

„Nicht für mich", sagte Inês hastig und setzte sich auf. „Ich muss los, bin eh schon viel zu spät."

„Wo ist das Problem? Ich denke, du hast Gleitzeit?"

Inês atmete tief durch. „Habe ich, aber heute muss ich schon um 15:00 Uhr raus. Ich habe noch etwas Wichtiges vor."

Filipe Amaro sah auf die Uhr. „Es ist doch schon fast halb elf, ehe du da bist, ist es zwölf, das lohnt sich doch gar nicht mehr."

‚Drei bezahlte Stunden', dachte Inês. ‚Du hast nicht die geringste Ahnung, wie sehr sich das lohnt ...' Sie beschloss, jegliche weitere Diskussion von vornherein abzuriegeln, schwang sich auf und stand auf.

Sie war schon fast an der Badezimmertür, da ...

„Du hast übrigens einen geilen Arsch."

‚Na wenigstens etwas', dachte Inês.

Montag, 10:44 Uhr

„Noch einen Ginjinha, bitte", sagte Aksel.
„Mit oder ohne?"
„Mit."
Der junge Mann nickte kurz, nahm ein frisches Glas aus dem Spülkorb neben dem kleinen Waschbecken, ergriff die Ginjnhaflasche am Hals und füllte Aksels Glas, indem er den Glasstöpsel zuerst ein wenig herauszog und etwas von dem rotbraunen Getränk herauslaufen ließ, danach den Stöpsel etwas verkantete, wodurch zwei oder drei kleine Kirschen in das Glas rutschten, dann schob er den Stöpsel langsam zurück und verschloss die Flasche wieder, als das Glas randvoll war.

So voll, dass Aksel wie auch schon bei den drei Gläsern davor keine ernsthafte Chance hatte, es anzuheben, ohne dass etwas von dem Likör überschwappte und ihm die Finger verklebte. Er unterdrückte ein Fluchen, lächelte den jungen Mann an, trat wieder auf die belebte Rua das Portas de Santo Antão hinaus, blickte hektisch von rechts nach links und lehnte sich sofort mit dem Rücken gegen die Hauswand.

Was für ein Schwachsinn!

Aksel nahm einen Schluck Ginjinha, lachte bitter und schüttelte den Kopf. Dieser Hassan hatte ihn völlig unerkannt an einem der belebtesten Punkte Lissabons beobachtet. Gut, da er nicht wusste, wie dieser Hassan tatsächlich aussah, war das jetzt auch nicht wirklich die hohe Schule gewesen; theoretisch hätte er sogar am Nebentisch sitzen können.

Nicht, dass ihn das irgendwie glücklicher stimmte ...

Aksel hob das Glas an, ließ die drei Kirschen in den Mund gleiten, pulte mit der Zunge die Kerne aus den schwer nach Brandy schmeckenden Früchten und spuckte die Kerne in die schmale, mit einem gusseisernen Gitter abgedeckte Rinne vor ihm auf der Straße. Ein Kern entschied sich, nicht in den Untergrund abzutauchen, sondern hüpfte stattdessen weiter, in Richtung des riesigen Souvenirladens auf der anderen Straßenseite.

Aksel stierte dem Kirschkern hinterher.

„Haschisch? Kokain?", kam es plötzlich verschwörerisch von rechts.

Aksel wandte sich stöhnend ab. Konnte sich dieser Zigeuner-Abschaum nicht einfach dahin verpissen, wo er hergekommen war?

Da der Dealer noch immer neben ihm stand, beschloss Aksel, ihn einfach mal direkt zu fragen. „Warum verpisst du Abschaum dich nicht einfach dahin, wo du hergekommen bist, anstatt die Stadt hier zu verunreinigen?"

„Ey, willst du Ärger, Arschloch?" Der Zigeuner machte einen Schritt auf ihn zu, was wohl bedrohlich wirken sollte, aufgrund von Aksels Körpergröße jedoch ein wenig an Wirkung verlor.

Aksel sah ihm einfach nur mitten ins Gesicht. „Wieso, willst du jetzt deine kleine Schwester holen? Die muss dann aber mal kurz das Bettelkörbchen und die Fotos von der armen kranken Familie ablegen. Nicht zu vergessen das geklaute iPhone 8." Dabei scannte er unauffällig die Umgebung hinter dem Dealer. Diese Brut war selten allein unterwegs, also war trotz der ungleichen körperlichen Kräfteverhältnisse eine gewisse Vorsicht geboten.

Da genau in diesem Augenblick zwei Beamte von der Touristenpolizei um die Ecke bogen, beschloss der Dealer wohl sein Glück nicht überstrapazieren zu wollen. Ein „Ich krieg dich noch!", zischend drehte er sich um und verschwand in die entgegengesetzte Richtung.

Beinahe automatisch wollte Aksel sich umwenden und wieder in den Ginjinhashop zurückgehen, um Nachschub zu holen, blieb dann jedoch plötzlich abrupt stehen. Es war gerade einmal elf Uhr. Er sollte zusehen, dass er einen klaren Kopf behielt. Und vor allem musste er jetzt erst einmal zwei Anrufe machen.

Er zog sein Telefon aus der Tasche und wählte eine Nummer. Nach zweimaligem Klingeln wurde abgenommen. „Was?"

Nach dieser herzlichen Begrüßung entschied Aksel, dass dieser Montag absolut dazu geeignet war, zum Tag der Sprachökonomie zu avancieren. „Ich kann heute Abend nicht", sagte er knapp. „Ich habe ein Geschäftsessen."

„Dann komme ich eben mit, wo ist das Problem?"

Warum überraschte ihn diese Antwort nicht? „Das geht nicht."

„Weil ich dir peinlich bin?"

‚Unter anderem', dachte Aksel. „Es geht um Geschäftsgeheimnisse", sagte er. „Vertraulich."

„Du hast mir versprochen, dass du den Rest *meines* Lebens mit mir verbringen willst, und jetzt hast du Geheimnisse vor mir? Aber wahrscheinlich wolltest du mich eh nur in die Kiste kriegen."

‚Mein Gott, wie besoffen muss ich denn gewesen sein, als ich das gesagt habe?!', dachte er. „Das hat nichts mit dir zu tun. Es ist einfach nur Geschäft."

„‚Es ist einfach nur Geschäft'", äffte Débora ihn nach. „Leck mich doch ..." Dann legte sie auf.

Na, das war doch wesentlich einfacher gewesen als vorhin noch gedacht ...

Er seufzte und wählte eine zweite Nummer.

Diesmal klingelte es nur einmal. „*Goede middag*", kam es von der anderen Seite. „Gib mir all die guten Nachrichten, auf die ich schon das ganze Wochenende lang warte."

„Ich fange mal damit an, dass ich gut in Lissabon angekommen bin, das Wetter ist gut, das Hotel super, das Essen *lekker*, wie du Wohnwagenbanause sagen würdest ..."

„Débora immer noch so tierlieb?"

„Tierlieb?"

„Gut zu Vögeln ..."

Aksel atmete tief durch. „Ist sie. Um zum Punkt zu kommen, ich treffe unseren Partner heute Abend. Zwei Dinge. Erstens. Ich hab keine Ahnung, wo du den ausgegraben hast, aber der Typ macht mir Angst. Bist du sicher, dass er der Richtige ist?"

Grunzendes Lachen antwortete ihm. „Wenn er *dir* Angst macht, alter Vikinger, dann ist er genau der Richtige. Was war das zweite?"

„Wie ist sein Nachname?"

„Bakkalcıoğlu."

„Heilige Scheiße ... Wie soll ich mir das denn merken?"

„Heißt übersetzt wohl ‚Sohn des Lebensmittelhändlers'."

„So kann ich ihn ja wohl kaum anreden. Warum kann der nicht einfach Öztürk heißen, wie Tausend andere auch?"

„Weil Öztürk eigentlich kein Name ist, sondern eine Zwangsverordnung. Wer sich bei der Namensreform in der Türkei in 1934 keinen selbst gewählten Nachnamen zugelegt hatte, hieß per Dekret Öztürk. Bedeutet wohl ‚Echter Türke'"

„1934 ...? Jetzt machst *du* mir Angst ..."

„Wieso? Weil ich mich ein wenig informiere, bevor wir so ein Ding starten? Ich glaube nicht, dass wir uns hier irgendwelche Schwachheiten erlauben dürfen. Bei der Gelegenheit: Vergiss nicht, dass du noch so einiges zu erledigen hast, so unerfreulich das auch sein mag."

„Danke, dass du mich daran erinnerst. Als ob mein Tag nicht schon genug am Arsch wäre!"

„Immerhin hast du ja Débora ..."

„Suchst du Streit?"

„Nein, wenn ich das täte, dann würde ich dich nach dem Wohlbefinden deiner werten Ehefrau fragen ..."

„Würdest du nicht, weil du genau weißt, dass ich dann einen direkten Flug nach Utrecht buchen würde, um dir höchstpersönlich in die Eier zu treten."

„Utrecht hat keinen Flughafen."

„Und du meinst, das interessiert den Piloten, dem ich die Knarre an den Kopf halte?"

„Ja ... äh ... also, dann noch viel Spaß heute Abend mit Hassan Bakkalcıoğlu. Und halt mich auf dem Laufenden! *Doei!*"

„*Doei* mich auch ein paar Mal!", knurrte Aksel in das schon tote Telefon. Er sah wieder auf die Uhr. 11:29 Uhr. Wie die Zeit verging, wenn man Spaß hatte ...

Er setzte sich langsam in Bewegung, schlenderte über den Rossio an der Pastelaria Suiça vorbei, dann die Rua Augusta hinunter, wobei die unzähligen Restaurantschlepper mit ihren großen, alle irgendwie gleich aussehenden Speisekarten, die Sonnenbrillenverkäufer, die ungeniert die Gäste der Restaurants ansprachen, und die Drogendealer, die die Kreuzungen der Nebenstraßen besetzt hielten, seinen Schritt merklich verlangsamten. Schließlich bog er erleichtert links in die wesentlich ruhigere Rua da Conceição ein und begann den Aufstieg an der Catedral Sé vorbei den Berg hinauf zu seinem Hotel.

Als er am „Café Pit" vorbeikam und sah, dass der Manager nicht wie sonst mit einem französischen Buch in der Hand an seinem Lieblingsplatz an der zur Straße offenen Flügeltür (der auch gleichzeitig der beste Platz des Restaurants war) saß, verspürte er plötzlich Hunger. Einen Augenblick lang überlegte er, ob er nicht vielleicht zuerst die knapp hundert Meter zu seinem Hotel laufen und seinen Laptop holen sollte, um schon mal mit den Vorbereitungen auf den Abend anzufangen, entschied jedoch, dass das Risiko, dass dieser Platz dann besetzt sein könnte, doch zu groß war. Und 12:15 Uhr war ja eigentlich auch schon Mittagszeit ... zumindest in Norwegen ...

Montag, 15:30 Uhr

„Komm Ana, nicht trödeln!", hörte sie ihre Mama durch die geschlossene Tür rufen. Sie schaffte es gerade noch so, sich aufrecht im Bett hinzusetzen, da ging die Tür auch schon auf.

„Ach Ana ...", seufzte Mama, als sie sah, dass die drei Kleider, die sie Ana zur Auswahl auf das Fußende des Bettes gelegt hatte, noch immer unberührt dort lagen. „Was hast du denn die ganze Zeit über gemacht? Du hast nur noch eine halbe Stunde, und wir müssen doch auch noch deine Haare machen. Und überhaupt, wie sieht das denn aus, wenn die Gäste kommen und das Geburtstagskind noch nicht fertig ist?"

Ob Mama sehr traurig wäre, wenn Ana ihr sagen würde, dass sie eigentlich gar keine Lust auf die Party hatte? Es würde ja doch nur wieder so werden wie in den beiden Jahren davor. Die meisten ihrer Freundinnen, denen sie eine der schönen Einladungskarten gegeben hatte, die sie zusammen mit Mama gebastelt hatte, und die ihr heute früh in der Schule noch gesagt hatten, dass sie ganz bestimmt kämen, wären nachher nicht da, weil ihren Eltern ganz plötzlich eingefallen war, dass sie ausgerechnet heute etwas anderes ganz Wichtiges vorhatten. Am Ende säße sie wieder nur mit Rosa da, die sie gar nicht leiden konnte und die sie nur eingeladen hatte, weil die Eltern Freunde von Mama und Papa waren, und mit Clara, die den ganzen Nachmittag kaum ein Wort reden würde.

„Also, welches Kleid möchte mein Geburtstagskind denn heute tragen?"

Widerwillig krabbelte Ana zum Fußende und zeigt beinahe ohne hinzusehen auf das hellblaue.

„Na dann, raus aus dem Schlabberdabber-T-Shirt."

Ana zog langsam die Arme nach innen in das T-Shirt und hob sich dann über den Kopf. Einen Moment lang überlegte sie, ob sie nicht einfach so sitzen bleiben konnte, versteckt unter dem T-Shirt, doch Mama zog es ihr mit einem Ruck herunter.

„Verstecken hilft nichts. Heute bist du die Hauptperson. Arme hoch und rein ins Prinzessinnenkleid!"

„Mama?"

„Ja, mein Schatz?"

Ana holte tief Luft. „Ach ... nichts."

Mama hatte sich so hübsch gemacht, die freute sich bestimmt auf die Party. Und ihre Mama konnte ja nichts dafür, dass Ana anders war ...

Anfang April 1990

In der Sekunde, in der sich die Tür öffnete, wusste er, dass es eine idiotische Idee gewesen war, hierher zu kommen.

Und jetzt verstand er auch das Zögern der Mutter, die sichtbar mit sich selbst gekämpft und ihn dann doch hereingebeten hatte. „Teresa ist in ihrem Zimmer", hatte sie mit abgewandtem Gesicht gesagt.

War sie das wirklich? Oder besser: War das wirklich Teresa? Nuno schluckte, als sie ihn in der geöffneten Tür stehend ansah, leicht genervt mit den Augen rollte, sich umdrehte und ins Zimmer ging. Dass sie die Tür geöffnet ließ, hieß dann wohl, dass er zumindest hereinkommen durfte.

Drei Wochen war es jetzt her, seit er sie mit seinem Bruder im Bett in diesem unsäglich versifften Studentenhaus angetroffen hatte. Zumindest schien sie jetzt wieder bei ihren Eltern zu wohnen, aber wie die sich gerade fühlten, wollte Nuno gar nicht erst versuchen sich vorzustellen.

Teresa war blass, hatte schwarze Schatten unter den tief

liegenden Augen, die durch zu viel dunkles Make-up auch noch betont wurden. Sie hatte ihr langes Haar (dem Schnitt nach vermutlich selbst oder mithilfe von jemandem mit zwei linken Händen und zehn Daumen) auf etwas mehr als Schulterlänge gekürzt und teilweise blau und grün gefärbt. Sie trug eine löchrige schwarze Netzstrumpfhose und ein ausgefranstes schwarzrotes Sweatshirt. Zumindest befand sie sich damit im Einklang mit ihrer Umgebung: Das ehemalige Studierzimmer wirkte wie ein provisorisch hergerichtetes Büro der Kommunistischen Partei, mit grob auf die Tapete geklierten roten Sternen und dem Hammer-und-Sichel-Symbol, an der Wand hingen Bilder von Ernesto Che Guevara und Lenin, der Fußboden war übersät mit Flaschenverschlüssen und Zigarettenkippen. Es roch nach kaltem Rauch, definitiv nicht nur von normalen Zigaretten, abgestandenem Bier und einem menschlichen Körper, der Deo oder gar Parfüm konsequent vermied.

Wahrscheinlich sagte sein Gesichtsausdruck alles, denn Teresa ließ sich auf ihr Bett fallen, lehnte sich mit dem Rücken gegen das Kopfteil, sah ihn von unten herauf an und sagte: „Wenn dich das alles hier so anwidert, warum verschwindest du dann nicht einfach wieder?"

Nuno schluckte trocken. „Teresa", brachte er mühsam heraus. „Was ist das alles hier? Das bist doch nicht du!"

„Woher willst du wissen, wer ich bin?", fuhr sie ihn an. „Du mit deinem perfekt vorgezeichneten Lebenslauf, erkauft mit dem Geld, das dein Vater unter der Diktatur erpresst, gestohlen und ergaunert hat! Warum gehst du nicht einfach zurück in deinen Palast und lässt mich mein Leben leben?"

Nuno fühlte sich, als hätte sie ihm mehrfach mitten ins Gesicht geschlagen. „Aber warum dann Eduardo?", fragte er, während er spürte, wie langsam die Wut in ihm wuchs. „Der lebt doch von demselben Geld!"

„Der lebt aber nicht das ihm von diesem Geld aufgezwungene Leben! Er ist ausgebrochen, er ist frei!"

„Frei?" Nuno lachte bitter auf. „Drogen, Alkohol, Frauen – oder glaubst du, dass du die Einzige bist – das nennst du Freiheit?"

Bei dem Wort ‚Frauen' war Teresa kaum merklich zusammengezuckt, doch dann verschränkte sie trotzig die Arme vor der Brust. „Eduardo tut wenigstens was für die Zukunft unseres Landes, um es von diesen ganzen korrupten Kapitalistenschweinen zu befreien. Und Ehe und Monogamie sind sowieso nur Erfindungen des männerdominierten Bürgertums, um Eigentumsansprüche zu sichern. Ich teile gern."

‚Inzwischen vermutlich auch Chlamydien und Gonokokken', dachte Nuno bitter. Er fühlte sich auf einmal unendlich müde. Nein, er hatte sich nicht wirklich Hoffnungen gemacht, als er hierher gekommen war.

Wirklich nicht?

„Wenn du meinst, dass auf der Straße irgendwelche Parolen rumzubrüllen und Flugblätter zu verteilen, irgendetwas verändert, dann musst du das wohl tun", sagte er mit rauer Stimme. „Oder dir das Hirn wegtrinken oder –kiffen. Ich kann dir nur anbieten, dass, wenn du deine Meinung einmal ändern solltest …"

„Du ganz sicher der letzte Mensch bist, zu dem ich gehen würde", unterbrach sie ihn gereizt. „Und jetzt mach, dass du rauskommst."

Als er wieder auf der Straße stand, atmete er tief durch. Ja, es war gut gewesen, dass er hergekommen war. Keine ‚Vielleichts', keine sinnlosen Hoffnungen mehr. Ein sauberer Bruch. Kein Blick zurück.

Als er wenig später an der Avenida da Liberdade aus dem Bus stieg, erschien ihm die Luft auf einmal so viel frischer, das Licht so viel heller als vorher. Ja, er hatte eine klare, geplante Zukunft vor sich. Abschluss der Uni, vielleicht gleich den Doktor hinten dranhängen, in der Gerichtsmedizin Karriere machen, eine eigene Familie haben, vielleicht auch Kinder. Was war denn so schlecht daran?

Gab es denn wirklich etwas, worum er seinen Bruder beneidete? Oder beneiden sollte? Um die vermutlich unzähligen Frauen, die er ohne Gefühle durch sein Bett zerrte? Darum, keinen festen Tagesablauf zu haben, weil man nicht arbeitete oder studierte? Darum, ständig von Freunden umgeben zu sein, die nur so lange Freunde waren, wie der Alkohol und die Drogen bezahlt wurden?

Nuno schüttelte den Kopf. Nein. Ganz sicher nicht. Er lehnte sich mit dem Rücken gegen die warme Hauswand und blickte die breite Straße hinunter. Plötzlich verspürte er eine tiefe Zufriedenheit in sich.

Montag, 18:37 Uhr

„Weißt du was? Ich glaub, dass dir der São Domingos nicht gut tut. Was du jetzt brauchst, ist ein schöner Schluck abgestandenes Spülwasser aus meinem Abwaschbecken, auf Eis, mit einer halben Scheibe Limette aus dem Mülleimer. Klingt das gut?"

„Wie? Äh ... ja, natürlich ... was auch immer", sagte Carina zerstreut, während Saras Worte noch in ihrem Kopf kreisten, auf der Suche nach einer einzigen barmherzigen Gehirnzelle, die sich ihrer annehmen würde.

„So, jetzt reicht es mir!", sagte Sara und knallte die Flasche auf den Tisch, sodass Carina erschrocken hochfuhr. „Wenn ich mit einem Zombie reden will, gehe ich nach Hause und ziehe mir eine Staffel ‚Fear the Walking Dead' rein und chatte anschließend mit den Fans auf Facebook. Das ist ja nicht auszuhalten mit dir! Machen dich die Hochzeitsvorbereitungen jetzt schon so fertig? Was soll das denn erst werden, wenn es wirklich soweit ist?"

Carina machte einen schuldbewussten Hundeblick und schob mit beiden Händen ihr leeres Glas über den Tresen. „Tut mir leid, es ist nur, ich mache mir Sorgen um Nuno."

„Ich habs doch gewusst, dass ich deinen Besuch keinem

überraschenden früheren Feierabend verdanke!"', sagte Sara.

„Also, was macht der Doktor? Erstickt er dich mit seinem Planungsperfektionismus?"

„Wenn er das mal nur wieder täte", murmelte Carina. „Er ist jetzt genau ins andere Extrem gefallen: Absolute Funkstille, was die Hochzeit angeht."

„Hat er es sich vielleicht anders überlegt? Wobei, das kann ich mir nach dem Aufwand, den er voriges Jahr für den Antrag betrieben hat, so gar nicht vorstellen. Dein Gesicht in der Portweinhöhle in Porto war absolut unbezahlbar ... Vor allem, als dir klar geworden ist, dass da wirklich John Legend für dich gesungen hat ... Hey, was ist jetzt los?"

Carina waren bei den letzten Worten die Tränen in die Augen geschossen. Ihr Hals wurde eng, als ihr die Bilder von jenem Abend wieder vor Augen standen. Sie schüttelte nur stumm den Kopf und griff nach einer Serviette.

„Was genau hat der Doktor denn nun angestellt?", fragte Sara, als sie glaubte, dass Carina wieder reden konnte.

Carina schnaufte. „Er ... er hat sich Donnerstagabend mit einer Dreiviertelflasche Whiskey abgeschossen. Komplett. Ich musste ihn vom Arbeitszimmer aus ins Bett bringen und am nächsten Tag auf der Arbeit krankmelden ... was ... warum lachst du?"

Sara gab ihr Bestes, doch dann prustete sie los. „Entschuldige!", sagte sie, immer noch lachend. „Aber Doktor Nuno Martins? Whiskey? Bis zum buchstäblichen Abwinken? Dir ist schon klar, dass du wahrscheinlich der erste Mensch bist, der den Doktor in so einem Zustand gesehen hat. Hast du wenigstens ein Foto gemacht?"

„Sara! Das ist nicht komisch! Ich hatte richtig Angst um Nuno!"

„Dabei hat er wahrscheinlich weniger getrunken, als du in deinen Schmuddel-Rúi-Zeiten ... Okay, okay, ich hör ja schon auf ... was war denn gewesen? Habt ihr euch gestritten?"

Carina wand sich. „Gestritten wäre zuviel gesagt. Ich habe ihn angezickt, weil er so exklusive Locations für die Hochzeit rausgesucht hatte, als wollte er eine Royal Wedding organisieren. Ich habe ihn darauf hingewiesen, dass ich nur ein Polizistengehalt habe, daraufhin ist er ausgerastet, und ich bin ins Schlafzimmer gegangen. Gegen zwei Uhr morgens habe ich ihn dann in seinem Arbeitszimmer gefunden."

„Ich gebe zu, das ist jetzt schon etwas eigenartig", sagte Sara. „Ihr habt doch, was Geld angeht, eigentlich immer irgendwie auf Augenhöhe gelebt, trotz seines Vermögens."

„Je länger ich darüber nachdenke", sagte Carina langsam, „desto weniger hat das für mich etwas mit dem Geld zu tun. Da ist irgendetwas anderes, irgendein wunder Punkt, den ich berührt habe. Wenn ich nur wüsste, was!"

„Ich weiß, das ist jetzt eine völlig abwegige Idee, aber wie wäre es denn, wenn du ihn einfach fragst? Es sei denn, natürlich, du hast Angst vor der Antwort", fügte Sara hinzu.

„Hab ich dir schon mal gesagt, dass ich es hasse, wenn du mir zeigst, dass du mich viel zu gut kennst?", knurrte Carina. Aber Sara hatte Recht. So konnte es nicht weitergehen, und momentan ging Nuno ihr im Bezug auf die Hochzeit aus dem Weg und vermied jede Bemerkung darüber.

Sie rüttelte an ihrem immer noch leeren Glas. „Komm, noch einen Kleinen auf den Weg. Ich muss mir ein bisschen Mut antrinken."

Sara stellte Carinas Glas in den Abwasch, holte ein Highballglas aus dem Regal hinter sich, füllte es mit viel Eis, gab einen kleinen Schuss White Port Extra Dry hinzu und füllte das Glas mit Tonicwater auf. „Hier", sagte sie, als sie es Carina über den Tisch schob. „Damit der Mut nicht gleich ersäuft."

Carina warf ihr einen langen Blick zu.

„Und damit dem Doktor die Erinnerungen an die Absturznacht nicht zu hart vor Augen, äh, die Nase geführt werden ..."

Montag, 19:12 Uhr

Er sah, wie sie litt.
Er sah, wie sehr sie kämpfte so auszusehen, als ob sie Spaß hätte an ihrem Geburtstag.
Und er wusste, dass sie das alles nur für ihn tat.
Drei waren gekommen. Drei von acht ihrer Freundinnen. Die Eltern von drei anderen eingeladenen Mädchen hatten wenigstens noch angerufen. Heute natürlich erst, damit die Geschichte von ‚etwas Dringendes sei dazwischengekommen' auch glaubwürdig war.
Bei zwei der Mädchen hatten die Eltern nicht einmal den Anstand gehabt, selbst das zu tun. Wie erbärmlich!
Mário wandte sich ab und wieder dem Schneidebrett zu, auf dem er Weißbrot, Chouriço, Schinken, Käse, Paprikaschoten, Salatblätter, eingelegte kleine Maiskölbchen, kleine saure Gürkchen, Oliven und etliche andere Zutaten zu kleinen Häppchen verarbeitete, die es in einer halben Stunde zum Abendbrot geben sollte. Bis dahin müsste auch die große Familienpizza geliefert worden sein.
Von der das meiste liegen bleiben würde.
Lautes Lachen riss ihn aus seinen Gedanken. Die Mütter der drei Mädchen, die letzten Endes doch zu Anas Party gekommen waren, standen mit Inês auf dem vom Wohnzimmer und der Küche begehbaren Balkon, Sektgläser in den Händen. Er konnte nicht verstehen, worüber sie sich unterhielten, aber die Blicke, die sie hin und wieder in seine Richtung warfen, sagten alles. Er, der Versager. Der arbeitslose Hausmann, der da in seiner lächerlichen ‚Kiss the Cook'-Schürze am Küchentisch stand und das Essen selbst richtete, anstatt einen Catering-Service zu beauftragen. Die Ehemänner der Frauen waren natürlich nicht hier, sie hatten ihre Frauen nur abgesetzt, um sich dann wieder ihren wichtigen Geschäften zu widmen.

Oder um sich nicht mit ihm unterhalten zu müssen.
Worüber auch?
Wobei, wie er Inês kannte, wussten doch mit Sicherheit alle hier, was zwischen ihm und Ana passierte. War das nicht genug Stoff für Gespräche, bei denen er sich so richtig als kleines minderwertiges Arschloch fühlen konnte?

Mário legte das Messer ab und ging zum Kühlschrank. In der Tür stand eine geöffnete Flasche Sekt São Domingos Meio Seco, aus dem Pingo Doce für 3,95 Euro. Er nahm sie heraus, entfernte die in den Hals hineingesteckte kleine Kuchengabel (er wusste nicht, wie oft er Inês gesagt hatte, dass das völliger Schwachsinn war, dass einzig und allein die Temperatur des Sektes entschied, ob die Kohlensäure drinblieb oder nicht), setzte die Flasche an und trank in tiefen Zügen.

„Meine Mama hat gesagt, dass man immer aus einem Glas trinken muss, nie aus der Flasche", kam es aus Richtung der Küchentür.

Mário verschluckte sich, hustete, spuckte einen guten Teil des Sektes quer durch die Küche, japste mit Tränen in den Augen nach Luft, während er sich auf der Spüle abstützte, und rülpste schließlich herzhaft, als ihm die Kohlensäure den Hals hinaufstieg.

„Du bist aber ganz schön eklig", konstatierte das achtjährige Mädchen mit ernstem Gesicht und erhobenem Zeigefinger. Dann drehte sie sich um und lief weg. „Mama, der Papa von der Ana hat gerade gaaanz laut gerülpst und in die Küche gespuckt …"

Zur selben Zeit

Alle Köpfe ruckten herum.
Alle, bis auf einen.
Inês konnte nichts anderes tun, als in einem schweren Anfall von Fremdschämen nach unten zu blicken und zu

hoffen, dass den Frauen um sie herum eine kurzfristige, aber komplette retrograde Amnesie das Wissen nehme, dass Mário ihr Ehemann war.

Das betretene Hüsteln sprach allerdings eher dagegen.

„Ja ... ähem ... also ...", nahm Flávia Nogueira das unterbrochene Gespräch wieder auf. „Ich kann nur sagen, so ein Spa-Wochenende in Estoril, das ist schon was Feines. Keine langen Autofahrzeiten, das heißt, der Erholungseffekt ist bei der Rückkehr immer noch da. Und am Abend mal mit ein paar Hundert Euro im Casino so tun, als wäre man der ‚Big Spender', das hat schon was. Im Organisieren von solchen Erlebnissen hat mein Gonçalvo schon ein Händchen ..."

„Ja schon", sagte Sofia Mendes. „Aber ganz ehrlich? Es geht doch nichts über so einen richtigen City Break. Oder ein langes Wochenende in Marrakesch, mit Wüstenübernachtung im Beduinenzelt inklusive, versteht sich. Gott, wenn ich darüber nachdenke, was ich für Geld in diesem *souk* gelassen habe ... für Kleider, die ich hier nie anziehen würde ... Aber wenn man schon mal so in Urlaubsstimmung ist, da will man ja auch nicht jeden Euro zweimal rumdrehen ..."

Inês spürte, wie ihr eine leichte Übelkeit den Hals hochkroch.

Es sollte aber noch schlimmer kommen.

„Was ich bei meinem Gonçalvo ja ganz erstaunlich finde", ließ sich jetzt wieder Flávia vernehmen, „ist, dass er trotz des ganzen Stresses auf der Arbeit – ich meine, Erfolg und Geld kommen ja nicht von irgendwo her – trotzdem ganz Mann ist, wenn ihr versteht, was ich meine."

‚Leider nur viel zu gut', dachte Inês bitter. ‚Ich habe in dieser Beziehung tatsächlich auf der ganzen Linie gepunktet: arbeitslos, charakterlos, willenlos, impotent, und psychisch und seelisch ein Wrack.' „Noch jemand ein Glas Sekt?"

„Na sicher doch!", kam die prompte Antwort.

Erleichtert darüber, eine Chance zu haben, diesen Diskussionen wenigstens für eine kleine Weile zu entgehen, wandte sich Inês um und ging in Richtung Küche

„Sie wird ja wohl den Anstand haben, eine neue Flasche aufzumachen", sagte Flávia in ihrem Rücken, laut genug dass Inês es hören *musste*. „Wobei, bei der Billigplörre macht es wahrscheinlich auch keinen Unterschied ..."

Montag, 20:14 Uhr

„Nein, nein, mach dir mal keine Sorgen, ich bin hier gut untergebracht ... ja, wieder in dem kleinen Hotel in Covent Garden ... genau, da wo dieser ganz mit Efeu zugewucherte Pub steht. Nein, heute Abend wird nicht mehr viel passieren, ich werde wohl noch auf ein Bier an die Hotelbar runtergehen ... Wie? Nein, du weißt doch, ich stehe nicht so auf harte Sachen. Du lass es aber auch nicht so spät werden ... ja, ich dich auch. *Ser deg i morgen! Adjø!*" Aksel drückte auf ‚Beenden' und legte das Telefon auf den Tisch, direkt neben den Teller mit dem großen, wie ein kleiner Ballon wirkenden Naan-Brot, und sah sein Gegenüber an. „Sorry. Sie sagten?"

Der Mann, ein etwa fünfundvierzigjähriger, sehr gepflegter Türke, sah ihn einen langen Augenblick sehr intensiv an. Dann senkte er den Blick und schüttelte den Kopf. „Sie kennen tatsächlich keine Skrupel, nicht wahr?"

„Und das wollen Sie jetzt wissen, weil ...?

Der Mann musste offenbar einen Moment lang überlegen, ob sich eine Antwort überhaupt lohnte. Dann: „Mister Nysgård, ich verstehe kein Norwegisch, aber dass Sie Ihrer Frau gerade vorgelogen haben, dass Sie in London wären, während Sie es, sobald unser Gespräch beendet ist, mit Ihrer portugiesischen Geliebten in irgendeiner Absteige hier treiben werden, war jetzt nicht wirklich misszuverstehen. Ich muss Ihnen sagen, ich mag das nicht. Ich habe ein Problem mit Geschäftspartnern, die nicht in allen Bereichen ihres Lebens integer sind."

‚Ich würde das Memmo Alfama jetzt nicht unbedingt als Absteige bezeichnen', dachte Aksel. „Dann sollten Sie umgehend lernen, Privates vom Geschäft zu trennen", antwortete er gereizt. Genau das hatte er gebraucht, eine Moralpredigt von jemandem, den er bislang nur vom Telefon her und aus Emails kannte und dessen Nachnamen er kaum aussprechen konnte. Aksel beschloss, Hassan innerlich ‚Senhor Bacalhau' zu nennen, zum einen, weil es phonetisch dem ‚Sohn des Lebensmittelhändlers' recht nahe kam, und zum anderen, weil ein lächerlicher Name den Mann ein wenig weniger bedrohlich erscheinen ließ.

Wofür so ein Grundkurs in Psychologie doch nicht alles gut war ...

„Haben Sie bereits den Hauptgang gewählt?" Wie aus dem Boden gewachsen, stand plötzlich der Kellner neben ihrem Tisch. Dem leicht genervten Ton seiner Stimme bei dem Wort ‚bereits' entnahm Aksel, dass man es hier offenbar gewohnt war, alle Speisen in einem Bestellvorgang zu ordern, um einen schnellen Besucherdurchlauf zu garantieren. Das machte ihn sofort zu seinem besten Freund in diesem Raum, denn eigentlich wollte er nichts mehr als raus hier. „Für mich bitte ein *Jalpari Tandoori*[4], mit normalem weißen Reis, und *Gulab Jamun*[5] als Nachtisch. Und bitte noch ein Cobra[6]."

Hassan Bakkalcıoğlu griff umständlich nach der Speisekarte und begann, darin herumzublättern.

‚Jetzt fehlt mir eigentlich nur noch, dass er den Kellner wieder wegschickt', dachte Aksel. ‚Als hätte er während meines Anrufs nicht genug Zeit gehabt, sich etwas auszusuchen ...'

---

[4] Speziell marinierte Tigergarnelen
[5] eine Art zu Schaum geschlagene Milch, in einen mit Safran und Kardamon aromatisierten Sirup getaucht.
[6] Indische Biersorte

„Also, für mich wird es dann ein *Mattar Paneer*[7]. Kein Nachtisch. Und noch eine kleine Flasche Wasser. Still und ungekühlt."

Aksel unterdrückte ein Stöhnen. Vegetarisch, natürlich mit Knoblauch. Und Wasser. Einen Augenblick lang war er versucht, sich als reine Provokation noch einen mindestens dreistöckigen Wodka zu bestellen.

Ohne Eis.

„Gut", sagte Hassan Bacalhau, als sich der Kellner wieder entfernt hatte. „Wenn es Ihnen schon selbst unangenehm ist, über Ihr Privatleben zu reden, dann sollten wir vielleicht tatsächlich schnell zum geschäftlichen Teil kommen. Haben wir denn einen wie auch immer gearteten Zeitplan?"

Aksel zog misstrauisch die Augenbrauen zusammen. Hatte er irgendetwas verpasst? Oder hatte ihm Jasper vorhin am Telefon nicht alles gesagt? „Der Zeitplan ist immer noch derselbe wie von Anfang an. Warum sollte sich daran etwas geändert haben? Die einen sind raus, wir sind drin. Ist doch eigentlich gar nicht so schwer, oder?"

„Dann lassen Sie mich die Frage etwas anders formulieren." Hassan Bacalhau lehnte sich nach vorn und ließ in Aksel eine große Dankbarkeit darüber wachsen, dass der knoblauchreiche Hauptgang noch nicht serviert worden war. „Was muss ich tun, damit ‚die einen' schneller raus und wir drin sind? Beziehungsweise, was würde mich das kosten?"

‚Wenn Geldgeilheit Flügel verleihen würde, wärst du jetzt schon das neue Red Bull Maskottchen!', dachte Aksel. „Manchmal ist diese ganze Sache mit dem Rein und Raus nicht ganz so einfach", antwortete er vorsichtig. „Wir reden hier schließlich nicht über irgendeine Wald-und-Wiesen-Organisation, die mit ein paar geklauten Autos handelt. Oder Drogen von Marokko importiert. Es mag Ihnen auf-

---

[7] Gekochte Erbsen mit Käse, angereichert mit Zwiebeln, Knoblauch und einer würzigen Tomatencremesauce

gefallen sein, dass das hier eine ganze Dimension größer ist. Oder eher zwei bis drei. Das ist nichts, was man mal schnell mit ein paar Hunderttausend über die Theke des Bakhlava-Ladens regelt." Hätte er vielleicht einen weniger türkischen Vergleich wählen sollen ...?

Dem starren Blick von Hassan Bacalhau nach zu urteilen wahrscheinlich schon ...

„Hier sind schon einmal das Wasser und das Cobra", unterbrach der Kellner das Augenduell. „Die Hauptgerichte kommen in einer Minute."

„Könnte ich meines bitte als Take-Away haben?", fragte Aksel. „Das Dessert ebenfalls", fügte er leicht grinsend hinzu, als er sah, wie Hassan Bakkalcıoğlu Gesicht gefror.

„Selbstverständlich", antwortete der Kellner mit der ihm anerzogenen Begeisterung darüber, dass er der Küche (also vermutlich seinem Schwager, Bruder, Cousin oder so) jetzt klarmachen musste, dass alles, was gerade auf die Teller getan wurde, in eine Thermobox verpackt werden musste. „Für den anderen Herrn auch?"

„Nein", sagte Hassan Bakkalcıoğlu knapp.

Kaum dass der Kellner außer Hörweite war, schoss der Kopf des Türken nach vorn. „Hören Sie mir gut zu, Mister Nysgård. Ich bin schon sehr weit gegangen und ich möchte, dass Sie wissen, dass ich bereit bin, noch wesentlich weiter zu gehen. Allein die Tatsache, dass ich mich mit so einem primitiven Menschen wie Ihnen abgebe, sollte Ihnen das klarmachen. Ich habe abgeliefert, jetzt sind Sie dran."

Aksel erwog einen Moment lang, Hassan Bacalhau für den ‚primitiven Menschen' einmal kurz und nachdrücklich ins Gesicht zu schlagen, beschloss dann jedoch, das Ganze diplomatisch zu lösen. „Mister Bakka ... was auch immer, auch ich betrachte das hier nicht als Spaß oder Privatvergnügen, dazu hängt mein Arsch viel zu weit aus dem Fenster. Zunächst einmal: das eigentliche ‚Abliefern' Ihrerseits hat noch nicht einmal angefangen. Ansonsten: Auch ich werde ‚abliefern', aber nur auf eine Weise, die den Erfolg unserer Operation auch langfristig gewährleistet. Mit viel Geld, etwas *quick and dirty* zu zaubern, ist nicht mein Stil, und schon gar nicht der der Organisation, die hinter mir steht. Es dauert, solange wie es dauert, und angesichts dessen, dass die anderen auch keine Anfänger sind, werden wir den Ball flach halten. Ganz flach. Aber Geld ist schon mal ein gutes Stichwort. Die Rechnung hier ist natürlich Ihre. Und ansonsten gilt die alte Weisheit, die verkappte Talente in den kreativen Branchen lernen, wenn sie auf Profis treffen: ‚*Don't call us – we call you*'. Ihnen dann auch noch einen schönen Abend bei Knoblauch und Wasser, ich gehe es dann jetzt mit meiner portugiesischen Geliebten in meiner 4-Sterne-Absteige treiben. Ihre Nummer habe ich, ich melde mich dann mit weiteren Einzelheiten." Er nahm dem Kellner, der mit einem perfekten Timing mit dem verpackten Essen an den Tisch getreten war, die Tüte und den Rechnungsbeleg aus der Hand und legte ihn vor Hassan auf den Tisch. „Der Herr zahlt", sagte er, wandte sich um und ging.

Und es fühlte sich so scheißgut an ...!

Montag, 20:43 Uhr

„Ich hab keine Lust mehr", sagte Rosa und warf einfach die Karten hin.

„Ich auch nicht", sagte Teresa und tat das Gleiche. „Und Clara bestimmt auch nicht."

Clara guckte nicht einmal hoch und zuckte nur mit den Schultern.

„Was wollen wir denn sonst spielen?", fragte Ana leise. Sie fühlte sich elend und hatte eigentlich gar keine Lust mehr. Schon gar nicht nach vorhin, als sich alle über ihren Papa lustig gemacht hatten.

„Ich will nach Hause", sagte Rosa und seufzte gespielt gequält. „Es ist soooo langweilig hier ..."

Ein lautes „Na, spielt ihr schön?" von Rosas Mutter, die in der Tür des Kinderzimmers stand, ließ alle zusammenzucken.

„Nein", antwortete Rosa sofort. „Die Ana hat gesagt, sie hat keine Lust mehr, mit uns zu spielen."

„Hab ich nicht!"

„Hast du doch, stimmts Teresa?"

Die nickte.

Rosas Mutter trat ins Zimmer und setzte sich neben Rosa auf das Bett. „Das ist nicht eure Schuld. Ihr müsst auch die Ana ein bisschen verstehen, das Ganze ist ja auch nicht leicht für sie, besonders das mit ihrem Vater ..."

Ana schossen die Tränen in die Augen. Sie wollte losschreien, doch ihre Kehle war wie zugeschnürt.

„Was ist denn mit ihrem Vater?", fragte Teresa.

Rosas Mutter machte ein trauriges Gesicht, das nicht echt war. „Das verstehst du noch nicht, dafür bist du noch zu klein. Aber ihr dürft der Ana da auch nicht böse sein, sie kann nichts dafür. So, und jetzt verabschiedet euch, es ist schon spät, wir wollen nach Hause. Eure Papas sind schon draußen." Sie stand vom Bett auf, strich Ana über den Kopf und stellte sich wieder in die Tür. Die drei Mädchen gaben Ana nacheinander Küsschen auf die Wangen, ohne sie dabei zu berühren, und liefen an Rosas Mutter vorbei in den Korridor. Rosas Mutter warf Ana noch einen mitleidigen Blick zu und schloss die Tür hinter sich.

Ana kämpfte noch einen Augenblick lang, dann schluchzte sie laut, sprang auf, lief zum Bett und kroch unter die Decke.

Montag, 21:04 Uhr

Die kleine Lampe auf der Schlüsselablage im Korridor brannte, als Carina die Wohnung betrat. Die Wohnzimmertür war einen Spaltbreit geöffnet, aus dem ein schmaler

Lichtstrahl fiel. Als sie näherkam, hörte sie auch leise Musik.

Nuno Martins saß mit einem Buch in der Hand im Sessel beim Fenster. Als Carina eintrat, legte er das Buch sofort zur Seite und stand auf. Als er sie wortlos in den Arm nahm, merkte sie, dass er frisch geduscht war und sein teures Parfüm für besondere Anlässe trug. Einen Moment lang kämpfte Carinas Hirn dagegen, dass ihr Körper die Prioritäten verschieben wollte, doch dann hatte sie sich wieder im Griff.

„Wie geht es dir?", fragte sie ihn leise.

Er nickte. „Gut. Und wie war dein Tag? Überstunden oder Sara?"

„Sara."

„Wegen mir?"

Sie zögerte einen Augenblick, dann biss sie sich auf die Unterlippe und nickte. „Wir müssen reden, Nuno."

Er nickte auch. „Möchtest du was trinken?"

Sie lächelte. „*Kannst* du denn schon wieder was trinken?"

„Nach drei Tagen entgiften kann selbst ich keinen grünen Tee mehr sehen ..."

Carina entzog sich seiner Umarmung. „Gib mir ein paar Minuten."

Nach einer Dreiminutendusche beschloss sie, als einzige Unterwäsche einen Hauch *ihres* Parfüms für besondere Anlässe zu tragen, schlüpfte in ein paar bequeme Jeans und eine leichte weiße Baumwollbluse. Sie ging in die Küche, nahm zwei Portweingläser aus dem Schrank, füllte sie zu einem Drittel mit Eis und zu zwei Dritteln mit weißem Port und ging wieder ins Wohnzimmer.

Nuno stand am Fenster und blickte hinunter auf den abendlichen Tejo. Als er Carina kommen hörte, drehte er sich um und nahm ihr eines der Gläser ab. „Auf uns", sagte er leise.

„Auf uns. Du oder ich zuerst?"

„Du."

Carina holte tief Luft. „Du hast mir Angst gemacht, als ich dich so gefunden habe. Nicht wegen dem Alkohol, sondern weil das nicht du warst. Nuno, ich liebe dich, und dein Heiratsantrag letztes Jahr war das Schönste, was ich bis jetzt erlebt habe, aber bitte, wenn du dich damit selbst derart unter Druck setzt, dann lass uns die Hochzeit verschieben. Ich bin schon groß, und wenn du mir sagen willst, dass der Antrag einfach nur eine spontane Aktion war und du eigentlich gar nicht heiraten möchtest, dann ist das auch in Ordnung. Ich will nur nicht ..." Sie brach ab, als sie sah, wie sich sein Gesicht veränderte.

„Carina!", sagte Nuno mit entsetztem Blick. „Um Gottes willen! Glaubst du im Ernst, dass ich plötzlich Angst vor meiner eigenen Courage bekommen habe und dich nicht mehr heiraten will? Ich habe damals in Porto jedes Wort so gemeint, ich kann und will mir ein Leben ohne dich nicht mehr vorstellen."

„Aber was soll ich denn denken?", fragte Carina verzweifelt. „Du hast dich so sehr verändert, seit wir mit der Hochzeitsplanung angefangen haben, und wenn es nicht die Hochzeit selber ist, was ist es dann?"

Nuno rang sichtbar nach Worten. „Es ist ... es hat wirklich nichts mit der Hochzeit zu tun. Oder mit dir. Uns. Ich ... es gibt da etwas, worüber ich mir zuerst einmal selbst klar werden muss, bevor ich darüber reden kann. Ich kann dich nur bitten mir zu vertrauen." Und als keine unmittelbare Reaktion von Carina kam: „Wenn ich soweit bin, bist du die Erste, die es erfährt. Versprochen."

Carina fühlte, wie ihre Anspannung langsam etwas zurückging. Nein, das war noch nicht ganz das, was sie sich erhofft hatte, doch jetzt weiter zu drängen würde definitiv mehr kaputtmachen als helfen.

Sie sah ihm tief in die Augen. „Wenn es etwas damit zu tun haben sollte, dass du dir noch nicht ganz klar darüber bist, ob du Kinder mit mir haben möchtest oder nicht, momentan verhüte ich noch."

Nuno machte einen Schritt auf sie zu. „Das heißt, wenn ich jetzt die Tatsache würdigen wollte, dass du mein Lieblingsparfüm trägst ..."

Carina legte ihm die Arme um den Hals und küsste ihn. „Willst du mir jetzt erzählen, dass die Tatsache, dass *du mein* Lieblingsparfüm trägst, keine reine Berechnung war? Dann schleppe ich dich noch heute Abend in einen unserer Verhörräume!"

„Um was zu tun?", fragte Nuno, während seine Hände unter ihre Bluse glitten. „Mich mit Handschellen am Tisch fesseln und foltern, bis ich gestehe?"

„Nein, damit wir endlich mal ein Video von uns beiden beim Sex bekommen ..."

„Senhora Hauptkommissarin, ich bin schockiert!"

„Lügner."

Montag, 22:11 Uhr

Inês saß im dunklen Wohnzimmer und starrte auf die Lichtpunkte, die die unten vorbeifahrenden Autos auf die Wand warfen. In ihrem Inneren kämpften Scham, Wut und Verzweiflung um den ersten Platz auf der Gefühlsskala.

Anas Geburtstag war eine einzige Demütigung gewesen, für Ana selbst, aber auch für ihre ganze Familie. Dass Mário sich von Flávias Tochter dabei hatte erwischen lassen, wie er heimlich aus der Flasche trank, war dabei fast noch das geringste Übel gewesen. Viel schlimmer waren die versteckten, tiefgehenden indirekten Beleidigungen, dieses unerträgliche Herumprotzen mit dem eigenen Wohlstand in dem Wissen, dass Inês' Familie all dies nicht hatte.

Schon allein die Tatsache, dass all die ach so erfolgreichen Ehemänner lediglich als Fahrdienst hergehalten hatten, um sich auch ja nicht mit Mário unterhalten zu müssen, war bezeichnend genug.

Ein schwacher Trost war ja vielleicht, dass sie als Zielscheibe des versteckten Spotts nicht ganz allein war. Als sie für einen Moment auf dem Balkon mit Flávia und Catarina, den Müttern von Rosa und Teresa allein gewesen war, hatte Flávia der Mutter der stillen Clara spöttisch hinterher gesehen und gesagt: ‚Also die kleine Clara ist ihrer Mutter ja wirklich wie aus dem Gesicht geschnitten – das arme Wurm ...'

Diese Bitch!

Und nein, es war ganz und gar kein Trost gewesen, dass es diesmal nicht gegen ihre eigene Familie gerichtet war.

Als alle Gäste gegangen waren, war Inês zu Ana ins Zimmer gegangen und hatte ihre Tochter weinend unter der Bettdecke versteckt gefunden. Sie war neben ihr sitzen geblieben und hatte ihr den Kopf gestreichelt, bis sie eingeschlafen war.

Mário hatte sich unmittelbar nach dem Eklat in sein ehemaliges Arbeitszimmer zurückgezogen und war seitdem nicht wieder aufgetaucht. Eigentlich fühlte Inês eine tiefe Dankbarkeit darüber, jetzt nicht mit ihm hier im Wohnzimmer sitzen zu müssen, schweigend, da es nicht wirklich etwas gab, worüber man reden konnte, ohne sich gegenseitig zu beleidigen. Andererseits war da auch ein gewisses Schuldgefühl, ihn mit diesem Kindergeburtstag überfordert und vor allem dem Spott der anderen Mütter ausgesetzt zu haben.

Sie horchte in die Tiefe der dunklen Wohnung hinein, doch alle Geräusche, die sie hörte, kamen von außen.

Inês kämpfte mit sich, dann drückte sie ihren sich unendlich schwer anfühlenden Körper hoch und trat in den Korridor hinaus. Ganz leise öffnete sie noch einmal die Tür zum Kinderzimmer. Im schwachen Licht der Sternenhimmellampe sah sie Ana, die ihren Stofflöwen fest an sich gepresst hielt und schlief.

Vorsichtig schloss sie die Tür wieder und ging zu Mários altem Arbeitszimmer. Vor der Tür blieb sie stehen und holte noch einmal tief Luft. Dann klopfte sie.

Keine Reaktion.
Sie klopfte etwas lauter.
Immer noch nichts.

Vor Inês' innerem Auge formte sich das Bild von ihrem Mann, wie er schlafend und sabbernd mit einer Flasche Alkohol auf der alten Couch lag. Sie widerstand dem Drang, sich umzudrehen und wieder wegzugehen. Stattdessen legte sie die Hand auf die Klinke und öffnete die Tür.

Eigentlich hatte sie fast schon erwartet, die Tür von innen abgeschlossen vorzufinden. Was sie nicht erwartet hatte, war das Bild, das sich ihr bot, als die Tür aufging.

Das Zimmer war leer.

Montag, 23:12 Uhr

Flávia Nogueira blickte im Spiegel des großen Wandschranks kritisch an sich herunter. Der rot-schwarze BH war wenigstens eine Nummer zu klein und ließ ihre ohnehin schon üppigen Brüste noch größer erscheinen, wobei auf der linken Seite sogar ein wenig Brustwarze blinkte. Der dazugehörige winzige Stringtanga, eigentlich nur ein lächerlich dünnes rot-schwarzes Band auf ihren ausladenden Hüften, verschwand ordinär zwischen ihren rasierten Schamlippen und Pobacken und zeigte mehr, als er verdeckte. Ihre Smokey Eyes wirkten zu dunkel, die Augenbrauen aufgesetzt und ihr auberginefarbener Lippenstift zu grell.

Ihr Mund verzog sich zu einem Lächeln. Genau so. Es war perfekt.

Sie merkte, wie sie bereits feucht wurde, doch sie musste sich noch zurückhalten.

First things first.

Flávia ging zu der kleinen Kommode des Ankleidezimmers, zog die obere Schublade auf, entnahm ihr eine kleine Flasche mit einer durchsichtigen Flüssigkeit und eine kleine Plastikverpackung. Sie öffnete die Schutzfolie der Verpackung, nahm die kleine Spritze heraus, schraubte die Kanüle auf und zog etwas Luft in den Zylinder. Sie durchstach die Gummimembran der kleinen Flasche mit der Kanüle, ließ die Luft aus der Spritze in die Flasche entweichen und zog ganz langsam etwas von der klaren Flüssigkeit in den Zylinder. Sie hielt die Luft an, als sie die Nadel ansetzte, doch es gab keinerlei Widerstand, als sie den Kolben nach unten drückte.

Eine halbe Minute später atmete Flávia tief durch.

Jetzt war sie bereit.

Sie ging zum Stuhl zurück, schlüpfte in die roten High Heels und legte sich den schwarz-transparenten Hauch von Nichts um die Schultern, der ihr Dessous-Outfit vervollständigte. Noch ein prüfender Blick in den Spiegel, dann öffnete sie die Tür und trat hinaus.

Der Korridor war dunkel bis auf die Kerzen, die zwischen den großformatigen gerahmten Schwarzweißfotos von Havanna hingen. Die Schlafzimmertür war leicht angelehnt, durch den schmalen Spalt fiel ein schwacher Strahl rötlichen Lichts. Flávia drückte die Tür auf und lehnte sich gegen den Türrahmen. Sie ließ den fast durchsichtigen Umhang von der rechten Schulter gleiten und öffnete leicht ihre Schenkel. „Gefällt dir, was du siehst?", sagte sie mit gespielter dunkler, rauchiger Stimme zu dem Mann, der bis auf einen knappen weißen Slip nackt auf dem Bett lag.

Ohne hinzusehen langte der Mann nach rechts, ergriff seine Brieftasche, holte drei 100-Euro-Scheine heraus und warf sie in Richtung der Frau. „Na, dann zeig mal, ob du dein Geld wert bist, Schlampe", sagte er, während er sich in den Schritt griff.

Flávia stieß sich vom Türrahmen ab und ließ den durchsichtigen Umhang zu Boden fallen. Sie stellte sich breitbeinig hin und stemmte die Hände in die Hüften. „Bis jetzt hat sich noch niemand beschwert."

Der Mann rieb sich seine schon geschwollene Männlichkeit. „Nimm den Mund nicht zu voll."

„Nicht? Schade, weil, genau das habe ich vor", antwortete Flávia und leckte sich mit der Zungenspitze über die Oberlippe. Sie nahm die linke Hand von der Hüfte und machte einen Schritt auf das Bett zu. „Du weißt doch, dass ich manchmal den Hals nicht voll genug kriegen kann ..."

Plötzlich verspürte sie ein heftiges Brennen in der Kehle und griff sich an den Hals. Sie versuchte zu atmen, doch das Brennen schnürte ihr die Luft ab. Im nächsten Moment hatte sie das Gefühl, dass ihr Inneres zerriss.

Ihre Beine gaben nach, und sie stürzte schwer auf den Boden. Immer noch ohne Atem und von entsetzlichen Krämpfen geschüttelt, spürte sie, wie ihr ein ekliger Schleim innen den Hals hoch kroch. Flávia wollte schreien, doch es kam kein Ton heraus. Unnatürlich verdreht lag sie auf dem Boden, ihre Augen hingen an der mit einem roten Schal abgedeckten Nachttischlampe, und die Angst legte sich wie eine eiserne Klammer um ihr Herz, als sie merkte, wie das Licht allmählich dunkler wurde.

Von außen eher unscheinbar, aber das Café/Restaurant „Pit" ist ein echter Geheimtipp was die Küche angeht.

VIERTES KAPITEL

Dienstag, 02:13 Uhr

„War das jetzt unbedingt nötig?"
„Ich weiß nicht, wovon du redest."
„Natürlich nicht!" Wütend ruckte Kendras Kopf wieder geradeaus. „Es ist auch völlig normal, dass du um halb zwei Uhr nachts vor meiner Tür stehst und mich abholen willst – obwohl du nicht einmal Bereitschaft hast!"
„Ich konnte eh nicht schlafen ..."
„... und da dachtest du dir: ‚Ach, da kommt mir doch so ein Mord eigentlich ganz gelegen, bei der Gelegenheit kann ich ja dann auch gleich Kendras Mutter kennenlernen ...'!"
„Zum einen glaube ich nicht, dass deine Mutter unseren Dienstplan kennt. Und zum anderen: Ich fand Mama Chakussanga eigentlich ganz nett ..."
„Nenn meine Mutter nicht ‚Mama Chakussanga'! Und sie war nicht nett, sie war nur krankhaft neugierig!"
Bruno zuckte mit den Schultern, nahm den Blick aber nicht von der leeren nächtlichen Straße. „Ich habe mich doch ganz brav als dein Kollege vorgestellt."
„Und da meine Mutter immer noch Knochenbeutelchen

über dem Kräuterfeuer schwenkt, weil sie die Euromillion gewinnen oder auch einfach nur wissen will, wie morgen das Wetter wird, glaubt sie dir das natürlich auch!" Kendra schnaufte wütend. „Da steht mitten in der Nacht ein hochattraktiver Mann vor der Tür, im übrigen der erste, der mal größer ist als ich, selbst mit High Heels, und meine Mutter glaubt dir natürlich, dass du nur ein Kollege bist! Ich darf gar nicht daran denken, was abgeht, wenn ich wieder nach Hause komme ..."

„Dann zieh doch einfach zu mir ..."

„Hast du, bevor du losgefahren bist, heimlich *waragi*[8] genascht? Wir sind übrigens da, halt an."

Bruno parkte den Wagen hinter dem unverkennbaren Kleinbus der Tatortermittler. „Ich habe unseren *waragi*-Abend übrigens in ausgesprochen schöner Erinnerung."

Kendra seufzte. „Wenn ich dich jetzt küsse, versprichst du mir, dass du einfach nur die Klappe hältst?"

Zwei Minuten später stiegen sie aus dem Auto und gingen ins Haus. Sie schoben sich an der in Anbetracht der Uhrzeit erstaunlich munteren Menge an Gaffern vorbei in den zweiten Stock. Als sie auf dem Treppenabsatz anlangten, kam tatsächlich eine ältere Dame im Bademantel mit einem Tablett voller kleiner dampfender Kaffeetassen für die Nachbarn aus dem dritten Stock herunter.

„Da du ja immer alles weißt", flüsterte Kendra. „Was denke ich gerade?"

„Dass du jetzt gern einen dieser Kaffees hättest?"

„Das ist prinzipiell mehr als wahr, wäre aber leider sehr unprofessionell. Zweiter Versuch."

„Dass wir uns in einer Wohngegend befinden, in der die Leute nicht wirklich viel erleben?"

„Es wird wärmer."

„Dass wir in dieser Menge keinen einzigen brauchbaren Zeugen finden werden?"

---

[8] Ein hochprozentiger afrikanischer Schnaps.

„Ich bin stolz auf dich ..."

Die Tür zur Wohnung des Opfers stand offen. Ein junger Beamter in Uniform hatte die schwere Aufgabe übertragen bekommen, die Neugierigen vom unkontrollierten Eintreten nebst ‚Selfie-mit-Leiche' abzuhalten. Kendra und Bruno zückten ihre Dienstausweise und betraten unter den neidischen Blicken der Nachbarn die Wohnung.

Als sie am Wohnzimmer vorbeigingen, sahen sie einen Mann auf dem Sofa sitzen, dem ein Arzt gerade eine Spritze verabreichte. „Der Ehemann!", raunte der junge Beamte von der Tür her. „Das Opfer ist dahinten, im Schlafzimmer, letzte Tür rechts."

Als Bruno und Kendra das Schlafzimmer betraten, waren die Tatortermittler dabei, ihre Sachen zusammenzupacken. „Was haben wir, Kollegen?", fragte Bruno.

„Einen riesigen Haufen umgegrabene Scheiße!", ranzte der Leiter der Ermittlereinheit. „Der ganze Tatort irgendwie ... umgeräumt, die Leiche nicht nur bewegt, sondern sogar gereinigt und umgezogen, dazu haben wir einen Ehemann, der das alles für völlig normal zu halten scheint! Macht damit, was ihr wollt ..." Er drehte sich zu seinen beiden Kollegen um. „Wir sind hier fertig. Keine Einbruchsspuren, auch keine Spuren eines Kampfes. Nach Aussagen ihres Ehemannes ist sie quasi vor seinen Augen tot zusammengebrochen. Bericht gibts morgen ... oder nachher ... oder wie auch immer ..."

„Hast du wenigstens eine vorläufige Todesursache für uns?"

„Zumindest hier konnte der Pfuscher nicht wirklich etwas verbergen. Eindeutig Giftmord."

Kendra und Bruno sahen sich an. „Gibst du uns noch zwei Minuten, bevor du die Leute vom Abtransport hoch schickst", fragte Bruno, während er sich bereits die Latexhandschuhe überzog.

„Macht das um die Zeit noch einen Unterschied?", kam es zurück.

„So gesehen ... nein."

Als die Tatortermittler gegangen waren, setzten sich Bruno und Kendra auf das Bett und ließen den Blick schweifen.

Der Kollege hatte recht gehabt.

An diesem Tatort stimmte so gut wie nichts.

Die etwa dreißigjährige Frau, eine gewisse Flávia Nogueira, lag auf dem Rücken auf dem Boden des Schlafzimmers, als ob sie schliefe. Ihre Arme ruhten an den Seiten, sie trug einen biederen weißen Schlafanzug, sittsam bis zum Hals zugeknöpft, die Pyjamahose hatte sie verkehrt herum an, sodass die Naht nach außen zeigte. Im Gesicht waren selbst aus einiger Entfernung und bei schwachem Licht noch Spuren von schlecht entferntem Make-up und Lippenstift erkennbar. Die Hände und nackten Füße steckten in Plastiktüten, die ihr die Tatortermittler zur Sicherung eventueller Spuren übergezogen hatten.

Kendra ließ den Blick schweifen. Der ganze Raum wirkte irgendwie ... gestellt.

Nach einer Minute stand Bruno auf. „Ich denke, hier kann nur einer Licht ins Dunkel bringen."

Kendra erhob sich ebenfalls. „Das denke ich auch."

Der Ehemann der Toten blickte verstört auf, als sich die beiden riesigen Polizisten vor ihm aufbauten. „Senhor Nogueira? Gonçalvo Bruno Nogueira?", fragte Bruno vorsichtig. „Die Kommissare Lobão und Chakussanga von der Mordkommission. Unsere aufrichtige Anteilnahme für Ihren Verlust. Ich weiß, wie schwer das für Sie sein muss, aber wir müssen Ihnen ein paar Fragen stellen. Ist das in Ordnung für Sie?"

Gonçalvo Nogueira sah ihn einen Augenblick lang an, als hätte er kein Wort verstanden, dann ließ er den Kopf wieder sinken und winkte müde ab. „Fragen Sie, was Sie fragen müssen."

„Dürfen wir uns vielleicht einen Moment hinsetzen?", fragte Kendra.

Ohne hinzusehen zeigte Gonçalvo Nogueira auf das Sofa.

„Senhor Nogueira", begann Bruno. „Können Sie mir kurz erzählen, wie Ihr heutiger Abend verlaufen ist?"

Der etwa fünfunddreißigjährige Mann zuckte ohne aufzublicken mit den Schultern. „Wir waren bei einem Kindergeburtstag. Unsere Rosa war von der Tochter eines befreundeten Ehepaares eingeladen worden. Ich habe meine Frau und Rosa dorthin gebracht und bin dann noch einmal ins Büro gefahren. Gegen 21:00 Uhr habe ich die beiden wieder abgeholt, und wir haben Rosa noch zu meiner Mutter gebracht, weil wir verabredet hatten, dass sie die Nacht bei ihrer Oma verbringen darf. Dann sind wir nach Hause gefahren und haben uns für das Bett fertig gemacht. Wir müssen ja beide wieder arbeiten morgen, also ... ich ... muss ..." Seine Stimme brach ab.

Kendra und Bruno sahen sich an. „Senhor Nogueira, wie gesagt, uns ist bewusst, dass das jetzt gerade sehr schwer für Sie ist", sagte Kendra. „Aber können Sie uns vielleicht noch beschreiben, wie genau sich der Tod Ihrer Frau abgespielt hat? Unseren Kollegen gegenüber hatten Sie angedeutet, dass Ihre Frau einfach so vor Ihnen zusammengebrochen ist. Stimmt das?"

„Ja", antworte Gonçalvo Nogueira zögernd. „Sie ... sie hatte sich nur etwas für die Nacht angezogen und, als sie ins Schlafzimmer gekommen ist ..."

‚Hat sie sich auf den Rücken gelegt, schnell noch ihre Pyjamahose falsch herum angezogen und ist gestorben', lag es Bruno auf der Zunge. „Senhor Nogueira", sagte er laut. „Bitte versuchen Sie sich noch einmal genau zu erinnern, jedes Detail könnte uns helfen."

Den Gesichtsausdruck des Mannes konnte er nicht deuten. Dann: „Hören Sie, Senhor Kommissar, ich weiß nicht, was Sie hier gerade versuchen mir zu unterstellen ..."

„Wir unterstellen gar nichts, Senhor Nogueira", unterbrach ihn Kendra. „Aber die Fakten sprechen eine andere

Sprache. Ihre Frau ist vergiftet worden, und so wie es aussieht, ist das hier in Ihrer Wohnung passiert. Was uns jetzt die Suche nach dem Mörder unnötig schwer macht, ist die Tatsache, dass Sie, außer dass Sie das Schlafzimmer umgeräumt, auch ihre Frau ziemlich dilettantisch abgeschminkt und noch dilettantischer umgezogen haben, wodurch wahrscheinlich so ziemlich alle Spuren vernichtet worden sind. Also, eine etwas genauere Beschreibung des Abends wäre jetzt eine willkommene Entschädigung."

„Und als Bonus wünschen wir uns die Wäsche, die Ihre Frau tatsächlich getragen hat, als sie zusammengebrochen ist", ergänzte Bruno.

Einen kurzen Moment lang schien Gonçalvo Nogueira tatsächlich mit sich zu kämpfen.

Dann sackte er in sich zusammen. Wie ein Zombie stand er langsam auf und lief in Richtung Tür. Bruno wollte ebenfalls aufstehen, doch Kendra hielt ihn zurück. Nach einer Minute war Gonçalvo Nogueira wieder zurück. In seinen Händen hielt er ein paar Wäschestücke, die sowohl Kendra als auch Bruno die Augen aufreißen ließen.

„Was ist *das* denn jetzt?", fragte Bruno entgeistert.

„Kommissar ... Robalo?"

„Lobão." Robalo? Gings noch?[9]

„Kommissar Lobão, Flávia und ich sind ... waren ... mehr als zehn Jahre verheiratet, wenn Sie verstehen, was ich meine."

„Nicht wirklich. Wenn Sie dann so freundlich ..."

„Was Senhor Nogueira sagen will", unterbrach Kendra. „Nach zehn Jahren gibt es eine gewisse Routine. In so ziemlich allen Bereichen des Lebens. Da sucht man hin und wieder nach Hilfsmitteln, um aus diesen Routinen auszubrechen, nicht wahr, Senhor Nogueira?" Brunos bedeutsamen Blick ignorierte sie.

„Ich ... ich weiß nicht ..."

---

[9] Lobão = großer Wolf, Robalo = Seebarsch

„Aber wir wissen, Senhor Nogueira. Diese ... nennen wir sie mal freundlich ‚Dessous', das entfernte Make-up, das flüchtig umgeräumte Schlafzimmer mit der Gemütlichkeit eines Bahnhofswartesaals ... Was hat das alles zu bedeuten? Bitte vergessen Sie nicht, es geht hier um einen Mord!"

„Es ... es war ein Rollenspiel", sagte Gonçalvo Nogueira leise. „Flávia war die Prostituierte, ich der Freier ... Unser Schlafzimmer das Bordell ... Bitte, es ist schon peinlich genug ...!"

Bruno holte tief Luft, doch ehe er etwas sagen konnte, schlug sein Mobiltelefon in seiner Jacketttasche an und signalisierte den Eingang einer Nachricht. Er sah auf die Uhr. Es war kurz vor drei Uhr. Wer würde denn ...?

Er zog das Telefon heraus und öffnete den Nachrichteneingang. Eine neue Nachricht: ‚HABE ICH VERGESSEN: SCHAUT EUCH MAL DEN RECHTEN ARM DES OPFERS AN. WIR HABEN ES NOCH NICHT ENTFERNT. GRUSS, JOÂO'.

Bruno stand auf und hielt Kendra das Telefon so hin, dass sie das Display sehen konnte. „Post von den Kollegen von der Spurensicherung." Und an Gonçalvo Nogueira gewandt: „Wenn Sie uns kurz entschuldigen würden?"

Im Schlafzimmer waren die Kollegen bereits dabei, die Leiche in den unauffälligen Zinksarg zu heben. „Einen Augenblick bitte", sagte Bruno und trat rasch an den Sarg heran. „Es dauert auch nur eine halbe Minute."

Kendra trat neben ihn. „Was suchen wir?"

„Sag ich dir, wenn ich es gefunden habe." Bruno hob den rechten Arm an und schob den Pyjamaärmel nach oben bis über den Ellenbogen.

Nichts.

Er tastete weiter nach oben und dann fühlte er etwas.

Bruno richtete sich auf und blickte entschuldigend zu den beiden Männern, die ihn feierabenderwartungsvoll ansahen. „Es tut mir leid, aber könntet ihr die Dame vielleicht bitte noch einmal aus ihrer Sänfte heraus heben?"

Der Blick der Männer ließ offen, ob sie ihn für einen armen Irren oder einen sie einfach nur schikanierenden Beamten hielten oder ob sie ihn in diesem Moment einfach nur hassten.

Als die Leiche auf dem Boden lag, schob Bruno den locker sitzenden Ärmel des rechten Armes bis hoch zum Schulteransatz. „Was zum Geier ist das denn?"

Kendra beugte sich über die Leiche. „Ich habe keine Ahnung. Sieht wie ein riesiger weißer Alienkäfer aus. Aber ich kenne jemanden, der uns da helfen könnte."

Ehe Bruno es verhindern konnte, richtete sich Kendra wieder auf und rief in Richtung Tür: „Senhor Nogueira, könnten Sie einmal kurz zu uns ins Schlafzimmer kommen? Wir brauchen hier mal Ihre Hilfe."

Bruno beschloss, dass er mit Kendra einmal dringend ein tiefgehendes Gespräch zum Thema Empathie führen sollte ...

Eine halbe Minute später stand Gonçalvo Nogueira in der offenen Schlafzimmertür. „Was ist denn?", sagte er beim Anblick der Leiche seiner Frau sichtlich verstört.

„Senhor Nogueira", sagte Bruno mit einem entschuldigenden Blick. „Es tut uns leid, Sie in dieser Situation noch einmal belästigen zu müssen, aber können Sie uns sagen, was Ihre Frau hier an der Rückseite ihres rechten Oberarms trägt?"

„Natürlich kann ich das", kam es müde zurück. „Das ist eine Insulinpumpe. Meine Frau war Diabetikerin."

Dienstag, 08:07 Uhr

Filipe Amaro nahm einen tiefen Schluck aus dem Sektglas, hielt es in Weinkennerart halb in die Luft, drehte dann leicht den Kopf zur Seite und rülpste hinter vorgehaltener Hand. Leise.

Aber nicht leise genug. Und Inês fragte sich, ob dieses

frühe Treffen tatsächlich so eine gute Idee gewesen war.

Aber nachdem Mário die ganze Nacht nicht nach Hause gekommen war, hatte sie ganz einfach etwas Gesellschaft gebraucht. Zu spät hatte sie festgestellt, dass es ihr diesmal tatsächlich um das Reden ging und somit ein Gesprächspartner mit dem Intelligenzquotienten eines Einzellers ungeeignet war.

Vielleicht hätte sie ja lieber in den Zoologischen Garten gehen sollen ...?

Filipe hatte sich dann auch angemessen enttäuscht gezeigt, als sie ihm klargemacht hatte, dass sie gerade keine Lust auf einen Quickie zum Abbau des Vorarbeitstagsstresses hatte. Auch hatte er das ‚Ich brauche jetzt jemandem zum Reden' von vorhin irgendwie falsch interpretiert, denn seit sie hier im Café Platz genommen und Filipe ihren Protest ignorierend eine Flasche Sekt bestellt hatte, war ausschließlich er es gewesen, der fast ohne Punkt und Komma geredet hatte.

Kleine sektinduzierte Rülpspausen mal ausgeschlossen.

„Ja", sagte er, lehnte sich zurück und griff sich in den Schritt. „Wenn das Ding erstmal an den Start geht, dann werde ich das Geld nicht mehr zählen, sondern wiegen ..."

Inês hatte lange genug erfolgreich weggehört, um nicht die geringste Ahnung zu haben, von welchem ‚Ding' Filipe da gerade redete. Auch hatte sie das Gefühl, dass ihr seine weitere Gesellschaft wachsendes körperliches Unbehagen verursachte. Seine Stimme erschien ihr plötzlich zu laut, seine ganze Körperhaltung, die Hand an seinem Geschlechtsteil, das alles erschien ihr auf einmal unerträglich.

Sie richtete sich mit einem Ruck auf und legte ihm kurz die Hand auf den Arm, dessen Hand nicht auf seinem Sack, sondern auf dem Tisch lag und das Sektglas festhielt. „Weißt du, ich gehe dann doch lieber mit meinem Computer in meinem Büro reden. Und um dir die Peinlichkeit der Frage zu ersparen", sie griff in ihre Tasche. „hier sind zwanzig Euro für den Sekt."

Filipe sah sie mit einem Blick an, der ihr verriet, dass er selbst nach dieser Ansage noch nicht einmal ansatzweise in Betracht zog, dass der Grund für Inês' plötzlichen Stimmungswandel bei ihm liegen könnte. Dann schob sich überraschend eine Art Schleier der Erkenntnis über sein Gesicht.

Als er den Mund öffnete, war sich Inês nicht sicher, ob sie tatsächlich hören wollte, was da gleich herauskommen würde.

„Ja, mein Gott, dann sag das doch gleich, dass du deine Tage hast. Ich hab kein Problem damit, ein paar Tage ‚Fünf gegen Willy' zu spielen. Wobei, da gibt es ja auch noch ein paar andere Möglichkeiten ..."

Und Inês Almeida Jardim fragte sich verzweifelt, warum sie nicht gleich, als sie schon im Ansatz gesehen hatte, dass Filipe den Mund öffnen wollte, ihrem ersten Instinkt gefolgt war, sich die Finger in die Ohren gestopft und laut ‚La-la-la-la-la!' gerufen hatte ...

Dienstag, 09:47 Uhr

„Habt ihr es mal wieder übertrieben heute Nacht?", fragte Carla grinsend, als sich Bruno und Kendra an den Besprechungstisch setzten und ihre Kaffeebecher abstellten, aus denen es aufdringlich nach extrem starken Espresso roch.

„Du warst auch schon mal witziger", knurrte Bruno.

Carina beschloss, dass sie gerade so gar keinen Nerv für Diskussionen dieser Art hatte. „Danke, dass ihr trotz der Nachtschicht noch hergekommen seid", sagte sie mit einem ihrer Meinung nach strengen Seitenblick auf Carla, der aber scheinbar seine Wirkung verfehlte. „Ihr könnt anschließend auch gleich wieder ins Bett gehen ..." Als Carla losprustete, wurde Carina bewusst, was sie gerade gesagt hatte. Nicht hilfreich ... also schnell überspielen. „Was haben wir?"

„Jede Menge Fragezeichen", kam es von Carla. „Aber diesmal passt so viel *nicht* zusammen, dass da wahrscheinlich sogar der Schlüssel liegt. Fangen wir mal mit den Gemeinsamkeiten an. Flávia Nogueira war, wie auch unsere anderen beiden Opfer, Diabetikerin. Inzwischen wissen wir auch, dass die anderen Opfer sich ebenfalls über so eine Pumpe mit Insulin versorgt haben. Allerdings waren diese Teile bei Opfer eins und zwei verschwunden, zusammen mit der Steuereinheit. Nur bei Flávia Nogueira war alles noch da." Carla schickte mit ihrem Tablet ein Bild auf den großen Wandmonitor. Es zeigte ein wie ein überdimensionierter milchig-weißer Käfer wirkendes Etwas, daneben sah man ein Gerät, das wie ein GPS für Outdoorsportler aussah. „Die Patienten füllen diese sogenannte *patch pump* mit Insulin und programmieren die vom Arzt vorgegebene Insulinmenge mit dieser Steuereinheit. Dann kleben sie sich die Pumpe auf den Körper, eine Kanüle schießt unten heraus, bohrt sich unter die Haut, und die Insulinzufuhr beginnt."

„Ich wusste noch nicht einmal, dass es so etwas überhaupt gibt", sagte Kendra. „Ich dachte immer, Diabetiker verwenden Spritzen."

„Oder sogenannte Pens", nickte Carla. „Das sind im Wesentlichen auch Spritzen, aber bequemer in der Handhabung und nicht so auffällig, weil sie eher wie etwas größere Kugelschreiber aussehen. Diese spezielle Art der Insulinpumpen gibt es auch noch nicht wirklich lange. Laut Internet erfreuen sie sich aber wachsender Beliebtheit."

„Ist es nicht unbequem, die ganze Zeit über so ein Ding zu tragen?", fragte Carina.

„Die Frage ist: Was ist die Alternative?", fragte Carla zurück. „Manche Diabetiker müssen sich bis zu fünfzehn Mal am Tag spritzen. Laut Herstellerseite setzt man einmal so eine *patch pump* auf und kann sie bis zu drei Tagen tragen, je nach dem, wie viel Insulin man braucht. Das macht schon einen riesigen Unterschied."

Carina spürte eine leichte Gänsehaut bei dem Gedanken daran, sich selbst ständig Spritzen geben zu müssen. Ihr reichten schon die, die sie als Schutzimpfungen oder beim Zahnarzt bekam. „Gut", sagte sie. „Alle unsere Opfer waren also Diabetiker und Verwender dieser Insulinpumpen. Was sind denn nun die Unterschiede zwischen unseren Fällen?"

„Fangen wir einmal damit an", begann Bruno, „dass die ersten beiden Morde in der Öffentlichkeit verübt wurden und Flávia Nogueira in ihrem heimischen Schlafzimmer umgebracht worden ist. Ein kleiner Unterschied, der aber auch schon fast wieder eine Gemeinsamkeit sein kann, ist der, dass die Eltern unseres ersten Opfers und der Freund von Mafalda Nunes noch nicht einmal wussten, dass der Sohn beziehungsweise die Partnerin solch ein Insulinpumpensystem verwendeten. Gonçalvo Nogueira dagegen wusste es, war aber auffällig wortkarg, als wir ihn zu dem System befragt haben. Also ich denke, da müssen wir noch einmal Hausaufgaben machen. Der größte Unterschied zwischen unseren Fällen ist jedoch, dass, während Helder Antunes Ferreira und Mafalda Nunes durch eine massive Überdosis Insulin getötet wurden, Flávia Nogueira vergiftet worden ist. Und jetzt wird es mysteriös: Rückstände des hochkonzentrierten Giftes sind tatsächlich noch in der *patch pump* festgestellt worden; das Insulinfläschchen, aus dem die Pumpe befüllt worden ist, war jedoch völlig sauber."

„Und ehe du fragst, Chefin", kam es von Carla. „Das übersteigt deutlich das, was man sich an technischem Wissen über dieses System aus dem Internet ziehen kann, ich tappe also völlig im Dunkel."

„Was ist mit dem Hersteller?"

„Sitzt in den USA und ist aufgrund der Zeitverschiebung erst in ein paar Stunden telefonisch ansprechbar. Es gibt noch ein Büro in London, aber die haben mit der technischen Seite nichts zu tun. Ich habe auf alle Fälle schon einmal eine Email geschickt."

Carina starrte das Bild auf dem Wandmonitor an. Nach einer Weile schluckte sie schwer. „Ihr wisst schon, was das heißt, oder?"

Als keine Antwort kam: „Wir suchen jemanden, der nicht nur nahe genug an zwei der Opfer herangekommen ist, um ihnen unmittelbar nach dem Zusammenbrechen das komplette Insulinpumpensystem abzunehmen, sondern der es außerdem geschafft hat, Flávia Nogueira mit einer solchen Pumpe in ihrem eigenen Schlafzimmer zu ermorden."

Sie sah von einem zum anderen. „Carla, du bleibst an dem Hersteller dran. Wir müssen wissen, wie so etwas technisch überhaupt möglich ist. Ich meine, es kann ja nicht sein, dass ein derartiges medizinisches HiTec-Gerät einfach so zur Mordwaffe umfunktioniert werden kann. Bruno, du versuchst an die Aufzeichnungen der Überwachungskameras von den beiden Tatorten zu kommen. Kendra, Backgroundcheck bei allen Opfern, gemeinsame Bekannte, spezielle Foren zu diesen Insulinpumpen, Facebook, das ganze Programm. Und nimm diesen Gonçalvo Nogueira noch einmal unter die Lupe. Ich glaube zwar nicht, dass er mit irgendeinem der Morde etwas zu tun hat, aber immerhin hatte er zumindest bei seiner Frau die Mittel und die Gelegenheit dazu. Ob auch ein Motiv wird sich zeigen. Und ich ..."

„Du hast gerade Arbeit bekommen, Chefin", sagte Carla und hielt ihr Tablet hoch. „Die Herstellerfirma hat gerade geantwortet. Sie können natürlich einfach so auf eine Email oder einen Anruf hin keinerlei Produktdaten herausgeben, hat wohl auch patent- und datenschutzrechtliche Hintergründe. Zudem denken sie, dass das aufgrund der Komplexität der Materie auch nicht viel bringen würde."

„Und meine Arbeit besteht jetzt genau worin? Mal rasch zur Uni tingeln und Medizintechnik studieren?"

„Die Herstellerfirma würde uns einen Produktspezialisten schicken. Sie brauchen dafür aber ein offizielles Schreiben der Lissabonner Polizei. Wahrscheinlich wegen

Visum und so. Vorabkopie per Email oder Fax reicht. Sie übernehmen auch alle Kosten, da sie davon ausgehen, dass es dringend ist und bei uns der Antragsweg für solche Amtshilfen zu lange dauert, wenn Geld im Spiel ist."

„Ich muss dir nicht sagen, dass ich es nicht toll finde, wenn Zivilisten in unseren Fällen herumpfuschen. Wir wissen ja aus der Vergangenheit, dass sie das nicht immer ganz überleben."

Carla zuckte mit den Schultern. „Na, dann würde ich sagen, dass du ganz rasch nach Hause fährst und in deinem Kleiderschrank nachschaust, ob da noch ein irgendwo ein schwarzer Studentenumhang herumliegt ..."

Dienstag, 13:04 Uhr

„Hello, Sir, where're you from? Italy, Germany, France ...?"

Echt jetzt? Gequält blickte Aksel von seinem angebissenen *wrap de frango* und dem kleinen Teller mit *salgados* auf, mitten in das strahlende Gesicht des großen, in einen grellbunten *dashiki* gekleideten Afrikaners, der mit einer erlesenen Auswahl bunter Ketten und Armbänder in der Hand neben ihm stand. „*Jeg er fra Norge, du bum!*"[10], antwortete er. Er hatte Hunger und freute sich auf das große Bier vor ihm auf dem Tisch und darauf, beim Mittagessen die Aussicht vom Largo das Portas do Sol auf den Tejo genießen zu können. Wie groß waren die Chancen, dass der Typ ihn angesichts seiner für fast alle unverständlichen Muttersprache einfach in Ruhe ließ?

„Aaahh, Norway!"

Offensichtlich nicht so groß wie erhofft ...

„Ich Afrika, Senegal. Norway, Fjorde, schön, habe Schwager da, sehr kalt in Winter, aber viel Geld verdienen

---

[10] "Ich bin aus Norwegen, du Penner!"

…"

Vielleicht half ja einfach wegdrehen …?

Das ihm direkt vor das Gesicht gehaltene Armband mit dem einen Elefanten zeigenden Aufsatz aus Plaste hätte ihm beim Umdrehen fast das Auge ausgestochen. „Take this. No money. Is from my good heart. *Hundert Jahre Garantie.* Elephant big trunk, good for making love. No money, is a present. But maybe buy me a coffee …?"

Fast schon dankbar hörte Aksel, wie sein Mobiltelefon klingelte. Wahrscheinlich Débora, die sich vernachlässigt fühlte. „Sorry, work", sagte er, zog sein Telefon aus der Tasche und drehte sich zur Seite, um klar zu signalisieren, dass das Verkaufsgespräch für ihn beendet war. Als er die Nummer auf dem Display sah, stutzte er.

„Ja bitte?", fragte er zögernd.

„Mister Nysgård?"

„Ja?"

„Schön, dass wir Sie gleich erreichen. Sie müssen etwas für uns erledigen. Es ist … eine etwas … nun, sagen wir ‚delikate Angelegenheit'."

Aksel seufzte. „Erzählen Sie."

„Sie müssen verreisen. Noch heute. Um nicht zu sagen: Sofort. Wir schicken Ihnen die Daten Ihrer Kontaktperson, diese wird Sie am Flughafen abholen. Ihr Flugticket kommt in den nächsten Minuten per Email, die Hotelbuchung auch. Wir haben uns außerdem erlaubt, Ihnen eine großzügige ‚Kostenpauschale' auf Ihr Konto zu überweisen. Und nein, wir benötigen keine Rechnungen oder Quittungen. Der Betrag wurde von höchster Stelle autorisiert."

Aksel merkte, wie er etwas unentspannt wurde. „Wo muss ich denn eigentlich hin?", fragte er.

„Packen Sie Sonnencreme ein. Es geht nach Lissabon."

Sofort war Aksel hellwach. „Lissabon?" Was für eine Sch … !

„Die Einzelheiten Ihres Auftrags erhalten Sie in den nächsten Minuten über unser verschlüsseltes Emailprogramm."

„Ich weiß. ‚Sollten Sie oder jemand aus Ihrer Spezialeinheit gefangen genommen oder getötet werden, wird der Minister jegliche Kenntnis dieser Operation abstreiten. Dieses Band wird sich in fünf Sekunden selbst vernichten. Viel Glück'."

„Sie haben eindeutig zu viele ‚Mission Impossible' Filme gesehen, Mister Nysgård. Ich muss Sie nicht daran erinnern, in welchem Stadium unserer Mission wir uns derzeit befinden. Ich verlasse mich darauf, dass Sie die Angelegenheit mit der notwendigen Ernsthaftigkeit und Diskretion behandeln."

„Selbstverständlich."

„Dann, viel Erfolg. Und viel Spaß in Lissabon!" Die andere Seite legte auf.

Aksel saß da und starrte das Telefon an. Das war doch jetzt alles nicht wahr, oder? Alles war minutiös geplant, und jetzt das? Die Gedanken rasten in seinem Kopf hin und her.

Er schrak zusammen, als er eine Berührung an seiner Schulter spürte.

Er fuhr herum.

„Selfie-Stick?", grinste ihn ein weiterer Senegalese an.

„Tritt in die Eier?", fragte er auf Portugiesisch zurück.

Während sich der Senegalese beleidigt vom Tisch entfernte, wählte Aksel eine Nummer in seinem Telefon. „Hallo, Débora", sagte er, als abgenommen wurde.

„Was ist los? Hast du dich an mich erinnert und willst eine schnelle Nummer?"

„Du musst etwas für mich erledigen. Über das mit der Nummer reden wir später. Kannst du in einer Stunde in meinem Hotel sein?"

„Was kriege ich dafür?"

„Zwei Stunden Klamotten-Shopping auf meine Kreditkarte. Dir ist aber schon klar, dass du gerade wie eine billige Nutte klingst?"

„‚Billig' ist das Stichwort. Vier Stunden. Mindestens.

Und zwar auf der Avenida da Liberdade. Nix China Laden, Shop One, Guimarães oder Seaside, cheap-cheap. Prada und so, du verstehst?"

Die Frau war unglaublich ... „Okay, einverstanden. In einer Stunde also. *Adjø!*"

Er legte auf und nahm einen Schluck Bier. Eher zufällig sah er, dass er eine Email hatte. Na, das schien ja wirklich wichtig zu sein. Er öffnete die Email und begann zu lesen.

Nach den ersten drei Zeilen konnte er förmlich fühlen, wie er blass wurde. „Ach du Scheiße!", flüsterte er.

Er schloss die Email und wählte eine weitere Nummer. Nach zweimaligem Klingeln wurde abgenommen.

„Hallo, alter Vikinger, *hoe gaat het?*"

„Scheiß auf den Vikinger, Jasper! Houston, wir haben ein Problem ..."

Dienstag, 14:51 Uhr

Er starrte das Telefon auf seinem Schreibtisch an. Seine Hand zuckte, doch jedes Mal, wenn sie in bedrohliche Nähe des Apparates kam, zog sie sich wieder zurück.

Es war ein albernes Spiel gegen sich selbst, und er wusste es.

Genauso wie er wusste, dass es ein Spiel war, das er nur verlieren konnte.

Entschlossen griff Nuno Martins zum Telefonhörer und wählte eine Nummer. Es klingelte zweimal, dreimal. Dann wurde abgenommen.

In der Sekunde, als der Mann am anderen Ende zu sprechen begann, legte Nuno auf.

Nein.

Er war noch nicht soweit.

Dienstag, 17:18 Uhr

"Wir haben effektiv nichts." Brunos Stimme klang müde aus Carinas Mobiltelefon, das sie auf den Besprechungstisch gelegt und auf Lautsprecher gestellt hatte. "Die Kameraaufzeichnungen aus der Innenstadt um den Largo do São Domingos herum haben nichts ergeben, gut, Helder Ferreira ist auch mehr oder weniger durch eine Menschenmenge getaumelt, da könnte jeder der Mörder sein. Und die letzten Personen, die bei ihm gewesen sind, bevor er ins Krankenhaus abtransportiert wurde, waren die beiden Beamten von der Touristenpolizei, der Arzt, der zufällig da war und versucht hat zu helfen, und eine junge Frau, die versucht hat, ihn aufzufangen, als er auf dem Platz zusammengebrochen ist."

"Haben wir von allen die Personalien?"

"Vom Arzt ja, von der jungen Frau nein. Die Kollegen hatten sie ehrlicherweise aufgefordert zu ihrer eigenen Sicherheit zurückzutreten, weil sie zu dem Zeitpunkt noch der Ansicht waren, dass Senhor Ferreira volltrunken war, und sie dann komplett vergessen."

"Und das Sportstudio?"

"Hat Kameras, aber nicht an der Stelle, wo Mafalda Nunes zusammengebrochen ist."

"Kann man nichts machen. Kendra?"

"Auf meiner Seite auch nichts, wobei ich hier eher sagen würde ‚noch nichts'. Es gibt so unglaublich viele Diabetikerforen, sodass wir die sprichwörtliche Nadel im Heuhaufen suchen. Und dass in den meisten dieser Foren die Teilnehmer einen Avatar oder Fantasienamen benutzen, macht es auch nicht einfacher für uns."

"Und wenn wir das Ganze etwas eingrenzen? Die Suche vielleicht auf die Anwender dieses speziellen Insulinpumpensystems beschränken?"

"Habe ich versucht, und das ist vielleicht der erste Anhaltspunkt, auch wenn ich noch nicht genau weiß, *wie* uns das weiterbringt. Auch hier gibt es wieder etliche Foren und Selbsthilfegruppen, aber das sind alles ausländische beziehungsweise internationale Seiten. Ich habe bislang keine einzige portugiesische Webseite zu diesem System gefunden."

„Das ist zugegebenermaßen schon etwas seltsam. Aber vielleicht kann uns ja der Hersteller damit weiterhelfen. Hattest du schon Gelegenheit, mit Gonçalvo Nogueira zu reden?"

„Hatte ich. Der Mann hat für die ersten beiden Morde wasserdichte Alibis."

„Definiere ‚wasserdicht'."

„Gonçalvo Nogueira ist ein karrieregeiles Arbeitstier und hat für beide Tatzeitpunkte jeweils mehrere Zeugen. Was jetzt zwar nicht heißt, dass er seine Frau nicht umgebracht haben könnte, aber auch wenn er zur Tatzeit am Tatort war, glaube ich nicht so recht an seine Schuld."

„Na gut." Carina, die die letzten Minuten mit dem Kopf auf ihren vor sich auf dem Tisch liegenden Armen gelegen hatte, richtete sich wieder auf. „Danke ihr beiden, gute Arbeit. Ich denke, wir haben bislang alles getan, was anhand der Faktenlage möglich war. Jetzt müssen wir erstmal abwarten, was uns dieser Produktspezialist der Herstellerfirma erzählt, damit wir überhaupt ein klares Bild vom Tathergang bekommen, so rein technisch betrachtet. Apropos, Carla, gibt es da etwas Neues?"

„Gibt es", antwortete Carla. „Der Mann landet morgen früh um 9:35 Uhr, Terminal 1. Man – also dein großer Boss – würde sich freuen, wenn ihn Hauptkommissarin da Cunha persönlich in Empfang nehmen könnte."

„Chauffeuse, Reiseführer und Kindermädchen für einen jetlagigen Amerikaner, ein Traum ...", seufzte Carina.

„Was die ersten drei Jobs angeht", sagte Carla, „da kann ich dir nichts sagen. Aber zumindest das mit dem jetlagigen Amerikaner fällt weg. Er kommt mit der Maschine aus Kopenhagen, Flug D8 3616."

„Kopenhagen? Ein Däne?"
„Auf jeden Fall irgendwas Nordisches. Sein Name ist Aksel Nysgård."

Dienstag, 20:59 Uhr

Er hörte, wie die Wohnungstür geöffnet wurde, und spürte, wie er sich innerlich verkrampfte. Seine in den letzten drei Stunden im Kopf hin und her gewälzten Sätze, die er immer wieder verändert hatte, damit sie noch ein bisschen sarkastischer und verletzender klangen, waren auf einmal nur noch eine große dunkelbunte Mischung aus Knetmasse. Zu schwerfällig, zu vorhersehbar, zu abgegriffen.

Mário zuckte zusammen, als plötzlich die Wohnzimmertür aufging. „Na, einen schönen Tag gehabt?", brachte er leicht krächzend heraus.

„Sagt der, der letzte Nacht einfach verschwunden ist und mich mit all dem hier allein gelassen hat!", kam es prompt von Inês zurück. „Ich hoffe, es hat sich gelohnt!"

Hätte der Satz nicht eigentlich von ihm kommen sollen? „Wo kommst du jetzt her?"

„Nicht, dass es dich irgendetwas anginge, aber stell dir vor, ich habe Überstunden gemacht. Von irgendwas müssen wir unsere Rechnungen ja bezahlen."

Seine Hände krampften sich in die Sessellehne. „Überstunden? Aber sicher doch! Wie denn? Auf dem Rücken? Als Reitstunde? Oder vornüber gebeugt auf dem Schreibtisch?" Er lehnte sich nach vorn. „Ich kann den anderen Kerl ja noch an dir riechen!", zischte er.

„Kannst du?", fauchte sie zurück. „Na, dann atme mal ganz tief ein, damit du weißt, wie es riecht, wenn sich deine Frau zur Abwechslung mal von einem richtigen Mann durchvögeln lässt!"

Mário prallte zurück. Sein Inneres brannte vor ohnmächtiger Wut und Scham, sein Atem ging flach, und er spürte, wie eine heiße, zähe Masse langsam seine Kehle hochkroch. Ehe er es verhindern konnte, zuckte sein Oberkörper nach vorn, und er erbrach sich unter dem entsetztangewiderten Blick seiner Frau auf den Teppich des Wohnzimmers.

Mittwoch, 10:07 Uhr

Der Lärm der Ankunftshalle des Flughafens dröhnte schmerzhaft in ihren Ohren. Da waren nicht nur die Landsleute mit afrikanischem Migrationshintergrund, die sich, während ihre Gesichter keine dreißig Zentimeter von einander entfernt waren, anbrüllten, als wäre das Gegenüber noch in Luanda oder Maputo, sondern auch etliche auf Surfer- oder Gangster-Look gebürstete Jugendliche, an denen entweder die Information vorbeigerauscht war (wahrscheinlich während sie auf ihr Mobiltelefon gestarrt hatten), dass man zwischenzeitlich eine großartige Erfindung zum privaten Musikgenuss namens „Kopfhörer" gemacht hatte, oder die einfach nur der festen Überzeugung waren, dass ihr Musikgeschmack allen gefiel.

Noch wesentlich unangenehmer empfand Carina jedoch dieses völlige Unverständnis für Menschen, bei denen Körperpflege nicht zu den Prioritäten des Lebens zählte und die meinten, als leidenschaftliche Evangelisten dieser Philosophie diese Werte anderen antragen zu müssen, indem sie sich ungeniert an ihnen rieben, neben ihnen die Arme hoben und unrasierte und übel riechende Achseln entblößten oder sie freundlich ansprachen und dabei einen Mundgully offenbarten, der Carina sofort wieder in die Zeiten zurückversetzte, in denen sie noch mit ihrem Exfreund, seines Zeichens beruflich Staranwalt und privat bekennender, ignoranter Schmutzfink gewesen war. Völlig zusammenhangslos fiel Carina eine ihrer zahllosen Ursache-Wirkung

Diskussionen mit Nuno ein, der damals den Begriff ‚Deostift-Paradoxon' erwähnt hatte. ‚Deostift-Paradoxon?', hatte sie gefragt. ‚Stell dir vor du sitzt in einem vollbesetzten Bus und es stinkt', hatte er geantwortet. ‚Was ist das Kernproblem? Das Kernproblem ist nicht, dass der 48h-Deostift keine 48 Stunden hält, sondern dass es Menschen gibt, die tatsächlich daran glauben.' Leider nur zu wahr ...

Kurz entschlossen drängte sie sich in den kleinen durch ein Geländer abgegrenzten Bereich, der für die Vertreter von Reiseveranstaltern reserviert war und in dem sie das Schild mit der Aufschrift ‚MR. NYSGÅRD' hochhalten und zumindest einmal tief durchatmen konnte, ohne dass sich ihre Rippenbögen in die Hüften des Nachbarn bohrten.

Nach einer endlosen Zehntelsekunde drehte sich einer der Reiseveranstaltervertreter, ein kleiner, dicker, älterer Mann mit schlecht gefärbten, aber umso großzügiger gegelten Haaren empört zu ihr um. „Und zu welchem Büro gehören Sie? Ich habe Sie hier noch nie gesehen!"

Carina zog ihren Dienstausweis. „‚Fesselnde Erlebnisse & Lebenslange Erfahrungen'. Möchten Sie bei mir buchen?"

Irgendetwas Unverständliches vor sich hin brabbelnd wandte sich der Mann ab.

Carina drehte sich wieder nach vorn und sah auf die Uhr. 10:13 Uhr. Die Maschine aus Kopenhagen war pünktlich gelandet, ihr Gast aus dem hohen Norden sollte jetzt also jeden Moment dort vorn auftauchen. Leider hatte die Firma kein Foto mitgeschickt, insofern war Carina auf alles gefasst.

Einen Travis-Fimmel-Verschnitt im Ragnar Lothbrok Outfit, aus der Serie „Vikings", mit blauen Augen, blonden Haaren und blonden Zähnen, eingeschlossen.

10:19 Uhr. Noch immer nichts. So allmählich taten Carina die Füße weh und die verlorene Zeit leid.

Gegen 10:24 Uhr begannen die Seitenblicke des älteren Reiseveranstaltervertreters einen leicht schadenfrohen Ausdruck anzunehmen.

10:31 Uhr. „Na? Kommt wohl nicht, Ihr ‚MR. NYS-GÅRD' ...?"

Idiot.

10:43 Uhr war sich Carina sicher, dass sie hier vergeblich auf diesen Aksel Nysgård wartete.

Es sei denn ...

Aber wozu war man schließlich Polizistin?

Carina blickte von links nach rechts. Der Weg von der kleinen Einzäunung jeweils zum rechten oder linken Ende der Rampe, auf der Touristen, Geschäftsreisende, Auswanderer und Heimkehrer ihre Gepäckstücke in die Empfangshalle zerrten, war irgendwie gleich lang und mit Menschen verstopft. Nun denn ...

Unter den empörten Blicken der Reiseveranstalter stieg Carina kurz entschlossen auf die untere Strebe der Abgrenzung und von da auf die Rampe. Dem entsetzt dreinschauenden Mitarbeiter der Flughafensecurity ihren Dienstausweis vors Gesicht haltend, zeigte sie ins Innere des langen Ganges hinter den sich regelmäßig öffnenden und schließenden automatischen Milchglasschiebetüren. „Ich muss nur einmal kurz mit den Kollegen vom Zoll reden."

Die ‚Kollegen vom Zoll' guckten einigermaßen irritiert aus der Uniform, als Carina den rechten der beiden Durchsuchungsräume betrat und zielsicher auf den ranghöchsten Beamten zuhielt, leicht zu erkennen daran, dass er breitbeinig mit verschränkten Armen dastand und die Arbeit zweier jüngerer Kollegen überwachte, die sich gerade durch das Innenleben eines Schrankkoffers wühlten, während der eher gelangweilt wirkende Eigentümer, ein Afrikaner, der selbst Zweimetermann Bruno Paroli würde bieten können, einfach nur dastand und versuchte unbeteiligt auszusehen. „Hauptkommissarin Carina da Cunha, Mordkommission Lissabon", stellte sie sich dem Zoll-Supervisor vor. „Sie haben nicht zufällig in einem Ihrer Warteräume einen gewissen Aksel Nysgård, gelandet mit der Maschine aus Kopenhagen vor knapp eineinhalb Stunpenhagen vor knapp eineinhalb Stunden?"

Der Beamte zuckte mit den Schultern. „Er hier", sein Kopf ruckte in die Richtung des afrikanischen Riesen, „ist es ziemlich sicher nicht, der saß auch auf einem anderen Flug. Sieht jetzt aber auch nicht gerade wie ein Schwede aus, nicht wahr?"

„Als ich das letzte Mal auf meinem Globus von Europa nachgesehen habe, lag Kopenhagen noch in Dänemark ...", rutschte es Carina heraus. „Und bei den Kollegen auf der anderen Seite?", fuhr sie schnell fort, als sie den finsteren Blick des Beamten auffing.

„Als ich das letzte Mal auf meinem Dienstplan nachgesehen habe, stand da, dass die jetzt Pause haben", kam es bissig zurück. „Alle. Also niemand im Warteraum."

Carina fand, dass sie jetzt alle relevanten Informationen beisammen hatte, verabschiedete sich mit einem freundlichen ‚Danke. Weitermachen!', und trat den Rückweg in die Ankunftshalle an. Als die Tür aufging, hatte sie plötzlich das Gefühl, dass ihr letzter Urlaub schon viel zu lange zurücklag ...

Auf dem Weg zum Parkhaus sah sie auf die Uhr. 11:04 Uhr. Bis sie wieder im Büro in Saldanha war, würde es optimistisch 12:00 Uhr sein. So viel Zeit verschwendet für einen Wikinger, der zu unintelligent war, sich einen Wecker zu stellen oder in den richtigen Flieger zu steigen. Vielleicht hätte er sich ja lieber herrudern lassen sollen ...

Wenn das nicht ein wundervoller Auftakt für eine absolut bezaubernde Arbeitsbeziehung war ...?

Dienstag, 11:17 Uhr

Die Gestalt tippte hektisch auf der Tastatur herum. Immer wieder warf sie verstohlene Blicke nach links und rechts um sicher zu gehen, dass sie auch nicht beobachtet wurde.

Ein Fenster schloss sich, dafür erschien jetzt auf dem Bildschirm eine Fehlermeldung.

Die Gestalt fluchte. Sie bestätigte die Fehlermeldung und öffnete ein weiteres Fenster. Wieder ein Pop-up-Fenster. Genervt griff die Gestalt in ihre Jackentasche, holte ein kleines, wie ein hipper Schlüsselanhänger aussehendes Teil heraus und drückte den grünen Knopf. Anschließend tippte sie die auf dem Display des Schlüsselanhängers erscheinende sechsstellige Zahl in den Computer ein.

Als ein großes, blau umrahmtes Fenster erschien, atmete die Gestalt auf. Mit der Maus navigierte sie schnell zu einem Button, und eine Suchmaske erschien. Sie griff wieder in die Tasche und holte diesmal ein mehrfach gefaltetes gelbes Post-it heraus. Mit zitternden Fingern faltete sie es auseinander und tippte ein paar Wörter in zwei Felder der Suchmaske. Dann drückte sie die Entertaste und lehnte sich gespannt nach vorn.

Ein sich drehendes, wie ein Ziffernblatt aussehendes Symbol zeigte an, dass der Suchvorgang lief.

Plötzlich schrak die Gestalt zusammen, als in einiger Entfernung hinter ihr etwas raschelte. Sie fuhr herum und sah, dass sie nicht mehr allein war. Im Grunde war es sowieso Wahnsinn, was sie gerade tat, wissend, dass quasi jeder Tastendruck hier von der IT-Security aufgezeichnet wurde.

Egal.

Hier ging es um mehr.

Viel mehr.

Wie lächerlich gering waren dagegen die Chancen, dass ausgerechnet dieser Teil des IT-Security-Protokolls in einem Routine-Check herausgezogen wurde?

Das rotierende Ziffernblatt verschwand, stattdessen erschien ein unscheinbares graues Fenster. Die Gestalt ruckte mit dem Kopf nach vorn, riss ohne hinzusehen einen Zettel von dem vor ihr liegenden Block ab, tastete nach einem Stift und schrieb mit fliegenden Fingern. Dann ließ sie den

Stift fallen und drückte schnell ein paar Tasten auf der Tastatur.

Der Bildschirm wurde dunkel.

Die Gestalt lehnte sich zurück und atmete tief durch.

Geschafft.

Wieder einer.

Dienstag, 11:37 Uhr

„Sieh mal, Ana", sagte Senhora Álvarez. „Ich weiß ja, dass es für dich ganz bestimmt nicht leicht ist, darüber zu reden. Aber ich merke doch, dass dich etwas bedrückt. Es hat ja auch nichts mit Petzen zu tun, ich mache mir einfach nur Sorgen um dich, verstehst du?"

Ana presste die Lippen ganz fest aufeinander, so fest, dass es schon ein wenig wehtat, und nickte. Sie blickte an Senhora Álvarez vorbei, um den großen Mund mit den dunkel geschminkten Lippen und vor allem diese bohrenden Augen nicht sehen zu müssen.

„Sieh mal, du bist doch schon ein großes Mädchen und du willst doch bestimmt nicht, dass die anderen immer über dich lachen, wenn du im Unterricht einschläfst. Oder ... dir ... äh ... *das* passiert."

‚Hör doch bitte einfach auf zu fragen!', bettelte sie innerlich. Ihr war heiß, ihre im Schoß verkrampften Hände waren feucht, und sie hatte das Gefühl, dass ihr Gesicht rot glühte. Warum konnte jetzt nicht einfach ihre Schmerzschwester kommen, Senhora Álvarez ganz streng ansehen und sie hier rausholen?

„Hat es etwas mit deinem Papa zu tun?"

Instinktiv und ohne Senhora Álvarez anzusehen, schüttelte Ana sofort ganz heftig den Kopf.

„Ach Ana ...", seufzte Senhora Álvarez. „Ich möchte dir ja gern helfen, aber das geht nicht, wenn du nicht mit mir redest."

„Kann ich jetzt gehen?", fragte Ana leise. Sie sah, wie sich ihre Lehrerin, die sich bei den letzten Worten vorgebeugt hatte, mit enttäuschtem Gesicht wieder aufrichtete.

„Natürlich. Aber du musst verstehen, dass ich mich jetzt einmal mit deinen Eltern unterhalten muss. Komm bitte nach dem Mittagessen wieder zu mir, ich werde dir einen Brief für deine Mama mitgeben."

Ana stockte der Atem vor Schreck. Das konnte sie doch nicht tun! Wenn Mama erfuhr, dass ...

Und ihr Papa würde denken, dass sie ihr Geheimnis verraten hätte. Der Gedanke daran schnürte ihr die Kehle zu. Schnell stand sie auf, lief aus dem Zimmer und in den Mädchenwaschraum. Dort schloss sie sich in eine der Toilettenkabinen ein, setzte sich auf den geschlossenen Toilettendeckel und presste die Fäuste auf ihre Augen.

Es reichte nicht, um die Tränen aufzuhalten.

Juni 1995

„Schädel-Hirn-Trauma aufgrund starker Gewalteinwirkung mit einem stumpfen Gegenstand", sagte Nuno Martins zu seinem Diktiergerät. „Stark genug, um zumindest eine Bewusstlosigkeit herbeizuführen, allerdings nicht die Todesursache. Diese ist nach den vorliegenden forensischen Beweisen Strangulierung mit bloßen Händen, schlüssig mit den fingerförmigen Würgemalen am Hals. Der Bruch des Zungenbeins und die laterale Verschiebung des Kehlkopfes sowie die Schürfwunden am Hinterkopf und den Schultern, die dabei entstanden sind, als das Opfer während der Strangulierung auf den Betonboden des Fabrikgebäudes gedrückt wurde, weisen auf einen erheblichen Krafteinsatz hin." Er drückte die Stopp-Taste, legte das Diktiergerät ab und griff nach dem Klemmbrett mit seinen Notizen. Er überflog das in seiner selbst für ihn annähernd unleserlichen Schrift ausgefüllte Formular und stutzte, als er die letzte Zeile erreichte, dort, wo er als ausführender Gerichtsmediziner unterschrieben hatte.

Mit ‚Nuno Martins'.

Er lächelte. Es würde noch ein wenig dauern sich daran zu gewöhnen. Er nahm den Kugelschreiber und schrieb ein ‚Dr.' vor seinen Namen. Seit vorgestern war es offiziell. ‚Dr. Nuno Martins', nicht einfach nur ‚Senhor Doutor', wie sich jeder Portugiese nannte (und auf dem Gebrauch dieses Titels in der Anrede bestand!), der einmal eine Universität von innen gesehen hatte. Mit siebenundzwanzig Jahren und in Rekordzeit vorgelegter und erfolgreich verteidigter Dissertation, natürlich mit *summa cum laude*. Und dem anerkennenden Schulterklopfen seines Doktorvaters, derselbe, den alle Studenten seines Jahrganges gefürchtet hatten und in dem er, Nuno, was die Leidenschaft für die Gerichtsmedizin anging, einen Seelenverwandten gefunden hatte. Der ihm eine große Zukunft in diesem Bereich vorausgesagt hatte, nachdem Nuno ein wenig befürchtet hatte, nach dem Auslaufen seines auf die Doktorantenzeit befristeten Arbeitsvertrages das Schicksal so vieler Absolventen teilen und sich mit unbezahlten Praktika und irgendwelchen Nebenjobs über Wasser halten zu müssen. Wobei er sich zumindest über die finanzielle Seite keine Sorgen hätte machen müssen, wie die Mehrzahl seiner Kommilitonen. Wie auch immer, sein Doktorvater war nach dem Schulterklopfen zur Seite getreten und hatte Platz gemacht für Doktor Francisco Almeida de Fonseca, den Leiter der Gerichtsmedizin, der ihm gratuliert und im selben Atemzug mitgeteilt hatte, dass er veranlasst hatte, dass Nunos zu diesem Zeitpunkt noch jährlich zu verlängernder (oder eben auch nicht zu verlängernder) Assistentenvertrag in einen vollwertigen unbefristeten Arbeitsvertrag umgewandelt wurde. Und ihm klargemacht hatte, dass er ihn quasi als den Kronprinzen betrachtete, der ihn irgendwann einmal ablösen würde.

Ja, er war stolz auf sich.

Das Klingeln des Telefons riss ihn aus seinen Gedanken. „Ja?"

„Doktor Martins?"

„Ja."

„Doktor Martins, Sie haben einen Besucher."

„Dann geben Sie ihm einen Besucherausweis und schicken ihn doch einfach hoch."

„Das ... äh .. ist etwas schwierig. Es scheint sich um einen privaten Besuch zu handeln. Die Vorschriften, Sie verstehen, Doktor Martins ...?"

Privat? Hier?

„Dann schicken Sie ihn bitte in die Cafeteria, ich werde in fünf Minuten dort sein." Er legte auf.

Während er sich den weißen Kittel auszog, rasten die Gedanken durch seinen Kopf. Wer würde ihn denn ernsthaft hier besuchen wollen? Sein Vater? Nein, der hätte sich mit Sicherheit angekündigt. Einer seiner One-Night-Stands (von denen es zugegebenermaßen einige gegeben hatte, nachdem er entdeckt hatte, dass er bei der weiblichen Studentenschaft keineswegs als Nerd, sondern als ‚real catch' gehandelt wurde), die seine Ansage nicht verstanden hatte, dass er sich auf sein Studium konzentrieren wollte und definitiv keine feste Beziehung suchte?

Aber auch die würde ja wohl kaum in die Gerichtsmedizin kommen, oder ...?

Egal, es gab nur einen Weg um herauszufinden, wer ihn hier auf seiner Arbeitsstelle heimsuchte.

Als er wenig später die Cafeteria betrat, blieb er wie angewurzelt in der Tür stehen. Zögernd lief er einige Schritte auf den Tisch in der Ecke zu. „Eduardo?", fragte er ungläubig.

Sein Bruder stand langsam auf und lächelte unsicher. Mehr als vier Jahre war es jetzt her, seit sie das letzte Mal miteinander gesprochen hatten. Als Nuno näher trat, konnte er erkennen, dass Eduardo nicht wirklich gut aussah. Er hatte sichtbar abgenommen, das Haar war strähnig, er war schlecht rasiert, seine Kleidung war fleckig und zerknittert, seine rechte Hand mit Krusten von getrocknetem Blut überzogen.

„Hallo Nuno", sagte Eduardo heiser. „Siehst gut aus, Bruder. Habe gehört, dass du dabei bist, richtig Karriere zu machen ..."

„Was willst du, Eduardo?", unterbrach ihn Nuno ungehalten und heftiger, als er es eigentlich beabsichtigt hatte. Irgendwie fühlte er sich plötzlich komplett überfordert mit der Situation. „Du bist doch sicher nicht hergekommen, um mir zu meinem Doktortitel zu gratulieren, oder?"

Eduardo wirkte ehrlich überrascht. „Ach, dann ist es jetzt ‚Doktor Martins'? Das ist gut ... gut ..." Er wirkte plötzlich zerstreut.

„Eduardo! Was willst du hier?"

Sein Bruder sah ihn aus müden Augen an. „Du musst mir helfen, Bruderherz. Ich habe Scheiße gebaut. Richtig massive, monumentale Scheiße. Und so wenig mir das gefällt, aber du bist der Einzige, der mir da wieder raushelfen kann."

Exklusiv nur am Aussichtspunkt und Kiosk „Largo das Portas do Sol": Eine Gruppe Senegalesen, die von Tisch zu Tisch Billigschmuck (und Selfie-Sticks) verkaufen. Sie sprechen irgendwie alle Sprachen, bieten bunten „afrikanischen" Schmuck an; wenn man nicht kaufen will, bekommt man ein Armband „geschenkt", vor fünf Jahren noch Elfenbein, inzwischen eine Billigimitation aus Leder und Plastik mit „magischen Symbolen", gefolgt von der unvermeidlichen Frage, ob man dem Verkäufer nicht etwas Geld für einen Kaffee geben könnte.

FÜNFTES KAPITEL

Dienstag, 14:12 Uhr

„Und?", fragte Carina. „Was sagen sie?"
Carla legte das Telefon ab und zuckte mit den Schultern.
„Sie sagen, dass sie sich das nicht erklären können. Sie werden umgehend mit ihm Kontakt aufnehmen."
„Was heißt ‚umgehend'?"
„So angefressen, wie die Dame am Telefon eben geklungen hat, könnte das durchaus bedeuten: ‚sofort'. Im Sinne von ‚jetzt gleich'. Amerikaner sind schließlich keine Portugiesen ..."
Das Telefon auf Carinas Schreibtisch begann zu klingeln.
„*Das* wäre jetzt mehr als unheimlich ...", sagte Kendra.
Carina stand auf und lief zu ihrem Schreibtisch hinüber. Das Display zeigte eine interne Nummer. „Entwarnung", sagte sie in Richtung Besprechungstisch und hob ab. „Ja?"
„Hauptkommissarin da Cunha?"
„Ja."
„Wir haben hier einen Besucher für Sie."
Carina drehte sich langsam zu ihrem Team um und legte

die Hand über die Sprechmuschel des Telefonhörers. „Oder auch nicht ..." Sie nahm die Hand wieder weg. „Wer ist es?"

„Ein gewisser ‚Aksel Nysgård'. Er behauptet, Sie erwarten ihn."

„Erwartet habe ich ihn vor über vier Stunden am Flughafen", rutschte es Carina heraus. ‚Ab jetzt empfinde ich ihn vorsorglich schon mal als unverschämt', unterdrückte sie gerade noch rechtzeitig. „Schicken Sie ihn hoch." Sie blickte in die Runde. „Der sollte jetzt zum einen eine wirklich gute Entschuldigung haben und zum anderen wirklich nett sein. Und ehe jemand von euch fragt: Nein, wir können ihn nicht im Tejo versenken und es mit Nunos Hilfe wie einen Unfall aussehen lassen, wenn er weder das eine hat noch das andere ist, weil wir leider auf ihn angewiesen sind."

Kendra und Bruno sahen sich an. „Sie kann Gedanken lesen!", flüsterte Kendra absichtlich laut.

„Vielleicht sollten wir sie Mama Chakussanga vorstellen ...", flüsterte Bruno genauso laut zurück und erntete einen Fausthieb auf den Oberarm.

Carina beschloss, das Ganze zu ignorieren.

Wenig später klopfte es an der Tür.

„Ja?"

Ein junger Beamter in Uniform öffnete die Tür, doch ehe er etwas sagen konnte, drängte sich ein großer, kräftiger Mann mit der Optik eines Dolph Lundgren in jungen Jahren an ihm vorbei. „Hallo, sorry für die Verspätung", ratterte er mit einem strahlenden Lächeln auf dem Gesicht laut auf Englisch drauflos. „Ich spreche übrigens kein Portugiesisch, ich hoffe, das ist kein Problem hier? Und auch sorry wenn ich so aussehe, als hätte ich mir gerade eingepisst, aber ist Ihnen noch nie aufgefallen, dass die Waschbeckenränder immer genau in der Höhe des Schritts montiert sind? Sodass man sich immer am Hosenstall nass macht, wenn man sich beim Händewaschen dagegenlehnt? Wie auch immer, ich hab da mal was mitgebracht, ich meine, das ist doch hier eine richtige Polizeistation, oder?" Mit diesen letzten Worten stellte er einen großen Karton mit einem orange-weiß-pinken Logo auf den Besprechungstisch und öffnete den Deckel. „Donuts, weiß, braun, pink, mit und ohne Bling-Bling, mit und ohne Füllung, für jedes Geschlecht und jede Farbe also etwas dabei. Gibt es hier auch Kaffee?"

Aus dem Augenwinkel heraus sah Carina, wie Kendra und Bruno gleichzeitig aufstanden, den Blick starr auf ihren Besucher gerichtet. Für den Bruchteil einer Sekunde erwog sie, die beiden einfach auf Aksel Nysgård losgehen zu lassen, doch dann kamen ihr ihre eigenen Worte von eben wieder in den Sinn. Schnell schob sie sich zwischen ihre beiden Kollegen und den Gast. „Mister Nysgård, schön, dass Sie letzten Endes den Weg zu uns doch noch gefunden haben", sagte sie in der Hoffnung, dass ihr Sarkasmus auf der anderen Seite empfangen und angemessen gewürdigt wurde. „Ihre Firma hatte Sie für den Flug aus Kopenhagen mit Ankunft 9:35 Uhr avisiert. Wo lag denn das Problem?"

Unaufgefordert setzte sich Aksel Nysgård in einen der Sessel am Besprechungstisch, angelte sich einen Donut aus der Schachtel und sah Carina schon fast belustigt von unten herauf an. „Ich könnte ja fast sagen, ich war da, und wo waren Sie? Aber dann würde ich ja andeuten", fuhr er schnell fort, als er sah, wie Carina tief Luft holte, „dass Sie mich am Flughafen übersehen haben. Und das kann ich mir beim besten Willen nicht vorstellen." Er grinste und biss in seinen Donut.

Carina beschloss, es einfach dabei zu belassen, Aksel Nysgård direkt ins Gesicht zu sehen und nichts zu sagen. Bei Verhören funktionierte das ja auch meistens.

„Na gut." Aksel Nysgård setzte sich halbwegs aufrecht hin. „Um die Wahrheit zu sagen, ich bin, sagen wir mal, ein wenig aufgehalten worden. Ich hatte heute früh auf dem Flughafen in Oslo schon ein bisschen gefeiert, endlich mal rauskommen, mal weg von der Familie, wenn Sie verstehen, was ich meine ... und Sie haben ja keine Ahnung, wie teuer Alkohol in Norwegen ist! Der Fraß auf dem Flieger ab Kopenhagen hat mir dann wahrscheinlich den Rest gegeben, also habe ich, während mein Koffer wahrscheinlich endlose Runden auf dem Gepäckband – heißen die hier tatsächlich ‚*tapete*'? – gedreht hat, erst einmal ausgiebig den weißen Thronsaal genutzt. Wobei, ganz so weiß war der nun auch nicht mehr ... Aber ich erspare Ihnen die Einzelheiten." Die entsetzten Blicke von Carla, Bruno und Kendra ignorierend griff er zur Seite und schob den Karton in Carinas Richtung. „Donut?"

Zur selben Zeit

Er hatte das Gefühl, dass die scheinbar endlos nach links und rechts verlaufenden Mauern ihn erschlugen, obwohl das fast fensterlose Gebäude hier auf dem Berg eher klein und unauffällig wirkte und von außen nicht verriet, wie groß die Anlage wirklich war. Es hätte auch problemlos eines dieser leidenschaftslos in die Landschaft gesetzten Gewerbegebäude sein können, wenn es da nicht diesen links oben angesetzten, wie aus einem Science-Fiction-Film abgeguckten kleinen Vorbau gäbe, der aus dem ansonsten quaderförmigen weißen Haus herausragte wie die Kommandobrücke eines Raumschiffs.

Und vielleicht die Wachtürme, die in einiger Entfernung dahinter auftragten.

Nach einer kleinen Weile erkannte er, dass das, was ihm eigentlich Beklemmungen bereitete, nicht die Mauern waren. Das ganze Anwesen stand derart in der Mitte von Nirgendwo, dass sich jeder, der sich ihm näherte, exponiert, schutzlos, ja sogar nackt und auf jeden Fall permanent beobachtet vorkam.

Er verließ den kleinen Parkplatz, eigentlich nicht mehr als eine von Gras befreite, unbetonierte Sandfläche, blieb neben der kleinen, überdachten Telefonsäule rechts neben der Auffahrt stehen und starrte auf das Gebäude. Er hatte keine Ahnung, woher vorhin die Idee gekommen war, heute hierher zu fahren. Jetzt, da er hier stand, wusste er, dass er noch lange nicht soweit war, dort hineinzugehen.

Er wandte sich ab und ging ein paar Schritte. Unter ihm erstreckte sich eine mit zum Teil villenartigen weißen und gelben Häusern durchsetzte Landschaft, die bis an die Atlantikküste reichte, dorthin, wo für ihn nicht sichtbar hinter dem Bahnhof von Caxias die kleine Festung des São Bruno de Caxias in das Wasser hineingebaut war.

Ob irgendjemand in diesem Anwesen hier oben von seinem kleinen Fenster im oberen Stockwerk aus den Atlantik sehen konnte? Die Küste mit den Stränden, an denen sich fast das ganze Jahr hindurch Tausende Menschen in der Sonne aalten?

Er hoffte nicht.

Er legte den Kopf in den Nacken, schloss die Augen und atmete tief den vom Meer kommenden Wind ein. Zwei, drei Minuten blieb er so stehen, mit allen Sinnen die salzige Luft genießend. Dann drehte er sich abrupt um und ging zurück zu seinem Auto.

Nein. Heute nicht.

Dienstag, 14:30 Uhr

Den Gesichtern dieser Polizisten nach zu urteilen, war seine Vorstellung vermutlich oscarreif gewesen. Eigentlich taten sie ihm schon fast ein bisschen leid, dass er derart das Arschloch heraushängen ließ, aber leider hatte er keine Wahl. Das Letzte, was er jetzt gebrauchen konnte, war, dass sie ihn so nett fanden, dass sie ihm auch noch in seiner Freizeit einen unvergesslichen Aufenthalt in Lissabon bescheren wollten, mit TukTuk-Tour, Sightseeing und gemeinsamen Abendessen. Was eigentlich schade war, denn diese Hauptkommissarin mit den ungewöhnlichen Augen hatte durchaus etwas ...

Allerdings hatte sie auch noch etwas anderes, nämlich neben aller offenkundigen Abneigung ihm gegenüber offenbar auch ein überdurchschnittliches Misstrauen, was seine Geschichte anging. Also: weiter das Arschloch spielen, damit sie ihn so schnell wie möglich wieder loswerden wollten und gar nicht erst tiefer bohrten. „Also", sagt Aksel laut. „Vielleicht kann mir Ihre kleine Büroschönheit hier", dabei nickte er in die Richtung der jungen Frau, die mit einem Tablet-PC in der Hand am anderen Ende des Tisches saß, „ja noch einen netten Kaffee holen, und dann können wir endlich anfangen, ja?"

Alle Köpfe ruckten herum.

Die ‚kleine Büroschönheit' stand sichtbar mühsam beherrscht auf. „Ich wollte sowieso gerade mal Xixi", presste sie zwischen den Zähnen hervor. „Da kann ich natürlich auch noch einen Kaffee mitbringen. Hoffentlich verwechsle ich auf dem Weg nicht irgendwas ..."

Zur selben Zeit

Schon in der Sekunde, als er die Haustür hinter sich zuzog, war es da, dieses unbestimmte, unheimliche Gefühl beobachtet zu werden. Er drehte sich schnell um und blickte gehetzt links und rechts die Straße hinunter.

Nichts.

Jorge atmete tief durch. Er war ja eigentlich selbst schuld. Die Nacht am Computer als halbmutierter Ego-Shooter durch die digitalen postapokalyptischen Welten ziehen, auf alles schießen, was sich in den Ruinen der zerbombten Städte bewegte, und dann ab früh drei Uhr irgendwelche Horrorfilme zum Abspannen gucken. Was erwartete er denn da anderes als eine gesunde Paranoia?

Langsam begann er in Richtung Metro zu laufen. Zweimal blieb er spontan stehen und drehte sich blitzschnell um. Nichts.

‚Mach dich nicht selbst verrückt!', schimpfte er sich selbst aus. ‚Da ist nichts! Niemand kann so schnell verschwinden!'

Stufe für Stufe stieg er die Treppe zur Metro hinunter. Normalerweise hasste er es, wenn sich ihm die Menschenmassen auf der gesamten Breite der Treppe entgegenwälzten, völlig ignorant gegenüber der Tatsache, dass es auch noch Menschen gab, die in die Metro *hinein* wollten, oft genug schon so sehr in das Schreiben von Nachrichten, Facebooken, Twittern, Candy Crush oder Farmyard Heroes Spielen vertieft, dass sie jeden Entgegenkommenden gnadenlos umrannten.

Heute blieb die Treppe leer.

Andererseits ... machte es das nicht jedem Verfolger wesentlich schwerer, unbemerkt an ihm dranzubleiben?

WAS FÜR EIN VERFOLGER DENN?

Jorge legte seine Fahrkarte auf das Lesegerät, die beiden Plexiglastüren fuhren zur Seite, und er betrat den Bahnsteigbereich. Ein Blick auf die Anzeige verriet ihm, dass der nächste Zug in 5:40 Minuten erwartet wurde. Zauberhaft ...

Er lief ans Ende des Bahnsteigs und lehnte sich mit dem Rücken an eine der Säulen, sodass er den größten Teil des Bahnsteigs im Blick hatte.

Drei Minuten später fühlte er sich wie in einem der Horrorfilme von gestern Abend (oder besser: heute früh).

Der ganze Bahnhof war leer. Kein einziger Mensch außer ihm. Nicht auf seiner Seite, nicht auf dem Bahnsteig der Gegenrichtung.

Hatte er irgendeine Mitteilung über eine vorübergehende Stilllegung verpasst? Aber dann wäre der Bahnhof ja wohl abgeschlossen gewesen, oder? Und warum gäbe es eine Anzeige über den nächsten Zug? Gut, bei den öffentlichen Verkehrsbetrieben hatte zumindest Letzteres nichts zu bedeuten ...

Drei Minuten später fuhr der Zug ein.

Jorge war sich nicht sicher, ob ihm nicht vielleicht seine übermüdete Fantasie einen Streich gespielt hatte, doch er glaubte gesehen zu haben, wie sich buchstäblich auf die letzte Sekunde noch eine Gestalt durch die sich bereits schließende Tür eines der weiter hinten liegenden Wagen gedrängt hatte ...

Dienstag, 15:01 Uhr

Carina hatte große Mühe, ihre Fassung zu wahren. War der Mann, der da jetzt vor ihnen saß, tatsächlich noch derselbe Aksel Nysgård, der sich erst vor eine knappen halben Stunde außerordentlich erfolgreich um den Titel „Cabrão do Ano" beworben hatte?

Nichts war mehr zu merken von der primitiven Überheblichkeit, mit der er vorhin hier ins Büro getreten war und sie alle hatten spüren lassen, dass sie tatsächlich nur auf ihn gewartet hatten. Vor ihnen am Besprechungstisch saß ein ernsthaft nachdenklicher, eigentlich sehr attraktiver Mann, dem man ansehen konnte, wie die Gedanken in seinem Kopf arbeiteten.

Wenn er doch nur endlich anfangen würde, etwas zu sagen ...

„Mister Nysgård ...?", frage Carina vorsichtig.

Der Norweger schien förmlich hochzuschrecken. „Wie? Ach ... ja, entschuldigen Sie, ich war gerade in Gedanken." Er sah Carina an. Sein Gesicht war blass. Er atmete tief durch. „Also gut, lassen Sie mich das mal zusammenfassen, damit wir sehen, ob ich alles richtig verstanden habe. Wir reden inzwischen von insgesamt drei Mordopfern, die allesamt Diabetiker und Anwender unseres Produktes waren. Wobei die ersten beiden Opfer vermutlich durch eine Überdosis Insulin und das dritte Opfer durch Gift umgebracht wurden, welches ebenfalls durch unser Produkt verabreicht wurde. Richtig soweit?"

abreicht wurde. Richtig soweit?"

„Richtig", nickte Carina. „Wobei bei den ersten beiden Opfern diese *patch pump* vermutlich vom Mörder abgerissen und zusammen mit der Steuereinheit gestohlen wurde, um Spuren zu verwischen. Wir haben aber Rückstände des Klebemittels um die Einstichstellen herum gefunden, sodass es keinen Zweifel daran gibt, dass die Opfer eine solche Pumpe getragen haben. Wir hatten gehofft, Sie können uns etwas über das System erzählen, damit wir besser verstehen, wie wir uns den Modus Operandi unseres Mörders vorstellen müssen."

„Da werde ich aber etwas weiter ausholen müssen", sagte Aksel Nysgård zögernd.

„Solange es nicht bis zurück zu den Dinosauriern geht ...", knurrte Carla.

„Das tut es nicht", antwortete Aksel Nysgård seltsam ruhig. „Aber um zu verstehen, wie unser System funktioniert, müssen Sie zunächst erst einmal verstehen, wie es für unsere Anwender ist, mit Diabetes zu leben. Sie würden es wohl die ‚Opferperspektive' nennen."

„Bitte, Mister Nysgård", sagte Carina schnell. „Holen Sie so weit aus, wie Sie es für notwendig halten."

Er nickte. „Ich werde es auch so unmedizinisch halten wie möglich", sagte er. „Also, damit unser Körper funktioniert, braucht er Energie. Diese bekommt er aus Zucker, der in den Körperzellen zu Energie umgewandelt werden kann. Dieser Zucker wiederum entsteht in der Regel aus dem Zerfall von Kohlehydraten. Damit der Zucker aber in die Zellen eindringen kann, benötigt er gewissermaßen einen Schlüssel, ein in der Bauchspeicheldrüse produziertes Hormon."

„Insulin", sagte Carla.

„Genau. Jetzt unterscheiden wir grob zwischen zwei verschiedenen Arten von Diabetes. Es gibt auch noch andere, aber die sind jetzt hier nicht so relevant, weil sie nichts mit unserem Produkt zu haben. Bei der Mehrheit der Diabetiker ist es so, dass die Betazellen ihrer Bauchspeicheldrüse zwar genug Insulin produzieren, der Körper aber eine gewisse Resistenz entwickelt hat, so als ob, um bei dem Beispiel von eben zu bleiben, das Schlüsselloch geschrumpft und nun zu klein ist. Das kann verschiedene Ursachen haben, hängt aber häufig mit dem Lebensstil zusammen. Schlechtes Essen, zu wenig Bewegung, zu viel Alkohol, was auch immer. Das bedeutet, eine Veränderung des Lebensstils, zusammen mit Medikamenten, kann diese Art Diabetes sogar heilen."

„Diese Patienten brauchen aber kein Insulin und folglich auch keine Insulinpumpe", sagte Carina.

„Richtig. Damit kommen wir zu der anderen Art von Diabetes; Typ 1 oder auch ,*diabetes mellitus*'. Bei diesen Patienten hat die Bauchspeicheldrüse komplett aufgehört, Insulin zu produzieren. Das bedeutet, die Kohlehydrate werden durch die Enzyme des Verdauungstraktes zwar weiterhin zu Zucker verarbeitet, dieser kann jedoch nicht mehr in die Zellen gelangen, weil der Schlüssel nicht nur nicht passt, sondern einfach fehlt."

„Also müssen sie sich Insulin spritzen, bis ihre Bauchspeicheldrüse wieder eigenes Insulin produziert?", fragte Kendra.

„Nein." Aksel Nysgård schüttelte den Kopf. „Typ 1 Diabetes ist unheilbar. Die Patienten spritzen sich Insulin nicht, um die Krankheit zu *kurieren*, sondern um sie zu *managen*. Bis ans Ende ihres Lebens."

„Was löst diese Art von Diabetes aus?", fragte nunmehr Bruno und schielte zu der immer noch vollen Schachtel mit Donuts.

„Das ist das Heimtückische daran", antwortete Aksel Nysgård. „Wir wissen es nicht. Es gibt Faktoren, die eine höhere Wahrscheinlichkeit, Diabetes Typ 1 zu bekommen, bewirken, aber es gibt keine Gesetzmäßigkeiten. Einen Diabetiker in der Familie zu haben, kann die Gefahr erhöhen, muss aber nicht. Schlecht essen oder viel Alkohol trinken – dasselbe. Kann, aber muss nicht zu Diabetes führen. Es kann ältere Menschen treffen, Männer, Frauen, Kinder, jedes Geschlecht, jedes Alter, jede Hautfarbe. Es gibt geografische Trends, aber auch die sind mit Vorsicht zu genießen angesichts der Tatsache, dass es in vielen Regionen der Welt nur mangelhafte Gesundheitssysteme gibt. Die Forschung steht hier noch ziemlich am Anfang. Dieabetes wurde ja auch erst 1921 entdeckt. Wir haben keine Ahnung, wie viele Menschen herumlaufen, bei denen die Krankheit einfach noch gar nicht diagnostiziert ist."

„Schöne neue Welt!", sagte Carla bitter. „Zivilisationskrankheiten eingeschlossen ..."

„Und schon wieder falsch", sagte Aksel Nysgård. „Diabetes gibt es wahrscheinlich schon so lange, wie die Menschheit existiert. Aber Sie haben schon Recht, die Art und Weise, wie wir heute mit unserem Körper umgehen, macht es sicher nicht besser. Es gibt viele überlieferte Namen von Krankheiten, von denen wir nur vermuten können, dass auch Diabetes eine Rolle gespielt hat. Sie haben alle sicher schon von ‚Siechtum' gelesen, in England war Diabetes vor drei-, vierhundert Jahren bekannt als ‚the pissing death' oder ‚the pissing evil', wegen des extremen Harndrangs bei den Patienten. Es sind vermutlich bereits Milliarden von Menschen an Diabetes gestorben, ohne es zu wissen. "

„Und heute geht man einfach zum Arzt", murmelte Kendra.

„Wenn es denn so einfach wäre." Aksel Nysgård nahm einen Schluck Wasser. „Die allermeisten Menschen werden als Diabetiker diagnostiziert, wenn sie wegen irgendeines der Symptome zum Arzt gehen, ohne zu ahnen, dass es Diabetes sein könnte."

„Zum Beispiel?", fragte Carina.

„Sehstörungen, extremer Gewichtsverlust, extremer Durst, Hungerattacken, Kreislaufstörungen, taubes Gefühl in Fingern und Zehen, wie erwähnt verstärkter Harndrang, bei Kindern dadurch vielfach Bettnässen, Kribbeln am ganzen Körper, Angstzustände, die Liste ist ziemlich lang. Manche werden sogar ins Krankenhaus eingeliefert, weil man sie bewusstlos irgendwo aufgefunden hat. Es ist, glaube ich, auch kaum bekannt, dass Diabetes heutzutage die Hauptursache für das Erblinden ist."

„Und was passiert, wenn man Diabetes nicht behandeln lässt?", kam es von Bruno.

Aksel Nysgård zuckte mit den Schultern. „Man stirbt. Schlicht und ergreifend. Diabetes ist eine Autoimmunkrankheit, wie HIV. Der Körper zerstört sich selbst. Aber noch einmal: Man kann Diabetes nicht *behandeln*, man kann die Krankheit nur *managen*. Aber entschuldigen Sie, wir sind doch ganz schön abgeschweift ... selbst wenn wir nur an der Oberfläche gekratzt haben."

„Nein, nein", sagte Carina zerstreut. „Das war ... äh ... es hat uns schon recht deutlich gezeigt, wie wenig wir wissen. Aber wenn man Insulin nimmt, ist doch eigentlich alles in Ordnung, oder?"

Aksel Nysgård lächelte traurig. „So weit ist die Medizin heute leider noch nicht. Diabetiker zu sein, ist wie einen zweiten Vollzeitjob zu haben, allerdings unbezahlt, ohne Urlaube, Wochenenden und Feiertage. Und in Ländern, in denen die Krankenversicherungen nicht alles bezahlen, ist es ein Vollzeitjob, bei dem Sie noch Geld mitbringen müssen. Es geht damit los, dass Sie direkt nach der Diagnose über *Monate* hinweg Stammgast bei Ihrem Facharzt sind, zahllose Tests über sich ergehen lassen und Protokolle und Berichte führen müssen, um einfach nur festzustellen, wie Ihr Körper funktioniert und auf Insulin reagiert. Wie war Ihr Blutzuckerwert am Morgen? Vor dem Frühstück? Nach dem Frühstück? Was hatten Sie zum Frühstück? Sind Sie mit dem Bus zur Arbeit gefahren? Gelaufen? Mit dem Fahrrad gefahren? Wie sind die Werte, wenn Sie erkältet sind? Oder Ihre Tage haben? Nehmen Sie Antidepressiva? Oder tragen Sie ein Nikotinpflaster? Haben Sie sich mit Ihrem

Partner gestritten? Oder vielleicht einfach nur Sex gehabt letzte Nacht? Wenn ja, war es als Pflichtübung mit dem langjährigen Partner oder als erregender One Night Stand mit einem oder einer Fremden mit jeder Menge Adrenalin im Spiel? Sie müssen sich vorstellen, Sie übernehmen die Aufgabe eines hochkomplexen Organs, das Ihre Insulinzufuhr bis dahin quasi automatisch geregelt hat. Sie müssen lernen zu *denken* wie Ihre Bauchspeicheldrüse. Und nein, ehe Sie fragen, es ist nicht damit getan, sich hin und wieder in den Finger zu pieksen, den Blutzuckerwert zu messen und sich dann eine Spritze zu geben. Ihre Krankheit sitzt am Lenkrad des Autos, das Sie ‚Leben' nennen, und Sie müssen lernen, mit dem Fahrstil zu leben, sich diesem als Beifahrer anzupassen."

„Wie kann man nun jemanden, der, wie Sie sagen, mehr oder weniger Kontrolle über seine Krankheit hat, mit einer Überdosis Insulin töten?", fragte Carina. „Übersetzt: Welches Wissen muss ein potentieller Mörder mitbringen? Und da rede ich noch nicht einmal von dem Wissen über Ihr Produkt."

Aksel Nysgård zögerte. „Auch auf die Gefahr hin, dass es jetzt doch etwas medizinischer wird?"

„Absolut."

„Haben Sie hier ein Whiteboard oder ein Flipchart?"

„Das nicht, aber Carla? Könntest du Mister Nysgård einmal dein Tablet leihen? Mit einem Malprogramm? Und das alles auf den großen Bildschirm werfen?"

Wenig später erschien ein weißes Zeichenblatt auf dem Monitor. „Um unseren Insulinhaushalt zu managen", begann Aksel Nysgård, „müssen wir wissen, dass es zwei Arten der Insulinzufuhr gibt. Wenn wir im Ruhezustand sind, braucht unser Körper trotzdem Energie für die lebenserhaltenden Funktionen – und Ruhezustand heißt noch nicht einmal Denken, denn unser Gehirn ist ein wahrer Energiefresser. Für diesen Grundbedarf sondert die Bauchspeicheldrüse permanent eine kleine Menge Insulin ab, die wir ‚Basal-Insulin' nennen." Er zeichnete ein kleines XY-Diagramm mit einer flachen Kurve. „Ist nicht mehr genug Zucker da, schreit unser Körper nach Kohlehydraten, weil die am leichtesten zu Zucker zu verarbeiten sind. Oder nach Süßigkeiten. Mit anderen Worten: wir kriegen Hunger."

„Darum kann ich nicht mehr richtig denken, wenn ich Hunger habe", brummte Bruno.

„Darum, und weil du ein Mann bist", flüsterte Kendra. Dann blickte sie erschrocken hoch. „Entschuldigung."

„Wenn Sie jetzt Ihrem Körper den Gefallen tun", fuhr Aksel Nysgård fort, „und etwas essen, dann führen Sie ihm in kurzer Zeit viele Kohlehydrate zu, die schnell zu Zucker verarbeitet werden. Dafür reicht das Basal-Insulin natürlich nicht aus, darum sondert Ihre Bauchspeicheldrüse auch ganz schnell mehr Insulin ab, um diesen Zusatzbedarf zu decken. Dieses zusätzliche Insulin heißt ‚Bolus'." Er zeichnete ein weiteres Diagramm, diesmal mit einer steil ansteigenden Kurve. „Und wie gesagt, Ihre Bauchspeicheldrüse ist ein hochintelligentes Organ, das genau berechnet, wie viel Insulin Sie gerade benötigen. Wenn es gesund ist."

„Und wenn nicht, dann müssen wir diese Berechnungen selbst vornehmen, richtig?", fragte Carina.

Aksel Nysgård nickte. „Ganz genau. Was das Basal-Insulin angeht, so wird dieser Bedarf von Ihrem Facharzt in dieser vorhin erwähnten mehrmonatigen Testphase ermittelt. Für das Bolus-Insulin wird es etwas komplizierter." Er öffnete ein neues Zeichenblatt. „Jeder Diabetiker muss als Minimum zwei Dinge wissen: Was sein IC-Faktor ist, also wie viel Zucker aus Kohlenhydraten eine Einheit Insulin in die ausgehungerten Zellen lässt, und dementsprechend auch, wie viele Kohlehydrate er bei der nächsten Mahlzeit oder dem nächsten Snack zu sich nehmen will. Das Ganze wird also eine Rechenaufgabe. Und als Formel klingt das noch ganz leicht: Kohlhydrate/IC-Faktor = benötigte Menge an Insulin, zumal die Kohlenhydrate, die im Essen sind –

im selbstgekochten, versteht sich – immer auf der Packung stehen."

„Aber so, wie Sie klingen, hat die Sache einen Haken, richtig?", fragte Carla.

„Nein", antwortete Aksel Nysgård. „Es handelt sich hierbei eher um eine Großpackung von Haken, wie mein Großvater sie verwendet, wenn er sonntags auf den Fjord rausfährt, um das Abendbrot zu fangen. Beginnen wir einmal mit dem Offensichtlichen. Wenn Sie in ein Restaurant gehen, stehen die Kohlehydrate natürlich nicht im Kleingedruckten auf dem Tellerrand, also mutieren Sie zum nervigen Gast, der unbedingt den Koch sprechen will. Haben Sie dann einen kompetenten Koch gefunden, der Ihnen alle Auskünfte zu Ihrem Essen gibt, die Sie brauchen, um Ihre Extraration Insulin berechnen zu können, mutieren Sie zum Langweiler, weil Sie in diesem Restaurant immer das Gleiche essen werden. Klingt schräg, aber viele Diabetiker machen das tatsächlich so. Und so wenig, wie ich sie mag, aber McDonalds, Burger King, KFC, und wie sie alle heißen, sind eigentlich vorbildlich, wenn es um die Auszeichnungspflicht geht."

„McDonalds? Burger King?" Bruno starrte Aksel Nysgård an. "Ich dachte, als Diabetiker lebt man nach einer strengen Diät?"

„Na, na, na!", antwortete der Norweger. „Wir wollen doch nicht wieder die Methoden des Mittelalters einführen, in denen die Kurpfuscher, die sich damals Ärzte oder Bader nannten, den Kranken quasi eine Nulldiät verordnet haben, an der sie letztlich verhungert sind, bevor die Diabetes sie umbringen konnte. Gut, heutzutage machen das die selbsternannten Diät-Prediger ja auch ... Ich sage nur ‚Atkins-Diät', Fleischfressen pur. Beruhend auf der Annahme, dass, wenn ich dem Körper keine Kohlehydrate gebe, er dann das Fett abbaut. Den Fakt ignorierend, dass der Körper zum einen zuerst das Muskelgewebe angreift und zum anderen beim Abbau von Muskel- und Fettgewebe als Nebenprodukt Ketonen produziert, die den Körper langsam, aber sicher vergiften. Nein, ein Diabetiker kann fast alles essen, solange er weiß, was drin ist."

Er wandte sich wieder dem Tablet zu. Auf dem Bildschirm erschien wieder ein Graph, diesmal mit mehreren Kurven, die alle entweder zeitlich versetzt oder unterschiedlich hoch waren. „Aber zurück zu den Haken. Ein großes Problem ist, dass Kohlehydrat nicht gleich Kohlehydrat ist. Oder einfach gesagt: dass Essen unterschiedlich schnell verarbeitet wird. Kartoffeln, Pasta, Reis und so weiter, diese sogenannten ‚Sättigungsbeilagen', werden schnell verbrannt. Fleisch und Fett hat nicht annähernd so viele Kohlehydrate und verbrennt wesentlich langsamer. Das bedeutet, dass es nicht nur auf die Menge des zusätzlich verabreichten Insulins ankommt, sondern auch auf den Zeitpunkt. Das ist wie beim Tennis: Sie stehen an der richtigen Stelle, schlagen genau in der richtigen Höhe und im richtigen Winkel zu, aber zu früh oder zu spät. Und davon, dass sich Ihr IC-Faktor im Laufe eines Tages verändert, und Ihre Leber hin und wieder spontan Glukose produziert, vielleicht wegen Stress, den Sie als solches gar nicht wahrnehmen weil er zu Ihrem Leben gehört, will ich gar nicht erst anfangen."

„Wer kann sich das denn alles merken?", flüsterte Carla mit aufgerissenen Augen.

„Jeder, dessen Leben oder zumindest die Lebensqualität davon abhängt, alles richtig zu machen." Er zuckte mit den Schultern. „Ich habe Ihnen ja gesagt, Diabetiker zu sein, ist ein Vollzeitjob."

„Also, wenn ich das richtig verstanden habe", sagte Carina langsam, „dann sind unsere ersten beiden Opfer quasi mit einem ‚Super-Bolus' umgebracht worden, ja?"

Aksel Nysgård nickte.

„Gut", sagte Carina. „Bevor wir nun zu Ihrem Produkt kommen, wie machen das Diabetiker, die keine Insulinpumpe verwenden? Also, dieses Managen von Basal und Bolus mit Spritzen und Pens?"

„Es gibt unterschiedliche Arten von Insulin", antwortete Aksel Nysgård. „Unterschiedlich im Sinne von Wirkungsgeschwindigkeit und –dauer. Für den Grundbedarf, also den Basal, verwenden Diabetiker pro Tag in der Regel eine, maximal zwei Injektionen von sogenanntem ‚long-acting' Insulin, die zwischen zwölf und vierundzwanzig Stunden anhalten. Der Bolus für Snacks und Mahlzeiten wird meist als ‚short' oder ‚rapid-acting' Insulin verabreicht. Und wenn Sie so vermessen sind, eine Mahlzeit zu sich zu nehmen, die aus Fleisch und zum Beispiel Kartoffeln besteht, dann brauchen Sie eine Mischung. Und wehe, Sie geben sich einen Bolus für einen ausgiebigen Besuch bei Pizza Hut und lassen sich dann zu einem Salatbuffet überreden! Dann haben Sie sich mit dem Bolus in ein Blutzuckertief geschossen, das Ihnen echte Probleme bereiten kann. Es sei denn, Ihr Chef bereitet Ihnen bei Ihrer Rückkehr ins Büro richtig Stress, denn das treibt den Blutzuckerspiegel mithilfe der Stresshormone wieder nach oben. Oder Sie verzichten nach dem Salat auf den Nachtisch und haben einen Quicky mit dem Kollegen oder der Kollegin. Derselbe Effekt."

„Äh ... ja ... Womit wir dann bei Ihrem Produkt wären, Mister Nysgård. Was machen Ihre Insulinpumpen so anders als Diabetiker mit Spritzen und Pens? Beziehungsweise, wenn ich jemanden mit einer Überdosis Insulin töten will, warum mache ich das dann nicht mit einer Spritze oder einem Pen? Ist doch viel einfacher."

„Ich fange mal mit Ihrer zweiten Frage an", antwortete Aksel Nysgård. „Beziehungsweise mit einer Gegenfrage: Wie hoch schätzen Sie die Wahrscheinlichkeit, dass ein potentieller Mörder seinem Opfer fünf bis zehn Sekunden lang eine Nadel in den Körper stechen kann, ohne dass dieses sich wehrt? Ich meine, es ist ja nicht so, dass Insulin sofort einsetzt und derjenige einfach zusammenbricht. Selbst das ‚rapid-acting' braucht fünf bis fünfzehn Minuten, bis es überhaupt anfängt zu wirken, und zwischen fünfundvierzig bis neunzig Minuten, bis es seine volle Wirkung entfaltet. Als Mörder kann ich die Zeit halbieren, indem ich nicht in Fett- sondern in Muskelgewebe injiziere, was aber in der Situation nicht wirklich einen Unterschied macht."

Carina starrte ihn an. „Das bedeutet, unser Mörder kann sich mit bis zu eineinhalb Stunden Vorlauf ein Alibi verschaffen?"

Schulterzucken. „So gesehen ... ja."

Sie schluckte schwer. „Wie funktioniert das Ganze jetzt mit Ihrer Pumpe? Und ja, es darf ab jetzt auch etwas technischer werden."

Aksel Nysgård griff in seinen Rucksack und holte eine Steuereinheit und eine noch in ihrer Originalverpackung eingeschweißte *patch pump* heraus, die er achtlos auf dem Tisch ablegte. Er hielt die Steuereinheit hoch und drehte sich zu den Polizisten um. „In dieses Gerät hier werden alle Werte eingegeben, die der Patient von seinem Arzt bekommt, also unter anderem auch die IC-Faktoren, wenn notwendig für jede einzelne Stunde eines jeden einzelnen Tages der Woche, die Blutzuckerwerte, die der Arzt als für diesen Patienten für normal erachtet. Wenn ein Patient sich nun einen Bolus geben will, zum Beispiel, wenn er zu Mittag essen möchte, dann muss er lediglich hier unten einen Blutzuckerteststreifen einschieben, einen winzigen Blutstropfen darauf geben, danach eingeben, wie viele Kohlehydrate er beabsichtigt zu essen, und dann berechnet das Gerät die benötigte Insulinmenge. Unter Berücksichtigung des Insulins, das der Patient noch im Körper hat. Dann schickt das Gerät die Informationen an die Pumpe, und die beginnt, das Insulin zu verabreichen."

Carina starrte wieder. „Das ist es? Das ist alles?"

„Im Wesentlichen, ja. Das Finden der richtigen Werte und das Finetuning des Systems dauert auch Monate, und natürlich muss der Patient immer noch die richtige Zeit für den Bolus bestimmen und die Kohlehydrate zählen, aber ja, das ist alles."

„Plus, die Pumpe muss nur alle zwei bis drei Tage gewechselt werden, also fällt das ständige Stechen weg", wechselt werden, also fällt das ständige Stechen weg", sagte Carla.

„Hey, da hat jemand Hausaufgaben gemacht!", grinste Aksel Nysgård.

„Aber ... wenn das so viel einfacher ist, warum stürzen sich dann nicht alle auf dieses Pumpsystem?" Bruno schüttelte fassungslos den Kopf.

Aksel Nysgård streckte den Arm aus und zeigte mit dem Finger auf Bruno. „Gute Frage, unsere Marketingabteilung wäre stolz auf Sie. Nein, aber im Ernst, ob Sie es glauben oder nicht, es hat in erster Linie etwas mit Angst zu tun."

„Angst? Diese Menschen haben eine unheilbare, im Prinzip tödliche Krankheit und haben Angst vor einem Gerät, das ihnen das Leben erleichtert? Wie passt das denn zusammen?"

„Fahren Sie Auto?"

Bruno guckte verwirrt. „Natürlich."

„Empfinden Sie es als stressig?"

„In Lissabon? Absolut!"

„Sind Sie ein guter Beifahrer?"

Kendra prustete los.

„Du musst das nicht beantworten, Bruno", sagte Carina.

„Jetzt stellen Sie sich vor, ich setze Sie draußen vor der Tür in eines dieser selbst fahrenden Autos, mit Autopilot. Wie würden Sie sich fühlen? Oder besser: Wie oft würden Sie versuchen, dem Autopiloten ins Lenkrad zu greifen?"

Bruno schwieg.

„Sehen Sie? Genau das passiert mit Diabetikern. Mit der Spritze oder dem Pen haben sie die Kontrolle über ihre Insulinzufuhr. Sie *sehen* das Insulin, das sie sich geben. Diese Kontrolle sollen sie nun abgeben an ein elektromechanisches Gerät, von dem sie nie wissen können, ob es nicht doch einmal unbemerkt aussetzt? Oder den Bolus falsch berechnet? Oder ob etwas beim Einstechen in die Kanüle geraten ist und nun die Insulinzufuhr blockiert? Oder was auch immer schiefgehen kann? Sie dürfen nicht vergessen, dass diese Menschen oft schmerzhafte und prägende Erfahrungen mit der Krankheit gemacht haben."

Nach ein paar Sekunden des Schweigens räusperte sich Carina. „Also, mit dieser Steuereinheit programmiert man demnach die *patch pump* und die versorgt mich dann der Programmierung entsprechend mit Insulin. Heißt das jetzt, dass jeder, der so eine Steuereinheit in die Hände bekommt, ganz einfach an jeden Träger einer *patch pump* herantreten und diese umprogrammieren kann?"

„Natürlich nicht." Aksel Nysgård nahm die eingeschweißte *patch pump* vom Tisch und hielt sie neben die Steuereinheit. „Nachdem ich diese *patch pump* mithilfe dieser Steuereinheit aktiviert habe, kann sie nur Signale von genau dieser Steuereinheit empfangen."

„Das heißt, ein Mörder muss tatsächlich so nahe an das Opfer herankommen, dass er in einem unbemerkten Augenblick die Steuereinheit stehlen und sich dann damit an einen unbeobachteten Ort zurückziehen kann, um die Umprogrammierung vorzunehmen?"

„Nein. Zumindest, was den zweiten Teil angeht. Um mithilfe der Steuereinheit die Einstellungen der Pumpe zu ändern, dürfen die beiden Geräte nicht weiter als zirka einen halben Meter voneinander entfernt sein. Ganz zu schweigen davon, dass Ihr Mörder sich auch einige Zeit in unmittelbarer Nähe seines Opfers aufhalten muss, um die diversen Sicherheitseinstellungen zu deaktivieren, zumindest zwei davon: Die Begrenzung für die Maximalmenge an Insulin, die man sich mit einem Bolus verabreichen kann, und dann später beim Programmieren des Super-Bolus' die Funktion, mit der man die vom Gerät erfassten Werte für den aktuellen Blutzuckerwert und die Kohlehydrate für die Berechnung des Bolus benutzt. Nur so kann man einen beliebig hohen Wert eingeben."

„Wie lange braucht man, um diese Einstellungen zu verändern? Also, wie lange muss der Mörder quasi neben seinem Opfer stehen?"

Aksel Nysgård zuckte mit den Schultern. „Wenn ich mit dem Gerät vertraut bin, vielleicht eineinhalb, zwei Minuten. Und ich muss dafür sorgen, dass es um mich herum recht laut ist, weil die Steuereinheit jede Eingabe mit einem Piepsen bestätigt."

„Warum sind Ihre Steuereinheiten eigentlich nicht mit einer PIN gesichert wie ein Mobiltelefon?", fragte Kendra. „Das würde die Sicherheit doch deutlich erhöhen."

„Hier wurden zwei Risiken abgewogen", antworte Aksel Nysgård. „Wie hoch ist das Risiko, dass jemand tatsächlich unser System verwendet, um einen Menschen zu töten im Vergleich zu dem Risiko, dass ein Diabetiker im Blutzuckertief, mit Seh- und Gleichgewichtsstörungen, Übelkeit etc. es nicht schafft, seine Steuereinheit zu entsperren."

Carina schwieg.

„Wie lange dauert es, eine *patch pump* mit der Steuereinheit einfach zu deaktivieren, wenn das denn überhaupt geht", kam es dafür von Carla.

„Wenn Sie genau wissen, wie das geht, zehn Sekunden."

„Dann ist das jetzt sicher trotzdem immer noch eine dumme Frage, aber warum tut ein Mörder nicht genau das und wartet darauf, dass der Blutzucker des Opfers durch die Decke geht, anstatt ihn nach unten zu schießen? Nach dem, was ich bei ‚meinen Hausaufgaben' gelernt habe, ist das doch genauso gefährlich Schrägstrich tödlich."

Aksel Nysgård lächelte Carla an. „Keine dumme Frage, ganz und gar nicht. Es gibt auch nur eine Kleinigkeit, die den ganzen Unterschied macht: Ein Blutzuckertief hat viel schneller gravierende Folgen – im Fall Ihrer Opfer Koma und Tod – als ein hoher Blutzuckerwert. Um Ihnen einmal eine Vorstellung zu geben: ein Blutzuckerwert zwischen vier und acht Millimol pro Liter Blut wird als normal betrachtet. Bei einem Tief unter einem Millimol pro Liter reden wir über einen Zustand, der für einen Diabetiker bereits ernsthafte Auswirkungen hat, was auch den Mord an der jungen Frau im Sportstudio so perfide macht. Sie hatte wirklich gar keine Chance, da durch körperliche Aktivität der Blutzuckerspiegel ohnehin schneller sinkt, weil der Körper mehr Energie verbraucht. Dazu kommt noch die Tatsache, dass sich bei Langzeitdiabetikern im Gehirn eine gewisse Resistenz gegen die Symptome eines Blutzuckertiefs entwickelt, sie es also noch nicht einmal mitkriegen, wenn sie abstürzen. Und wenn die Dame, wie sie vorhin erwähnten, auch noch das verdauungshemmende Symlin eingenommen oder verabreicht bekommen hatte, dann hätte selbst ein Erdnussbuttersandwich nicht mehr geholfen, den Absturz zu verhindern. Was das Blutzuckerhoch angeht, ich weiß von einem Fall, in dem ein junger Mann mit einem Wert von vierundvierzig – vierundvierzig! – Millimol pro Liter als Diabetiker Typ 1 diagnostiziert wurde, weil er wegen leichter Beschwerden zum Arzt gegangen ist. Mit einem Blutzuckerhoch überlebt man bei allen Symptomen mitunter über Wochen, Monate."

Einige Sekunden lang herrschte Schweigen.

„Gut", ließ sich jetzt Kendra vernehmen, deren Stimme seltsam gepresst klang. „Damit haben wir zumindest einen theoretischen Tathergang für unsere ersten beiden Opfer. Nummer drei wurde jedoch vergiftet, und das Gift war nachweislich in der *patch pump*, nicht jedoch in der Insulinflasche. Wie müssen wir uns das jetzt vorstellen?"

Aksel Nysgård zögerte. „Darüber habe ich mir auch schon die ganze Zeit den Kopf zerbrochen, und eigentlich gibt es nur eine einzige Möglichkeit." Er legte die Steuereinheit und die eingeschweißte Pumpe auf den Tisch, griff wieder in seinen Rucksack und holte diesmal ein kleines Fläschchen mit einer klaren Flüssigkeit heraus. „Das ist natürlich kein Insulin", beeilte er sich auf die fragenden Blicke hin zu versichern. „Einfache Salzlösung." Er zog die Folie auf der Rückseite der Verpackung der *patch pump* ab, entnahm der Packung eine Einwegspritze, schraubte die Nadel drauf, nahm dann das kleine Fläschchen und füllte die Spritze. Dann setzte er die Kanüle an einem Punkt auf der

Rückseite der Pumpe an und drückte die Flüssigkeit hinein. Nachdem er etwa ein Drittel des Spritzeninhalts hineingedrückt hatte, ertönten zwei Piepser.

„Haben Sie es gehört? Genau hier haben wir das Problem", sagte er. „Genau genommen sind es sogar zwei. Erstens: Wenn ich die Pumpe bis zu einem gewissen Punkt fülle, wird sie quasi aufgeweckt, signalisiert durch das Piepsen. Wenn sie dann nicht innerhalb der nächsten sechzig Minuten auf den Körper aufgesetzt und mit der Steuereinheit aktiviert wird, wird sie unbrauchbar. Zweitens: Kein Anwender unseres Produktes würde eine Pumpe aus einer bereits geöffneten Packung benutzen. Niemals."

„Und das heißt?"

Aksel Nysgård holte tief Luft. „Die einzige Möglichkeit, die Pumpe unbemerkt mit Gift zu füllen, ist, mit einer baugleichen Spritze durch die Versiegelung zu stechen und nur so wenig hochkonzentriertes Gift einzufüllen, dass die Pumpe nicht ‚aufwacht'. Beziehungsweise auch, dass das Opfer nicht merkt, dass schon etwas in der Pumpe ist, was aber kein Problem ist es sei denn, das Opfer füllt in jede Pumpe immer die Maximalmenge, dann merkt es natürlich dass etwas nicht stimmt. Das heißt, ich muss als Mörder genau wissen, wo der Einfüllstutzen ist, wenn die Pumpe noch in ihrer Verpackung ist. Auf den Millimeter genau."

„Wie sind die Pumpen abgepackt, wenn sie geliefert werden?", fragte Carina.

„Zehn Pumpen pro Box. Jede Pumpe ist einzeln verpackt, jeweils mit ihrer eigenen Einwegspritze zum Füllen."

„Und woher weiß ich dann als Mörder, dass mein Opfer genau diese eine mit Gift gefüllte Pumpe als nächstes verwendet und nicht irgendeine andere aus der Packung? Und wann?"

Aksel Nysgård sah Carina direkt ins Gesicht. „Gar nicht. Ich will nur töten. Egal wo, egal wann."

Einen Augenblick lang herrschte betretenes Schweigen.

„Ich denke", kam es von Kendra, „in diesem Fall sollte

ich mir den Ehemann des dritten Opfers noch einmal etwas genauer ansehen. Ich meine, immerhin war er der Einzige, der Zugang zu den Pumpen hatte, und als Ehemann des Opfers hatte er mit Sicherheit auch ein gediegenes Wissen um die Funktionsweise des Systems. Selbst wenn das bedeutet, dass wir es vielleicht mit zwei Mördern zu tun haben, beides Anwender oder zumindest enge Bekannte von anderen Anwendern. Zumindest wissen wir jetzt, dass wir uns auf Diabetiker des Typs 1 konzentrieren müssen."

„Sie machen so ein zweifelndes Gesicht, Mister Nysgård", sagte Carina.

„Ohne Spielverderber sein zu wollen", sagte Aksel Nysgård vorsichtig. „Aber zum einen gibt es durchaus etliche Anwender unseres Systems, die ständig mindestens eine solcher Pumpen für den Notfall bei sich haben. Oder die aus dem Haus gehen und wissen, dass während ihrer Abwesenheit die vorgegebene Nutzungszeit abläuft oder das Reservoir leer ist und sie definitiv die Pumpe wechseln müssen. Und zum anderen gibt es auch Diabetiker des Typs 2, die unser System verwenden, nämlich die, bei denen zu einer Insulinresistenz noch eine Insulininsuffizenz kommt. Die Bauchspeicheldrüse produziert Insulin, es ist aber nicht genug *und* der Körper ist resistent dagegen. Es sind sehr wenige, aber es gibt sie."

„Na gut." Carina blickte in die Runde. „Hat von euch noch irgendjemand eine Frage an unseren Gast? Nein? Dann habe ich noch eine. Mister Nysgård, wie viele Nutzer ihres Systems gibt es in Portugal."

„Fünfzig."

Die Antwort kam Carina jetzt ein bisschen zu schnell. Abgesehen davon, dass sie ein ‚ungefähr' vor der Zahl vermisste. „Mister Nysgård", begann sie langsam. „Wir ermitteln in einem dreifachen Mordfall, ich benötige da schon eine genaue Zahl. Und in einer perfekten Welt könnten Sie mir auch eine vollständige Liste geben."

„Senhora da Cunha, fünfzig *ist* die genaue Zahl, beziehungsweise sind es jetzt nur noch siebenundvierzig. Und da wir ja leider nicht in einer perfekten Welt leben – in der gäbe es ja weder Sie noch mich, weil es weder Mörder noch Diabetiker gäbe – brauche ich für jede weitere Information die ausdrückliche Freigabe meiner Firma." Aksel Nysgård wirkte auf einmal nervös und sah auf seine Uhr. „Wenn Sie dann weiter keine Fragen haben ..."

„Nein", sagte Carina hastig und stand auf. „Ich kann Ihnen gar nicht sagen, wie sehr Sie uns mit diesen tiefen Einblicken geholfen haben, Mister Nysgård, und das meine ich absolut ehrlich. Wenn Sie wollen, dann würde sich die Polizei von Lissabon gern mit einem Abendessen bedanken, damit Ihr Besuch hier nicht nur Arbeit ist ..."

„Nein, nein", sagte Aksel Nysgård zerstreut, während er die Steuereinheit, die Pumpe und das Fläschchen mit der Salzlösung wieder in seinen Rucksack stopfte. „Das ist nicht nötig, habe ich gern gemacht. Und ich habe heute Abend auch schon etwas vor, vielen Dank aber trotzdem für die Einladung. Ein anderes Mal gern." Er stand einen Augenblick unschlüssig herum. „Man sieht sich", sagte er schließlich. „Und viel Glück bei der Mörderjagd." Er drehte sich um und ging.

Carina, Carla, Bruno und Kendra sahen sich an. „Was war das denn jetzt?", fragte Carla.

„Zum einen war das die anschaulichste und effektivste Einführung in ein mir völlig unbekanntes Thema, die ich je erlebt habe", begann Carina langsam.

„Und zum anderen?"

„Zum anderen hat unser Mister Nysgård mindestens eine große, dicke, fette Leiche im Keller."

Dienstag, 18:58 Uhr

Die gute Nachricht war, dass er offensichtlich nicht halluzinierte. Die weniger gute Nachricht dagegen: Jorge war sich jetzt absolut sicher, dass er verfolgt wurde.

Er hatte den Mann zum ersten Mal gesehen, als er vor fünf Stunden an seiner Arbeitsstelle aus dem Bus gestiegen war. Der Mann hatte ihn überholt, hatte sich dabei umgedreht und ihn angelächelt, war dann schnell weitergegangen und aus seinem Blickfeld verschwunden.

Drei Minuten später hatte er den Mann wiedergesehen, an einem von den Tischen des Kiosks direkt vor dem Eingang zum Bürogebäude seiner Firma. Wieder dieses Lächeln ...

Nach etwa zwei Stunden war Jorge klar geworden, dass er keinen Nerv für die Arbeit hatte und eigentlich nur noch Gefahr lief, irgendwelche Fehler zu machen. Er war zu seinem Vorgesetzten gegangen, hatte Kopfschmerzen vorgetäuscht und sich für den Rest des Tages verabschiedet.

Jetzt stand er hier an einer der Bushaltestellen des großen Kreisverkehrs vor dem Atrium Saldanha und sah, wie der Mann tatsächlich aus dem Haupteingang des Geschäftszentrums herauskam, kurz stehen blieb und sich umsah, als würde er etwas suchen.

Oder jemanden.

Schnell hatte Jorge sich abgewandt. Als er einige Sekunden später wieder vorsichtig in Richtung Atrium schielte, war der Mann verschwunden.

Jorge atmete auf, zumal plötzlich ein Ruck durch die um diese Zeit schon recht beachtliche Warteschlange hier an der Haltestelle ging und die Ankunft seines Busses signalisierte.

Er stieg ein, entwertete seine Fahrkarte und lief nach hinten durch, bis zum Faltenbalg des Gelenkbusses. Der Bus fuhr an, hielt jedoch sofort wieder, noch bevor er vorn aus der Haltebucht herausgezogen hatte. Die Tür beim Fahrer öffnete sich wieder.

Jorge glaubte, ohnmächtig werden zu müssen, als er sah, wie sein Verfolger schnell einstieg, sich beim Fahrer bedankte und begann, sich ebenfalls in den hinteren Teil des

Busses zu bewegen.

Jorge merkte, wie ihm der Schweiß ausbrach. Gehetzt sah er sich um. Der Mann war vielleicht noch drei Meter von ihm entfernt.

Da war sie, seine Rettung in Gestalt einer Kollegin, einer unscheinbaren Frau, etwas älter als er, aus einer anderen Abteilung, die er vorhin beim Einsteigen wahrscheinlich übersehen hatte und neben der wie durch göttliche Fügung gerade ein Platz frei wurde. Er konnte sich nicht erinnern, mit der Frau je mehr als ein paar Worte gewechselt zu haben, aber war das nicht eine gute Gelegenheit, das jetzt nachzuholen?

Schnell drängte er sich an der empört guckenden älteren Dame, die gerade den Platz frei gemacht hatte, vorbei und ließ sich erleichtert in den Sitz fallen. „Hallo!", begrüßte er die Frau, wobei ihm einfiel, dass er sich nicht einmal mehr an ihren Namen erinnerte. Gut, für jemanden, der sich nicht für Frauen interessierte, war das vielleicht auch verzeihlich ... „Wie geht es denn so? Alles gut?"

Die Frau sah ihn irritiert an, dann schien sie ihn zumindest ansatzweise wiederzuerkennen. „Ach, ja, hallo ... Jorge?"

„Ja richtig. Und, wie war die Arbeit heute?", fragte er, während er nach vorn schielte. Der Mann hatte inzwischen seinen Platz im Faltenbalg übernommen und blickte mit einem beinahe traurigen Gesichtsausdruck zu ihm herüber.

Die Frau sagte etwas, doch es war irgendwie an ihm vorbeigerauscht. Peinlich ... „*Pois*"[11], antwortete er vage. Sein Blick sprang zurück zu dem Mann, der ihn immer noch traurig ansah.

Die Frau neben ihm wirkte auf einmal müde. „Du, wir

---

[11] Das genialste Wort der portugiesischen Sprache. Eine genaue Übersetzung ist eigentlich nicht möglich (laut Wörterbuch heißt es 'weil' oder 'ja'), aber man verwendet es für alle möglichen Situationen: um zu bestätigen, was der andere gesagt hat, um einfach nur zu signalisieren, dass man verstanden oder zumindest zugehört hat, oder eben um zu verschleiern, dass man entweder nicht verstanden oder nicht zugehört hat.

müssen nicht miteinander reden, so nur der Höflichkeit wegen."

Er spürte, wie seine Wangen zu brennen begannen. „Entschuldige ... ich ... es tut mir Leid. Ich ... ich hab so mörderische Kopfschmerzen", log er. „Deshalb habe ich ja heute auch schon früher Schluss gemacht."

Der Bus näherte sich der Haltestelle Marquês de Pombal. Jorge merkte, wie sein Herz schneller zu schlagen begann, als er sah, wie sich sein Verfolger langsam in Richtung Tür in Bewegung setzte. Als der Bus hielt, drehte der Mann sich noch einmal zu ihm um, lächelte traurig und zuckte wie bedauernd mit den Schultern. Seine Lippen formten die lautlosen Worte ‚Wie schade!'. Dann drehte er sich um und stieg aus.

Jorge lehnte sich zurück, schloss die Augen, legte den Kopf in den Nacken und ließ mit einem lauten Schnaufen die angestaute Luft heraus. Dann wandte er sich nach links, doch die für ihn immer noch namenlose Kollegin hatte inzwischen den Kopf zur Seite gedreht und blickte aus dem Fenster.

Auch gut.

Dienstag, 19:11 Uhr

„Gibt es irgendetwas, was du mir sagen willst?", fragte Nuno misstrauisch, während er sich umblickte und die Medizinschränke, die Medikamentenflaschen und die alten Rollwagen mit Ablagen für Operationsbestecke und mit Vorrichtungen zum Einhängen von mit Emaille überzogenen Schalen musterte.

‚Die Frage sollte ich dir stellen', dachte Carina. „Na", sagte sie laut. „Nachdem du momentan so sehr in Arbeit erstickst, ich aber trotzdem Zeit mit dir verbringen möchte, habe ich mir gedacht, dass das hier als Kompromiss genau die richtige Umgebung ist. Und nein, ich bestehe nicht auf einem Besuch des Museums."

Sie setzten sich an den ihnen von der Bedienung gezeigten Tisch. Ein weiterer Kellner erschien und legte zwei Speisekarten vor ihnen ab. „Willkommen in der ‚Pharmácia'. Darf ich Ihnen schon etwas zu trinken bringen? Einen Aperitif vielleicht?"

„Zwei Glas leichten trockenen White Port auf Eis, bitte", antwortete Nuno zu Carinas Überraschung.

Als der Kellner wieder gegangen war, langte Nuno über den Tisch und ergriff Carinas Hand. „Danke."

„Wofür?"

„Für alles. Auch dafür, dass du mir die Zeit lässt, die ich brauche."

„Nuno, ich habe das hier nicht gemacht, weil ..."

„Ich weiß", unterbrach er sie. „Eben darum: Danke." Er schlug die Karte auf. „Mit oder ohne?"

„Mit oder ohne was?"

„Knoblauch."

„Was ist das denn für eine Frage?"

„Dann können wir also mit den in Öl und Knoblauch eingelegten Champignons anfangen?"

„Ich bestehe darauf."

Der White Port kam. Sie hoben die Gläser und stießen an. „Auf uns", sagte Nuno leise.

Beim Abstellen ihres Glases ließ Carina den Blick durch das im Stil einer alten Apotheke eingerichtete Restaurant schweifen – und hätte das Glas beinahe neben der Tischplatte abgestellt.

In einer kleinen Nische, mit dem Rücken zu ihr gewandt und dennoch unverkennbar, saß Aksel Nysgård.

Und zwar nicht allein.

„Du entschuldigst mich mal für einen Moment?", sagte sie zu Nuno und stand auf. Nein, natürlich hatte sie nicht vor, Aksel Nysgård jetzt hier anzusprechen, aber sie wollte wenigstens einen Blick auf die im Moment noch durch eine Säule verdeckte Begleitung des Norwegers werfen. Der Weg zu den Toiletten bot ihr genau diese Gelegenheit, ohne dabei von Aksel Nysgård gesehen zu werden.

Um noch unauffälliger zu wirken und für den Fall, dass er sich doch umdrehen und sie entdecken sollte, eine glaubhafte Ausrede zu haben, zog sie ihr Mobiltelefon aus der Tasche und gab vor, etwas ganz Wichtiges auf dem Display zu lesen, während sie in Richtung der sich im Obergeschoss befindlichen Toiletten lief. Als sie die Säule passiert hatte, war der Blick frei auf die Begleitung des Norwegers, die sie einigermaßen überraschte. Oder vielleicht doch nicht? Eine sehr junge Frau, vielleicht Anfang Zwanzig, Piercings in Nase und, soweit Carina das erkennen konnte, auch im Bauchnabel, um den herum sich zudem eine exotische Tätowierung rankte. Die Kleidung, obwohl erkennbar Markenware, wirkte an ihr ... irgendwie ... deplatziert, um nicht zu sagen billig.

Die junge Frau lehnte sich plötzlich zurück und gewährte dem geneigten Zuschauer (außer noch mehr Aussicht auf den tätowierten Bauch) vielversprechende Einblicke in einen viel zu tief aufgeknöpften Blusenausschnitt, der zudem die bereits vermutete Abwesenheit eines BHs noch bestätigte.

Doch es war nicht der offenkundige Kontrast zwischen der jungen Frau und dem daneben eigentlich eher seriös wirkenden Norweger, der Carinas Schritte plötzlich langsamer werden ließ. Es war vielmehr die Tatsache, dass sie jetzt so nahe bei den beiden stand, dass sie Teile der Unterhaltung hören konnte. Diese war zwar wie schon fast erwartet inhaltsleer und sinnfrei, doch verschaffte sie Carina dennoch eine völlig neue Perspektive.

Denn Aksel Nysgård sprach fließend Portugiesisch.

Zur selben Zeit

Endlich schlief sie.

Sie war so verstört gewesen, als er sie heute Nachmittag von der Schule abgeholt hatte, sodass er schon vermutet hatte, dass es wieder passiert war, doch zumindest was das anging, wirkte alles normal.

Er war länger als sonst bei ihr im Kinderzimmer geblieben, auch wenn es ihr nicht mehr wehgetan hatte als sonst auch. Er hatte versucht, sie nicht zu bedrängen, doch die Sorge war zu groß gewesen.

Schließlich hatte sie ihm den Brief gegeben. Ein Brief von ihrer Lehrerin, der eigentlich an seine Frau gerichtet war.

Persönlich.

Warum würde eine Lehrerin eine Bitte um einen Gesprächstermin mit den Eltern (oder, wie in diesem Fall, eher eine Aufforderung mit Fristsetzung unter Androhung von Konsequenzen) nur an einen Elternteil schicken? Galt er inzwischen selbst in Anas Schule nicht mehr als vollwertiger Vater, nachdem seine Frau ihn schon als Ehemann abgeschrieben hatte?

Apropos. Er sah auf die Uhr. 19:15 Uhr. Inês war – natürlich – noch immer nicht zu Hause. Wahrscheinlich war es gerade wieder einmal wichtiger, sich von anderen Männern besteigen zu lassen …

Aber bei all dem Hass, der sich tief in seinem Inneren angestaut hatte, spürte Mário heute auch eine Art Ruhe, ja sogar Befriedigung. Nein, dieser Nachmittag hatte ihn natürlich nicht einmal annähernd für alles entschädigen können, was ihm in der Vergangenheit angetan worden war, diese erneute Demütigung durch Anas Lehrerin von heute eingeschlossen.

Aber es hatte sich trotzdem gut angefühlt, dieses Gefühl der Macht, des Überlegenseins. Und er wusste, dass er es wieder tun würde. Er musste nur unglaublich vorsichtig sein …

Juni 1995

Der Lärm in der Cafeteria klang so, als wäre er ganz weit weg. Nuno starrte seinen Bruder an und war sich sicher, dass er gerade einen Albtraum hatte, aus dem er jeden Moment aufwachen würde.

Doch nichts geschah.

„Eduardo, du hast was?", fragte er heiser.

Sein Bruder sah ihn mit unbewegtem Gesicht an. „Du hast richtig verstanden", antwortete er. „Ich habe jemanden umgebracht. Mein Leben ist leider nicht so geradlinig verlaufen wie deines. Ich lebe in einer Welt, wo es heißt ‚fressen oder gefressen werden'. Oder auch ‚The winner takes it all'. Such dir was aus. Und ich bin nun mal kein guter Verlierer."

„Eduardo, du hast einen Menschen getötet! Du ..."

„Falsch. Es war ein beschissener Drogendealer, und es war Notwehr."

„Aber dann hast du doch nichts zu befürchten."

Eduardo sah ihn beinahe mitleidig an. „Du hast in deiner perfekten Welt auch noch nichts von Justizirrtümern gehört, nicht wahr? Ich möchte ganz sicher gehen, dass in meinem Prozess alles glattgeht. Und um gleich von Anfang an einen guten Eindruck zu machen, werde ich mich heute der Polizei stellen."

„Das ist absolut eine gute Idee", sagte Nuno. „Ich habe auch kein Problem damit, für dich ein Charakterzeuge zu sein, zumindest für die Zeit, in der wir uns noch regelmäßig gesehen haben, oder dir Geld zu geben, damit du dir einen guten Anwalt leisten kannst, aber der Rest liegt dann in den Händen des Gerichts."

„Sag mal", Eduardo Martins lehnte sich nach vorn. „Hast du mir überhaupt zugehört? Oder wenigstens mal kurz darüber nachgedacht, warum ich ausgerechnet zu dir gekommen bin? Dem neuen aufsteigenden Stern in der Lissabonner Gerichtsmedizin?"

Nuno zuckte mit den Schultern. Eigentlich gab es nur einen theoretischen Grund dafür, dass Eduardo in dieser Situation jetzt hier war, aber so tief gesunken konnte sein Bruder selbst in der schlechtesten Gesellschaft, in der er sich aufgehalten hatte, nicht sein.

„Gut, dann Klartext. Du wirst dafür sorgen, dass die Leiche dieses Dealers auf deinem Tisch landet, und in deinem Bericht wird stehen, dass alles auf Notwehr hinweist. Und solltest du irgendetwas finden, was dem entgegen spricht und was bei einer eventuellen Nachuntersuchung entdeckt werden könnte, dann erwarte ich von dir, dass du es verschwinden lässt."

Nuno hatte das Gefühl, soeben von einem Bus gerammt worden zu sein. Nein, sein Bruder hatte definitiv nicht nur den Boden des tiefsten moralischen Sumpfes erreicht, in dem man versinken konnte, er hatte darüber hinaus auch noch angefangen zu graben. „Wie kommst du auf die absurde Idee", begann er mühsam beherrscht, „dass ich das überhaupt nur in Erwägung ziehe? Und dabei schieben wir einmal die Tatsache beiseite, dass ich die Obduktion des Dealers wegen Befangenheit ohnehin ablehnen müsste, selbst wenn dessen Leiche zufällig auf meinem Tisch landet."

„Wie ich auf die Idee komme, dass du meinen Arsch retten wirst? Nun, ganz einfach. Wir sind eine Familie, und du hast die letzten Jahre immer auf der Sonnenseite von Vaters Wohlstand gelebt. Jetzt ist es an der Zeit, die Konten auszugleichen, findest du nicht? Das hat etwas mit Anstand zu tun, etwas, worauf du doch immer so viel Wert gelegt hast." Eduardo sah ihn an mit einem kalten Blick, der klar werden ließ, dass er das alles völlig ernst meinte.

Nuno fror plötzlich. Er hatte das Gefühl, dass die Menschen hier an den Tischen der Cafeteria aufgehört hatten sich zu unterhalten und sie beide anstarrten. „Eduardo", flüsterte er heiser. „Tu das nicht, das kannst du nicht von mir verlangen! Nicht im Namen der Familie!"

„Ich kann. Und ehe du mir jetzt mit der herzzerreißenden Geschichte über das Ende deiner ach so hart erkämpften Karriere kommst: Die ist mir scheißegal. Hier geht es nicht um irgendeinen Job. Hier geht es um mein Leben. Du schuldest es mir." Eduardo stand abrupt auf. Er sah auf die Uhr. „Es ist jetzt 16:05 Uhr. In zwei Stunden stehe ich vor der Tür der PSP, Divisão de Investigação Criminal in Alcântara. Bis dahin solltest du die richtige Entscheidung getroffen haben." Er setzte sich noch einmal hin. „Aber eigentlich ist die doch ganz leicht, oder?", sagte er leise. „Oder glaubst du im Ernst, dass, wenn du mich in den Knast einfahren lässt, du deinen tollen Job behältst? In der Gerichtsmedizin der Landeshauptstadt? Mit einem verurteilten Bruder im Gefängnis? Wohl kaum. Aber vielleicht nimmt dich ja noch irgendein Tierheim, wenn sie einen Spezialisten zur Feststellung der Todesursache bei Tiermisshandlungen brauchen." Er stand wieder auf. „Wir sehen uns. Unter welchen Umständen, bestimmst ganz allein du."

Zehn Sekunden später war er verschwunden.

Dienstag, 20:47 Uhr

Er spürte, wie er begann, am ganzen Körper zu schwitzen. Gleichzeitig war es, als würden Tausende von Feuerameisen über seine Arme und Beine laufen. Er verspürte brennenden Durst, war gleichzeitig kurz davor, sich in die Hose zu machen, und die Geräusche um ihn herum schienen plötzlich dumpfer und leiser zu werden.

Aber das konnte nicht sein!

Hektisch griff Jorge nach links – und erstarrte vor Schreck.

Seine Tasche!

Sie war verschwunden.

Er begann zu zittern, während sein immer schwerfälliger

werdendes Hirn begann, die Tiefen seiner Erinnerung abzusuchen nach der Information, wann und wo er denn seine Tasche das letzte Mal gesehen hatte.

Fünf Sekunden später wusste er es.

Im Bus. Er war so erleichtert gewesen, dass dieser seltsame Mann an der Haltestelle Marquês de Pombal ausgestiegen war, dass er seine Tasche im Bus vergessen hatte.

Das war übel.

Ganz übel.

Bis zu seiner Wohnung waren es noch gute zehn Minuten, bei seiner derzeitigen Schrittfrequenz eher fünfzehn bis zwanzig – eine Ewigkeit. Jorge schob sich nach rechts, bis seine Schulter die Hauswand berührte. Erleichtert ließ er sich dagegen fallen. Die vorbeilaufenden Menschen warfen ihm Blicke zu, die eindeutig signalisierten, dass sie ihn für einen Betrunkenen hielten.

Jorge merkte, dass seine Beine drohten nachzugeben. Panisch griff er nach links und hielt einen der Passanten, eine ältere Dame, am Ärmel fest. „Bitte!", sagte er leise. „Ich brauche Orangensaft! Ich bin ..."

„Lassen Sie mich los, Sie Flegel!", kreischte die Frau auf und riss ihren Arm weg. „Trinken Sie nicht soviel, wenn Sie nichts vertragen!" Sie stieß ihn weg.

Er fiel zurück an die Wand. Seine Beine knickten ein, und er rutschte an der rauen Hauswand nach unten. Vor seinen Augen tanzten bunte Schleier. Durch diese Schleier hindurch sah er, wie die vorbeilaufenden Menschen einen Bogen um ihn herum machten.

Auf einmal war da ein riesiger Schatten, der sich über ihn beugte. Jorge versuchte die Augen weiter zu öffnen und den Kopf zu drehen, doch er merkte, wie ihm zusehends die Sinne schwanden.

Plötzlich spürte er eine Hand an seinem Bauch, da, wo sein Hemd beim Fallen nach oben gerutscht war. Eine Stimme sagte so etwas wie ‚*Damskit!*', dann war da ein kurzer Schmerz.

Der Schatten bewegte sich ein wenig weg von ihm, und das grelle Licht der Straßenbeleuchtung schmerzte in seinen Augen. Jorge presste die Lider aufeinander, doch das Licht änderte nur die Farbe und stach nun rot in sein Gehirn.

Und ganz aus der Ferne hörte er, wie der riesige Schatten auf Englisch sagte: „Houston, wir haben noch ein Problem ..."

Von außen tatsächlich eher mit der Anmutung eines Museums bietet die „Pharmárcia" in der Rua Marechal de Saldanha doch so einige Überraschungen. Auf der Freifläche vor dem Restaurant kann man es sich mit Cocktails auf Liegestühlen bequem machen (Hinweis am Rande: die Freifläche hat Westausrichtung, also Sonne bis zum Schluss), das Restaurant bietet neben wirklich guter Küche eine Einrichtung der etwas anderen Art, denn man bekommt den Eindruck, tatsächlich in einer alten Apotheke zu tafeln, und wer die Toilette besuchen will/muss bekommt noch eine kleinen Einblick in das Apothekenmuseum, das einen separaten Besuch auf jeden Fall wert ist.

SECHSTES KAPITEL

Mittwoch, 2:35 Uhr

Er lag nackt auf dem Rücken, die Hände hinter dem Kopf verschränkt, und starrte die Decke an. Er merkte, wie ihm die Arme einschliefen, doch er war körperlich viel zu erschöpft, um sie herunterzunehmen.
Leider nur körperlich.
Der harte und (dem Hämmern an die Wand des Nachbarzimmers nach zu urteilen) vor allem laute Sex mit Débora vorhin hatte ihn ausgesprochen gut ausgepowert, doch leider hatte sein Gehirn nach einer kurzen Pause beschlossen weiterzuarbeiten. Und das so intensiv, dass er Déboras verbale primitive Ergüsse, die er davor im Restaurant gerade noch so ertragen hatte, damit sie sich im Kingsizebett seines Hotelzimmers noch für die Einkaufstour revanchieren würde, ab einem bestimmten Punkt nur noch unerträglich fand. Das fassungslose Gesicht, als er sie gegen Mitternacht zusammen mit ihren Einkaufstüten aus seinem Hotelzimmer geworfen hatte, war an sich schon wieder unbezahlbar und die unvermeidlich Ohrfeige mehr als wert gewesen.

Doch jetzt rödelte die Festplatte in seinem Kopf und raubte ihm den so dringend notwendigen Schlaf.

Natürlich hatte er, nachdem er das Polizeibüro verlassen hatte, bereits zwei verpasste Anrufe aus London auf seinem Mobiltelefon gehabt. Sein umgehender Rückruf hatte einige unangenehme Fragen bezüglich seiner ‚Ankunft in Lissabon' zum Inhalt, nachdem die Lissabonner Polizei wohl nachgefragt hatte, wo ihr versprochener Produktspezialist denn abgeblieben sei. Aksel hatte beschlossen, bei seiner Story mit den Darmbeschwerden zu bleiben, um jegliche Inkongruenzen bei späteren Gesprächen (bei dieser Kommissarin hier konnte man ja nie wissen) auszuschließen, hatte diese jedoch natürlich etwas weniger eklig verpackt als am Nachmittag gegenüber den Polizisten. Allerdings hatte es ihn auch mit einiger Erleichterung erfüllt zu merken, dass die Herren dort im nordlondoner Cockfosters nicht allwissend waren, und vor allem, dass sie ein gewisses Maß an Vertrauen in ihn setzten.

Das nächste Telefonat mit Jasper heute am späteren Nachmittag hatte ihm dagegen mehr als deutlich gezeigt, dass gerade so ziemlich alles auf dem Spiel stand, was sie sich in mühevoller und nicht ungefährlicher Kleinarbeit Schritt für Schritt hier aufgebaut hatten. Wie auch immer dieser unsägliche Türke so schnell Wind von den Mordfällen in Lissabon bekommen haben mochte, er hatte zumindest keine Minute gezögert, Jasper anzurufen, um wegen des „erhöhten Geschäftsrisikos" die Konditionen neu zu verhandeln. Was für ein A...! Natürlich hatte er mit einer gefühlten Verzögerung von zwei symbolischen Sekunden Jasper am Ohr gehabt, der ihn angefleht hatte, sich umgehend mit diesem Senhor Bakkalcıoğlu zu treffen und die Wogen zu glätten. *Das* Vergnügen würde er dann morgen haben. Und es würde sicher nicht das einzige bleiben, wenn er so über den Verlauf des gestrigen Tages nachdachte ...

Warum nur, zum Henker, hatte er sich heute (oder besser: gestern) Nachmittag bei der Polizei so gehen lassen?

Warum hatte er es nicht einfach bei der großen Vorlesung „Diabetes 101" belassen und ansonsten weiter den arroganten Arsch gegeben, den man braucht, aber mit dem man sich dennoch keine Minute länger abgeben will, als unbedingt notwendig? Und ja, er hatte eigentlich viel zu viele Informationen preisgegeben, viel mehr, als notwendig gewesen wären, immerhin waren diese Polizisten allesamt Laien, sowohl was Diabetes als auch das Produkt anging.

Und das, wo eine Polizistin, so attraktiv sie auch sein mochte, die mit ihren weißblauen Husky-Augen zu genau hinsah, so ziemlich das Letzte war, was er jetzt gebrauchen konnte.

Manchmal war es eben Scheiße, wenn man eine Leidenschaft zum Beruf gemacht hatte.

Aksel warf sich herum und sah auf den Wecker. 2:51 Uhr. Nein, schlafen konnte er vergessen. Einen Moment lang erwog er, die Minibar leer zu trinken, doch zum einen hatte er die Befürchtung, dass der Inhalt bei Weitem nicht ausreiche, und zum anderen musste er jetzt unter Menschen. Allein vor sich hin saufen war, was das Gehirnrödeln anging, letztlich auch keine Lösung.

Er schwang sich aus dem Bett, duschte und zog sich an. Dann griff er zum Telefon und öffnete die Uber-App.

Er zögerte einen Augenblick. Wohin wollte er eigentlich? Saldanha? Um in den Clubs dort selbst um diese Zeit noch den Mindestverzehr von einhundertfünfzig Euro zahlen zu müssen? Für ein paar schnelle, starke Drinks in einer in erster Linie Russisch sprechenden Gesellschaft? Wohl kaum.

Alcântara? LX Factory? Um als offenkundig gut betuchter Ausländer von Grazien angebaggert zu werden, die nie einen Drink selbst bezahlen? Wo es Clubs gab, bei denen attraktive Frauen bis Mitternacht nichts für Getränke bezahlen mussten, um sie zu motivieren, sich einen Big Spender zu suchen, der die Kasse füllte? Oder noch besser: die nur dort waren, weil sie den Einlasser kannten und bei de-

nen noch der Staatsanwalt die Hand drüber hielt?
Er seufzte. Blieb also nur der Klassiker. Er scrollte auf der Fahrzieleingabekarte herum und tippte dann auf einen Punkt.
Bairro Alto, Praça de Luís de Camões.
Alles Weitere würde sich finden.

Mittwoch, 9:02 Uhr

Carina schielte auf ihre Uhr, während die Krankenschwester, die den Eindruck machte, als wäre es ihr erster Tag in diesem Krankenhaus, umständlich auf der Tastatur herumtippte. Wenn sie nicht spätestens in eineinhalb Stunden hier raus wäre ...

„Wie war jetzt genau noch einmal der Name? João ...?"

Carina unterdrückte ein Stöhnen und versuchte Carlas flehentlichen Darf-ich?-Blick zu ignorieren. „Jorge. Jorge Ribeiro Tavares. Gestern Abend als Notfall hier eingeliefert. Kollabierter Diabetiker mit kritischem Blutzuckertief."

Die junge Krankenschwester blickte misstrauisch zu Carina hoch. „Sind Sie Ärztin?"

‚Genau, und deshalb arbeite ich als Ermittlerin für die Mordkommission', lag es Carina auf der Zunge. „Nein, aber ich habe eine Tante, die auch Diabetikerin ist", grinste sie die Krankenschwester mit einem gespielten Lächeln an. „Wenn Sie dann so freundlich wären? Bitte?"

Die Krankenschwester zog einen Schmollmund, kniff die Augen zusammen und lehnte sich nach vorn. „Da haben wir ihn. Jorge Tavares. Zimmer 207. Und Sie waren gleich noch mal wer?"

„Hauptkommissarin Carina Andreia da Cunha, Mordkommission Lissabon", antwortete Carina mit einer Ruhe, die ihr selbst Angst machte. „Wir benötigen für einen Fall, in dem wir aktuell ermitteln, einige Informationen von Senhor Tavares." Ja, Nunos Tipp, sich die junge Dame vor ihrem inneren Auge als nächste Ermittlungsakte auf dem rem inneren Auge als nächste Ermittlungsakte auf dem eigenen Schreibtisch vorzustellen, half offensichtlich tatsächlich.

„Den Gang nach hinten weiter, auf der linken Seite sind die Aufzüge. Zweiter Stock."

„Ich bewundere dich", sagte Carla, kaum dass sich die Aufzugstür hinter ihnen geschlossen hatte. „Ich war schon kurz davor, sie zu unserem nächsten Fall zu machen ..."

„Du sprichst mir aus dem Herzen, aber gerade heute wäre alles außer ruhig bleiben und sich in Demut üben kontraproduktiv gewesen."

„Gerade heute? Habe ich etwas verpasst?"

„Du nicht, aber ich würde etwas verpassen, wenn die Schwester sich außer dumm auch noch stur gestellt hätte und wir noch eine halbe Stunde verloren hätten."

„Du hast meine volle Aufmerksamkeit."

Carina holte tief Luft. „Nuno will heute mit mir eine Hochzeitslocation besichtigen. Das heißt, außer dass ich pünktlich sein sollte, sollte ich nicht unbedingt mit dem Mindset eines Serienkillers dort auflaufen. Wir sind übrigens da."

Carina klopfte kurz an die Tür des Krankenzimmers, dann traten sie ein. Nur eines der drei Betten in diesem Zimmer war belegt.

Der junge Mann drehte den Kopf und sah sie fragend an.

„Guten Tag, Senhor Tavares, Hauptkommissarin Carina Andreia da Cunha, Kommissarin Carla Calhão Oliveira, Mordkommission Lissabon."

„Um mal Mark Twain zu zitieren: ‚Die Nachricht von meinem Tod ist stark übertrieben'." Er lächelte schwach. „Was kann ich denn für die Mordkommission tun?"

„Senhor Tavares", begann Carina. „Ich will es angesichts Ihres Gesundheitszustandes kurz machen und direkt zum Punkt kommen. Sie sind Diabetiker und Verwender einer sogenannten Insulin *patch pump*. Es hat in der jüngsten Vergangenheit ein paar ... Zwischenfälle mit Anwendern dieses Systems gegeben ..."

„Wenn Sie, wie Sie sagen, von der Mordkommission sind", unterbrach Jorge Tavares, „dann habe ich gerade ein ungefähres Bild von der Art der Zwischenfälle vor meinem inneren Auge." Er schluckte schwer. „Entschuldigung. Fahren Sie bitte fort."

„Ich möchte es ganz einfach halten, Senhor Tavares. Wenn Sie Ihren gestrigen Tag einmal Revue passieren lassen, ist Ihnen da irgendetwas Ungewöhnliches aufgefallen?"

Jorge Tavares starrte sie an. „Ist das Ihr Ernst? Mein halber Tag gestern war ein einziger Albtraum!"

Carina und Carla sahen sich an. „Wie haben wir das denn jetzt zu verstehen?"

„Zuerst wurde ich quasi von meiner Wohnungstür an auf meinem Weg zur Arbeit verfolgt, und nein, ehe Sie fragen, ich bilde mir das nicht nur ein, auch wenn ich meinen Verfolger zu diesem Zeitpunkt noch nicht gesehen hatte. Das Ganze hat mich so fertig gemacht, dass ich nicht arbeiten konnte und früher Schluss gemacht habe. Und als ich in Saldanha auf meinen Bus nach Hause gewartet habe, war er plötzlich da. Er hat sich auch gar nicht die Mühe gemacht, sich vor mir zu verstecken, im Gegenteil. Als ich dann denke, dass ich ihn endlich los bin, springt er quasi auf den fahrenden Bus auf! Sieht mir dabei direkt ins Gesicht!"

Jetzt war es an Carina und Carla zu starren. „Das heißt, wir haben eine genaue Beschreibung des Täters?"

Jorge Tavares zuckte mit den Schultern. „Ich denke schon ..."

„Dürfen wir Ihnen dann nachher einen unserer Phantombildzeichner vorbeischicken, damit er Ihre Beschreibung festhalten kann?"

„Natürlich. Alles, was hilft ihn zu kriegen."

„Carla, da unsere Carris-Busse ja alle mit mehr oder weniger funktionierenden Kameras ausgestattet sind, könntest du dort bitte die Aufzeichnung anfordern? Danke. Senhor

Tavares, wie ging es weiter? Hat er Sie angesprochen? Bedroht?"

Jorge Tavares schüttelte den Kopf. „Nein, dazu hatte er keine Gelegenheit. Ich habe durch Zufall eine Arbeitskollegin entdeckt und mich zu ihr gesetzt, das hat ihn wohl abgeschreckt und er ist an der nächsten Haltestelle ausgestiegen."

„Welche war das?"

„Marquês de Pombal."

„Gut, Sie sind dann also weitergefahren. Was passierte dann?"

„Ich bin in Rato in die Metro eingestiegen, bin dann eine Station vor meiner ausgestiegen und habe mir noch etwas zum Abendessen von einem Take-away geholt. Von dort bin ich zu Fuß direkt nach Hause. Beziehungsweise, das war der Plan gewesen."

„Weil Sie auf halbem Weg dorthin dann zusammengebrochen sind."

„Richtig. Die Leute haben mich behandelt wie einen Aussätzigen. Oder wie einen zugedröhnten Säufer. Ich habe keine Ahnung, wie ich ins Krankenhaus gekommen bin."

„Nun", sagte Carla. „Zumindest einer hat Ihre Situation ernst genommen und den Notruf gewählt. Was bedeutet", fügte sie mit Blick auf Carina hinzu, „dass ich mich als Nächstes dahinterklemmen werde herauszufinden, ob es eine Telefonnummer zu dem Notruf gibt. Bislang wissen wir ja nur, dass der anonym erfolgt ist."

„Jetzt, wo Sie es erwähnen", sagte Jorge Tavares langsam. „Ich habe da noch so eine vage Erinnerung von kurz vor dem geistigen Wegtreten. Ein Mann, zumindest der Stimme nach zu urteilen, der sich über mich gebeugt und telefoniert hat. Auf Englisch, also vermutlich irgendein Tourist. Wenn Sie ihn finden, danken Sie ihm bitte dafür, dass er mir vermutlich das Leben gerettet hat."

„Wissen Sie noch, wie er ausgesehen hat? Oder was genau er gesagt hat?"

Jorge Tavares hob bedauernd die Schultern. „Tut mir leid, aber Seh- und Wahrnehmungsstörungen sind eine der unangenehmen Symptome eines extremen Blutzuckertiefs. Was er gesagt hat, klang wie ein Zitat aus einem Space-Movie, den ich mal gesehen habe, aber vielleicht bilde ich mir auch alles nur ein, ich war ja kurz vorm Koma. Gesehen habe ich nur einen großen Schatten."

„Blutzuckertief ist ein gutes Stichwort, Senhor Tavares", sagte Carina. „Wir haben die Vermutung, dass jemand versucht hat, Sie mit einem Super-Bolus ins Jenseits zu befördern. Was das Ganze ein wenig eigenartig erscheinen lässt: Als Sie ins Krankenhaus eingeliefert wurden, hatten Sie keine Insulinpumpe an sich. Haben Sie sich die vielleicht selbst abgerissen, als Sie gemerkt haben, was mit Ihnen los ist? Um eine weitere Insulinzufuhr zu stoppen?"

Jorge Tavares zögerte. „Nicht, dass ich wüsste", antwortete er, „aber wie gesagt, ich war kurz vorm Koma. Keine Ahnung, was ich vielleicht aus einem Reflex heraus alles so getan habe."

„Noch eine Frage", sagte Carina. „Für uns hat es den Anschein, dass Sie Ihre Steuereinheit für die Insulinpumpe nicht bei sich hatten. Diese wurde samt Ihrer Umhängetasche von einer älteren Dame bei der Polizeistation in Rato abgegeben. Wir haben uns erlaubt, sie auf Fingerabdrücke zu untersuchen, haben aber nur Ihre gefunden." Carina griff in ihre Tasche und holte das GPS-ähnliche Gerät heraus. „Würden Sie einmal nachsehen, ob Ihnen bei den Einstellungen irgendetwas eigenartig vorkommt? Zum Beispiel, ob die Funktion für den Maximal-Bolus aktiviert ist oder nicht? Oder ob es einen ‚override' dieser Einstellungen gegeben hat, um diese Sicherheitsmaßnahme auszuschalten?"

Jorge Tavares warf Carina einen Blick zu, den diese nicht ganz zu deuten wusste. Dann nahm er das Gerät in die Hand und begann, auf den Knöpfen herumzudrücken. „Sieht alles soweit normal aus ...", sagte er zögernd. „Dann wurden seine Augen weit. „Oh mein Gott!"

„Was ist, Senhor Tavares?"

Er sah sie aus müden Augen an. „Es sieht so aus, als hätte mir jemand tatsächlich eine Menge Insulin verabreicht, die mich eigentlich noch im Bus hätte umhauen müssen. Hätte auch funktioniert, wenn ich nicht diese Scheißangst vor dem Typen gehabt hätte." Und auf Carinas fragenden Blick hin: „Stresshormone steigern den Blutzuckerspiegel, wirken dem Insulin also entgegen. Glückshormone beim Sex leider auch ... Allerdings scheint derjenige tatsächlich alle Einstellungen wieder zurückgesetzt zu haben, denn ich sehe das, was Sie so treffend einen ‚Super-Bolus' nennen, nur im Logbuch ..."

„Hätte Ihr Verfolger denn überhaupt die Möglichkeit gehabt, Ihre Steuereinheit in die Hände zu bekommen?", fragte Carla. „Ich meine, sind Sie aus dem Büro direkt zum Bus gegangen?"

„Wenn Sie so fragen, nein, also, was das direkt zum Bus Gehen angeht. Ich war noch bei meinem Hairstylisten, einen Termin machen."

„Wie lange hat das ungefähr gedauert?"

„Ach, bei uns beiden dauert das schon etwas, also gute fünfzehn Minuten."

„Haben Sie Ihre Tasche da direkt am Körper getragen?"

„Nein, die wird einem gleich am Eingang abgenommen und in einen kleinen Schrank gestellt."

„Unverschlossen, nehme ich an."

Jorge Tavares zuckte mit den Schultern und nickte. „Und um auf Ihre erste Frage zurückzukommen: Der Mann ist ja auch nach mir aus dem Atrium gekommen, also, ich will nichts ausschließen."

„Ich denke, dann haben wir alles", sagte Carina. „Ach so, eine Frage noch, nur der Vollständigkeit halber. Können Sie uns noch den Namen Ihrer Kollegin geben, neben die Sie sich im Bus gesetzt haben?"

Jetzt wirkte Jorge Tavares fast verlegen. „Leider nein. Das war schon ganz schön peinlich, und sie hat auch gemerkt, dass ich keinen Schimmer hatte, wie sie heißt. Hat dann den Rest der Fahrt – zu Recht – beleidigt aus dem Fenster geschaut."

„Könnte Sie Ihren Verfolger gesehen haben?"

„Nein. Ich habe ihr ja auch nichts davon gesagt, dass ich mich verfolgt fühlte."

„Kein Problem, Senhor Tavares. Schwerpunkte sind für uns jetzt erst einmal das Busvideo und die Notrufzentrale. Sehen Sie zu, dass Sie schnell wieder auf die Beine kommen; wir kümmern uns um den Rest." Carina stand auf und blickte zu Carla. „Wollen wir?"

Vor der Tür des Krankenzimmers blieb Carina noch einmal stehen. „Was war jetzt seltsam an der ganzen Szene?", fragte sie Carla.

„Senhor Tavares war mehr als überrascht, dass du so genau wusstest, wie sein Insulinpumpensystem funktioniert."

„Und wer kann uns da weiterhelfen?"

„Dolph Lundgren?"

„Absolut."

Oktober 1995

„Im Fall das portugiesische Volk gegen Eduardo Mário Martins befindet dieses Gericht den Angeklagten des Mordes aus niederen Beweggründen für schuldig. Aufgrund der Schwere der Schuld wird der Angeklagte zu einer lebenslangen Freiheitsstrafe ohne die Möglichkeit einer Bewährungsanhörung verurteilt." Der Richter nahm wieder Platz.

Als sich alle Zuschauer im Gerichtssaal ebenfalls wieder gesetzt hatten, fuhr der Richter fort.

„Das Gericht ist zu der Auffassung gelangt, dass der Angeklagte Eduardo Mário Martins das Opfer Stefan Romanescu vorsätzlich, heimtückisch und mit Tötungsabsicht angegriffen und ermordet hat. Die über den Anwalt des

Angeklagten eingebrachten Einreden der Notwehr beziehungsweise auch einer eingeräumten unangemessenen Notwehr sowie das Bild vom Drogenmilieu, das er uns gezeichnet hat, in dem ungeschriebene, von unseren Gesetzen abweichende Regeln gelten, die strafbefreiend wirken respektive eventuelle mildernde Umstände zur Anwendung bringen könnten, kann das Gericht, vor allem basierend auf dem detaillierten Gutachten der Gerichtsmedizin, nicht nachvollziehen."

Der Richter wandte sich an Eduardo. „Möchten Sie noch etwas sagen?"

„Wür ..."

Sein Anwalt stieß ihn in die Seite. Sichtbar widerwillig erhob sich Eduardo, wodurch die Handschellen und die Kette sichtbar wurden, mit denen er an den Boden der Anklagebank gefesselt war. Er holte tief Luft. „Würde es etwas an meinem Urteil ändern?"

„Natürlich nicht."

„Dachte ich mir." Er setzte sich wieder hin.

Der Richter zog kurz die Augenbrauen hoch und sah wieder auf die Dokumente vor sich. Dann: „Eduardo Mário Martins, bevor Sie von hier in die Justizvollzugsanstalt Caxias überstellt werden, haben Sie das Recht, selbstverständlich unter Aufsicht und in einem abgeschlossenen Raum, mit hier im Gerichtssaal anwesenden Familienmitgliedern zu reden. Möchten Sie von diesem Recht Gebrauch machen?"

Eduardo drehte den Kopf und sah Nuno direkt ins Gesicht. „Soweit ich sehen kann, sind keine Mitglieder meiner Familie anwesend."

Zwei Minuten später wurde er aus dem Saal geführt.

Nuno saß da wie betäubt. Nicht, dass ihn das Urteil überrascht hatte, im Gegenteil. Ein anderes Urteil als dieses hätte seinen Glauben an das Rechtssystem in seinen Grundfesten erschüttert. Nein, er war einfach nur komplett überfordert mit der ganzen Situation.

Natürlich hatte er keinerlei Versuche gemacht, den Leichnam des Drogendealers selbst zu obduzieren. Selbst als er von dem ausführenden Gerichtsmediziner um eine zweite professionelle Meinung gebeten worden war, hatte er abgelehnt und war stattdessen zu seinem Chef gegangen und hatte ihm die Situation erklärt, zu jeder Sekunde darauf gefasst, dass genau das eintreten würde, was sein Bruder ihm prophezeit hatte.

Doch nichts dergleichen war passiert. Sein Chef hatte ihm für die Offenheit gedankt, seine Professionalität gelobt und es dabei belassen.

Eine Woche später hatte er Nuno erneut in sein Büro gebeten und ihm den Obduktionsbericht gezeigt. Nuno war geschockt gewesen von dem, was dort stand.

Es hatte nicht einmal einen Kampf gegeben.

Eduardo hatte ihn damals in der Cafeteria ohne mit der Wimper zu zucken angelogen.

Die nächsten Wochen waren die schwersten im Bezug auf ihre Eltern, die Nuno je erlebt hatte. Während sein Vater keinen Zweifel daran ließ, dass sein Sohn für ihn gestorben war, hatte Nuno mehrfach Angst, dass seine Mutter sich wegen der Schande, die Eduardo über die Familie gebracht hatte, das Leben nehmen würde.

Natürlich waren weder sein Vater noch seine Mutter an auch nur einem der angesichts der Beweislast wenigen Verhandlungstage im Gerichtssaal gewesen.

Auch nicht an diesem letzten.

Nuno stand reglos da und starrte immer noch vor sich hin, als sich die Tür des Gerichtssaales schon mehrere Minuten hinter seinem Bruder geschlossen hatte.

Er schrak zusammen, als er plötzlich eine Hand auf seiner Schulter spürte. Er fuhr herum und blickte seinem Chef direkt ins Gesicht.

Ihm wurde kalt.

„Ich weiß nicht, ob ein ‚Mein Beileid' in dieser Situation angemessen ist", begann Doktor Francisco Almeida de

Fonseca. „Ich kann und will mir auch gar nicht vorstellen, wie Sie sich gerade fühlen."

Nuno nickte zum Dank. Sprechen konnte er gerade nicht.

„Umso schwerer fällt mir auch das, was ich jetzt tun muss, Doktor Martins." Er reichte Nuno ein beidseitig bedrucktes Dokument. „Es tut mir sehr leid, aber es gibt wirklich keine andere Möglichkeit. Ich hoffe, Sie verstehen das."

Nuno zitterten die Hände, als er das Dokument ergriff. Er hatte das Gefühl, dass eine eiskalte Faust seinen Magen zusammenpresste.

Er hatte Mühe, seine Augen auf die tanzenden Buchstaben gerichtet zu halten. Als er begriff, was er da in den Händen hielt, fühlte er, wie die kalte Hand seinen Magen losließ und sein Herz umkrampfte. Ihm wurde schwarz vor Augen.

Mittwoch, 13:04 Uhr

Er sah in den Spiegel und betrachtete sich aufmerksam von oben bis unten. Seine rechte Hand strich über sein Kinn und die glatt rasierten Wangen. Er drehte den Kopf, ja, auch die Frisur saß. Seine Kleidung war gut gewählt. Unauffällig elegant, wobei die Betonung hier auf unauffällig lag.

Das Letzte. was er wollte, war, dass sich jemand an ihn erinnerte.

Mário wandte sich vom Spiegel ab, schaltete das Licht im fensterlosen Badezimmer aus und trat in den Korridor. Er lief zur Wohnungstür, nahm seine Brieftasche von der Ablage und seine Wohnungsschlüssel vom Haken und öffnete die Tür zum Treppenhaus.

Wieder einmal kam ihm selbst diese Mischung aus abgestandenen Gerüchen um ein Vielfaches frischer vor als die durch Raumerfrischer parfümierte Luft in der Wohnung.

Er atmete tief ein, schloss die Wohnungstür hinter sich und begann den Abstieg. Als er die Haustür öffnete, blendete ihn das Licht einen Augenblick lang. Mário blieb stehen, setzte die Sonnebrille auf und blickte sich um.

Dann lief er los.

Mittwoch, 13:48 Uhr

So allmählich dämmerte es ihm, dass es vielleicht doch keine so gute Idee gewesen war, Débora anzurufen und sie auf einen Cocktail mit anschließendem Versöhnungssex einzuladen. Nach der letzten Nacht in irgendeiner mehr als dubiosen Hinterhofkellerbar in Bairro Alto, in der er sich mit Shots, über deren Herkunft er lieber nichts erfahren wollte, eine der weiblichen Kellerasseln schön und etwas jünger getrunken hatte, und dem rüden Gewecktwerden durch zwei Polizisten, die es wohl als ihre Mission betrachteten, die Parkbänke auf der Avenida da Liberdade für echte Obdachlose freizuhalten, hatte ihm vorhin schon allein der Geruch der Caipirinha Übelkeit bereitet. Auch wurde ihm angesichts der völligen Taubheit seines Körpers südlich des Bauchnabels klar, dass es, was den Versöhnungssex anging, wohl eher bei der guten Absicht bleiben würde. Wenn doch wenigstens ein bisschen Erinnerung zurückkäme...

„Und? Was ist nun?", riss Débora ihn aus seinen trüben Gedanken. „Muss ich es mir selbst machen?" Sie lag nur mit einem Slip bekleidet auf dem Bett und schob provozierend ihre rechte Hand von oben unter den Bund. „Vielleicht macht dich ja das Zugucken an." Sie bewegte ihre Finger unter dem Stoff.

Aksel stellte fest, dass es das nicht tat. Eigentlich war er nur müde, aber gleichzeitig geistig so aufgedreht, dass er vermutlich ein Déjà-vu von der Nacht davor erleben und sich wieder nur ruhelos herumwälzen würde. Aber so einfach rausschmeißen konnte er Débora auch nicht schon wieder. So nervig sie manchmal sein konnte, brauchte er sie dennoch, in der aktuellen Situation mehr denn je. Wie er ihr den Gefallen, um den er sie würde bitten müssen, verkaufen sollte, wusste er allerdings noch nicht ...

Er holte tief Luft. „Hör mal, Débora ..."

In diesem Augenblick klingelte sein Telefon. Déboras Gesicht verfinsterte sich, als er danach griff.

Als er die Nummer sah, versteifte sich sein Körper.

„Ja, hallo?", sagte er vorsichtig auf Norwegisch.

Déboras Gesicht bekam einen Ausdruck, der dem einer Amokläuferin kurz vor ihrem Ausbruch alle Ehre gemacht hätte.

„Muss ich jetzt schon dankbar dafür sein, dass du nicht fragst ‚Wer spricht?'", kam es scharf vom anderen Ende der Leitung.

Aksel unterdrückte ein Stöhnen. „Ich hatte einfach nur viel zu tun und bin völlig fertig", antwortete er.

„Völlig fertig. Ach ja. Wie heißt sie denn?", kam es prompt zurück. „Deine junge Geliebte muss dir ja komplett das Gehirn wegge... und so weiter haben, dass du es nicht mal schaffst mich anzurufen, um mir zu sagen, dass du inzwischen in Portugal bist. Und warum ist deine Bürotante eigentlich so wortkarg geworden, als ich sie gefragt habe, wann du denn von London nach Lissabon geflogen bist?"

Diesmal stöhnte Aksel hörbar. „Was weiß ich, vielleicht hatte sie schlechte Laune oder ihre Tage, ich stecke doch nicht in der Frau drin ..." Gut, *die* Formulierung konnte jetzt gänzlich missverstanden werden ...

„Aksel, das geht so nicht weiter. Wir sprechen uns später."

Noch ehe er Luft geholt hatte um zu antworten, war die Leitung tot. Zauberhaft. Genau das, was er jetzt brauchte!

Was meinte sie eigentlich mit ‚später'?

Ein Geräusch in seinem Rücken ließ ihn zusammenfahren. Er drehte sich um. Débora war vom Bett aufgestanden und dabei, sich mit aggressiv wirkenden, ruckartigen Bewegungen anzuziehen.

Aksel fühlte sich mit einem Mal wieder unendlich müde. „Und was wird das jetzt, wenn es fertig ist?", fragte er.

„Ich verschwinde. Du stehst ja eher auf Telefonsex. Und dann auch noch mit deiner Frau, du Perversling."

Aksel konnte nur abwinken. „Tu, was du nicht lassen kannst. Aber ..."

„Aber was?"

Er holte tief Luft. „Wir sollten in nächster Zeit ein wenig vorsichtiger sein, vielleicht ...".

„Willst du mich jetzt hier abschießen?"

„Ich will dich nicht abschießen, ich habe nur momentan so viel Ärger mit der Arbeit, dazu die Polizei an der Backe ..."

Débora starrte ihn an. „Die Bullen? Bist du etwa ein heimlicher Gangster? Da werde ich doch gleich wieder ganz feucht ... Bist du sicher, dass du gerade keinen hochkriegst?"

„Ganz sicher. Ich schicke dir eine Nachricht für unseren nächsten konspirativen Treff."

„Konspi ... Das klingt spannend und nach Schweinkram. Wehe du vergisst es!" Sie machte einen schnellen Schritt auf ihn zu und gab ihm einen groben Kuss, wobei ihre Zunge seinem Kehlkopf gefährlich nahe kam. Dann drehte sie sich um und ging aus dem Zimmer.

Aksel kämpfte einen Moment lang gegen das zungeninduzierte Würgen im Hals, dann ließ er sich in den Sessel fallen und schloss die Augen. Das Wichtigste jetzt war es, genau darauf zu achten, wem er was erzählte, und hier ganz speziell dieser anstrengenden Kommissarin mit den Husky-Augen.

Aksel sah auf die Uhr. 14:17 Uhr. In zwei Stunden hatte er das vorhersehbar unerfreuliche Treffen mit diesem Senhor Bakkalcıoğlu. Er griff nach seinem Mobiltelefon und stellte sich den Wecker. Wenigstens noch für eine Stunde die Augen zumachen.

Er setzte sich auf den Bettrand und ließ sich zur Seite sinken. Noch ehe er seine Beine nachziehen konnte, war er eingeschlafen.

Mittwoch, 17:12 Uhr

„Papa ...?"

Mário zuckte zusammen, blickte erst verstört auf seine zitternden Hände und dann in das blasse Gesicht seiner Tochter. Sie hatte die Lippen fest aufeinander gepresst, ihre Augen waren unnatürlich weit offen. „Ja?", sagte er mit rauer Stimme.

„Papa ... nicht weinen ... bitte ...! Es ... es hat gar nicht so wehgetan ... wirklich!"

Mário hatte das Gefühl, als müsse er ersticken. „Ana ... ich ...", flüsterte er. Er atmete tief durch. „Du bist so tapfer", sagte er leise, während ihm die Tränen über die Wangen liefen.

Sie hob ihre kleine Hand und wischte ihm die Tränen ab. „Du kannst doch nichts dafür", sagte sie, und Mário war erschrocken, wie erwachsen sie klang.

„Es muss ja sein", sagte er.

Ana nickte heftig. „Ich weiß. Ich weiß ja, dass du es tun musst. Darum ist es auch gar nicht schlimm ..."

Abrupt stand Mário auf. Die Wände des Kinderzimmers schienen auf ihn zu zukommen, ihn zerquetschen zu wollen. „Ich ... ich muss gehen", presste er hervor, ohne sie direkt anzusehen. „Ich muss noch ..." Seine Stimme brach ab.

Ana lächelte traurig. „Mach dir keine Sorgen, Papa. Ich bin doch schon groß."

Nachdem er die Tür des Kinderzimmers hinter sich geschlossen hatte, erschien ihm der unbeleuchtete Korridor der Wohnung wie ein endloser düsterer Tunnel. Er ging ins Bad, drehte den Wasserhahn des Waschbeckens auf und ließ kaltes Wasser über seine Hände laufen. Er beugte sich nach vorn, um sich das Gesicht zu waschen, doch als er den Kopf senkte, fiel ihn plötzlich eine alles überwältigende Übelkeit an und erbrach sich ins Waschbecken. Er richtete sich wieder auf und starrte auf das Gesicht im Spiegel. Fast schon mechanisch zogen seine Finger den Stöpsel aus dem Becken und begannen, die halbverdauten Reste seines Mittagessens in den Abfluss zu stopfen.

Im Wohnzimmer ließ er sich in den Sessel fallen, nur um einen Augenblick später wieder aufzuspringen, an den kleinen Ecktisch mit den Spirituosen zu gehen und sich einen Gin der Continente Billigmarke „Sirrr" einzugießen, ekelhaft pisswarm und damit im Geschmack absolut passend zu seiner Stimmung. Zumindest übertünchte er das Aroma von Erbrochenem.

Noch im Stehen schob Mário das warme scharfe Getränk mit der Zunge in seinem Mund hin und her, presste es durch die Zahnzwischenräume und widerstand schließlich dem Drang, am Ende auch noch damit zu gurgeln. Er griff erneut nach der Flasche, um sich das Glas nachzufüllen, stockte jedoch mitten in der Bewegung, stellte das Glas ab und ging mit der Flasche zurück zum Sessel.

Wenn schon Verlierer im Leben, dann mit Stil.

Zur selben Zeit

Carina lief zu ihrem Schreibtisch, ließ ihre Tasche achtlos neben sich auf den Boden und sich schwer in den Sessel fallen. Als sie Carlas belustigten Blick auffing, sagte sie: „Sollte jemals wieder ein Mann um meine Hand anhalten, könntest du mich bitte daran erinnern, mindestens dreimal ‚Nein' zu sagen?"

„Was hat der Doktor denn nun schon wieder angestellt?"

„Nuno ist diesmal unschuldig", antwortete Carina, legte

die Arme vor sich auf dem Schreibtisch ab und stützte den Kopf darauf. „Aber wenn man eine Hochzeit vorbereitet, braucht man eigentlich keinen Job mehr."

„Wie war denn die Location?"

„Die war eigentlich ganz schön, ist jetzt noch nicht ganz das, wo der Blitz einschlägt und ich sage ‚Die und keine andere', aber recht nett. Nein, was das Ganze so anstrengend macht, ist, was du alles beachten musst. Die fragen dich Sachen, da hast du noch nicht einmal ansatzweise drüber nachgedacht. Nuno ist mit zwei Seiten Checkliste dort aufgelaufen und ist immer noch überrascht worden." Carina machte ein weinerliches Gesicht. „Und das war erst die erste Location ..."

„Wie viele habt ihr noch auf der Liste?"

„Aktuell noch fünf ... ich darf gar nicht dran denken ... Und ehe die Location nicht feststeht, kannst du eigentlich so gut wie nichts weiterplanen. Ein Albtraum ... Und wie war dein Tag so? Irgendetwas Neues?"

Carla grinste geheimnisvoll. „Ich dachte schon, du fragst nie ..."

Nach fünf Sekunden: „Carla! Dein großer Auftritt! Jetzt!"

„Na gut. Also, ich fange mal mit unseren Verkehrsbetrieben an. Das Video aus dem Bus ist ein Reinfall, da nur die Kamera funktioniert hat, die direkt den Einstiegsbereich überwacht. Hier sieht man alle Fahrgäste nur von oben. Wahrscheinlich Reinfall Nummer zwei: das Phantombild, das unser Zeichner mithilfe von Senhor Tavares angefertigt hat. Wenn wir den Typen durch unsere Gesichtserkennung laufen lassen, kriegen wir gefühlt zwei Millionen Treffer. Mehr Durchschnitt geht eigentlich gar nicht. Also, außer er stalkt Senhor Tavares noch einmal und wir erwischen ihn dabei, haben wir keine Chance, ihn zu finden."

„Zauberhaft", murmelte Carina. „Jetzt musst du mir nur noch deine gute Laune erklären."

„Mit dem allergrößten Vergnügen. Die Kollegen von der

Notrufzentrale waren extrem kooperativ und haben mir die Aufzeichnung des Notrufs geschickt, der unserem Senhor Tavares das Leben gerettet hat, und zwar mehr, als du dir vorstellen kannst. Du wirst es lieben ..."

„Carla! Bitte keine Kunstpausen mehr!"

„Der Mann, der die 112 gewählt hat, hat dem Notarzt so viele konkrete Anweisungen zur Notbehandlung eines Diabetikers mit einem lebensbedrohlichen Blutzuckertief gegeben, dass dieser quasi von der ersten Sekunde des Eintreffens an gezielt agieren konnte. Normalerweise ist Diabetes nicht das erste, worauf man in einem solchen Fall getestet wird, wie wir von unserem ersten Opfer wissen, das ja anfänglich für einen Betrunkenen oder Drogenabhängigen gehalten wurde und gestorben ist. Also im wahrsten Sinne des Wortes ein Lebensretter."

„Was ich nicht verstehe", sagte Carina langsam. „Wenn ich dieses Wissen habe, warum bleibe ich dann nicht am Ort des Geschehens und warte auf den Notarzt?"

„Ich habe dir ja gesagt, dass du es lieben wirst. Also, der Rettungsengel hat bei dem Anruf Portugiesisch gesprochen, aber mit einem echt putzigen Akzent."

„Dann wird das wohl der Tourist gewesen sein, an den sich Senhor Tavares so vage erinnert hat. Der mit dem spacigen Filmzitat. Zumindest hat er sich den offensichtlich nicht nur eingebildet."

„Hat er nicht, allerdings ist der Mann kein Tourist."

„Wie bitte?" Carina starrte Carla an. „Heißt das jetzt etwa, wir wissen, wer es ist?"

„Absolut", nickte sie. „Das heißt, ich weiß es. Du noch nicht."

„Carla!"

„Die Nummer, die den Notruf gewählt hat, gehört zu einem ausländischen Mobiltelefon. Genau genommen zu einem norwegischen."

Carina schluckte schwer. „Du willst mir jetzt aber nicht ernsthaft sagen ...?"

Carla nickte wieder. „Aksel Nysgård. Der angeblich kein Portugiesisch spricht."

„Tut er", murmelte Carina. „Ich habe ihn gestern Abend zufällig mit seiner jungen Geliebten in einem Restaurant gesehen. Er mich aber nicht, und ich glaube, das ist gut so, dann haben wir das Überraschungsmoment ganz auf unserer Seite."

„Überraschung ist genau mein Stichwort", strahlte Carla. „Ich weiß jetzt nämlich auch bis ins letzte Detail, warum du am Montag umsonst am Flughafen gewartet hast."

Carina verzog schmerzhaft das Gesicht. „Hast du etwa auch eine 360° Videoaufnahme mit Zeitstempel von Mister Nysgårds ausgedehnter Sitzung in der Kabine der Flughafentoilette? Dann würde ich auf die Details gern verzichten …"

„Viel besser. Ich habe die Passagierlisten."

„Passagierlisten? Wofür das denn?"

Schweigend reichte Carla Carina einen Ausdruck.

Sie überflog die Liste, dann stutzte sie. Langsam mit dem Finger Zeile für Zeile absuchend ging sie die Liste noch einmal durch. Sie hob den Kopf und sah Carla an. „Ich glaube, ich verstehe nicht ganz."

„Das habe ich mir gedacht", antwortete Carla und reichte Carina einen weiteren Ausdruck.

„Wie jetzt?", fragte Carina, als sie Aksel Nysgårds Namen auf der Liste gefunden hatte. „Sind wir jetzt bei James Bond oder Mission Impossible? Gibt es jetzt neuerdings zwei verschiedene Passagierlisten für denselben Flug? Eine offizielle und eine für verdeckte Operationen?"

Schweigend zeigte Carla auf die obere rechte Ecke des Ausdrucks.

Carinas Augen wurden groß. „Donnerstag?", fragte sie ungläubig. „Dieser Aksel Nysgård ist schon Donnerstag hier in Lissabon angekommen? Am Tag unseres ersten Mordes?"

„Ist er, und ehe du fragst, nein, um der Mörder zu sein,

ist sein Flug zu spät hier gelandet. Zu der Zeit war unser erstes Opfer bereits im Krankenhaus."

„Das vielleicht nicht", antwortete Carina. „Aber wir glauben doch wohl nicht ernsthaft an einen Zufall, wenn an dem Tag, an dem in Lissabon eine Mordserie beginnt, bei der Diabetiker mithilfe einer Insulinpumpe umgebracht werden, ein Produktspezialist ausgerechnet der Herstellerfirma dieser Pumpe hier in Lissabon aufschlägt? Besonders wenn dieser Produktspezialist der Polizei gegenüber nicht nur verschweigt, dass er Portugiesisch spricht, sondern auch noch sein Ankunftsdatum verschleiert, oder?"

„Willst du ihn gleich oder sofort sprechen?"

Carina sah auf die Uhr. „Nein. Ich brauche nach diesem Tag erst einmal eine gute Freundin und etwas Alkohol. Sag Bruno, dass er Mister Nysgård morgen früh von seinem Hotel abholen und zu uns bringen soll."

Carla guckte beleidigt. „Bin ich keine gute Freundin?"

„Gegenfrage: Gehört dir eine Bar?"

Carla seufzte. „Wie viel Uhr?"

„9:30 Uhr, damit wir noch etwas Zeit haben, uns auf den Spaß vorzubereiten."

Mittwoch, 21:01 Uhr

War das jetzt ein Déjà-vu? Oder war Inês in diesem unsäglichen Film gefangen, in dem dieser unglaublich überhebliche Journalist in einer Zeitschleife gefangen wird und denselben Tag wieder und wieder durchlebt?

Da war wieder dieser bestimmte Geruch, als sie die Wohnung betrat, diese unverwechselbare Mischung verschiedener Aromen des Versagens auf der ganzen Linie.

Aber war sie denn wesentlich erfolgreicher? Mit ihrem Job und den ungezählten und unbezahlten Überstunden? Mit diesem Dummschwätzer von Filipe, der ja eigentlich auch nichts anderes war als ein Gigolo für wirklich ganz

Arme? Was unterschied den denn von Mário, der nach seinem Jobverlust zumindest so viel Anstand besaß, sich um Ana zu kümmern, ohne etwas dafür zu fordern? Der sichtbar darunter litt, dass er nicht mehr beitragen konnte?

Mit Erstaunen registrierte Inês, wie sie plötzlich ein warmes Gefühl durchströmte. Sie stellte die Tasche ab, ging ins Bad, wusch sich das Gesicht und legte etwas Parfüm auf. Dann trat sie wieder in den schwach beleuchteten Korridor und ging in Richtung Wohnzimmer.

Wie immer zögerte sie einen Augenblick, bevor sie die Tür öffnete. Dann trat sie ein.

Mário saß zusammengesunken und schlafend im Sessel. Die leere Flasche Billiggin war ihm aus der Hand gerutscht und lag auf dem Teppich. Sein Kopf war leicht zur Seite gedreht, und er atmete ruhig und tief.

Langsam trat Inês näher. Zu ihrer Überraschung stellte sie fest, dass Mário nicht wie sonst seine alten, im Schritt ausgefetzten Jeans, sondern eine normale Bundhose und statt des unvermeidlichen schwarzen „Death Proof", „Planet Terror" oder „Metallica" T-Shirts ein dunkelblaues Hemd trug. Als sie sich vorsichtig über ihn beugte, nahm sie einen schwachen Duft seines „007" Eau de Toilettes wahr.

Inês kniete sich vor den Sessel. Sie hatte keine Ahnung, woher plötzlich diese Gefühle kamen, sie wusste nur, dass sie genau jetzt nur das eine wollte.

Vorsichtig öffnete sie den Gürtel seiner Hose, dann den Knopf am Bund. Als sie begann, langsam den Reißverschluss herunterzuziehen, wachte Mário auf.

„Inês ... ich ... was machst du da ...?", stammelte er benommen, während er versuchte, sich im Sessel aufrecht hinzusetzen.

„Pscht!", machte Inês leise. „Halt den Mund und lass mich machen. Lass dich einfach fallen und genieße es." Sie hatte den Reißverschluss jetzt ganz heruntergezogen und griff nach dem Bund seiner Unterhose.

Täuschte sie sich oder verkrampfte er sich gerade ein wenig? Wie zur Beruhigung ließ sie den Hosenbund los und legte ihre Hand auf seine Männlichkeit. Durch den Stoff hindurch spürte sie das pulsierende Blut, als sich sein Glied versteifte.

„Inês ... nein ... bitte ... das ... das geht nicht ...", sagte Mário mit einem Gesichtsausdruck, der fast schon etwas Panisches an sich hatte.

Inês drückte sanft sein inzwischen hartes Geschlechtsteil. „Ich weiß nicht, wovon du redest", flüsterte sie. „Ich denke, das fühlt sich sehr vielversprechend an ..."

Plötzlich spürte sie seine Hände auf ihren. In der ersten Sekunde dachte sie noch, dass er wohl ganz sicher gehen wollte, dass sie es sich nicht noch anders überlegte, doch dann merkte sie, dass er versuchte, ihre Hände wegzuschieben.

Was war das denn jetzt? Inês merkte, wie ihre eigene Erregung begann, Besitz von ihr zu ergreifen. Gleichzeitig wuchs so etwas wie Trotz in ihr. Als Ergebnis dieser beiden Empfindungen beschloss ihr Hirn, sich zurückzuziehen und alles, was jetzt folgen würde, den Instinkten zu überlassen.

Mit einer entschlossenen Bewegung stieß sie Mários Hände zurück, griff erneut nach dem Bund seiner Unterhose und zog sie herunter, sodass ihr sein voll aufgerichtetes Glied entgegen sprang.

Im selben Moment packten Mários Hände ihren Kopf und zerrten ihn beinahe schon grob von seiner Köpermitte weg.

Das war mehr, als sie bereit war zu akzeptieren. Ihr Unterleib glühte vor Begehren, und ihre Lippen wollten in diesem Augenblick nichts mehr, als sich um Mários Glied zu schließen, um ihn tief in ihrem Mund aufzunehmen.

Sie schüttelte seine Hände ab, ergriff mit der linken Hand seinen harten Penis, öffnet den Mund, beugte sich nach vorn – und prallte zurück.

Ihr wurde übel.

IM SCHATTEN DES SANTA JUSTA

„Du Schwein!", flüsterte sie fassungslos. „Du gottverfluchtes Schwein ...!"

Das Hospital da Luz. Nicht direkt eine Sehenswürdigkeit, dafür aber absolut eines der modernsten Privatkrankenhäuser Lissabons, mit dem Anspruch, dem CUF den Rang abzulaufen. Technisch auf dem höchsten Niveau, und von den kleinen Dingen her, die das Patientenleben leichter machen, Top Notch. Bis hin zum typisch portugiesischen Automaten, an dem der ambulant behandelte Patient seine Nummer zieht und auf sein Taxi nach Hause warten kann.

SIEBENTES KAPITEL

Freitag, 09:27 Uhr

Irgendwo hatte Aksel schon beim Betreten des Polizeigebäudes das unbestimmte Gefühl, dass dieses Gespräch mit der Polizei nicht ganz so verlaufen würde, wie er sich das gewünscht hätte. Der Anruf der kleinen Büroschönheit gestern am späten Nachmittag hatte – selbst unter Einberechnung der Tatsache, dass sie ihn für einen Idioten hielt – weniger wie eine gezwungene höfliche Ein-, sondern eher wie eine förmliche Vorladung geklungen.
Oder bildete er sich das alles nur ein?
Was konnten die Bullen denn ernsthaft wissen?
Er hätte ja zu gern wieder die Überheblichkeitsnummer abgezogen, frei nach dem Motto ‚Ihr wollt schließlich was von mir', doch irgendwo fühlte er, dass er sich diesen Luxus gerade nicht leisten konnte. Weswegen er sich ja auch bemüht hatte, wirklich pünktlich zu sein.
Als er hier in Saldanha angekommen war, hatte ihm der Beamte am Einlass wortlos seinen schon bereitliegenden Besucherausweis überreicht und einen jungen uniformierten Polizisten herangewinkt, der Aksel bis jetzt schweigend zum

Fahrstuhl begleitet, ihn mit einer förmlichen Geste zum Einsteigen aufgefordert und den Knopf für den dritten Stock gedrückt hatte. Gut, vielleicht sprach der junge Mann ja auch einfach nur kein Englisch ...

Vor der ihm nur allzu bekannten Bürotür blieben sie kurz stehen, der Polizist klopfte und öffnete die Tür. „Senhor Nysgård", sagte er knapp in den Raum hinein.

Am Besprechungstisch saßen wieder alle Mitglieder des Teams, die er schon bei seinem ersten Besuch kennengelernt hatte. Die Hauptkommissarin mit den Husky-Augen sprang auf und lief ihm entgegen. „Mister Nysgård!", sagte sie strahlend, wobei das Lächeln irgendwie nicht echt wirkte. „Schön, dass Sie es einrichten konnten, und dann auch noch so pünktlich! Treten Sie doch näher, möchten Sie vielleicht einen Kaffee?"

Nein, seine Vorahnung hatte ihn nicht getäuscht. Irgendetwas stimmte hier nicht.

Ganz und gar nicht.

Diese Hauptkommissarin hatte Portugiesisch mit ihm gesprochen.

„*Desculpa?*", antwortete er unbeholfen. „Sie müssen entschuldigen", fuhr er auf Englisch fort – und stockte.

Wie schaffte sie das, die Lippen zu einem Lächeln zu verziehen und ihn dabei mit einem Blick anzusehen, der kälter war als ein norwegischer Fjord im Februar?

„Setzen Sie sich doch einfach erst einmal hin, Senhor Nysgård", fuhr Hauptkommissarin da Cunha unbeirrt auf Portugiesisch fort. „Ich habe ja durchaus Verständnis dafür, wenn jemand behauptet, dass er unsere Sprache nicht spricht, vielleicht, weil er sich unsicher ist und Angst hat, sich zu blamieren. Oder, wie in Ihrem Fall, weil es besser zu Ihrer Rolle als überheblicher Asympathikus passt. Oder steckt vielleicht etwas ganz anderes dahinter? Ich meine, ich hatte genug Gelegenheit mich davon zu überzeugen, dass Ihr Portugiesisch mehr als deutlich über dem durchschnittlichen Level von jemandem liegt, der einmal ein paar Redewendungen für einen Urlaub lernt."

Aksel spürte, wie ihm der Schweiß ausbrach. Was zum Henker passierte hier? War er plötzlich zum Staatsfeind Nummer Eins mutiert? Und was meinte sie denn mit ‚genug Gelegenheit'? Bei welcher ‚Gelegenheit' wollte sie ihn denn Portugiesisch sprechen gehört haben?

Aksel beschloss, dass die Flucht nach vorn der beste Ausweg war. „Ja ... ja, Sie haben Recht, ich spreche ein wenig Portugiesisch. Und ja, vielleicht auch ein bisschen mehr ..."

„Das wissen wir", nickte die Polizistin. „Mich interessiert auch viel mehr, woher die Motivation kommt, unsere Sprache so zu lernen, dass Sie mit Ausnahme Ihres nordischen Akzents durchaus als Muttersprachler durchgehen könnten."

Aksel rasten die Gedanken durch den Kopf. Alle Optionen betrachtet, mit denen er aus dieser Situation wieder herauskommen konnte, lief alles auf die sprichwörtliche Wahl zwischen Pest und Cholera hinaus. Wobei seine erste Wahl auf die Option fiel, die eigentlich schon wieder perfekt zu seinem selbst gewählten Arschlochimage passte.

Er schüttelte den Kopf, lehnte sich zurück und hob die Hände. „Sie haben mich erwischt", sagte er in einem gezwungen gelassenen Tonfall. „Wahrscheinlich haben Sie mich jetzt ein wenig weniger lieb, aber ich habe eine portugiesische Geliebte, obwohl ich verheiratet bin. Am besten lernt sich eine Sprache eben doch auf dem Kopfkissen eines Muttersprachlers oder, in meinem Fall, einer Muttersprachler*in*, nicht wahr?"

Sollte es ihn nervös machen, dass die erwarteten angewiderten Blicke von allen Seiten ausblieben?

„Reden Sie von der deutlich jüngeren, großflächig tätowierten und gepiercten Frau mit der starken Abneigung gegen Unterwäsche?" Diesmal schien der Blick der Hauptkommissarin glatt durch ihn durchzugehen.

Aksel starrte sie an. „Wie ... woher wissen Sie ...?"

Die Polizistin zuckte mit den Schultern. „Das spielt keine Rolle. Ich glaube allerdings nicht wirklich, dass Sie auf dem Kopfkissen *dieser* Muttersprachlerin so viel medizinischen Wortschatz aufgeschnappt haben, dass Sie damit einem Arzt Anweisungen zur Rettung eines kollabierten Diabetikers geben konnten."

Ihm wurde übel. Der Notruf! Was für eine ... Sch...! Natürlich wurden die alle aufgezeichnet. Er fluchte innerlich. Und dann auch noch mit seinem eigenen Mobiltelefon ... Wie konnte man nur so blöd sein ...!

Er kam nicht dazu, weiter darüber nachzudenken, mit welcher Strategie er sich aus dieser Situation befreien konnte.

„Aber lassen wir doch einmal diesen Notruf beiseite", fuhr Hauptkommissarin da Cunha gönnerhaft fort. „Ich meine, letztlich haben Sie damit einem Menschen das Leben gerettet, nicht wahr?"

Warum war sich Aksel plötzlich ganz sicher, dass es absolut keinen Grund dafür gab, sich erleichtert zu fühlen?

Die Polizistin streckte mit einem Mal die Hand nach hinten aus. Die Büroschönheit drückte ihrer Chefin ein paar Blatt Papier in die Hand, und Aksel kam nicht umhin, in dem hübschen, von dichtem schwarzen Haar umrahmten Gesicht einen gewissen Ausdruck von Triumph wahrzunehmen.

Das war jetzt auch ohne zu wissen, was es mit diesen Dokumenten auf sich hatte, ganz übel.

„Vielleicht wollen Sie ja einmal einen Blick auf diese Ausdrucke werfen, Senhor Nysgård?", sagte Hauptkommissarin da Cunha, während sie ihm die Ausdrucke überreichte. „Ich meine, bevor ich die Ihrer Firma schicke, damit Ihre Finanzbuchhalter sie einmal neben Ihre Reisekostenabrechnung legen. Wissen Sie, was ich mich gerade frage, Senhor Nysgård?" Die Polizistin lehnte sich nach vorn.

Aksel zog es vor, seine Neugier zu zügeln und lediglich leicht den Kopf zu schütteln.

„Ich frage mich, warum Sie letzten Donnerstag nicht einen früheren Flug genommen haben? Vielleicht würde ja dann auch unser erstes Opfer noch leben? Oder warum Sie am Freitag nicht ganz zufällig auch in dem Sportstudio waren, in dem unser zweites Opfer an einer Überdosis Insulin gestorben ist? Gut, für den dritten Mord sind Sie in jeder Beziehung entschuldigt. Gegen das Gift in der *patch pump* hätten Sie selbst dann nichts machen können, wenn Sie bei den Sexspielchen des Opfers und ihres Ehemannes mitgemacht hätten."

„Ich hatte doch überhaupt keine Ahnung ...", begann Aksel mit brüchiger Stimme.

„Natürlich nicht. Es ist reiner Zufall, dass Sie, ein fließend Portugiesisch sprechender Produkt- und Diabetesspezialist, genau an dem Tag in Lissabon eintreffen, an dem irgendein durchgeknallter Serienkiller damit beginnt, genau das Produkt zu verwenden, das Ihre Firma herstellt, um Diabetiker damit umzubringen!"

‚Du hast nicht die geringste Ahnung, was für ein beschissener Zufall das tatsächlich ist!', dachte Aksel. ‚Deinen Scheiß-Mörder brauche ich gerade so dringend wie einen Riesenfurunkel am Arsch!'. Sein Gehirn fühlte sich auf einmal an, wie ein zusammen gequetschter Berg dunkelbunter Gummibärchen. Nein, es gab nicht wirklich etwas Sinnvolles, das er jetzt sagen konnte, um seine Lage zu verbessern.

Er war am Arsch. So oder so.

Er schwieg.

„Was mich direkt zu meiner vorerst letzten Frage bringt, Senhor Nysgård." Hauptkommissarin da Cunha lehnte sich noch ein bisschen weiter nach vorn.

Was denn jetzt noch?

„Haben Sie eine auch für mich verständliche Erklärung dafür, dass alle Leute, mit denen wir reden, entweder extrem wortkarg werden, wenn wir sie zu Ihrem Produkt befragen? Oder erstaunt sind, wenn wir durchblicken lassen, dass wir das Produkt kennen?"

Aksel fühlte sich auf einmal unendlich müde. Er spürte, wie er innerlich und äußerlich in sich zusammensackte.

„Es ist alles ganz anders, als Sie denken", sagte er leise. „Ganz anders."

„Sie haben meine ungeteilte Aufmerksamkeit."

Mitte Oktober 2001

Eine leichte Windböe trieb ihm den Regenstaub ins Gesicht, der ihn seit einer halben Stunde einhüllte, doch sein Gehirn machte keine Anstalten, seinem linken Arm die Anweisung zu geben sich zu heben und danach der linken Hand zu sagen, dass sie endlich den Regenschirm aufspannen sollte, der wie ein totes Gewicht herunterhing.

Nuno schloss für einen Moment die Augen, um die immer noch völlig surreale Szene auszublenden, doch selbst nachdem sich die Lider geschlossen hatten, projizierte sein inneres Auge die Szene weiter.

Ein leises Geläut deutete an, dass der letzte Teil der Zeremonie begonnen hatte. Nuno hob müde den Kopf und sah, wie sich die Sargträgerprozession langsam der mit rotem Samt ausgekleideten Grabstätte näherte.

Nuno war mitten in der Obduktion eines Opfers in einem Fall von vermutetem Giftmord gewesen, als sich plötzlich die Tür zum Obduktionssaal geöffnet hatte und Doktor Francisco Almeida de Fonseca in Begleitung zweier Polizisten in Zivil eingetreten und schweigend auf ihn zugekommen war. Langsam hatte Nuno das Skalpell sinken lassen, in seinem Kopf nur ein Wort: ‚Eduardo!'

Die drei Männer hatten einen Augenblick lang unschlüssig vor ihm gestanden, dann hatte sich sein Chef geräuspert. „Doktor Martins ... Nuno ...", hatte er langsam begonnen.

Nuno hatte gemerkt, wie seine Hände zu zittern begannen. Die Situationen, in denen ihn Francisco de Fonseca mit seinem Vornamen angesprochen hatte, waren in der

Vergangenheit so selten wie auch hochgradig persönlich gewesen. „Ja?", hatte er mit plötzlich ausgedörrtem Mund gekrächzt.

Francisco de Fonseca hatte tief Luft geholt. „Es tut mir sehr leid, Ihnen mitteilen zu müssen, dass Ihre Eltern vor etwa zwei Stunden auf dem Weg zum Cabo da Roca, kurz hinter Guincho, einen schweren Autounfall hatten. Jede Hilfe ist zu spät gekommen. Obwohl die Rettungsärzte bereits zwanzig Minuten nach dem Notruf am Unfallort waren, konnten Ihr Vater und Ihre Mutter nur noch tot aus dem Fahrzeugwrack geborgen werden ..."

Was immer Francisco de Fonseca danach noch gesagt haben mochte, Nuno hatte es nicht mehr gehört. Wie betäubt hatte er dagestanden und darauf gewartet, aus dem Albtraum aufzuwachen.

Die mit den ganzen Formalitäten gefüllten Tage danach hatte er wie in Trance erlebt. Und er war seinem Vater unendlich dankbar gewesen, dass dieser speziell im Bezug auf seine Beerdigung so umfangreiche und konkrete Anweisungen bei Paulo Reis, einem befreundeten Anwalt hinterlegt hatte, dass Nuno dieser Teil bis auf ein paar zu leistende Unterschriften komplett erspart geblieben war.

Im Gegensatz zu der Beisetzungszeremonie.

Es waren nicht viele Menschen zur Beerdigung gekommen, und sie gaben ein seltsames Bild ab, wie sie da so in kleinen Gruppen verteilt um die vorbereitete Grabstelle gestanden hatten. Da waren die wenigen alten Männer, Freunde seines Vaters aus der Zeit, als er noch politisch aktiv gewesen war; Nunos Tante mütterlicherseits, die er nie richtig kennengelernt hatte, weil sie sich schon vor Jahrzehnten von ihrer Schwester distanziert hatte, zusammen mit ihrem Mann, dessen Namen Nuno noch nicht einmal kannte. Und dann war da noch eine kleine Gruppe bestehend aus drei Männern, die so weit abseits standen, dass man schon fast annehmen konnte, dass sie gar nicht zu dieser Beerdigung gehörten.

Es war genau diese Gruppe von Männern, vor der Nuno sich mit Blick auf die sich der Beerdigung anschließende unvermeidbare Beileidsbekundung am meisten fürchtete.

Der Regen wurde stärker. Nuno spürte, wie die Nässe jetzt durch Mantel, Hemd und Hose bis auf die Haut durchgedrungen war und jeder Windstoß begann, sich wie ein Hauch arktischer Luft anzufühlen. Als es soweit war, dass die beiden Särge in die Erde hinabgelassen waren, bewegte er sich wie mechanisch zur Grabstelle, stand einen Moment reglos und starrte auf die beiden Särge, ignorierte die kleine Schaufel und warf jeweils eine Handvoll Erde auf den Sarg seines Vaters und seiner Mutter. Dann trat er einige Schritte zurück und wartete auf das Unvermeidliche.

Seine Tante (Sofia, wenn er sich recht erinnerte?) blieb einen Moment mit ausdruckslosem Gesicht vor ihm stehen, musterte ihn kurz, deutete dann schweigend eine Umarmung an und lief schnell weiter. Danach kamen die Freunde seines Vaters, legten ihm zumeist die linke Hand auf die Schulter, während sie ihm die rechte drückten, und murmelten etwas Unverständliches und traten dann ebenfalls zur Seite.

Nuno wünschte, sie würden stehen bleiben, um die nächsten drei Männer daran zu hindern, näher zu treten.

Sie taten es – natürlich – nicht.

Sein Körper verkrampfte sich, als die letzten drei Personen, die zu der Beerdigung gekommen waren, auf ihn zu traten. Zwei der drei Männer blieben etwa zwei Schritte von ihm entfernt stehen, während sich der Dritte so nah vor ihm aufbaute, dass es ihm körperlich unangenehm war.

„Hallo Bruderherz", sagte der Mann mit einem unechten Lächeln im Gesicht. „Eigentlich hatte ich ja gehofft, dass der Tod unserer vielgeliebten Eltern mir die Gelegenheit geben würde, die portugiesische Sonne noch einmal außerhalb der kleinen Freigangzone in Caxias zu sehen, aber wie es aussieht, hat wohl irgendjemand etwas dagegen. Und nein", fügte er schnell hinzu, während er Nuno die rechte Hand auf die Schulter legte. „Das ist eines der wenigen Dinge, wofür ich dir nicht die Schuld gebe."

Nuno schluckte schwer und schwieg.

„Was auch immer ich von unserem Vater und dir gehalten habe", fuhr Eduardo fort. „Ich hätte zumindest erwartet, dass ich in genau dieser Situation hier neben dir stehen und die Beileidsbekundungen der Freunde und Verwandten entgegennehmen würde. Stattdessen stehe ich in der Schlange der Beileids*bekundenden*, wie irgendein geduldeter – nicht geladener, wohlgemerkt! – *Gast* auf dieser Beerdigung, geradeso, als wären die beiden Menschen dort, die sie gerade in die Erde hinabgelassen haben, nicht auch meine Eltern gewesen!" Er atmete schwer. „Aber schön zu sehen, dass Vater und du sich auch in dieser Beziehung einig waren!"

Nuno erwachte aus seiner Starre. „Eduardo, ich ..", begann er.

Eduardo gab ihm einen leichten Stoß gegen die Schulter. Sofort machten die beiden Männer hinter ihm einen Schritt nach vorn.

Nuno hob die Hand, und sie blieben stehen.

„Losgesagt!", zischte Eduardo. „Meine gesamte Familie hat sich offiziell beglaubigt von mir losgesagt! Dass unser Vater das tun würde, war mir ja schon klar gewesen. Und dass meine Mutter den Wisch auch unterschreiben würde, so ‚traditionell' sie in ihrer Rolle als ‚gute Ehefrau' verwachsen war, auch. Aber du? War dir deine Scheißkarriere in der Scheißgerichtsmedizin so viel wichtiger?"

„Du hast einen Menschen ermordet, Eduardo", brachte Nuno mühsam heraus. „Du hast mich angelogen und wolltest meine Stellung in der Gerichtsmedizin missbrauchen, um straffrei davon zu kommen! Und ob du es mir glaubst oder nicht: Die Erklärung zur Lossagung von dir zu unterschreiben, war trotzdem eine der schwersten Entscheidungen meines Lebens gewesen. Ja, du bist mein Bruder. Aber du warst – du bist – ein verurteilter Mörder! Wem hätte es geholfen, wenn ich es nicht getan hätte?"

Eduardos Gesicht nahm plötzlich einen hochmütigen Ausdruck an. „Weißt du was?", sagte er. „Eigentlich würde ich ja jetzt gern das dumme Gesicht von unserem Vater sehen, der mit seinem Tod erst dafür gesorgt hat, dass ich mal für ein paar Stunden aus dem Knast rauskomme. Tod leiblicher Familienangehöriger – Lossagung hin oder her – ist die einzige Sache, die eure jämmerliche Erklärung aushebelt. Was wiederum bedeutet, dass ich erst wieder die richtige Sonne sehen werde, wenn du das Zeitliche segnest, Bruderherz. Vielleicht kaufst du dir jetzt, wo du das Geld nicht mehr zählen, sondern wiegen wirst, ein Monstermotorrad und fährst dich damit tot? Oder stürzt mit deinem neuen Privatjet ab? Den kleinen Gefallen kannst du deinem einzigen Bruder doch wohl tun, oder?" Aus Eduardos Augen sprach der reine, unverfälschte Hass.

Nuno spürte, dass er dieses Gespräch nicht mehr viel länger würde ertragen können. „Was soll das Eduardo", sagte er müde. „Du wirst dir doch mit deinem Erbanteil, selbst wenn es nur der Pflichtanteil ist, auch ein paar Annehmlichkeiten im Gefängnis kaufen können, oder? Ich bin nicht so naiv zu glauben, dass der Strafvollzug der einzige Bereich in der portugiesischen Verwaltung ist, in dem es keine Korruption gibt. Und in diesem Fall gönne ich sie dir sogar."

Eduardo starrte Nuno an, als hätte er einen armen Irren vor sich. Dann schüttelte er den Kopf. „Nein, Bruderherz", sagte er. „Du bist noch viel naiver, als ich dachte. Und als du selber glaubst. Aber lass dir das mal lieber von deinem Anwalt erklären." Er drehte sich zu den beiden Beamten in Zivil um. „Ich bin hier fertig. Da ich nicht davon ausgehe, dass noch ein kurzer Abstecher in ein Bordell verhandelbar ist, könnt ihr mich wieder in meine schöne, warme, trockene Zelle zurückbringen." Und an Nuno gewandt: „Na dann: Auf Nimmerwiedersehen."

Ohnmächtig sah Nuno Martins zu, wie seinem Bruder

von den beiden Männern Handschellen angelegt wurden. Dann wurde er von ihnen in die Mitte genommen und zu einem unauffälligen schwarzen Kleinbus geführt.

Nuno erwachte erst wieder aus seiner Starre, als er eine Berührung am Arm spürte. Verstört drehte er sich um. Vor ihm stand der Pastor, der vorhin in der Kirche die Rede gehalten hatte. „Doktor Martins ... ich will Sie nicht aus Ihrer Trauer reißen, aber könnten die Männer vielleicht ...?" Er deutete auf die auf ihre Schaufeln gestützten Friedhofsarbeiter. „Es regnet wirklich schon ziemlich stark ..."

„Wie? Ja, natürlich", antwortete Nuno abwesend, während er wieder auf die Stelle starrte, an der eben der schwarze Kleinbus hinter den Bäumen verschwunden war.

Den Regen spürte er nicht mehr.

Freitag, 09:53 Uhr

„Sehen Sie?", sagte Aksel Nysgård. „Glauben Sie mir, ich bin der Letzte, der *nicht* will, dass dieser Verrückte gefasst wird. Ich hatte bei meiner Ankunft hier keine Ahnung von den Morden!" Er griff hektisch in seine Jackentasche und holte sein Telefon heraus. Ein paar Sekunden scrollte er wild in seiner Anrufliste herum, dann hielt er das Telefon hoch. „Hier! Das ist der Anruf, mit dem mich meine Firma darüber informiert hat, dass ich der Lissabonner Polizei bei ihren Ermittlungen helfen soll! Das war Freitagmittag!" Er lehnte sich erschöpft zurück. „Ich habe mit Ihren Morden nichts zu tun!"

Am Tisch herrschte Schweigen. Nach einer gefühlten Unendlichkeit war es schließlich Carina, die ihre Sprache als Erste wiederfand. „Ich möchte nur sichergehen", begann sie langsam, „dass ich das jetzt alles richtig verstanden habe. Offiziell ist Ihr Produkt derzeit in Portugal noch gar nicht erhältlich. Es wurde zwar als medizinisches Gerät zugelassen, aber das gesamte Anerkennungsverfahren bei den

Krankenkassen hat noch nicht einmal begonnen, es kann sich also noch über Monate, wenn nicht noch länger hinziehen, bis ein Diabetiker das System von seinem Arzt verschrieben bekommen kann und dieses dann von der Krankenkasse auch bezahlt wird. Dass es trotzdem Menschen gibt, die damit herumlaufen, liegt daran, dass Sie derzeit – natürlich mit behördlicher Genehmigung – eine Art ‚Feldversuch' laufen haben, um die Akzeptanz Ihrer Insulinpumpe in Portugal zu testen, dieses mit Unterstützung einer unseren größten privaten Krankenversicherungen. Der Test – oder ‚Feldversuch' – wurde vor sechzehn Monaten mit insgesamt fünfhundert Diabetikern Typ 1 begonnen und ist jetzt im Wesentlichen abgeschlossen. Der Deal mit der Krankenversicherung war, dass nach dem offiziellen Abschluss der Testphase fünfzig der Probanden das Insulinpumpensystem behalten durften, die Kosten dafür werden von der Krankenversicherung an Ihre Firma durchgereicht, und zwar solange, bis Ihr System von unseren Aufsichtsbehörden in Portugal für die direkte Finanzierung durch die Krankenkassen freigegeben ist. Richtig soweit?"

Aksel Nysgård nickte zögernd. „Es ist etwas komplexer, aber im Prinzip ja."

„Was ich noch nicht ganz verstehe", fuhr Carina fort. „Was hat es jetzt mit den fünfzig Probanden auf sich, die Ihr System – von Ihnen bezahlt – weiter verwenden dürfen?"

„Wie Sie schon richtig verstanden haben, ist unser Insulinpumpensystem in Portugal als medizinisches Gerät bereits anerkannt, es fehlt nur noch die finanzielle Seite. In den USA ist das kein ganz so großes Problem, weil die Menschen dort daran gewöhnt sind, einen großen Teil ihrer Krankheitskosten selbst zu bezahlen, aber in Europa ist das völlig anders, hier zahlen die Kassen fast alles. Die fünfzig Testpersonen sind so etwas wie unser ‚Fuß in der Tür'."

„Nicht zu vergessen", kam es von Bruno, „dass diese Fünfzig wahrscheinlich auch eine wie auch immer geartete

Vereinbarung unterschrieben haben, dass sie für Werbungs- und Marketingzwecke zur Verfügung stehen."

Aksel Nysgård hob entschuldigend die Schultern. „Es ist ein Geschäft ... und ein hart umkämpfter Markt."

„Nach welchen Kriterien wurden die Fünfzig denn ausgewählt?"

„Ich kenne nicht alle Einzelheiten, aber es ging darum, einen guten Querschnitt durch die Zielgruppe zu bekommen, verschiedene vorherige Insulinbehandlungsmethoden, also Insulin-Pen, Spritze oder alternative Pumpensysteme, verschiedene Altersgruppen, Geschlechter, natürlich auch Hautfarben ..."

„... vorzeigbar im Sinne von ,ansprechende Optik' und ,repräsentatives soziales Umfeld' ..."

Aksel Nysgård schnaufte. „Ja, auch das."

„Was mich viel mehr interessiert", fragte nunmehr Kendra. „Was passiert denn mit den vierhundertfünfzig anderen Testpersonen?"

Aksel Nysgård zögerte wieder. Einen Augenblick zu lange, für Carinas Geschmack. „Nun, die werden warten müssen, bis das Krankenkassenzulassungsverfahren abgeschlossen ist, nicht wahr?", antwortete er schließlich.

„Wie waren denn generell die Reaktionen der Testpersonen auf das System?"

„Durchweg positiv. Nach der anfänglichen Angst vor dem Verlust über die Kontrolle über ihre Insulinversorgung wurden die Vorteile klar als solche erkannt."

„Haben Sie irgendwelche Informationen über die Reaktionen der Menschen, die nach Abschluss der Testphase das System wieder abgeben mussten? Ich meine, um mal auf Ihren Diabetesvortrag vom ersten Tag zurückzukommen: Sie bieten Menschen, die sich zum Teil über zehn Mal am Tag eine Spritze setzen müssen, eine Lösung, die eine völlig neue Lebensqualität bedeutet, und nehmen ihnen diese nach etwas mehr als einem Jahr einfach wieder weg."

Aksel Nysgård richtete sich auf. „Senhora da Cunha, so,

wie Sie das sagen, klingt es, als wären wir ein Haufen von Monstern!" Seine Stimme wurde lauter. „Wir bewegen uns in einem der am striktesten regulierten Märkte der Welt! Wir sind nicht irgendein Kleinunternehmen, das versucht, irgendwelche Gimmicks auf eBay oder Amazon zu verkaufen. Die Markteinführung von medizinischen Produkten, seien es neue Medikamente oder Medizintechnik, ist ein Prozess der *Jahre* dauert! Diese Testphase mit genau diesem Ablauf war notwendig, um in Ihrem Land die Tür überhaupt erst einmal zu öffnen, eben damit wir Diabetikern in Zukunft genau diese neue Lebensqualität bieten können!"

„Lassen Sie mich die Frage anders stellen, Senhor Nysgård", fuhr Carina von Aksels Ausbruch unbeeindruckt fort. „Was passiert, wenn einer Ihrer fünfzig ‚Erwählten', aus welchen Gründen auch immer, aus dem erlesenen Kreis ausscheidet?"

Aksel Nysgård zuckte mit den Schultern. „Wir würden an einen der bereits vorher ausgeschiedenen Kandidaten herantreten und ihm das System anbieten."

Carina fühlte sich auf einmal müde. „Ist Ihnen eigentlich klar, Senhor Nysgård, was Sie mir hier gerade gesagt haben?"

Der zog die Augenbrauen zusammen. „Nicht wirklich ..."

„Ich erwarte von Ihnen innerhalb der nächsten Stunde zwei Listen. Eine mit den ausgewählten fünfzig Testpersonen und eine mit den ausgeschiedenen vierhundertfünfzig. Ich bin keine Hellseherin, aber ich möchte wetten, dass wir alle unsere Opfer auf der Liste der Fünfzig wiederfinden."

„Also, ich weiß nicht ..."

„Aber ich weiß. Wir ermitteln hier in einem mehrfachen Mordfall. Die traurige Wahrheit ist: Wir haben zwei Listen von Personen, und ungefähr vierhundertfünfzig Menschen auf der Liste Nummer Zwei haben ein mehr als starkes Motiv, dafür zu sorgen, dass für sie ein Platz auf der Liste Nummer Eins frei wird." Sie sah Aksel Nysgård direkt ins

Gesicht. „Oder glauben Sie nicht, dass Menschen mit einer tödlichen Krankheit und einem Leben voller Verzicht, Opfern, Kompromissen und Verlusten bereit sind, alles dafür zu tun, dass ihr Leben ein klein wenig mehr lebenswert wird?"

Freitag, 15:34 Uhr

Die Spritze fühlte sich hart und kalt in ihrer Hand an. Die Nadel war eigentlich gar nicht so lang, aber sie kam ihr auf einmal unglaublich dick vor.

Ana spürte, wie ihre Hand zu schwitzen begann. Das war nicht gut. Die Hand musste trocken sein, damit die Spritze nicht abrutschte. Sie legte die Spritze vor sich auf die Bettdecke und wischte ihre Hände an ihrem T-Shirt ab. Sie versuchte tief und gleichmäßig zu atmen, so wie es ihr ihre Schmerzschwester gezeigt hatte.

Der einzige Unterschied war, dass es diesmal nicht ihre Schmerzschwester war, die die Spritze hielt.

Ana nahm die Spritze wieder auf. Langsam zog sie an dem kleinen Griff oben, bis der Zylinder in der Spritze die Markierung erreicht hatte, bis zu der ihr Papa oder ihre Schmerzschwester die Spritze immer gefüllt hatten. Dann ergriff sie die kleine Insulinflasche, hob sie auf Augenhöhe, drehte sie auf den Kopf und stach die Nadel durch den Gummiverschluss. Die Zunge zwischen die Zähne geklemmt drückte sie die Luft aus der Spritze in die kleine Flasche und begann dann, das Insulin in die Spritze zu ziehen. Beim ersten Mal zog sie zu schnell an dem kleinen Griff, und in der Spritze bildete sich eine große Luftblase. Ana schnaufte durch die Nase und schob den Zylinder wieder hinein, bis sie sah, wie die Luftblase in der kleinen Flasche nach oben stieg.

Noch einmal.

Diesmal ging es besser. Die gefüllte Spritze sah jetzt

ganz genau so aus wie bei Papa oder ihrer Schmerzschwester.

Ana atmete tief durch.

Jetzt kam der schlimmste Teil.

Sie spürte, wie die Angst sich wie eine große harte Faust um ihren Magen legte. Aber es ging nicht anders. Sie wollte ihren Papa nicht mehr weinen sehen, jedes Mal, wenn er ihr die Spritze gegeben hatte, egal wie tapfer sie gewesen war und versucht hatte zu verbergen, wie weh es immer wieder tat. Er hatte es trotzdem gewusst. Aber damit war jetzt Schluss. Nachher, wenn ihr Papa wieder zu ihr kommen würde, würde sie ihm stolz sagen, dass sie schon groß war und sich ab jetzt die Spritzen selbst geben konnte. Sie musste nur die Insulinflasche wieder an ihren alten Platz zurückstellen, damit er vorher nichts merkte und sie ihn überraschen konnte. Dass eine dieser Spritzen aus der großen Packung fehlte, würde er sicher nicht merken.

Langsam schob sie ihr T-Shirt nach oben. Eigentlich wollte sie sich nicht in den Bauch spritzen, doch ihre Schmerzschwester hatte ihr einmal erklärt, dass das besser war als in den Arm oder ins Bein.

Vorsichtig setzte sie die Nadel auf. Schon allein das tat weh, und das, obwohl die Nadel ihre Haut kaum berührte.

Sie drückte stärker, die Nadel drang ein, und Ana presste vor Schmerz die Augen zu. Blind suchte ihr Daumen den kleinen Griff, fand ihn und drückte ihn nach unten, dabei bemüht, es genauso langsam zu tun wie ihr Papa oder ihre Schmerzschwester.

Sie spürte den Widerstand, der ihr signalisierte, dass die Spritze jetzt ganz leer war. Erleichtert atmete sie aus und zog die Spritze aus ihrem Bauch.

Alles war gut.

Ana schob ihr T-Shirt wieder nach unten, ergriff die leere Spritze und das kleine Insulinfläschchen und stand auf. Zuerst lief sie in die Küche, öffnete den Mülleimer und schob die leere Spritze ganz tief nach unten in den eingehängten Müllbeutel.

Plötzlich war da ein Geräusch.

Ana erstarrte und lauschte angestrengt in den leeren Korridor hinein. Dann hörte sie eine Tür klappen und wusste, dass es nur einer der Nachbarn gewesen war.

Sie trat aus der Küche und lief schnell zu Papas altem Arbeitszimmer. Sie öffnete die Tür, ging zu dem alten Schreibtisch, zog die untere rechte Schublade auf und stellte das Insulinfläschchen wieder an seinen Platz.

Zwei Minuten später saß Ana mit einem Kopfkissen im Rücken gegen das Kopfteil gelehnt aufrecht auf ihrem Bett und lächelte stolz.

Sie hatte es geschafft.

Alles würde wieder gut werden.

Freitag, 19:57 Uhr

„Carina?"

Sie schreckte hoch und sah Nunos besorgtes Gesicht. „Ja?"

Der ruckte nur unmerklich mit dem Kopf. Carina blickte auf und sah Sara und ihren Freund Miguel, die mit erhobenen Weingläsern dasaßen und sie erwartungsvoll ansahen. Carina schüttelte den Kopf. „Entschuldigt", sagte sie, während sie nach ihrem eigenen Glas griff. „Auf uns."

„Vor allem auf euch", antwortete Sara. „Und darauf, dass euch die Hochzeitsvorbereitungen noch genug Zeit lassen, um die schönen Dinge im Leben zu genießen."

„Wer sagt dir denn, dass Hochzeitsvorbereitungen nicht dazu gehören?", fragte Miguel. „So Stück für Stück alles zusammenzufügen, bis am Ende der perfekte Event steht, das hat doch was, oder?"

„Lieber Miguel", begann Sara langsam. „Zum einen ist nicht jeder hauptberuflich Eventmanager – und hat damit auch die Zeit für das alles – und zum anderen möchte ich dich erleben, wenn du erstmal deine eigene Hochzeit planst."

„Irgendwas, was wir wissen sollten?", fragte Nuno.

„Ich ... äh ... nicht, dass ich ... äh ... Ah, da ist ja das Essen", sagte Miguel mit sichtbarer Erleichterung. *„Saved by the fish ..."*

„Wie ein altes Ehepaar", bemerkte Sara ein wenig später grinsend, als Nuno wie selbstverständlich Carinas Teller zu sich herüberzog und begann, mit Masterchef Portugal verdächtigen Handgriffen die gegrillte Goldbrasse von ihren Gräten zu befreien. „Aber wenn man schon einmal einen Profi im Haus hat ..."

„Zumal der den Anstand hat, das vom Restaurant gestellte Besteck zu benutzen, anstatt die eigene Skalpelltasche auszupacken."

Sie begannen zu essen, doch nach einer Weile bemerkte Carina, dass sie den Fisch, die Kartoffeln und das Gemüse eigentlich nur auf dem Teller hin und her schob. Sie legte das Besteck ab, entschuldigte sich, schob den Stuhl zurück und ging in Richtung der Toiletten. In dem schmalen, dunklen Gang davor blieb sie stehen, lehnte sich gegen die Wand, verschränkte die Arme vor der Brust und schloss die Augen. Ihr Atem ging schwer, und sie fühlte, wie ihr der Schweiß ausbrach.

Sie wusste nicht, wie lange sie da so gestanden hatte, als sie plötzlich eine Berührung am Arm spürte und zusammenzuckte. Verstört blickte sie auf. Vor ihr stand Nuno und sah sie mit besorgtem Blick an. „Ist alles in Ordnung mit dir?", fragte er.

Sie kämpfte einen Augenblick lang, dann presste sie die Lippen aufeinander und schüttelte den Kopf. „Ich ... ich habe Angst, Nuno", sagte sie leise. „Ich habe durch meinen aktuellen Fall so viel über Diabetes gelernt, dass ich vielleicht auch schon Gespenster sehe, aber diese Krankheit ... sie hat so viele Symptome ... so viele, die ich auch bei mir sehe ..." Sie spürte, wie ihr die Tränen kamen.

Nuno nahm sie bei den Schultern und sah ihr direkt in die Augen. „Was für Symptome?"

Carina schluckte. „Ich habe früher nie so darauf geachtet. Hab alles immer auf den Stress geschoben. Dieses ständige Gefühl der Erschöpfung, Kreislaufschwankungen, wenn ich schnell aufstehe, diese Heißhungerattacken mitten am Tag, dann die Situationen, wenn ich eine Literflasche Wasser in einem Zug austrinken könnte, und dann ..." Sie zögerte.

„Dann was?"

Carina atmete tief durch. „Ich habe in letzter Zeit immer wieder so ein taubes Gefühl in den Fingern meiner linken Hand. Es zieht als ein schmerzhaftes Kribbeln von der Schulter runter bis in die Finger und ... Ich weiß ja, dass ich nicht wirklich gesund lebe, aber das ...?" Sie konnte die Tränen nicht mehr zurückhalten.

Nuno zog sie ganz fest an sich. „Ich will dir nicht vorschreiben, was du tun sollst", sagte er leise. „Aber zwei Dinge solltest du auf deiner To-do-Liste ganz oben vermerken."

„Welche?", murmelte Carina in Nunos Armbeuge hinein.

„Einen Termin bei deinem Arzt machen und dich einmal komplett durchchecken lassen. Was das Zweite angeht: Wenn du willst, können wir gleich zusammen zu einer Apotheke gehen und ..."

„Nein!"

„Nein?"

„Also, Arzt ja, und ich werde es nicht lange vor mir herschieben, versprochen. Aber Blutzuckermessen noch heute Abend? Definitiv nein."

„Aber warum denn nicht?" Nuno sah sie hilflos an.

Carina atmete tief durch. „Weil ich jetzt da wieder reingehen, mein Weinglas austrinken und mir dann einen völlig ungesunden Nachtisch bestellen werde. Karamellcreme oder Schokoladentorte zum Beispiel. Runterzuspülen mit einem doppelten *aguardente velha*. Oder São Domingos. Was immer sie hier haben. Und nein, ich möchte jetzt keine Vorlesung über gesunde Lebensweise oder auch nur einen winzig kleinen Hinweis darauf, dass ich unvernünftig bin. Das weiß ich selbst. Es ist nur ..." Sie schluckte. „Ich weiß ja nicht, ob das nicht mein letzter sorgloser Abend ist, an dem ich nicht aufs Gramm genau wissen muss, was ich gerade esse, wie schnell es verdaut wird oder wie sich Alkohol und Sex auf meinen Insulinhaushalt auswirken. Also lass ihn mich genießen, ja?"

Nuno schwieg. Dann: „Ich rede mir jetzt einfach mal ein, dass du schon erwachsen bist und weißt, was du tust", sagte er leise. „Ich möchte nur, dass du zwei Dinge weißt."

„Welche?"

„Dass ich da sein werde, wann immer du dich zu dem Test entscheidest, und dass ich vor allem für dich da bin, egal wie er ausgeht."

Carina biss sich auf die Lippe und nickte. „Und jetzt will ich meine Karamellcreme", sagte sie, mit den Tränen kämpfend. „Und die Schokotorte."

Mitte November 2001

„Bitte setzen Sie sich doch, Doktor Martins", sagte Paulo Reis. „Kann ich Ihnen vielleicht etwas zu trinken anbieten? Kaffee, Tee, Wasser? Irgendetwas anderes?"

„Nur etwas Wasser bitte", antwortete Nuno. „Mit Kohlensäure, wenn möglich."

„Natürlich." Der Anwalt griff zum Telefon. „Margarida, bringen Sie uns doch bitte eine Flasche San Pellegrino, zwei Gläser und mir bitte dazu noch einen Kaffee. Danke." Der ungefähr fünfundsechzig Jahre alte Mann hob entschuldigend die Schultern. „Zu viel Kaffee, ich weiß. Aber viel Arbeit ist immer eine gute Ausrede dafür. Die Wahrheit ist, ich mag einfach diese afrikanischen Aromen viel zu sehr ...

Aber entschuldigen Sie, dafür sind Sie ja nicht hergekommen."

„Nein, nein, bitte, es ist alles gut", beeilte sich Nuno zu versichern. Insgeheim war er dem Mann, der, solange er denken konnte, einer der wenigen Vertrauten seines Vaters und auch hin und wieder bei ihnen zuhause gewesen war, dankbar für den Small Talk. Das mit dunklem Holz getäfelte, mit zahlreichen Antiquitäten und Gemälden in wuchtigen mit Blattgold überzogenen Rahmen und einem überdimensionalen Kristallleuchter dekorierte Büro erschlug ihn fast.

Als die Sekretärin die Getränke abgestellt und die Tür wieder hinter sich geschlossen hatte, griff Advogado Paulo Reis nach einer dicken Ledermappe, die rechts von ihm auf dem mit prächtigen Schnitzereien versehenen Schreibtisch lag. „Es tut mir sehr leid, dass wir uns erst heute treffen, aber obwohl Ihr Vater ein außerordentlich strukturierter, um nicht zu sagen: penibler Mensch gewesen ist, was seine Vermögensverwaltung anging, so hat schon allein das Eintragen dieser Menge an Vermögensgegenständen in die vorgeschriebenen Formulare und Register viel Zeit in Anspruch genommen."

Nuno schluckte und nahm schnell einen Schluck Wasser. „Ich wusste ja immer", sagte er langsam, „dass unsere Familie durchaus wohlhabend ist, aber ich habe ehrlicherweise keinerlei Vorstellungen, in welchen Dimensionen sich das bewegt."

„Das glaube ich Ihnen gern", nickte Paulo Reis. „Selbst ich, der in vieles eingeweiht war, was selbst Ihre Mutter nicht wusste, habe erst beim Zusammenstellen der Erbakte den tatsächlichen Umfang des Vermögens erfahren. Neben einer nicht unerheblichen Geldsumme reden wir hier von mehreren hochwertigen Immobilien, Aktienfonds, zwei Lebensversicherungen im siebenstelligen Bereich, Gold, Wertpapieren, etliches davon steuerbegünstigt im Ausland angelegt."

Nuno merkte, wie ihm der Schweiß ausbrach. Nein, er hatte nie über Geld nachdenken müssen, aber das hier drohte ihn gerade zu überfordern. „Können Sie mir einfach nur eine Summe sagen?", fragte er heiser.

Paulo Reis zögerte. „Das Gesetz schreibt zwar vor, dass ich Ihnen jeden einzelnen Posten des Testaments verlese, aber wir können natürlich auch mit der Gesamthöhe des Erbes beginnen. Das wäre natürlich vor Steuern."

Nuno nickte.

Als Paulo Reis die Summe nannte, wurde ihm schwarz vor Augen. Schnell griff er nach dem Wasser und trank das Glas in einem Zug aus. „Haben Sie vielleicht etwas Stärkeres?", krächzte er.

Der alte Anwalt lächelte. Dann stand er auf, ging zu einem großen in der Ecke stehenden antiken Globus hinüber, klappte die obere Hälfte nach hinten, wodurch eine selbst für Nunos laienhaften Alkoholverstand mit ausgesprochen erlesenen Tropfen bestückte Bar einschließlich der geschliffenen Kristallgläser für den stilvollen Genuss sichtbar wurde. „Wie wäre es mit einem ‚Hennessy Pure White'? Noch eine der ersten Flaschen aus dem Jahr 1997 ... Oder doch lieber einen Single Malt Whiskey? Lagavulin oder Knockando? Beide sechzehn Jahre alt?"

„Was immer der stärkere ist ..."

Als Nuno etwas später das Glas in der Hand hielt, zuckte er zurück, als ihm der torfig-rauchige Geruch des Whiskeys in die Nase stieg. Nur durch den Mund atmend setzte er das Glas an und nahm einen tiefen Schluck. Das scharfe Getränk brannte sich seinen Weg die Speiseröhre hinunter und begann, seinen Magen zu wärmen.

„Es wird jetzt noch ein paar Wochen dauern", fuhr Paulo Reis fort, „bis alle Urkunden für die notarielle Beglaubigung unterschriftsbereit sind; die Mühlen der portugiesischen Bürokratie mahlen ungeschmiert ziemlich langsam – es sei denn natürlich, Sie wünschen, dass ich das Verfahren etwas beschleunige ..."

„Nein, nein", sagte Nuno hastig. „Es dauert so lange, wie es dauert."

„Wie Sie meinen, Doktor Martins. Ich gebe Ihnen aber trotzdem die ganze Mappe hier mit, damit Sie sich einen detaillierten Überblick verschaffen und eventuell schon einmal überlegen können, was Sie mit Ihrem Erbe anfangen wollen. Es hat aber keine Eile. Wenn Sie einfach alles so lassen wollen, wie es ist, ist das auch völlig Ordnung. Ich stehe Ihnen natürlich gern beratend zur Seite, wenn Sie das wünschen."

Nuno setzte noch einmal das Glas an. Einerseits drängte es ihn aufzustehen, dieses düstere Büro zu verlassen, um kurz nach Hause zu fahren, sich umzuziehen und dann laufen zu gehen – etwas, was er erst kürzlich für sich entdeckt hatte als Weg, den Kopf frei zu kriegen, ohne sich an Workout-Termine, Personal Trainers, teure Geräte und sonstige Zwänge zu binden – doch er wusste, dass er jetzt noch nicht einfach so gehen konnte.

Advogado Paulo Reis spürte offensichtlich, dass seinem Gegenüber noch etwas auf der Seele lag. „Wenn Sie noch eine Frage haben, Doktor Martins, wie gesagt, ich stehe Ihnen gern zur Verfügung."

Nuno zögerte. Dann: „Dieses ganze riesige Vermögen, wie wird denn dabei der Pflichtanteil berechnet?"

„Pflichtanteil?"

„Ja, der Pflichtanteil. Ich weiß, dass mein Vater mich als Alleinerben eingesetzt hat, aber es gibt ja auch noch den Pflichtanteil für Eduardo. Ich meine, wenn man die besonderen Umstände betrachtet ... Also, dass er ... Sie wissen schon."

Paulo Reis sah Nuno beinahe verwundert an. „Ich fürchte, dass Sie hier einem Irrtum unterliegen, Doktor Martins", sagte er. „Sie sind der Alleinerbe des Familienvermögens. Es gibt keinen Pflichtanteil für Ihren Bruder."

Nuno merkte, wie sich alles in ihm zusammenzog. „Der Pflichtanteil ist doch aber per Gesetz geregelt. Also selbst, wenn unser Vater Eduardo von der Erbfolge ausgeschlossen hat, so ..."

„Doktor Martins, Ihr Bruder ist wegen Mordes in einem besonders schweren Fall zu lebenslanger Haft verurteilt worden. Vor dem Gesetz gilt er damit als erbunwürdig."

Nuno starrte Paulo Reis an. „Das heißt, dass er gar nichts erbt?"

Paulo Reis nickte. „Genau das."

„Aber ..." Nuno suchte krampfhaft nach Worten. „Es muss doch Wege geben, ihm zumindest etwas von dem Geld zugute kommen zu lassen. Ja, er ist im Gefängnis, aber mit Geld kann man sich doch das eine oder andere Privileg erkaufen. Und erzählen Sie mir nicht, dass das in unserem Strafvollzug nicht passiert."

„Ich weiß nicht, wie Sie sich das vorstellen, Doktor Martins ..."

Nuno holte tief Luft. „Doktor Reis, vor wenigen Minuten haben Sie mir angeboten, den portugiesischen Beamtenapparat zu bestechen, damit ich schneller an mein Erbe komme. Wollen Sie mir ernsthaft erzählen, dass Sie nicht genug Mittel und Wege kennen, um zum Beispiel einem höhergestellten Beamten im Strafvollzug die ‚gut bezahlte Funktion' des ‚Verwalters' eines ‚Hilfsfonds' anzutragen, um damit meinem Bruder das Leben im Gefängnis ein wenig erträglicher zu machen?"

Sofort sah er, wie sich Advogado Paulo Reis versteifte. „Doktor Martins, ich werde jetzt einmal zu Ihren Gunsten annehmen, dass Sie mit der ganzen Situation etwas überfordert sind. Und sollten Sie erwägen, jemand anders diese Idee zu unterbreiten, dann kann ich Ihnen nur dringend davon abraten." Der alte Mann lehnte sich nach vorn. „Korrupte Menschen haben sehr unangenehme Eigenschaften", sagte er leise. „Eine der schlimmsten davon ist, dass sie zwei Hände haben, die sie in der Regel auch beide weit aufhalten. Im günstigsten Fall halten diese Menschen beide Hände in eine Richtung und werden hemmungslos ausnutzen, dass Sie durch Ihr Angebot erpressbar geworden sind. Das wird dann in der Regel ein Fass ohne Boden, aber es ist ‚nur' Geld. Im ungünstigsten Fall stehen diese Menschen noch auf einer anderen Lohnliste und erhalten einen Judaslohn von einer anderen Seite, um Sie zu denunzieren. Und Sie haben keine Ahnung, wie viel es sich Zeitungen kosten lassen, eine Persönlichkeit mit bis dato tadellosem Ruf öffentlich hinzurichten. Das kostet Sie dann nicht nur Geld, sondern all das, wofür Sie bislang gelebt und gearbeitet haben. Das können Sie nicht ernsthaft wollen."

Nuno wollte instinktiv widersprechen, wollte protestieren, doch im selben Moment erkannte er, dass Paulo Reis recht hatte.

„Doktor Martins", sagte der Anwalt mit ruhiger Stimme. „Mir ist völlig bewusst, dass das alles nicht leicht für Sie ist, doch Sie sollten sich damit abfinden, dass Sie nichts für Ihren Bruder tun können. Gar nichts. Ich weiß, ich bin in Ihren Augen ein Außenstehender, aber vielleicht sollten Sie auch nicht ganz vergessen, dass diese Bruderliebe nicht auf Gegenseitigkeit beruht. Ihr Bruder hatte keinerlei Skrupel, Sie darum zu bitten – in Anbetracht der Umstände Sie eigentlich schon fast zu nötigen – für ihn das Gesetz zu brechen, um sein Verbrechen zu vertuschen, dies im vollen Bewusstsein, dass es Sie Ihre Karriere kosten würde. Wie gesagt, ich will mir kein Urteil anmaßen, aber ich denke, dass es an der Zeit ist loszulassen."

Nuno schwieg.

„Auch, wenn das heißt", fügte Paulo Reis leise hinzu, „dass Sie keine Familie mehr haben."

Nuno holte tief Luft und stand auf. „Ich danke Ihnen, Doktor Reis", sagte er, während er dem Anwalt die Hand reichte. „Auch und vor allem für Ihre offenen Worte."

Ein warmer Novemberregen empfing ihn, als er wenig später aus dem Haus in der Avenida da República auf die Straße trat. Der Whiskey von vorhin wärmte ihn immer noch, aber er spürte einen schalen Geschmack im Mund. Er zögerte einen Augenblick, dann drehte er sich um und betrat die Pastelaria „Versailles". Er nahm in dem prunkvoll ausgestatteten Gastraum an einem der mit edel aussehenden dunkelroten Tischdecken bezogenen Tische Platz und bestellte einen Café, ein Wasser und einen Weinbrand. Er ließ den Blick schweifen, sah den Menschen zu, die lachend und redend an den anderen Tischen saßen oder neugierig die mit Kuchen, Pasteten und Gebäck überquellenden Auslagen betrachteten und sich dabei unterhielten.

Und Nuno Martins fiel auf, dass er in diesem ganzen großen Café der einzige Mensch war, der allein an einem Tisch saß.

Freitag, 20:14 Uhr

Inês spürte die Veränderung, als sie die Wohnungstür aufschloss. Das beklemmende Gefühl nicht zu wissen, aber zu ahnen, was sie vorfinden würde, wenn sie ihr Zuhause betrat, war verschwunden. Es war ihr egal. Egal, ob Mário zuhause war oder nicht, ob er betrunken und sabbernd in seinem Sessel saß oder sie im Anzug mit Rosen in der Hand erwarten würde.

Seit gestern spielte das keine Rolle mehr.

Ja, es hatte sie geschockt und sogar verletzt, als sie herausgefunden hatte, dass er an diesem Tag schon mit einer anderen Frau geschlafen hatte. Das Entsetzen und das Gefühl. betrogen worden zu sein, waren dann in schieren Ekel umgeschlagen, als Mário in dem unsinnigen Versuch, das Ganze herunterspielen zu wollen, zugegeben hatte, dass er bei einer Prostituierten gewesen war.

Fremdgehen hätte Inês noch verstanden. Angesichts der Tatsache, dass sie es selbst auch tat und Mário seit Monaten den Sex verweigerte, vielleicht sogar akzeptiert. Aber eine Hure? Ihr arbeitsloser Mann gab das wenige Geld, das ihnen zur Verfügung stand, das sie so dringend für Ana brauchten, für Sex aus?

Inês betrat das leere Wohnzimmer. Mário war, nachdem sie ihn gestern hinausgeworfen hatte, offenbar noch nicht zurückgekehrt. Entweder war er wieder bei einer Prostituierten oder, was die wahrscheinlichere Variante bei ihrem Weichei von einem Mann war, er lag sturzbetrunken in irgendeinem Park. Wen interessierte es?

Sie ging kurz ins Bad und wusch sich das Gesicht. Nach einem Blick in den Spiegel rieb sie sich noch schnell ein wenig Erfrischungsgel unter die Augen.

Die schwarzen Schatten blieben trotzdem.

Inês trat wieder auf den Flur hinaus, schaltete das helle Deckenlicht aus, sodass nur noch die kleine Lampe auf dem Schuhschrank brannte, und ging in Richtung Kinderzimmer. Sie legte ihr Ohr an die Tür und lauschte angestrengt, doch von drinnen kam kein Laut. Ganz vorsichtig legte sie die Hand auf die Klinke und schob langsam die Tür auf. Es war stockdunkel, das einzige Licht im Zimmer war der schwache Schein der Lampe auf dem Schuhschrank, der durch den Türspalt ins Zimmer fiel.

Sie öffnete die Tür etwas mehr und sah Ana auf dem Bett liegen. Erleichtert ließ sie die angestaute Luft heraus, doch dann stutzte sie.

Irgendetwas stimmte hier nicht.

Ana lag nicht *unter*, sondern *auf* der Bettdecke, und es sah nicht so aus, als wäre das Oberbett überhaupt heruntergezogen worden.

Inês spürte, wie ihr die Angst den Hals zuschnürte, als sie näher trat. Ana trug zwar schon ihr Schlaf-T-Shirt, doch so, wie sie da lag, sah es nicht so aus, als hätte sie sich auf dem Bett zusammengerollt und wäre eingeschlafen, sondern vielmehr, als hätte sie mit dem Rücken an das Kopfende gelehnt dagesessen und wäre einfach zur Seite gesunken. Und jetzt fiel Inês auch auf, dass Ana irgendwie unnatürlich verdreht da lag.

Panisch kniete sich Inês neben das Bett und legte Ana

die Hand auf die Stirn. Die Haut war kühl und von kaltem Schweiß bedeckt. „Ana!", schrie Inês. „Ana! Wach auf!"

Keine Reaktion.

Inês riss ihre Tochter hoch und schüttelte sie, doch das Kind hing leblos wie eine Lumpenpuppe in ihren Armen. „Ana! Um Gottes Willen, nein!", schluchzte sie. Sie legte Ana ab, schob ihr das T-Shirt nach oben und presste ihr Ohr auf den kleinen Brustkorb.

Sie atmete erleichtert auf, als sie den schwachen Herzschlag spürte. Einen Augenblick lang kämpfte sie mit sich. Sie wollte Ana nicht allein lassen, keine Sekunde, doch es ging nicht anders. Sie stürzte in den Flur und griff ihre Handtasche. Sie rutschte ihr aus den Händen, fiel auf den Boden, und der gesamte Inhalt ergoss sich über den Fußboden. Inês fluchte und ließ sich auf die Knie fallen. Dann endlich hatte sie bei dem schwachen Licht ihr Mobiltelefon gefunden und wählte mit fliegenden Fingern den Notruf, während sie wieder ins Kinderzimmer lief. „Bitte!", rief sie, als abgenommen wurde. „Kommen Sie schnell. Meine Tochter ist Diabetikerin und in ein Blutzuckertief gefallen. Sie ist ohne Bewusstsein. Wie lange schon?" Inês unterdrückte ein Schluchzen. „Ich ... ich weiß es nicht, ich bin eben erst nach Hause gekommen ..." Sie atmete tief durch, dann gab sie die Adresse durch.

Als der Anruf beendet war, setzte sie sich auf das Bett, legte den Kopf ihrer Tochter in ihren Schoß und begann ihr über das Haar zu streichen, während ihr die Tränen über das Gesicht liefen.

Freitag, 21:11 Uhr

Aksel hatte das Gefühl, als würde ihm sein Körper nicht mehr gehören. Seit er das Büro der Polizei verlassen hatte, hatte er mehr oder weniger ununterbrochen telefoniert, gechattet oder Emails geschrieben. Er kämpfte quasi an allen

Fronten. Seine Firma stellte unangenehme Fragen bezüglich seiner Ankunft in Lissabon und des Fortschrittes bei ‚der Sache mit der Polizei', sein direkter Vorgesetzter in London war am Telefon ausgerastet, als Aksel ihm erklärt hatte, dass er schnellstmöglich eine vollständige Liste aller Probanden des Insulinpumpentests benötigte, um sie an die Polizei in Lissabon zu übergeben, und Jasper schob eine Panikattacke nach der anderen, weil er das Geschäft und sich selbst schon den Bach runtergehen sah.

Das Highlight des Tages war dann ein Gespräch mit Senhor Bacalhau gewesen, der partout nicht verstehen wollte, dass eine Ermittlung wegen mehrfachen Mordes ein mehr als ausreichender Grund war, eine zeitlang den Kopf ganz tief einzuziehen und über das geplante Geschäft noch nicht einmal nachzudenken. ‚Es stehen alle bereit, Mister Nysgård!', hatte er gesagt. ‚Alle! Und zwar auf meine Kosten! Ich will Ihnen nicht drohen, aber ...'

‚Dann lassen Sie es doch einfach sein!', hatte Aksel grob geantwortet. ‚Sie scheinen es nicht begriffen zu haben: Ich gehe unter – Sie gehen unter. Und jeder andere auf Ihrer und meiner Seite auch. Jeder. Ohne Ausnahme. So einfach ist das.' Dann hatte er aufgelegt.

Er sah auf die Uhr. 21:28 Uhr. Das bisschen Hirnmasse, das der Tag übrig gelassen hatte, vibrierte in seinem Kopf. Er ging zur Minibar, nahm eine kleine Flasche Absolut Vodka heraus und leerte sie in einem Zug. Dann war der Johnny Walker dran. Als die vier Miniflaschen Spirituosen leer waren, sein Hirn aber in keinster Weise signalisierte, dass der Alkohol dort wertgeschätzt wurde, griff er zu der Flasche Roséwein, erinnerte sich jedoch gerade noch rechtzeitig daran, dass er diesen nicht vertrug, und griff stattdessen zum Telefon.

Dann eben Hardcore.

Im wahrsten Sinne des Wortes.

„Hallo, hier ist Débora, deine Nutte auf Abruf", kam es sarkastisch von der anderen Seite. „Die Beine breit zu jeder

Zeit. Hat mein Geheimagent Schrägstrich heimlicher Krimineller wieder zu viel Tinte auf dem Füller?"

Aksel überlegte kurz, ob es Sinn machte, Débora eine Geschichte zu erzählen, die bewirkte, dass sie sich weniger benutzt fühlte, doch der Erschöpfungszustand seiner Gehirnzellen riet ihm davon ab. „Ja", antwortete er knapp. „Wann kannst du hier sein?"

„Kommt auf den Uber-Fahrer an, den du mir schickst."

„Ich schicke dir eine Nachricht. Halt dich bereit."

Er legte auf, bestellt die Fahrt bei Uber und textete die Abholdaten an Débora. Dann ging er in die Dusche.

Zehn Minuten später kam er mit einem Badetuch um die Hüften wieder heraus. Er checkte das Telefon, laut App hatte der Fahrer Débora bereits aufgesammelt und war auf dem Weg.

Gerade, als er das Telefon wieder auf dem Tisch abgelegt hatte, klopfte es an der Tür. Was zur ... ? „Ja?"

„Zimmerservice", kam es von einer jungen Frauenstimme in stark akzentuiertem Portugiesisch zurück.

Aksel stöhnte. Das war jetzt wie in einem schlechten Film: Dann würde da draußen ein bezahlter Killer, geschickt von Senhor Bacalhau, mit einer Pistole mit Schalldämpfer in der Hand stehen und ihm eine Neun-Millimeter-Kopfschmerztablette verpassen.

„Ich habe nichts bestellt!", rief er auf Englisch zurück.

„Gruß vom Haus für Stammgäste."

Aksel seufzte innerlich. Na gut, vielleicht musste er dann nachher mit Débora nicht die Minibar überstrapazieren. „Komme!", rief er und zog sein Badetuch fester. So einen gut trainierten nackten Männeroberkörper musste die junge Dame halt abkönnen.

„Ich hoffe", begann er, während er die Tür öffnete. Der Rest blieb ihm im Hals stecken.

„*Hei Aksel, jeg håper, jeg ikke forstyrrer deg?*"[12]

---

[12] Hallo Aksel, ich hoffe, ich störe dich nicht?

Das Café / Restaurant „Versailles" in der Avenida da República in Saldanha.

ACHTES KAPITEL

Freitag, 21:21 Uhr

Man sagt, dass im Augenblick des Todes das ganze Leben des Sterbenden in Bildern am inneren Auge vorbeirast.

Inês saß da, starrte vor sich hin, ihr Körper fühlte sich eigentlich schon tot an, doch statt des langen Films mit dem Titel „Mein Leben" sah Inês nur eine einzige unbewegliche Momentaufnahme.

Und zwar nicht aus irgendeiner Vergangenheit, sondern aus der harten, bitteren Gegenwart. Ihrem Leben, das man ganz einfach zusammenfassen konnte: eine einzige große Lüge.

Sie schuftete sich für ein vergleichsweise lächerliches Gehalt wund und krank in ihrer Firma, ihre Ehe war ein Witz, sie hatte sich bis vor ein paar Tagen noch von einem minderbemittelten Gigolo besteigen lassen, ihr Mann, der seit dem Verlust seiner Arbeit in derselben Firma in Selbstmitleid zerfloss und schon seit Monaten keinen mehr hochkriegte, kaufte sich den Sex, den sie ihm verweigerte, mit Geld, das sie eigentlich nicht hatten. Und weil Ana ihren Vater so abgöttisch liebte, dass sie nicht mehr wollte, dass er ihr die Insulinspritzen setzen musste und sich lieber selbst spritzte, saß sie, Inês, jetzt hier in der Intensivstation des Krankenhauses und betete, dass ihre Tochter die Überdosis Insulin überlebte, die sie sich gegeben hatte.

Sie hatte versucht, Mário dafür zu hassen, doch letzten Endes traf ihn keine Schuld. Zumindest nicht daran. Sie, Inês, hatte ihn gestern Abend aus der Wohnung geworfen, und er war offensichtlich davon ausgegangen, dass sie sich nunmehr darum kümmern würde, dass Ana ihr Insulin bekam. Dass sie diesen Aspekt ausgeblendet hatte, konnte sie nur einer Person vorwerfen. Sich selbst.

Sie hob kurz den Kopf, als sie Schritte hörte. Das gleißende Neonlicht des Warteraums der Intensivstation des Krankenhauses blendete ihre erschöpften Augen. Die Schritte entfernten sich, und Inês senkte den Kopf wieder.

Sie musste wohl kurz weggedämmert sein, denn sie schrak hoch wie aus einem Tiefschlaf, als sie eine Berührung an der Schulter spürte. Vor ihr stand eine ältere Frau in einem weißen Kittel, die sie besorgt ansah. „Ja?", krächzte sie.

„Senhora Almeida? Ich bin Doutora Rita Fernandes Vasques. Wir haben Ihre Tochter Ana soweit stabilisieren können, aber ich will Ihnen nichts vormachen, es ist immer noch kritisch. Die nächsten Stunden werden entscheiden. Von dem, was ich verstanden habe, hat Ihre Tochter versucht, sich zum ersten Mal ihre Insulindosis selbst zu spritzen und hat sich dabei eine erhebliche Überdosis NovoRapid verabreicht. Da muss ich Sie natürlich fragen, wie das überhaupt passieren konnte? War Ihre Tochter denn überhaupt schon so weit, dass sie in der Lage war – von dem reinen Akt des Spritzens einmal ganz abgesehen – die genaue Menge an Insulin zu berechnen? Konnte sie denn schon Basal- von Bolusinsulin unterscheiden? Konnte sie einen Mahlzeit-Bolus berechnen? Konnte sie ..."

„Nein!", brach es aus Inês heraus. „Natürlich konnte sie das noch nicht! Sie hat ihr Insulin zuhause immer von ihrem Vater und in der Schule von einer speziell dafür ausgebildeten jungen Lehrerin bekommen ..."

Die Ärztin zog die Augenbrauen zusammen. „Nachdem sich der Vorfall ja bei Ihnen zuhause ereignet hat, stellt sich für mich natürlich die Frage, wo Ihr Mann denn zu diesem Zeitpunkt war? Ich meine, entschuldigen Sie, wenn das jetzt sehr hart klingt, aber ich sehe hier durchaus einen Fall von vernachlässigter Aufsichtspflicht ..."

„Das ist es nicht!", fuhr Inês dazwischen. „Zumindest nicht, was meinen Mann betrifft." Sie holte tief Luft. „Wenn hier jemand zur Rechenschaft gezogen werden muss, dann bin ich das! Ich ... also mein Mann und ich, wir ... wir hatten am Abend vorher einen Streit, und ich habe ihn rausgeworfen. Und ich bin diejenige, die vergessen hat – ja! Einfach vergessen hat! – dass heute Abend niemand da sein würde, der Ana ihr Insulin gibt. Sie ist heute Morgen sogar ohne ihr Basalinsulin zur Schule gegangen, weil ich – ich! – es vergessen habe, und hat ihr erstes Insulin erst heute Mittag von der jungen Lehrerin in der Schule bekommen! Ich bin die Rabenmutter, die die tödliche Krankheit ihrer Tochter einfach mal so ausgeblendet hat! Also, wenn Sie jemanden zur Verantwortung ziehen wollen, dann bin ich das!" Erschöpft senkte Inês den Kopf und vergrub ihr Gesicht in ihren Händen."

„Es geht hier nicht um Schuldzuweisungen, Senhora Almeida", sagte Doutora Rita Vasques leise. „Aber als Ärzte haben wir auch eine gewisse Verantwortung für unsere Patienten, und für Kinder ganz besonders. Wenn ein Notfall wie der Ihrer Tochter eingeliefert wird, dann wissen wir nichts über die Hintergründe. Gar nichts. Und ich bitte Sie zu verstehen, dass wir es viel zu oft erleben, dass uns Eltern dreist ins Gesicht lügen, um ihr eigenes Versagen zu vertuschen und nicht zur Verantwortung gezogen zu werden. Darum schätze ich Ihre Aufrichtigkeit umso mehr, glauben Sie mir. Ich will Ihnen auch nicht mit diesem Unsinn kommen wie ‚Ich weiß genau, wie Sie sich jetzt fühlen'. Ich weiß es nicht. Ich möchte es mir nicht einmal vorstellen. Ich möchte nur, dass Sie wissen, dass wir alles in unserer Macht Stehende tun werden, um Ihre Tochter zu retten."

Inês hob den Kopf wieder und wischte sich schnell mit dem Handrücken die Tränen aus dem Gesicht. „Danke", sagte sie leise. Dann mit etwas kräftigerer Stimme: „Gibt es irgendetwas, was ich tun kann?"

Die Ärztin schüttelte den Kopf. „Im Moment können wir alle nur warten. Ich würde Ihnen sogar empfehlen, nach Hause zu gehen und sich etwas zu erholen, aber das ist natürlich ganz allein Ihre Entscheidung."

„Nein", schüttelte Inês entschieden den Kopf. Die Vorstellung, jetzt allein in der leeren Wohnung zu sitzen, während Ana hier im Krankenhaus mit dem Tode rang, verursachte ihr Beklemmungen. „Ich bleibe hier."

„Wie Sie wünschen. Ich lasse Ihnen eine Decke und ein paar Toilettenartikel bringen, damit Sie sich ein wenig frisch machen können. Möchten ..." Doutora Rita Vasques zögerte. „Möchten Sie Ihren Mann benachrichtigen oder würden Sie es vorziehen, wenn wir das tun?"

Mário? Den Gedanken an ihn hatte sie völlig zur Seite geschoben. „Nein, es ist gut, ich mache das selbst", antwortete sie.

„Gut, ich würde Sie nur bitten, Ihr Mobiltelefon nicht hier drin zu benutzen. Wir haben eine Möglichkeit dafür, wenn Sie hier rausgehen, nach links, am Ende des Ganges."

Inês nickte. „Natürlich. Und ... vielen Dank für alles."

Als sich die Tür wieder hinter der Ärztin geschlossen hatte, saß Inês einen Moment lang wie betäubt da. Ihre eigenen Worte, die sie zu der Ärztin gesagt hatte, klangen ihr in den Ohren und schienen erst jetzt richtig in ihr Gehirn einzudringen.

Sie spürte, wie sie leicht zu zittern begann. Dann löste sich plötzlich die Verkrampfung, die sie die ganze Zeit über in ihrer Brust gespürt hatte, und ein neuer Strom von Tränen brach aus ihr heraus.

Als der Weinkrampf vorüber war, stand sie auf, fingerte ihr Telefon aus der Tasche und verließ den Warteraum.

Zur selben Zeit

„Nettes Zimmer übrigens", sagte Smilla Nysgård. „Toller Ausblick über die Stadt und auf den Fluss. Und das zahlt dir alles deine Firma?"

Aksel schwieg. Er warf einen verzweifelten Blick auf sein Mobiltelefon, doch ihm war bewusst, dass er keine ernsthafte Chance hatte, Débora jetzt noch abzusagen.

„Wenn ich das so sehe", fuhr seine Frau fort, „du frisch geduscht, eine Flasche Wein mit zwei Gläsern auf dem Tisch, dann könnte ich ja beinahe annehmen, dass du mich erwartet hast. Andererseits auch wieder nicht, weil es schon etwas eigenartig war, dass ich den jungen Mann am Empfang, selbst nachdem ich ihm nachgewiesen habe, dass ich deine Frau bin, noch mit fünfzig Euro bestechen musste, damit er mir deine Zimmernummer verrät. Was wohl bedeutet, dass ich schnell beim Zimmerservice anrufen und ein drittes Glas bestellen sollte, damit ich mittrinken kann, richtig?"

Das war der Moment, an dem sich Aksel geradezu danach sehnte, doch lieber von der portugiesischen Hauptkommissarin mit den Husky-Augen verhört zu werden. „Hör zu, Smilla", begann er. „Ich ... es ..."

Sie lächelte ihn beinahe mitleidig an. „Sieh an, es spricht! Kommt jetzt das obligatorische ‚Schatz, es ist nicht das, wonach es aussieht'?"

Ein Rütteln am Griff der Zimmertür sagte Aksel, dass jetzt gerade etwas ganz anderes kam.

Eine Katastrophe.

Hoch zwei.

„Bemühe dich nicht", sagte Smilla Nysgård, noch bevor Aksel reagieren und aufstehen konnte. „Ich mache schon auf."

Aksel schloss die Augen vor dem Unvermeidlichen. Er hörte, wie die Zimmertür geöffnet wurde und kniff die Augen noch etwas fester zu.

„Aksel, was will die Hure hier?", kam es zuerst auf Portugiesisch. „Ich habe keinen Bock auf einen Dreier mit einer Schlampe, die ich nicht kenne!"

Das nächste, was er hörte, war ein Seufzen und dann auf Norwegisch: „Ach Aksel, wirklich jetzt? So etwas? Du bist so jämmerlich!"

„Hey Alte, hör auf Kauderwelsch zu labern und verpiss dich!", fauchte nun wieder Débora.

„Wärst du so freundlich, mal für mich zu übersetzen, was deine wandelnde Gemäldegalerie – und vermutlich auch Genitalschmuckauslage – hier absondert?", fragte Smilla. „Und danach schmeiß sie bitte raus, weil ich glaube, dass wir den Rest der Nacht brauchen, um uns über ein paar Dinge klar zu werden."

Aksel spürte, wie plötzlich irgendetwas in ihm schnappte. Es gab nichts, was er tun konnte, um diese Situation irgendwie angenehmer zu machen. Er steckte mitten in genau dem Worst-Case-Szenario, vor dem er sich immer gefürchtet und bei dem er sich in seinen Gedanken immer geweigert hatte, sein Hirn einen Ausweg suchen zu lassen.

Vielleicht deshalb, weil es genau betrachtet keinen wirklichen Ausweg gab. Die Tsunamiwelle war eben auf ihn herabgestürzt, und es gab nur einen Weg herauszufinden, wie viel Schaden sie tatsächlich anrichten würde.

Wobei Worst Case auf jeden Fall schon einmal eine gute Ausgangsposition war.

Mit Erstaunen stellte Aksel fest, dass er sogar so etwas wie Erleichterung verspürte. Es war, als würde er auf einmal abseits der ganzen Szene stehen und sich selbst dabei zusehen, wie er halbnackt auf dem Bett saß. Als wäre er tatsächlich in dem sprichwörtlich anderen Film, fühlte er sich überraschenderweise völlig unbeteiligt, während er seine

Frau und Débora dabei beobachtete, wie die beiden sich teenagermäßig mit in die Seiten gestemmten Fäusten in Stellung für den unmittelbar bevorstehenden Cat Fight brachten.

„Nachdem mein Ehemann ja offensichtlich seinen Mund nicht aufbekommt: Warum nimmst du dir nicht einfach diesen Idioten und verschwindest? Ihr beiden Primitivlinge habt euch doch gesucht und gefunden!", begann Smilla auf Norwegisch. „Nachdem ich weiß, dass er mit so etwas wie dir im Bett war, darf er mich sowieso nicht mehr anfassen!"

„Ja, steck dir doch deinen Scheißehemann in den Arsch, und zwar so tief, dass er mitkriegt, wie du aus dem Maul stinkst!", kam es auf Portugiesisch von Débora zurück. „Und hör mit diesem Eskimogelaber auf! Ich versteh kein Wort!"

Aksel konnte nicht anders, er musste plötzlich lachen.

Die beiden Frauen drehten sich zu ihm um und starrten ihn fassungslos an. „Findest du Idiot das etwa lustig?", kam es fast gleichzeitig auf Norwegisch und Portugiesisch.

Aksel rang nach Luft. Das Lachen kitzelte immer noch in seiner Kehle, doch er riss sich zusammen. „Sorry", begann er auf Norwegisch. „Es ist nur ... euch beiden zuzuhören ... und der Einzige zu sein, der euch *beide* versteht ... einfach unbezahlbar ... Wie schon Simon Peg zu David Swimmer in dem Film ‚The Big Nothing' sagte: ‚Im Königreich der Blinden ist der einäugige Zwerg der König' ..." Während er das Ganze auf Portugiesisch wiederholte, verschluckte er sich ein wenig und hustete kurz, als er sah, dass die beiden Frauen gleichzeitig einen bedrohlichen Schritt auf ihn zu machten. Er hob entschuldigend die Hände. „Schon gut", fuhr er nunmehr abwechselnd in beiden Sprachen fort, während er aufstand, unter den ungläubigen Blicken der beiden Frauen das Badetuch fallen ließ und nackt zum Kleiderschrank hinüberging. „Im Grunde genommen wollen wir doch alle das Gleiche", sagte er, während er erst in ein Paar Boxershorts und dann in seine Jeans stieg. „Zumindest ihr beide." Er griff nach einem Hemd. „Ich brauche jetzt etwas Zeit, darüber nachzudenken, was *ich* eigentlich will. Hätte ich schon viel früher machen sollen." Smilla und Débora starrten ihn immer noch schweigend und mit offenen Mündern an, als er in seine Sneakers schlüpfte, seine Brieftasche und sein Mobiltelefon von der Ablage nahm, beides in seinen Slingbag schob und die Zimmertür öffnete. „Ich bin dann mal weg. Habt noch viel Spaß miteinander."

Als er drei Minuten später langsam die Kopfsteinpflastergasse vom „Memmo Alfama" hoch zur Rua Augusto Rosa lief, um dort den zum „Café Pit" bestellten Uber zu treffen, atmete er tief die frische Abendluft ein. Auf der Rua Augusta Rosa schlug sofort der selbst um diese Zeit noch von den unermüdlich den Schienen der Straßenbahn 28 folgenden Touristenmassen verursachte Geräuschpegel über seinem Kopf zusammen, hüllte ihn ein und begann ihn wegzutragen.

Ja, es war Zeit, den Kopf frei zu bekommen für die wirklich wichtigen Dinge.

Aber erst nach dieser Nacht.

Ende März 2002

„Verkaufen?" Advogado Doktor Paulo Reis starrte Nuno an. „Ist das Ihr Ernst?"

Nuno nickte. „Absolut."

„Doktor Martins ..." Der Anwalt suchte nach Worten. „Bei den ausländischen Geldanlagen kann ich das ja durchaus verstehen, die bergen immer ein gewisses Investitionsrisiko. Aber die Immobilien? Die Quinta bei Setúbal? Das Haus Ihrer Familie in der Avenida da Liberdade? Bei allen garantierten Wertentwicklungen, hat das nicht auch einen großen sentimentalen Wert für Sie?"

‚Hat es', dachte Nuno. ‚Mehr als du dir vorstellen kannst.' „Doktor Reis", sagte er laut. „Hier geht es nicht um Gewinnmaximierung oder Vermögensoptimierung. Bei der Größe des Erbes ist das auch nicht wirklich von existenzieller Bedeutung. Sie selbst haben mir vor noch nicht ganz vier Monaten gesagt, dass man nach vorn schauen muss. Sie haben völlig Recht, und genau deshalb tue ich das jetzt. Und keine Sorge, ich möchte nichts übers Knie brechen. Ich weiß, dass Transaktionen dieser Größenordnung nicht von heute auf morgen erledigt werden können. Es dauert so lange, wie es dauert."

Paulo Reis sah Nuno einige Sekunden lang durchdringend an. „Vor einer Sache möchte ich Sie jedoch ausdrücklich warnen", begann er langsam. „Ohne zu wissen. ob, oder zu unterstellen, dass Sie das vorhaben. Versuchen Sie nicht, ein zweiter Calouste Gulbenkian zu werden. Zum einen ist das Vermögen *dafür* nicht groß genug. Zum anderen hätte es diverse unangenehme Nebenerscheinungen. Ihr Privatleben würde ins Licht der Öffentlichkeit gezerrt, mit allen Konsequenzen bezüglich Ihrer Familiengeschichte. Sie würden sich vor Einladungen zu Wohltätigkeitsveranstaltungen nicht mehr retten können und täglich von Bettelbriefen überflutet werden. Und Ihre Arbeit, die Ihnen so viel bedeutet, könnten Sie natürlich vergessen, dafür würde Ihnen keine Zeit mehr bleiben, ganz abgesehen von der Tatsache, dass Sie sich ständig erklären müssten, warum Sie mit diesem finanziellen Hintergrund überhaupt noch arbeiten."

„Und was empfehlen Sie mir dann?", fragte Nuno ruhig.

„Behalten Sie wenigstens die inländischen Immobilien, zumindest die, die aktuell vermietet sind, wenn Sie sich denn unbedingt von Ihrem Elternhaus und dem Landsitz trennen wollen. Das Geldvermögen sollten Sie sicher und konservativ mit vernünftigen Zinsraten anlegen. Das garantiert stabile Einnahmen und Überschüsse, die Sie für was auch immer verwenden können. Hier mein Rat: Halten Sie sich fern von großen Wohltätigkeitsprojekten, die großflächig für sich werben. Die haben meist einen festen Stamm an Spendern, oft Politiker, die im Gegenzug auch bei der Gelegenheit präsentiert werden wollen und mit denen Sie, mit Verlaub, nicht gesehen oder auch nur in einem Satz genannt werden wollen. Suchen Sie sich zwei oder drei kleine Projekte, die auf jede Spende angewiesen sind, und unterstützen Sie diese, aber auch hier sollten Sie sich von der Vernunft leiten lassen. Auch motivierte Menschen verlieren das Gefühl für Geld, wenn zu viel davon verfügbar ist. Und wenn Sie Ihr Vermögen mit vollen Händen verschenken und für diese Projekte der Geldstrom irgendwann versiegt, ist am Ende auch niemandem geholfen. Abgesehen davon, Sie sind jetzt ... vierunddreißig? Fünfunddreißig? Vielleicht wollen Sie ja auch einmal über eine eigene Familie nachdenken?"

„Ich danke Ihnen, Doktor Reis", antwortete Nuno. Er erhob sich aus dem schweren Ledersessel „Das sind wirklich wertvolle Informationen. Und um Sie zu beruhigen: Ich habe nicht vor, selbstlos alles zu verschenken. Ich bin in relativem Wohlstand aufgewachsen, auch wenn unser Vater darauf geachtet hat, dass wir unseren eigenen Weg gehen, und ich würde mich selbst belügen, wenn ich jetzt behaupten würde, dass ich es nicht genossen hätte, mir keine Gedanken um Geld machen zu müssen. Ich plane nicht, mir aus welchen Gründen auch immer eine große graue Büßerkutte anzuziehen und von nun an Verzicht auf jeglichen Luxus zu üben."

„Das beruhigt mich zu hören, Doktor Martins", sagte Paulo Reis sichtbar erleichtert. „Nur so aus Neugier heraus, wo werden Sie denn wohnen, nachdem Sie das Stadthaus in der Avenida verkauft haben? Nein, lassen Sie mich raten: Cascais? Oder Estoril? Eine Villa mit Meerblick?"

Nuno lächelte und senkte den Blick. „Nein", antwortete er. „Ich möchte schon etwas höher hinaus." Und auf den verständnislosen Blick des Anwalts hin: „Lassen Sie sich überraschen ..."

Samstag, 07:04 Uhr

Das Klirren einer über Beton rollenden leeren Flasche riss ihn aus seinen wirren Träumen. Er öffnete die Augen, um sie sofort wieder zuzupressen, als gleißendes Licht wie ein Laserstrahl in sein Hirn schoss. Als er seine Augen todesmutig wieder einen Spalt öffnete, sah er eine gebückte Gestalt, die sich, immer wieder zu ihm zurückblickend, von ihm entfernte. Als die Gestalt sah, dass Aksel die Augen geöffnet hatte, duckte sie sich noch weiter. „Sorry man, wollte dich nicht wecken ... hab nix angerührt ..."

Sofort war Aksel hellwach. Er tastete nach unten und atmete erleichtert auf. Der Slingbag war noch da, und so, wie es sich anfühlte, Brieftasche und Mobiltelefon ebenfalls.

Vorsichtig drehte er den Kopf. Er war definitiv unter freiem Himmel, und das vermutlich, seit er eingeschlafen war, wann immer das gewesen sein mochte. Das war nicht gut. Ein stechender Schmerz in seiner rechten Schulter, als er versuchte, sich weiter zu drehen, bestätigte ihm das. Halbrechts von sich sah er ein Gebäude, das ihm bekannt vorkam. Der Übergang zwischen der Fähranlegestelle zum Bahnhof Cais do Sodré, davor die Bushaltestelle mit einer langen Schlange von Menschen, die meisten von ihnen mit dem Blick auf ihr Mobiltelefon gesenkt, vermutlich textend mit denen, die sie vor wenigen Minuten zuhause zurückgelassen oder die sie in ebenso wenigen Minuten auf Arbeit treffen würden. Oder aus schierer FMO[13] heraus hektisch in Facebook, Instagram oder Twitter hoch und runter scrol-

---

[13] FMO = Fear of Missing Out: Die krankhafte Angst, auf den sogenannten „sozialen Medien" irgendetwas zu verpassen, nicht mitreden zu können oder mitgeredet zu haben oder – der GAU schlechthin – den Post eines der 400.000 „Friends" nicht „geliked" zu haben.

lend, um sicherzustellen, dass man in den wenigen Minuten des Laufens vom Vorortzug zum Bus nicht irgendetwas Weltbewegendes verpasst hatte.

Oder komplett eingetaucht in „Farmyard Heroes" oder „Candy Crush".

Whatever.

Aksel drehte den Kopf wieder so, dass er geradeaus blickte. Wenn ihm nicht so kotzübel gewesen wäre, hätte er den Ausblick auf den Tejo, die links von ihm aufgehende Sonne und die gerade anlegende Fähre „Algés" sogar richtig genießen können. Etwas links von ihm stand eine junge Frau mit einer absoluten Hammerfigur, Kopfhörer in den Ohren und einem Handy in der linken Hand und tanzte Samba mit sich selbst. Teile der Kaimauer trugen eine Krone aus leeren Bier-, Vodka- und Tequilaflaschen. Aksel hatte inzwischen seine Orientierung komplett wiedergefunden. Er lag auf einer der wellenförmigen Holzbänke, die so standen, dass man einen perfekten Ausblick auf die Hafenanlagen des auf der anderen Seite des Tejo liegenden Cacilhas, die Brücke des 25. April und natürlich die Cristo Rei Statue hatte – wenn man denn in der Verfassung war, diesen Ausblick auch zu genießen. Zwei weitere dieser Bänke waren mit Schlafenden belegt, der Kleidung nach zu urteilen Angehörige des Partyvolkes der Clubs in Alcântara, die den Weg nach Hause oder ins Hostel oder Hotel nicht mehr gefunden hatten. Mit nach unten hängendem Kopf an die Kaimauer gelehnt, saß ein Obdachloser, die Arme rechts und links schützend über die beiden großen Supermarkttaschen gelegt, in denen er seine gesamte Habe mit sich herumtrug.

Aksel streckte sich und atmete tief die frische Luft ein. Beim nächsten Atemzug drehte der Wind kurzzeitig, und Aksel bekam die volle Breitseite des eher lauen landseitigen Urinaromas der Bahnhofsumgebung in die Lungen. Er würgte einen Moment lang, dann hatte er sich wieder im Griff. Unter Zuhilfenahme beider Arme drückte er sich langsam in eine aufrechte Haltung. Noch ein tiefer Atemzug, dann stand er auf.

Noch etwas unsicher stakste er auf wackligen Beinen in Richtung Bahnhofsgebäude. Er hielt auf den hinter der Bushaltestelle gelegenen Eingang zu, hinter dem er auf der linken Seite eine dunkle Erinnerung an ein JERONYMO Café hatte. Es war jetzt knapp zwanzig nach sieben, das Café hatte gerade erst geöffnet, und so empfing ihn beim Betreten des warmen und angenehm beleuchteten Gastraumes ein leckerer Duft des ersten frisch aus dem Backofen gezogenen Gebäcks. Unsicher, ob er seinem Magen nach dieser Nacht (an die er gnädigerweise keinerlei Erinnerung hatte) schon den hausgemachten warmen Toast mit Hähnchenbrust in Senfsauce oder Schinken mit Banane und Azorenkäse beziehungsweise Thunfisch und Avocado mit Ricotta verfeinert anbieten konnte, entschied er sich dann doch eher für ein Sandwich mit mildem Briekäse und Schinken, das alles mit den unvermeidlichen Kartoffelchips. Dazu bestellte er einen kleinen starken Kaffee, einen großen *abatanado*[14] und eine Flasche Wasser. Sich seines derangierten Äußeren bewusst (auch wenn ihm mangels eines Spiegels die Details erspart blieben), dies nicht zuletzt wegen des Cafémitarbeiters, der sich sichtbar entspannte, als er sah, wie Aksel demonstrativ Brieftasche und Mobiltelefon auf den Tresen legte, schenkte er sich das Wasser tatsächlich in ein Glas ein, anstatt seinem ersten Instinkt zu folgen und die Flasche in einem Zug herunterzustürzen. Der kleine Kaffee wurde dann der Erstbekämpfung des Mundgullys gewidmet, während er auf sein Sandwich wartete. Die immer noch kalten Hände um die große warme Tasse des *abatanado* gelegt, schloss er die Augen. Er fühlte wieder diese

---

[14] Ein großer starker schwarzer Kaffee, oft fälschlicherweise auch "Café Americano" genannt, wobei es gefährlich ist, einen solchen zu bestellen, weil manche Wirte in Lissabon darunter einen Instantkaffee verstehen – amerikanisches braunes Wasser eben – aber der Kunde ist halt König. Wenn er denn so etwas trinken möchte ...

seltsame Ruhe in sich, als er an Smilla und Débora dachte. Das war wahrscheinlich dieser berühmte „innere Frieden", wenn man einen Punkt erreicht hatte, an dem alle Entscheidungen unwiderruflich gefallen waren.

Schade nur, dass dieser „innere Frieden" nicht vollkommen war ...

Aber was sprach denn dagegen, ihn vollkommen zu machen?

Einen Moment lang erschrak Aksel vor der Idee. Dann schüttelte er den Kopf. Völlig unmöglich. Sie waren schon viel zu weit gegangen, um jetzt einfach so aufzuhören, die Konsequenzen wären noch nicht einmal annähernd abschätzbar.

Und dennoch ...

War es das alles denn wirklich wert? Für ein paar Monate, in denen man sich dumm und dusslig verdiente, aber dabei ständig Gefahr lief, doch aufzufliegen und mehr als teuer dafür zu bezahlen? Und das war nur das „offizielle" Auffliegen. Das „Anderen-in-die-Quere-Kommen" würde ja noch viel unerfreulichere Konsequenzen haben ...

Und wenn Portugal durch war, was käme denn dann? Das nächste Land? Derselbe Stress wieder von Anfang an?

Unbewusst wanderte Aksels Hand zum Mobiltelefon. Der Sperrbildschirm zeigte 07:48 Uhr. Wie ferngesteuert gab er den Entsperrungscode ein, öffnete seine Kontaktliste und begann zu scrollen. Als er gefunden hatte, was er gesucht hatte, zögerte sein Finger noch eine Sekunde, dann tippte er auf das kleine blaue Telefonsymbol.

Es klingelte fünfmal auf der anderen Seite, ehe abgenommen wurde. „Hallo, alter Vikinger", tönte Jaspers laute Stimme aus dem Gerät. „Bist du ausgerechnet in Portugal unter die Frühaufsteher gegangen oder hast du die Nacht durchgesoffen oder durchgevögelt, dass du um diese Zeit immer *noch* wach bist?"

„Wir müssen aufhören", sagte Aksel ohne Begrüßung. „Wir müssen alles abblasen. Jetzt sofort."

Einen Augenblick lang war es still am anderen Ende. Dann: „Haben dich die Bullen kassiert und hören jetzt mit?"

„Nein", antwortete Aksel. „Meine Entscheidung. Wir hören auf. Das ist es alles nicht wert."

„Sag mal", begann Jasper mit einer Stimme, aus der jeglicher Humor von einer Sekunde auf die andere verschwunden war. „Hast du dir das Hirn weggekifft oder bist zu diesem Fátima gepilgert und hast es dir dort waschen lassen? Aufhören? Jetzt, wo alles bereitsteht? Wo wir nur darauf warten, dass sich die Wogen um diesen idiotischen Mörder etwas glätten? Wie stellst du dir das vor?"

Aksel atmete tief durch. „Das ist doch jetzt nicht so schwer zu verstehen, oder? Du sagst unseren Leuten und diesem Mister Bacalhau einfach, dass das Risiko zu groß geworden ist und wir das ganze stoppen. Fertig und aus."

„Fertig und aus. Aber natürlich doch. Sehr witzig! Aksel, das Risiko ist noch immer genauso groß oder klein wie zu Anfang. Ich weiß das, du weißt das, jeder weiß das. Es hat sich nichts geändert, außer, dass wir schon eine Menge Geld versenkt und sehr viele Leute ihre Ärsche sehr weit aus dem Fenster gehängt haben, uns beide eingeschlossen. Wir machen also weiter wie geplant, verstanden?"

„Negativ. Ich bin raus. Und wenn ich raus bin, sind alle raus."

„Jetzt hör mir mal gut zu, mein Freund!" Jasper war etwas leiser geworden. „Niemand ist hier ‚raus'. In dieser Firma kündigt man nicht so einfach. Das Geschäft läuft weiter wie geplant, je schneller du das begreifst, desto besser für dich!"

„Drohst du mir etwa?"

„Ich drohe niemals. Ich kündige an."

„Dann lässt du mir leider keine andere Wahl."

Von der anderen Seite kam ein unechtes Lachen. „Willst du etwa zu den Bullen gehen?"

Aksel schwieg.

„Na, dann hoffe ich doch mal für dich", zischte Jasper, „dass du gerade schon in der Cafeteria der Polizei sitzt. Es passieren jeden Tag so unschöne Unfälle auf Lissabons Straßen ..." Dann war die Leitung tot.

Aksels Hand mit dem Telefon sank langsam herab. Er legte das Gerät auf den Tisch und griff nach der Tasse mit dem inzwischen kalten *abatanado*. Er schrak zusammen, als plötzlich wie aus dem Boden gewachsen der Kellner neben ihm stand und sein Sandwich auf dem Tisch abstellte.

„Noch einen Kaffee?"

Aksel spürte, wie ihn eine leichte Übelkeit im Hals kitzelte, und so beschränkte er sich darauf, nur leicht zu nicken.

Eine Minute später stand der Kaffee vor ihm.

Zwei Bisse vom Sandwich später war er bis zum Erbrechen satt.

Aksel lehnte sich zurück, versuchte ruhig zu atmen und ließ den Blick durch das Café schweifen, das sich inzwischen mit Menschen gefüllt hatte, die noch schnell etwas frühstücken wollten, bevor sie die lange Treppe in die Metro abstiegen oder vor der Tür des Bahnhofs einen der Busse nahmen, der sie zu ihrer Arbeit in die Innenstadt bringen würde.

Eine beneidenswerte Normalität.

Er saß und wartete, dass jetzt dasselbe Gefühl der tiefen inneren Erleichterung kommen würde wie vorhin, als ihm klar geworden war, dass sein Privatleben unwiderruflich den Bach hinuntergegangen war.

Doch das Gefühl des „inneren Friedens" wollte nicht kommen.

Vielleicht, weil es von einem anderen Gefühl daran gehindert wurde, sich in ihm auszubreiten.

Angst.

Samstag, 10:16 Uhr

Nein, sie sollte eigentlich nicht hier sein. Es war Samstagvormittag, das große Gebäude wirkte wie leer gefegt, in der Kantine hatte man sie wie einen Eindringling behandelt, der die heilige Wochenendruhe störte, und die Putzfrauen sahen sie mit einem Blick an, der verriet, dass sie wussten, dass Carina heute nur ins Büro gekommen war, um die Qualität ihrer Reinigungsarbeiten zu kontrollieren.

Sie hatte unruhig geschlafen, sich hin und her gewälzt, war immer wieder aufgestanden, in die Küche gegangen, um Wasser zu trinken, nur um schon wieder brennenden Durst zu verspüren, wenn sie zurück im Schlafzimmer angekommen war und sich hingelegt hatte. Sie versuchte, diesen Durst auf den Knoblauch im Essen und den Alkohol zu schieben, die beide dehydrierend wirkten, doch da war immer noch ein Rest dieser tief sitzenden Angst davor, dass es doch etwas anderes sein könnte.

Kurz nach sieben Uhr hatte sie es nicht mehr ausgehalten, war aufgestanden und hatte eine lange, heiße Dusche genommen. Mit einem Kaffee in der Hand hatte sie danach im Wohnzimmer am Fenster gestanden und hinunter auf den Tejo geblickt. Links über der langen Vasco da Gama Brücke war gerade die Sonne aufgegangen und hatte das Flussufer in ein warmes orangenes Licht getaucht. Auf der Alameda dos Oceanos waren nur wenige Menschen unterwegs gewesen, vermutlich in der Hauptsache Mitarbeiter der Geschäfte im Vasco da Gama Shopping Center oder der umliegenden Call Center.

„Dein Fall, oder …?", kam es plötzlich von hinten.

Carina fuhr herum und sah Nuno, der ebenfalls mit einer Tasse Kaffee in der Hand in der Tür stand. Er sah müde aus. Sie nickte zögernd. „Irgendwie ja … Ich meine, ich frage mich gerade, wie viele der Menschen da unten Diabetiker sind. Und ich versuche mir vorzustellen, wie verzweifelt man sein muss, um so weit zu gehen wie unser Mörder, um die Chance zu bekommen, ein halbwegs normales Leben zu führen." Sie stockte. „Ich weiß nicht einmal, wie weit ich selbst gehen würde ...", fügte sie leise hinzu. Sie sah, wie sehr Nuno mit sich kämpfte, und schloss die Augen in Erwartung der unvermeidlichen Frage.

„Habt ihr denn inzwischen die Liste mit den Testkandidaten bekommen, von der du mir erzählt hast?"

Carina öffnete die Augen und sah Nuno erstaunt an. „Ich ... äh ... ja ...", antwortete sie, während ihr innerlich warm wurde. „Ich meine, die Firma von diesem Aksel Nysgård hat sie noch gestern Nachmittag geschickt, allerdings als PDF-Datei, sodass wir sie nicht ohne Weiteres in unser System einlesen können. Carla wollte irgendetwas zaubern, ich weiß aber nicht, wie weit sie ist und Schrägstrich ob es überhaupt geklappt hat."

„Weißt du", hatte Nuno gesagt. „Ehe du jetzt den Rest des Tages damit verbringst darüber nachzugrübeln, was sein oder nicht sein könnte, lass uns einen Deal machen. Du fährst ins Büro, ich kümmere mich hier noch ein bisschen um Hochzeitskram, gehe einkaufen und koche uns was Schönes für heute Abend. Soll ich dir noch irgendetwas mitbringen, wenn ich schon mal shoppen bin?"

Carina hatte tief eingeatmet. „Ja. Kommst du an einer Apotheke vorbei?"

Nuno hatte sie ernst angesehen. „Bist du sicher?"

Sie hatte genickt. Dann hatte sie ihn in den Arm genommen, ihn geküsst und „Danke!" geflüstert.

Und jetzt saß sie hier, starrte vor sich hin und sah der mosambikanischen oder angolanischen Putzfrau zu, die mit einem Gesichtsausdruck, der die Liebe zu ihrem Job perfekt verbarg, die Papierkörbe leerte und dabei mit der Geschwindigkeit ihrer Bewegungen eine völlig neue Dimension der gerade so modernen ‚Entschleunigung des Lebens' erschuf.

Carina schüttelte den Kopf, um das Bild loszuwerden, und loggte sich in ihren Computer ein. Email von Carla:

IM SCHATTEN DES SANTA JUSTA

‚Guten Morgen, Chefin, ich weiß, es ist Samstag, wenn du das hier liest. Auch wenn du eigentlich gar nicht hier sein solltest ...' ‚Was du nicht sagst ...!', dachte Carina. Dann las sie weiter. ‚*Nomen est omen*. Ich habe die Datei mit den Probandennamen ein bisschen umgebaut, sodass du jetzt diese Liste mit allen bislang zu unserem Fall eingegangenen Berichten und Befragungsprotokollen in einer einzigen Suche abgleichen kannst ...' Es folgte eine technische detaillierte Schritt-für-Schritt-Anleitung, um genau dieses zu tun.

Carina klickte auf „Antworten" und tippte: ‚Danke Carla, tolle hellseherische Leistung. Habe deinen Lebenslauf an die *New Earth Army* weitergeleitet, mit der Empfehlung, dich zum *Ober-Jedi* zu machen[15]. Schönes Wochenende noch ...'

Danach saß sie unschlüssig vor dem Computer und starrte auf die eher langweilig wirkende Suchmaske. Aber vielleicht sollte sie Carlas Hinweis ‚*Nomen est omen*' ja einfach wörtlich nehmen?

Carina schob sich die Tastatur zurecht und tippte den Namen des ersten Opfers, Helder Antunes Ferreira, ein.

Fünf Treffer. Der Bericht der beiden Beamten der Touristenpolizei, die Aussage des Arztes, der zufällig vor Ort gewesen war, als der achtunddreißigjährige Mann zusammengebrochen war, und erste Hilfe geleistet hatte, der Bericht aus der Notaufnahme des Krankenhauses, in das man Senhor Ferreira gebracht hatte, und schließlich der Bericht aus der Gerichtsmedizin, unterschrieben von einem gewissen Doktor Nuno Martins. Und natürlich stand der Name wie erwartet auf der Liste der Fünfzig, die das System auch nach Abschluss des Feldversuches kostenlos weiternutzen durften.

---

[15] Eine Anspielung auf den Film "Männer, die auf Ziegen starren" (2009) von Grant Haslov, mit George Clooney. Die *New Earth Army* war laut Drehbuch eine 1970 gegründete Spezialeinheit der US Army, bestehend aus telekinetisch veranlagten Personen, genannt *Jedi*, die Tiere durch bloßes Anstarren töten konnten.

Das sah jetzt nicht so vielversprechend aus. Also weiter. Mafalda Nunes, das zweite Opfer.

Neun Treffer. Na, das sah doch schon deutlich optimistischer aus.

Oder auch nicht, wie Carina eine halbe Minute später feststellen musste. Neben dem Eintrag auf der Fünfziger-Liste, den obligatorischen Aussageprotokollen des Notarztes, der Gerichtsmedizin und des Fitnessstudiobesitzers („Ich habe keine Ahnung, wie so etwas in meinem Studio überhaupt passieren konnte!") waren da nur noch fünf nichtssagende Aussagen von Studiobesuchern, die Mafalda Nunes hatten vom Laufband stürzen sehen und nun Spekulationen darüber anstellten, welche ‚Nahrungsergänzungsmittel' sie wohl eingeworfen hatte, die ihr derart die Füße weggezogen hatten.

Reine Zeitverschwendung. Schnell weiter. Flávia Nogueira, das dritte Opfer.

Die Trefferliste war jetzt deutlich länger.

Carina exportierte die Liste und löschte alle Einträge, die ihr uninteressant erschienen, also den Eintrag auf der Liste der Fünfzig, den Bericht des Notarztes, der Tatortermittler und der Gerichtsmedizin. Übrig blieben die Verweise auf die Aussage des Ehemannes der Toten und auf einen weiteren Namen.

Carina hielt die Luft an und lehnte sich nach vorn.

Dieser Name stand nicht auf der Liste der Fünfzig.

Er stand auch nicht auf der Liste derer, die in irgendeinem der Fälle eine Aussage gemacht hatten.

Es war der erste Verweis auf einen Namen, der auf der Liste der vierhundertfünfzig Probanden stand, die das Insulinpumpensystem aus welchen Gründen auch immer nicht weiter nutzen durften.

Gut, der Vorname war ein anderer.

Aber dennoch. Ein Anfang.

Carina machte sich eine Notiz, löschte die Maskeninhalte und gab den Namen des letzten Opfers ein, Jorge Tavares.

Sie schnappte nach Luft, als die Trefferliste angezeigt wurde.

Ohne hinzusehen griff sie nach ihrem Telefon. „Carla?", sagte sie, als am anderen Ende abgenommen wurde.

„Sag nichts, Chefin. Du bist auf Arbeit und hast gerade meine Email ..."

„Keine Zeit dafür, mein Ober-Jedi. Mach dich auf den Weg, ich schicke dir die Adresse."

„Ober-Jedi?"

„Erkläre ich dir später."

Zur selben Zeit

Er erschrak, als er sie sah. Seine guten Vorsätze, Inês wegen des schroffen Befehlstons ihrer Nachricht erst einmal von oben herab zu behandeln, waren von einem Augenblick auf den anderen vergessen.

Mário war vorgestern Abend nach seinem Rauswurf aus der Wohnung erst einmal ins Stadtzentrum gefahren, war dann eine Weile ziellos durch das Kneipenviertel am Cais do Sodré gezogen und schließlich in einer englischen Sportsbar bei einem Fußballspiel versackt. Gegen drei Uhr hatte ihn der Wirt unsanft geweckt und ihn samt seines kleinen Koffers, den zu packen Inês ihm gnädigerweise noch erlaubt hatte, vor die Tür gesetzt. Übermüdet, frierend, mit brennenden Augen und trockenem Mund war er zum Bahnhofsgebäude gelaufen, um diese Zeit auch durchaus darauf gefasst, den Rest der Nacht in Gesellschaft anderer Leute, die kein Dach über dem Kopf hatten, in irgendeiner versifften Ecke zu verbringen, bis ihn die ersten Arbeitspendler, die Polizei oder der private Sicherheitsdienst wecken würden. Doch ausgerechnet diesmal, wo er sein Schicksal schon als halbwegs gerechte Strafe für seinen Fehltritt akzeptiert hatte, schien er mehr Glück als Verstand zu haben: Er geriet in eine Gruppe ziemlich zugedröhnter Partyjünger, die ihn gegen eine Beteiligung an den Kosten für ein paar Tütchen mit stimmungshebenden Kräutermischungen vom örtlichen Zigeunerdealer in das sich im Bahnhofsgebäude befindliche „Sunset Destination Hostel" schleusten und ihn bis zum Morgen in einem ihrer drei Zimmer schliefen ließen. Gegen acht Uhr weckte ihn einer der jungen Männer, sichtbar verlegen, da er keinerlei Erinnerung daran zu haben schien, wer Mário war. Nach einer heißen Dusche beschloss Mário, sein Glück nicht überstrapazieren zu wollen und nahm sein Frühstück stattdessen im Stehen im Bahnhof, in einem kleinen Café unmittelbar an den Durchgängen zu den Vorortzügen. Nach einem ernüchternden Kassensturz nahm er seinen Koffer und ging zurück zum Hostel, um dort nunmehr offiziell als Gast einzuchecken. Und wieder hatte er das Gefühl, dass seine Glückssträhne nicht vorhatte abzureißen, denn ihm wurde mangels anderer Optionen (welch Wunder an einem Wochenende) ein Bett in dem einzigen noch nicht gebuchten Zweibettzimmer angeboten, mit dem Hinweis, dass er gegebenenfalls einen Zimmergenossen bekommen würde, sollte noch ein einzelner Verirrter den Weg ins Hostel finden - es sei denn, er wäre bereit, einen entsprechenden Unterbelegungszuschlag zu zahlen. Den Kassensturz von vorhin noch vor Augen beeilte sich Mário dem Mitarbeiter im Hostel zu versichern, dass er keinerlei Probleme damit hätte, sich das Zimmer auch zu teilen.

Bis gegen elf Uhr lag er halbangezogen auf dem Bett, um noch etwas Ruhe zu finden, doch der von draußen hereindringende Lärm der Stadt weckte ein ganz anderes Gefühl in ihm. Er wollte raus, wollte unter Menschen sein.

Er stand auf, machte sich noch einmal frisch, zog sich an und zögerte noch einen Moment, schon mit der Hand auf dem Türgriff. Dann zog er sein Telefon aus der Tasche. Nein, die einzigen Anrufe, die er eventuell heute bekommen würde, waren solche, die er eigentlich gar nicht kriegen wollte. Sie würden letztlich unvermeidbar sein, doch jetzt brauchte er erstmal Abstand. Kurz entschlossen steckte er sein Mobiltelefon in seinen kleinen Koffer, stellte diesen in den Kleiderschrank und verließ das Zimmer.

Der Vorplatz des Bahnhofs Cais de Sodré mit dem kleinen Kiosk, die Freifläche an der Kaimauer, wo sich bis in die frühen Morgenstunden betrunkene Partygänger und Obdachlose friedlich vereint die wellenförmigen Holzbänke teilten, und die Mittelinsel mit dem Denkmal eines gewissen Duque da Terceira waren voller Menschen, in der Mehrzahl natürlich Touristen, die entweder auf ihrem Spaziergang am Tejoufer entlang hier gelandet waren, oder jungen Leuten, die mit Surfbrettern unter dem Arm in den Bahnhof drängten, um mit einem der Vorortzüge zu einem der Surferstrände wie Carcavelos zu fahren. Auch an den Haltestellen des 728er Busses und der 15er Straßenbahn standen unzählige Touristen Schlange, die am Tejo entlang zum Torre de Belém, zum Padrão dos Descobrimentos und zum Jerónimos Kloster fahren wollten.

Mário überlegte einen Augenblick, dann setzte er sich in Bewegung. Langsam schlenderte er die Rua de Alecrim hinauf, überquerte erst die Brücke über die Rua Novo do Carvalho, die „Pinke Straße"[16], blieb einen Moment an Figaro's Barbershop Rosemary stehen, wo Männer noch richtig mit Schaum und Rasiermesser rasiert wurden, heißes Tuch aufs Gesicht zur Hautentspannung inklusive, dann immer weiter nach oben bis er schließlich am Praça de Luís de Camões anlangte. Er wandte sich nach rechts, ließ sich vom Menschenstrom die Rua Garrett bis zum Chiado Zentrum treiben und weiter die Rua do Carmo hinunter, blieb eine Zeitlang unter dem Übergang des Elevador de Santa Justa stehen und hörte den Straßenmusikern zu. Mit Erstaunen registrierte er, wie sehr er dieses Sich-treiben-Lassen genoss, wie der Druck, den er die ganze Zeit über in seiner Brust

---

[16] Ein kleiner Rotlichtdistrikt. Der Name kommt daher, dass der Asphalt dieser Straße tatsächlich mit einer pinken Farbschicht überzogen ist.

gespürt hatte, allmählich verschwand.

Dann verspürte er plötzlich Hunger. Mit entschlossenen Schritten ließ er den Burger King links liegen. Sein Ziel hieß Martim Moniz, mit seiner großen Auswahl an Ständen mit internationalen Gerichten. Doch als er auf dem Weg dorthin in den Praça da Figueira einbog, empfing ihn der Anblick eines riesigen blauweißen Zeltes mit der Aufschrift „Mercado Municipal". Er erinnerte sich daran, wie er, Inês und Ana früher immer hier her gekommen waren, immer am letzten Wochenende des Monats. Das war noch gewesen, bevor Ana ...

Mário merkte, dass es mit zunehmendem Hunger immer schwieriger wurde, sich zu entscheiden, was er denn nun eigentlich essen wollte. Schließlich fand er sogar einen freien Stehtisch, stellte sein großes Bier ab und biss herzhaft in das dicke Sandwich mit dünn geschnittenem Räucherschinken und großzügig darauf geschmiertem würzigen Schafskäse. Er schloss die Augen. Im Hintergrund spielte Fadomusik, links neben sich hörte er das metallische Kratzen und das aggressive Zischen, wenn der Inhaber des Wurst- und Käsestandes die kleingeschnittene Chouriço auf dem Grillblech wendete, rechts ließen sich ein paar Franzosen vom Verkäufer am Weinstand die Vorzüge der verschiedenen Portweinarten erklären. Er atmete tief den rauchigen Duft der Wurst ein, öffnete die Augen wieder und aß weiter. Ein Zigeunerbettler mit der unvermeidlichen Krücke kam um die Ecke und verschwand auch sofort wieder, als er den Polizisten sah, der von der anderen Seite in den Mittelgang des Marktes eingebogen war.

Nach dem Essen genehmigte sich Mário noch einen Portwein und einen Ginjinha, dann verließ er den Markt. Er passierte den Sperrgürtel der Drogendealer an der Ecke, wo die Rua do Amparo auf die Rua Dom Antão de Almada traf und erreichte den Largo São Domingos, wo er gleich zwei Aguardente Bagaceira trank. Er schlenderte weiter, die Rua das Portas de Santo Antão mit ihren zahllosen Touristenrestaurants und Souvenirshops herunter und wieder zurück, in seinem Kopf das alkoholbeflügelte Hochgefühl, gerade ein völlig neues Leben zu führen.

Als er in einer weiteren kleinen Ginjinha Bar oberhalb des Rossio, dort, wo man über steile Treppen zur alten Igreja do Carmo aufsteigen konnte, noch einen Portwein trinken wollte, kam die Ernüchterung als er dafür seinen letzten Fünfeuroschein aus der Brieftasche zog.

Plötzlich erschien ihm diese ganze ziellose Herumlauferei völlig sinnlos und sein Hochgefühl von gerade eben noch lächerlich. Was war er denn? Ein Tourist?

Er sah auf die Uhr. Es war noch nicht einmal fünfzehn Uhr. Er trank von dem Portwein, einen kleinen Schluck zuerst, doch dann stürzte er das Glas in einem Zug hinunter, stellte es auf dem Bartresen ab und verließ die Bar. Ziel- und blicklos lief er durch die Stadt, und je mehr die Wirkung des Alkohols nachließ, desto erbärmlicher fühlte er sich.

Als er gegen siebzehn Uhr vor einem Geldautomaten stand, mit zitternden Händen die Karte des Familienkontos in den Schlitz schob und sechzig Euro abhob, kam er sich wie ein Schwein vor.

Eineinhalb Stunden später stieg er mit müden Füßen, Kopfschmerzen und einer Supermarkttüte in der Hand die Treppe zu seinem Hostelzimmer hoch. Das zweite Bett in seinem Zimmer war nicht besetzt, und Mário war sich in diesem Moment nicht sicher, ob das jetzt gut oder schlecht war. Er kämpfte einen Augenblick mit sich, doch dann griff er resigniert nach der Flasche Billigwodka und trank drei tiefe Züge. Als die Schärfe aus seinem Hals verschwunden war und er einen leichten Anflug von Wärme in seinem Magen spürte, trat er an den Kleiderschrank, öffnete die Tür und fingerte sein Mobiltelefon aus dem kleinen Koffer. Sein Magen begann sich zu einem festen Knoten zusammenzuziehen, als er das Gerät in der Hand hielt. Das Display war noch dunkel, doch oben signalisierte ein blinkendes grünes LED, dass in seiner Abwesenheit etwas passiert sein musste.

Er atmete noch einmal tief durch, dann drückte er auf den seitlichen Knopf, der den Bildschirm aktivierte.

Keine Anrufe in Abwesenheit, nur eine SMS. ‚Dieses Wochenende 25% auf alle tiefgekühlten Meeresfrüchte! Nicht verpassen! Ihr Pingo Doce.'

Inês hatte nicht einmal versucht, ihn zu erreichen.

Eine klare Botschaft.

Mário hatte das Telefon mit einer Mischung aus Enttäuschung und Erleichterung auf den Tisch geworfen, noch einen tiefen Schluck Wodka genommen, sich zwei Brötchen mit gesalzener Butter, Schinken und Käse bereitet (wobei ihm insgesamt drei der ebenfalls im Supermarkt erstandenen billigen Plastikmesser zerbrochen waren) und diese langsam mit dem immerhin gekühlten Bier aus der Literflasche heruntergespült.

Er versuchte, den Gedanken daran zu verdrängen, dass ein Gespräch mit Inês unausweichlich war. Sein Zimmer war nach dieser nur noch für eine weitere Nacht bezahlt, und nach dem Einkauf von heute belief sich sein restliches Bargeld noch auf knapp vierzig Euro. Natürlich konnte er nicht einfach so nach Hause zurückkehren, aber er wollte sich auch nicht jedes Mal wie ein Dieb fühlen, wenn er Geld vom gemeinsamen Konto abhob. Sie würden eine vernünftige Lösung für sich, aber auch für Ana finden müssen.

Wie auch immer die aussehen mochte.

Er öffnete das Fenster und legte sich aufs Bett. Es war gerade einmal 20:30 Uhr, es war noch hell, und von draußen drangen die Stimmen und das Lachen der Menschen herein, die auf dem Vorplatz des Bahnhofs oder der Kaimauer saßen, sich unterhielten, etwas tranken, rauchten oder einfach nur Musik aus ihren Mobiltelefonen hörten. Als eine Viertelstunde später auch noch eine Liveband anfing zu spielen, hatte Mário das Gefühl, in der Enge des

Zimmers zu ersticken. Er wollte raus, wollte teilhaben an dem Leben da draußen. Doch er wusste auch genau, wie es enden würde. Wieder allein und ziellos herumlaufen, zwischen Menschen, die Spaß hatten, verliebten Paaren beim Sichstreicheln und Küssen zuzusehen, wieder Geld dafür ausgeben um zu trinken und zu vergessen.

Er fühlte, wie ihn das Selbstmitleid überwältigte und ihm in einem Anfall von tiefster Depression die Tränen kamen. Schnell griff er nach der Wodkaflasche und trank in langen Zügen. Dann schaltete er den Fernseher ein, um sich mit irgendwelchen Serien, für die man kein voll funktionierendes Hirn brauchte, abzulenken.

Nur wenig später wurden die Geräusche von draußen dumpfer und leiser, und sein müder Geist begann, die Szenen im Fernsehen mit der Wirklichkeit zu wilden Sekundenträumen zu vermischen. An einem Punkt glaubte er, sein Telefon klingeln zu hören, war jedoch zu träge, um sich zu bewegen.

Kurz vor neun Uhr heute Morgen war er dann schließlich von seiner übervollen Blase geweckt worden. Als er von der Toilette gekommen war, hatte er einen eher beiläufigen Blick auf sein Telefon geworfen und das Blinken gesehen. Vier Anrufe in Abwesenheit und eine Textnachricht, alles von gestern irgendwann um Mitternacht herum. Zögernd hatte er den Nachrichteneingang geöffnet – und war erstarrt. ‚Komm sofort ins Luz, das beim Colombo, es geht um Ana!'

Sofort war er hellwach gewesen. Nach einer schnellen Dusche war er ins Taxi gesprungen und gleich losgefahren. Und jetzt stand er hier und war geschockt von dem Anblick, den seine Frau bot. Zusammengesackt in einem der nicht wirklich bequemen Sessel im Warteraum der Intensivstation, der Kopf zur Seite gesunken und auf dem rechten Arm aufgestützt auf der Rückenlehne des Sessels liegend, das Haar wirr, einige Strähnen waren unter der Haarspange hervorgerutscht und hingen nun vor ihrem Gesicht. Das

Make-up war teilweise verschmiert, tiefe schwarze Schatten lagen unter ihren geschlossenen Augen.

„Inês?", sagte er leise.

Sie schreckte hoch, erkannte ihn, und ehe Mário fassen konnte, was da passierte, sprang sie auf und fiel ihm um den Hals. „Gott sei Dank, du bist hier!", flüsterte sie an seiner Halsbeuge. „Bitte hass mich nicht dafür, was ich getan habe! Bitte, bitte! Hass mich nicht! Ich ..."

Er nahm ihr Gesicht in beide Hände und drehte ihren Kopf so, dass er ihr direkt in die Augen sehen konnte. „Was ist los, Inês? Was ist passiert?", fragte er leise.

„Ich ...", sie brach ab, als ein Weinkrampf begann, sie zu schütteln. „Ich war so ... ich ... ich habe vergessen, dass du Ana immer ihr Insulin für die Nacht gibst ... sie ... sie hat wohl versucht, sich selbst zu spritzen, und hat die Insulinflaschen verwechselt ..."

Mário spürte, wie ihm übel wurde. „Wie geht es ihr?", fragte er heiser.

„Sie ist im Koma, Mário", heulte Inês. „Ich habe zugelassen, dass sich unsere kleine Tochter ins Koma spritzt! Ich ..." Ihre Stimme brach ab.

Ihm wurde kalt. „Das ist alles meine Schuld", flüsterte er. „Hätte ich nicht ... hättest du mich nicht rauswerfen müssen, dann ..."

„Hör doch auf, Mário!", sagte Inês überraschend heftig. „Ich habe dich aus unserer Wohnung rausgeworfen, und du hast das respektiert. Ich, ich ganz allein habe unsere Tochter vergessen! Ich habe vergessen, dass *du* dich immer um sie gekümmert hast, dass *du* ihre Krankheit mit ihr ertragen hast. Nicht, weil *du* das so wolltest, sondern weil man uns gesagt hat, dass es so das Beste wäre!" Sie schüttelte den Kopf. „Und warum habe ich dich rausgeworfen? Weil du einmal etwas getan hast, was ich die ganze Zeit über getan habe? Ja, ich habe dich betrogen, und was noch viel schlimmer ist, ich habe diesen Idioten quasi auch dafür bezahlt, weil der in seinem Leben nichts auf die Reihe gekriegt hat. Jeden Drink, jedes Essen, jedes Hotelzimmer habe ich bezahlt. Ich habe mir eine männliche Hure gehalten!"

Mário hatte jedes von Inês' Worten einen Stich versetzt. Natürlich hatte er geahnt, dass sie mit anderen Männern schlief, es aber so direkt, so glaubwürdig von ihr zu hören, nicht nur als Provokation wie neulich, das tat weh.

Er öffnete den Mund, ohne zu wissen, was er eigentlich sagen wollte, doch er kam nicht dazu.

„Senhora Almeida?"

Mário und Inês fuhren herum. Vor ihnen stand ein älterer grauhaariger Mann im Arztkittel. „Ja?"

„Ich bin Doktor Carvalho. Wir konnten Ihre Tochter aus dem Koma holen und stabilisieren. Wir haben sie jetzt in ein künstliches, kontrolliertes Koma versetzt, um den Regenerierungsprozess zu beschleunigen. Es besteht keine akute Gefahr mehr." Er sah Mário und Inês an. „Es gibt nichts, was Sie beide im Augenblick tun können. Gehen Sie nach Hause, ruhen Sie etwas. Sie können natürlich jederzeit zurückkommen, aber wie gesagt, sie ist außer Gefahr. Es ist wichtiger, dass Sie beide wieder etwas erholt sind, wenn Ihre Ana morgen Abend aufwacht. Das Wichtigste, was sie dann braucht, ist ein stabiles Umfeld, um das Erlebnis zu verkraften"

Sie sahen sich an. „Das werden wir tun, danke Doktor Carvalho", sagte Inês ohne den Blick von Mário abzuwenden. „Lass uns nach Hause fahren."

Widerstandslos ließ Mário sich an die Hand nehmen und aus dem Krankenhaus führen. Auf der Fahrt nach Hause saßen sie schweigend nebeneinander im Taxi. Inês hielt noch immer seine Hand.

Als sie die Wohnung betraten, standen sie beide einen Augenblick lang verlegen im Flur. „Ich brauche jetzt erst einmal eine lange, heiße Dusche", sagte Inês.

Mário nickte. „Ist gut, ich ..."

„Und du auch."

„Ich habe doch vorhin schon im Hotel ..." Er brach ab,

als er ihren Blick sah.

„Hast du nicht gehört, was der Arzt vorhin gesagt hat? Ana braucht uns jetzt beide. Also halt den Mund und komm duschen."

Samstag, 11:47 Uhr

„Keiner da", sprach Carla endlich das Offensichtliche aus, nachdem sie zum fünften Mal den Klingelknopf betätigt und zusätzlich auch noch geklopft hatte.

Carina zuckte mit den Schultern. „Na gut, dann ist das eben so. Es macht jetzt aber auch keinen Sinn hier zu warten. Die können praktisch überall sein, einkaufen, Verwandte besuchen ..."

„Noch im Bett", ergänzte Carla.

„Zum Beispiel."

„Und wenn wir zu ihrer Arbeitsstelle fahren?"

Carina sah Carla zweifelnd an. „An einem Samstagmittag? Da arbeitet in dem Laden doch sicher kein Mensch, außer vielleicht im Call Center für die Notfälle – wenn sie das nicht sogar ausgelagert haben."

„Ach stimmt ja, ich Dummerchen!" Carla schlug sich mit der flachen Hand vor die Stirn. „Es ist ja Wochenende! Wie konnte ich das nur vergessen ...? Vielleicht, weil ich gerade arbeiten muss ...?"

„Hör auf zu jammern. Stell dir vor, du wärst Krankenschwester oder Supermarktverkäuferin, dann hättest du es außerdem auch noch mit unleidlichen Patienten oder Kunden zu tun."

„Und du meinst, den Samstag mit der Chefin zu verbringen macht es irgendwie schöner?"

„Du bewegst dich gerade auf ganz dünnem Eis ... Aber irgendwie macht das hier gerade wirklich keinen Sinn mehr. Wir versuchen es Montag noch einmal auf der Arbeitsstelle."

„Das heißt, wir haben jetzt Feierabend Schrägstrich Wochenende?"

„Bis auf Widerruf."

„Woher wusste ich, dass du jetzt wieder irgendwas Fieses sagen würdest?"

Carina und Carla begannen den Abstieg die Treppen hinunter. Plötzlich blieb Carla stehen. „Ich weiß, dass das jetzt wahrscheinlich eine sehr dumme Frage ist ..."

„Ich kenne deine dummen Fragen. In der Regel lassen sie andere Leute dumm aussehen."

„Dann eben nicht ..."

„Carla!"

„Na gut, auf deine Verantwortung. Wir gehen ja aktuell von der Annahme aus, dass eine der Personen, die nach dem Feldversuch mit der Insulinpumpe das System nicht weiternutzen durften, diejenigen ermordet, die das weiterhin dürfen, um auf der Liste nachzurücken, richtig?"

„Ja ... und?"

„Wir haben die Listen ja inzwischen von unserem Dolph-Lundgren-Verschnitt bekommen, aber woher weiß denn unser Mörder, wer alles auf der Liste der erwählten Fünfzig steht, damit er diese gezielt aus dem Weg räumen kann? Ich kann mir kaum vorstellen, dass die Firma alle Fünfhundert eingeladen und sie quasi öffentlich auf dieser Veranstaltung informiert hat. Wer also kann alles diese beiden Listen haben?"

Carina blieb ruckartig stehen und starrte Carla an. Sie schluckte schwer. „Ist dir eigentlich klar", begann sie langsam, „dass du gerade die Frage gestellt hast, die wir bislang alle – ohne Ausnahme, mich eingeschlossen – übersehen haben?"

„Tut mir leid ..."

„Wieso?"

„Na ja, nachdem, was du über meine dummen Fragen gesagt hast ... Äh ... ja richtig. Also wie jetzt weiter? Dolph Lundgren?"

Carina zuckte mit den Schultern. „Wenn uns einer sagen kann, wer noch alles Zugriff auf diese ominösen Listen hat, dann doch wohl er, oder?"

„Soll ich ihn gleich anrufen?"

„Nein, erst wenn wir wieder im Büro sind, dann werden wir ihn höchst offiziell einbestellen. Nicht, dass er noch auf die Idee kommt, dass wir ihn für so wichtig oder gar unwiderstehlich halten, dass wir uns mit ihm in der Stadt auf einen gemütlichen Kaffee treffen wollen."

„Zumindest müsste ich da nicht die Kellnerin spielen ..."

Zur selben Zeit

Ja, die lange heiße Dusche war nach dieser Nacht mehr als notwendig gewesen. Eigentlich hatte Aksel erwartet, todmüde aufs Bett zu fallen, doch das heiße Wasser hatte ihn irgendwie eher aufwachen lassen – und ihm mit aller Deutlichkeit vor Augen geführt, was er seit gestern getan hatte.

Dass er seine Frau Smilla und seine Geliebte Débora quasi in einem Abwasch losgeworden war, stellte dabei noch das geringste Problem dar. Wenn überhaupt ein Problem, denn wenn er ehrlich zu sich selbst war, dann fühlte er immer noch diese eigenartige Erleichterung, wenn er an gestern Abend zurückdachte.

Dem diskreten Hinweis des Rezeptionisten zufolge musste es nach seinem Aufbruch im Zimmer noch hoch hergegangen sein, wie auch immer das bei der Sprachbarriere funktioniert haben mochte. Nach mehreren Beschwerden anderer Gäste waren die Damen, von denen keine auf der Zimmerbuchung stand (was das Ganze natürlich wesentlich erleichterte), vom Sicherheitsdienst des Hotels hinauskomplimentiert worden. Zur Untermauerung der Geschichte hatte man das Zimmer mehr oder weniger im Urzustand belassen, nebst einem Zettel, dass Aksel erwarten sollte, den Ankleidespiegel und den kleinen Glastisch, auf dem sonst die Obstschale stand, auf der Rechnung wiederzufinden. Obstschale eingeschlossen. Die Scherben hatte man freundlicherweise entsorgt.

Egal. Viel größeres Kopfzerbrechen, gepaart mit kapitalen Magenschmerzen bereitete ihm die Tatsache, dass ihm gerade erst wirklich klar geworden war, was er mit seiner Entscheidung vorhin losgetreten hatte. Mit einem Mal war ihm bewusst geworden, dass er nicht die geringste Ahnung hatte, mit wem er es hier in Portugal eigentlich zu tun hatte. Was für eine Organisation hinter diesem Türken stand, wusste vermutlich noch nicht einmal Jasper, und der hatte diesen Kontakt aufgebaut. Wer konnte schon sagen, ob die nicht auch in Norwegen ...?

Aksel hatte das Gefühl sterben zu müssen, als er plötzlich ein kratzendes Geräusch an der Tür hörte. Für den Bruchteil einer Sekunde hatte er den völlig unpassenden Gedanken im Kopf, dass das jetzt das dritte Mal war, dass ihn jemand halbnackt in seinem Hotelzimmer überraschte, Déboras verfrühtes Auftauchen am Tag seiner Ankunft nebst Ohrfeige mitgerechnet.

Diesmal würde es keine Ohrfeige werden.

Das Kratzen wurde etwas aggressiver, dann rutschte in Schlosshöhe irgendein harter Gegenstand ab, gefolgt von einem gezischten Fluch.

Auf Russisch.

Na gut, dann sollte es eben so sein. Aksel blickte kritisch an sich herunter. Aber nicht kampflos. Und schon gar nicht halbnackt.

Kurz entschlossen ließ er das Badetuch fallen und stieg unterhosenfrei in seine Jeans (wobei er sich wieder einmal dazu beglückwünschte, grundsätzlich nur Jeans mit Knopfleiste und nicht mit Reißverschluss zu kaufen, in dem wertvolle Teile schmerzhaft eingeklemmt werden konnten).

Die Geräusche draußen waren plötzlich verstummt.

Was ...?

Plötzlich flog die Tür auf.

Aksel blieb sein Kampfschrei im Hals stecken, als er die entsetzt aufgerissenen Augen des Zimmermädchens sah.

„Entschuldigung, ich dachte, Zimmer leer", stammelte die junge Frau auf Portugiesisch mit unüberhörbar russischem Akzent.

„Wie wäre es denn mit Anklopfen?", krächzte Aksel.

Nachdem das völlig verstörte Zimmermädchen verschwunden war, ließ sich Aksel aufs Bett fallen und starrte einen Moment lang die Zimmerdecke an. Dann setzte er sich aufrecht hin und griff nach seinem Telefon.

„Mir ist egal wo Sie gerade sind und was Sie gerade tun", begann er grußlos, als am anderen Ende abgenommen wurde. „Wir müssen reden. Und zwar sofort!"

Morgens am Cais do Sodré

NEUNTES KAPITEL

Samstag, 12:04 Uhr

„Was glaubst du, wer das eben gewesen sein könnte?"
Mário verschränkte die Arme hinter dem Kopf und zuckte kurz mit den Schultern. „Was weiß ich? Die Pfadfinder, die uns Kalender oder Kekse verkaufen wollten?"
„An der Wohnungstür? Die ziehen doch eigentlich meist nur durch das Stadtzentrum."
„Stimmt auch wieder. Und dafür waren sie eigentlich auch zu hartnäckig. Also wohl doch eher die Zeugen Jehovas. Oder Vodafone auf Kundenfang ..."
„Egal, wen interessierts?" Inês drehte sich auf die Seite und sah ihn an, während sie ihre rechte Hand auf seine Brust legte und ihr Zeigefinger durch seine dichten schwarzen Brusthaare wanderte.
„Das kitzelt."
Sie ließ ihre Hand nach unten unter die Bettdecke wandern. „Besser so?"
„Viel besser, merkst du das nicht?"
„Und ob ..."
Nachdem sie sich geliebt hatten, zum dritten Mal, seit

sie nach Hause gekommen waren, ließ sich Inês auf den Rücken rollen und tastete nach links, bis ihre Hände das Mobiltelefon auf dem Nachttisch gefunden hatten.

„Und?", fragte Mário.

„Keine Nachricht", antwortete sie und legte das Telefon wieder zurück.

„Das ist gut."

„Ja, das ist es", sagte Inês leise. In einer plötzlichen Gefühlsaufwallung drehte sie sich zu ihm und umschlang ihn mit beiden Armen. „Halt mich einfach ganz fest", flüsterte sie.

Er zog sie noch fester an sich. „Ich lasse dich nie wieder los", sagte er. „Auf ärztliche Anweisung, du erinnerst dich?"

Sie schwieg und genoss das Gefühl der Nähe. „Wir hätten es nie soweit kommen lassen dürfen", sagte sie schließlich. „Ana hat uns immer beide gebraucht. Ich ..." Sie brach ab, als Mário ihren Kopf anhob und sie küsste.

Einen Augenblick lang zögerte sie überrascht, dann küsste sie ihn wild zurück.

Danach lagen sie eine Weile schweigend nebeneinander.

Und in Inês wuchs ein Gefühl, das sie zwar kannte, allerdings aus einer unendlich weit entfernten Vergangenheit.

Sie hatte sich verliebt.

In ihren Mann.

Samstag, 15:38 Uhr

„Ohne Ihnen nahezutreten oder Ihnen etwas sagen zu wollen, was Sie ohnehin schon wissen, Mister Nysgård", begrüßte Carina ihren unverhofften Samstagnachmittagsbesucher, „aber Sie haben auch schon mal wesentlich frischer ausgesehen." Das hatte sie sich jetzt nicht verkneifen können. „Harte Nacht gehabt?"

Aksel Nysgård hob müde den Kopf. „Machen Sie ruhig weiter", sagte er mit rauer Stimme. „Ich habe ja irgendwie drum gebettelt, nicht wahr?"

„Mister Nysgård, ich will Ihnen nichts vormachen", erwiderte Carina. „Dass ich an einem Samstagnachmittag mein gesamtes Team zusammentrommele, hat nichts damit zu tun, dass wir Sie alle so unglaublich sympathisch finden, dass wir uns keine Gelegenheit entgehen lassen wollen, Zeit mit Ihnen zu verbringen. Ich hoffe daher nun in Ihrem eigenen Interesse, dass unser aller Hiersein etwas mit unserem aktuellen Fall zu tun hat, weil wir nämlich sonst alle ziemlich ungehalten werden."

Aksel Nysgård winkte ab. „Glauben Sie mir, im Moment könnten Sie alle zusammen so ungehalten sein, wie Sie wollten, das würde Sie immer noch zu meinen derzeit besten Freunden machen." Er sah Carina mitten ins Gesicht. „Ich stecke monumental und abendfüllend in der Scheiße, und Sie sind die Einzigen, die mir aktuell helfen können. Und ich will ehrlich sein: Ich habe keine Ahnung, ob das, was ich Ihnen jetzt erzählen werde, irgendetwas mit Ihrem Fall zu tun hat. Vielleicht sind Sie noch nicht einmal die richtigen Ansprechpartner, aber ..." Er stockte.

„Aber?"

„Ich habe sonst niemanden, mit dem ich reden könnte." Er schnaufte. „Wenn Sie es genau wissen wollen: Ich habe Angst um mein Leben."

Carina starrte Aksel Nysgård an. „Kommt jetzt die große Beichte? Ich hoffe doch, aber nicht mit der Hoffnung auf Absolution, oder?"

Der Norweger hielt ihrem Blick stand. „Vielleicht lassen Sie mich einfach meine Geschichte erzählen, ja? Mich verurteilen, verachten, verteufeln, was auch immer, können Sie dann immer noch."

Carina hob die Hände. „Wir sind alle ganz Ohr." Sie lehnte sich nach vorn und legte ihren Finger auf einen Knopf des Aufzeichnungsgerätes auf dem Besprechungstisch. „Sie haben doch nichts dagegen, oder?

Aksel Nysgård schüttelte den Kopf und lehnte sich

ebenfalls nach vorn, nahm einen Schluck aus seiner Kaffeetasse, die er mit beiden Händen umfasste. „Diabetes ist nicht nur eine furchtbare Krankheit", begann er. „Diabetes ist auch ein großes Geschäft. Weltweit werden jährlich ungefähr vierhundert Milliarden Dollar für die Diabetesbehandlung ausgegeben. Unser Produkt kostet um die dreihundert Euro für das Steuergerät, noch einmal genauso viel pro Monat für die *patch pumps*, und dann kommen noch Insulin, Blutzuckerteststreifen und so weiter dazu. In Europa, also in den Ländern, in denen wir bereits registriert und anerkannt sind, wird fast alles von den Krankenkassen bezahlt. In den USA dagegen zum Beispiel, wo die Krankenkassen in vielen Fällen noch nicht einmal das Insulin bezahlen, zahlt der Patient eine ziemliche Menge selbst dazu."

„Und in den Ländern, wo Ihr Produkt registriert ist, die Krankenkassen aber noch nicht dafür bezahlen? Wie in Portugal?", fragte Kendra.

„Die Regeln sind hier eindeutig. Das Produkt darf erst vertrieben werden, wenn auch die Finanzierung durch die Krankenkassen bestätigt ist."

„Das heißt, ich kann es nicht einfach kaufen, wenn ich genug Geld habe und mein Arzt es mir verschreibt?"

Aksel Nysgårds Gesicht bekam einen Ausdruck, als hätte er Kopfschmerzen. „Theoretisch nicht."

„Warum habe ich auf einmal das Gefühl, dass das Wort ‚theoretisch' in Ihrer Rede der Grund ist, warum wir jetzt hier zusammensitzen?", murmelte Carina laut genug, dass es alle am Tisch hören konnten.

Aksel holte tief Luft. „‚Theoretisch nicht' heißt in diesem Fall: Es gibt faktisch keine Krankenkasse, die es bezahlt, also dürfte es ‚theoretisch' auch keine Ärzte geben, die unser System verschreiben. Wenn sich aber Ärzte finden würden, die einem Patienten bestätigen, dass er unsere Insulinpumpe nutzen kann ... und dieser Patient über genug Geld verfügt, das System aus seiner eigenen Tasche zu finanzieren ... Wie gesagt, unser Insulinpumpensystem zu haben, ist ja ‚theoretisch' legal, nachdem es in Portugal als medizinisches Gerät registriert und faktisch zugelassen ist."

„Gut", kam es nun wieder von Kendra. „Unterstellen wir einmal, es gibt eine entsprechende Anzahl von korrupten Ärzten, die ihren Patienten Ihr System verschreiben, dann müssen diese Patienten doch aber auch beliefert werden, und zwar regelmäßig. Das wiederum setzt einen entsprechenden Warenbestand und ein ausgefeiltes Logistiksystem voraus ..."

„Und mir wird ziemlich flau im Magen", hakte Carina ein, „wenn ich diesen Gedanken jetzt weiterspinne. Was sich mir als Erstes aufdrängt, ist natürlich die Idee, dass Ihre Firma diese, nennen wir sie mal ‚Grauzone' ausnutzt, weil sie nicht bis zur Krankenkassenanerkennung warten will, bis das erste Geld fließt. Sie hat die Warenbestände und die Logistik. Bleibt noch das Problem des Zolls, aber ich denke ..."

Aksel Nysgård winkte ab. „Kein Zoll. Die Warenbestände lagern innerhalb der EU. Aber es ist ganz anders. Meine Firma hat damit nichts zu tun."

Carla schüttelte den Kopf. „Aber das macht doch keinen Sinn. Wer außer Ihrer Firma hat denn Bestände an Programmiereinheiten und Pumpen in einer Größenordnung, um damit ein Geschäft hart an der Grenze zur Legalität – und zwar auf der falschen Seite der Grenze – aufzuziehen, das sich ernsthaft für alle Beteiligten lohnt?"

„Wie gesagt, meine Firma hat diese Bestände nicht." Aksel Nysgård zögerte. „Zumindest nicht nach offiziellem Warenbestandsverzeichnis."

„Moment", meldete sich nun auch Bruno zu Wort. „Sie wollen mir doch jetzt nicht erzählen, dass es im Medizintechnikbereich möglich ist, Geräte zu produzieren, die ich in einem ‚Parallelwarenlager' bunkern und quasi auf dem Schwarzmarkt verkaufen kann, oder? Da wird doch quasi schon in der Produktionsstätte noch mehr als sonst irgendwo darauf geachtet, dass jedes einzelne Gerät über Serien-

und sonstige Nummern bis zum Hersteller rückverfolgbar ist, nachdem es erst die Produktion und dann das Lager einmal verlassen hat!"

„Absolut richtig", nickte Aksel Nysgård. „Jedes Gerät, das die Produktionsstätte und damit später auch das Lager verlässt, ist lückenlos erfasst." Er blickte in die Runde. „Im Gegensatz zu den Geräten, die zurückkommen."

Am Tisch herrschte Schweigen, während dieser Satz langsam einsank.

„Sie recyceln gebrauchte Pumpen und verkaufen sie dann als was? Second Hand? Zum Discountpreis? Oder auf Amazon oder eBay?", flüsterte Carla entsetzt.

Jetzt war es an Aksel Nysgård zu starren. „Nein! Natürlich nicht! Keine gebrauchten Programmiereinheiten und schon gar keine Pumpen werden wiederverwendet! Wir reden selbstverständlich von Geräten, die technisch neu und unbenutzt sind."

Carina schüttelte den Kopf. „Ich bin verwirrt. Bei den Preisen, die aufgerufen werden, wer schickt denn unbenutzte Geräte zurück?"

Der Norweger zuckte mit den Schultern. „Mehr, als Sie denken. Da die Patienten keine wirkliche Möglichkeit haben, das System vorab auszuprobieren, entscheidet sich eigentlich erst im Alltagsgebrauch, ob sie es tatsächlich behalten wollen oder nicht. Jeder Patient hat ein Rückgaberecht innerhalb der ersten dreißig Tage bei kompletter Rückerstattung aller Kosten, alle unbenutzten Produkte kommen zurück, und je nachdem, wie viel Zeit vergangen ist und wie groß die erste Lieferung war, haben wir hier schon eine nicht unerhebliche Zahl von Pumpen. Oder Patienten, die irgendwann aus den verschiedensten Gründen unser System nicht mehr wollen, zu einem Konkurrenzprodukt wechseln, in ein Land auswandern, wo wir sie nicht beliefern können, oder bei denen eine Pumpe aus der Zehnerpackung versagt hat und sie nun den Rest auch nicht mehr verwenden wollen. Letzteres ist eine Vertrauensfrage, unsere Firma ersetzt so ziemlich alles auf Kulanz, um das Vertrauen der Kunden zu erhalten. Manchmal gibt es Fehler bei den Bestellungen, die werden in unseren Servicezentren halt von Menschen bearbeitet, und Menschen machen Fehler. Rückläufer wegen falscher Adresse oder auch nur, weil der Kunde das Paket innerhalb der Benachrichtigungsfrist nicht abgeholt hat. Unerfreulichstes Szenario: Einer unserer Patienten ist verblichen, und die Hinterbliebenen wissen nicht, was sie mit den Beständen anfangen sollen. Was die Programmiereinheiten angeht, die größte Quelle für ‚Neugeräte' zum Verkauf ist hier ein Marketingprogramm. Unsere Kunden können sich kostenlos eine Programmiereinheit für den Urlaub ausleihen für den Fall, dass ihre eigene versagt, was besonders dann Sinn macht, wenn sie in ein Land reisen, in das unsere Firma nicht liefern darf. Kommt es unbenutzt zurück, bleibt es für den Kunden kostenlos."

„Was ich immer noch nicht verstehe", sagte Carina langsam. „Warum werden die Rückläufer nicht registriert? Beziehungsweise, mal so rein wirtschaftlich betrachtet, warum landen unbenutzte Produkte nicht einfach wieder im Warenbestand? Ich meine, es ist ja nun nicht so, dass Sie mit leicht verderblichen Waren handeln."

„Jedes Produkt, das unser Lager verlässt, wird als gebraucht klassifiziert", antwortete Aksel Nysgård. „Selbst, wenn es originalverpackt und verschweißt, versiegelt, was auch immer, wieder zurückkommt. Firmenpolitik. Da wir nicht wissen, wie es beim Kunden gelagert war oder ob auf dem Transport zurück irgendetwas passiert ist – Unfall des Kurierfahrers oder einfach nur zu lange im Stau in der Sonne gestanden und aufgeheizt – wird da kein Risiko eingegangen." Er atmete tief durch. „Deshalb landen alle Rückläufer, ob gebraucht oder nicht, in einem speziell dafür vorgesehenen Lagerhaus."

„Nur mal so am Rande: Warum lassen Sie benutzte Produkte überhaupt zurückkommen? Das ist doch technisch gesehen kontaminiertes Material, richtig? Oder holen Sie sich das Gold aus den Platinen wieder?"

„Beitrag der Firma an den Umweltschutz. Unsere Kunden bekommen auf Wunsch eine Box, in der sie ihre benutzten Pumpen sammeln und kostenlos an uns zur Entsorgung zurückschicken können. Und was Ihre Goldfrage angeht: Das Gold zurückzugewinnen, kostet mehr, als das Material wert ist, also nein."

„Und dann?"

„Alle benutzten Produkte werden zerstört und umweltgerecht entsorgt. Für die unbenutzten Pumpen und Programmiergeräte gibt es verschiedene Optionen. In der Mehrheit werden sie zu Trainingsmaterial für die Leute, die als technischer Kundendienst geschult werden."

„Oder verkauft. An Menschen wie Diabetiker in Portugal, die das nötige Kleingeld haben."

Aksel Nysgård nickte zögernd. „Für eine gewisse Übergangszeit, ja. Also, bis die Anerkennung durch die Krankenkassen durch ist."

„Aber wenn es Ihr Produkt in Portugal noch nicht offiziell gibt, wo kommen dann die ganzen Rückläufer her?"

„Aus ganz Europa. Es gibt nur ein Lagerhaus dafür. Das einzige Handicap: Aktuell müssen die portugiesischen Nutzer unseres Systems Englisch, Französisch, Italienisch, Holländisch oder Deutsch beherrschen, da es noch keine portugiesischen Programmiereinheiten gibt."

Carina schloss die Augen, presste die Spitzen ihrer Zeigefinger gegen die Schläfen und atmete tief durch. Mit geschlossenen Augen begann sie: „Lassen Sie mich sehen, ob ich das richtig verstehe. Sie haben – natürlich ohne Wissen Ihrer Firma – in Europa ein Netzwerk aufgezogen, bestehend aus Ärzten, die für Ihre ‚selbstzahlenden Patienten' die medizinischen Freigaben ausstellen, Mitarbeitern in Ihrem Gebrauchtwarenlagerhaus, die die Rückläufer verschwinden lassen, und Logistikdienstleistern, die Ihr Produkt an den Mann oder die Frau bringen, die genug Geld haben, um das

System aus eigener Tasche zu finanzieren. Da wir über bereits aus dem Warenbestand ausgebuchte Produkte reden, gibt es keine Einkaufspreise, also der einzige Kostenfaktor sind Logistik und Schmiergelder. Richtig so weit?" Sie öffnete die Augen und hob den Kopf.

Aksel Nysgård nickte erneut.

„Wofür eigentlich die Ärzte? Ich meine, Sie könnten doch theoretisch an jeden verkaufen, der über die finanziellen Mittel verfügt, warum der Stress mit den medizinischen Freigaben?", fragte Kendra, die sich nicht die geringste Mühe gab, ihre Abscheu zu verbergen.

Aksel Nysgård sah sie müde an. „Sie können es mir glauben oder es lassen, aber selbst wir haben eine gewisse Grenze, die wir nicht überschreiten. Ja, es geht um Geld, viel Geld. Ja, wir schlagen Profit aus dem Elend kranker Menschen, aber nie, niemals, würden wir das Leben von Menschen gefährden. Es reduziert sich tatsächlich auf die Geldfrage: Wir verkaufen an Menschen, denen ein Arzt uns gegenüber bescheinigt hat, dass sie unser Produkt unbedenklich nutzen können. Das ist keine Verschreibung im medizinischen Sinne, also ein Rezept, wie Sie es kennen. Das ist eine Sicherheitsmaßnahme für uns. Wir umgehen lediglich die Bürokratie, um diesen Menschen eine höhere Lebensqualität ein paar Monate früher als von ein paar quälend langsam arbeitenden Sesselfurzern genehmigt zu ermöglichen. In sechs, neun, zwölf Monaten, je nachdem, wie schnell das Verfahren hier abläuft, würden sie unser System ohnehin auf Rezept bekommen. Unser Geschäft war nie auf Dauer angelegt."

„Das macht es natürlich gleich so viel schöner", sagte Carina bitter. „Und was ist nun Ihre Rolle hier bei der ganzen Geschichte? Warum sind Sie hier?"

„Ich war der ‚organisatorische Kopf' für Portugal." Er lehnte sich zurück. „Mit der Betonung auf ‚war'. Ich habe gekündigt."

Alle Köpfe am Tisch ruckten nach oben.

„Gekündigt?", fragte Bruno fassungslos. „Nach dem, was Sie uns hier gerade erzählt haben, hört es sich für mich nicht so an, als ob das ein ‚Joint Venture' wäre, in dem man einfach kündigen kann."

„‚Unsere Firma hat noch niemand lebend verlassen'", murmelte Carla.

„Wie bitte?"

„Äh, Entschuldigung, abgewandeltes Filmzitat. ‚Die Firma' mit Tom Cruise, Roman von John Grisham ..."

„Sehr witzig! Aber leider näher an der Realität, als mir lieb ist", sagte Aksel Nysgård düster.

„Mister Nysgård", begann Carina vorsichtig. „Ich habe aktuell keine Ahnung, was das Ganze hier mit unseren aktuellen Mordfällen zu tun haben sollte, ich möchte es zu diesem Zeitpunkt aber auch nicht völlig ausschließen. Ziemlich sicher sind wir die falsche Abteilung für Ihre Geschichte, aber ich kann Ihnen versichern, dass es bei der richtigen landen wird. Was ich noch nicht ganz verstehe; vorhin sagten Sie, dass Sie Angst um Ihr Leben hätten. Was konkret erwarten Sie denn von der Lissabonner Polizei? Personenschutz?"

Aksel Nysgård zögerte. „Nein, eigentlich nicht", sagte er schließlich. „Ich gehe davon aus, dass ich seit meiner ‚Kündigung' beobachtet werde, also sollte inzwischen bekannt sein, dass ich bei der Polizei war. Das wiederum bedeutet, dass meine ‚Partner' sich derzeit eigentlich eher Gedanken um ihr eigenen Ärsche machen sollten, anstatt sich mit billiger Rache an mir aufzuhalten." Er stand auf. „Aber man soll nie ‚nie' sagen, richtig? Nur um mal bei den Filmzitaten zu bleiben."

„Wer sagt Ihnen eigentlich, dass wir Sie jetzt einfach so gehen lassen?", fragte Carina. „Ich meine, Sie haben faktisch gerade eine Straftat gestanden, sind Ausländer und ..."

Mit einer schnellen Bewegung griff Aksel Nysgård in seine Jackentasche und warf seinen Reisepass auf den Tisch. „Sie sind die Mordkommission, nicht die Abteilung für

Wirtschaftskriminalität", antwortete er. „Meine Telefonnummer haben Sie. Ich werde mir jetzt sicherheitshalber ein neues Hotel suchen und Ihnen dann die neue Adresse mitteilen, unter der Sie oder Ihre Kollegen mich finden können." Er sah Carina an. „Ich werde nicht weglaufen. Hätte ich das vor, wäre ich gar nicht erst hergekommen." Er griff nach seinem Slingbag. „Ich melde mich. Bis später."

„Einen Moment noch. Die Listen, die wir von Ihnen bekommen haben, die mit den Probanden des ‚Feldversuchs', wer hatte alles Zugriff darauf? Oder besser: Wer würde diese Listen, speziell die der fünfzig Erwählten, gegen ein gewisses Entgelt an einen potentiellen Mörder verkaufen?"

Der Norweger lächelte müde. „Ich denke, ich habe Ihnen gerade aufgezeigt, mit was für Leuten ich mich abgegeben habe. Ich schicke Ihnen nachher eine Liste der Namen. Suchen Sie sich einen aus." Er drehte sich um und ging.

Als sich die Tür hinter Aksel Nysgård wieder geschlossen hatte, ließ Carina den Blick über die Gesichter der Mitglieder ihres Teams gleiten. Niemand war wirklich gut darin zu verbergen, was er oder sie gerade dachte. Carina räusperte sich. „Gut", sagte sie. „Nachdem wir nun – hoffentlich – die ganze Geschichte des Aksel Nysgård kennen, haben wir zumindest einen wirklich handfesten Ausgangspunkt für die weiteren Ermittlungen." Sie sah auf die Uhr. 16:15 Uhr. Ehe der Norweger in sein neues Hotel umgezogen war und die Liste seiner Hintermänner geschrieben und geschickt hatte, war es optimistisch zwanzig Uhr, vermutlich eher später. „Heute wird ziemlich sicher nichts mehr passieren, also Feierabend. Ich behalte ein Auge auf meine Emails, Bruno und Kendra, bitte fahrt morgen wenigstens einmal kurz bei der Wohnung dieser Inês Almeida vorbei. Ansonsten versuchen wir sie am Montag auf ihrer Arbeit zu erwischen." Sie sah von einem zum anderen. „Ruht euch aus. Ich habe das Gefühl, die nächsten paar Tage werden es in sich haben."

Samstag, 17:24 Uhr

Vorsichtig, Zentimeter für Zentimeter, schob Aksel die Tür zu seinem Zimmer auf. Die schweren Vorhänge waren zugezogen, sodass es trotz der Sonne draußen im Zimmer dämmrig war. Etwas zu dämmrig, für seinen Geschmack. ‚Jetzt nicht paranoid werden!', ermahnte er sich. Bis jetzt hatte er alles richtig gemacht. Er war sich sicher, dass sein Besuch bei der Polizei nicht unbemerkt geblieben war. Nun blieb nur noch zu hoffen, dass die andere Seite die richtigen Prioritäten setzte.

Die ‚andere Seite' ...

Er zog sein Mobiltelefon aus der Tasche. Keine Anrufe in Abwesenheit, keine Nachrichten, keine Emails.

War das jetzt gut?

Oder die Ruhe vor dem Sturm? Plötzlich wünschte sich Aksel, sie würden ihn mit Anrufen und Drohemails überhäufen, dann wüsste er wenigstens genau, was gerade passierte.

Egal. Er zog seinen Koffer vom Schrank und begann langsam zu packen. Er war schon fast fertig, da verspürte er plötzlich die unbändige Lust, noch einmal richtig schön heiß zu duschen. Immerhin hatte er vor, in eine deutlich unauffälligere Unterkunft zu ziehen; wer wusste denn, was ihn dort erwartete? Und vor allem, wie lange er dort bleiben würde?

Mit einem Schlag wurde ihm bewusst, dass er eigentlich gar keinen Plan hatte. Dass er genau genommen in der Luft hing.

Dass ihn die portugiesischen Behörden festsetzen würden, daran hatte er keinen Zweifel, das würde diese Hauptkommissarin da Cunha wahrscheinlich sogar als persönliche

Mission betrachten. Wo das eigentliche Verfahren dann stattfinden würde, stand in den Sternen. Mit etwas Glück würde man seine ‚Kündigung' und seinen Besuch bei der Polizei heute als „ernsthaften Versuch des Rücktritts von einer Straftat" betrachten, und er würde mit einem blauen Auge davonkommen. Sobald seine Firma davon Wind bekam, würde die ihn fallen lassen wie eine heiße Kartoffel. Nachdem sein nunmehr ehemaliger Freund Jasper ja auch wusste, wo er wohnte, schied sein Haus als sicherer Rückzugsort ebenfalls aus, wobei das Problem sich vermutlich inzwischen von allein erledigt hatte, wenn er an Smilla dachte. Wahrscheinlich war die schon wieder in Norwegen und hatte seine Sachen zu einem Einlagerungsservice gegeben. Oder dem Fransiskushjelpen-Orden gestiftet.

Während das heiße Wasser aus der Dusche auf seine Haut niederprasselte, reisten seine Gedanken in der Zeit zurück. Nicht einmal zwei Jahre. Vor nicht einmal zwei Jahren hatte seine Firma beschlossen, den portugiesischen Markt zu erschließen, als Testballon gewissermaßen. Man hätte auf der Iberischen Halbinsel auch groß einsteigen können, doch im Vergleich zu Spanien war Portugal klein genug, um das Risiko überschaubar zu halten; gleichzeitig hatte es ein gut funktionierendes Gesundheitssystem. Gleich bei einer seiner ersten Reisen hatte er Débora kennengelernt, die ihm, außer dass sie eine Granate im Bett war, über ihre Verbindungen aus dem Bar- und Nachtklubmilieu auch so manchen Gefallen getan hatte, speziell nachdem sein Freund Jasper, der eine leitende Funktion bei dem Warenhaus- und Logistikdienstleister innehatte, mit der Idee gekommen war, in Portugal einen Parallelmarkt für gut Betuchte zu errichten. Natürlich hatte Aksel Débora immer mal wieder (genau genommen immer dann, wenn sie abspringen oder mehr Geld wollte oder in ihrer primitivunberechenbaren Art drohte, alles auffliegen zu lassen) angedeutet, dass er sich von seiner Frau trennen und ganz nach Portugal ziehen würde. Damit hatte er offenbar mehr oder weniger unwissentlich eine Tür geöffnet, die er wohl lieber hätte verschlossen lassen sollen. Gut, dass die junge Frau, die wirklich keinen Genuss dieser Welt ausließ (an den Dreier mit ihrer Freundin erinnerte er sich überaus gern zurück), sich auf einmal durchaus vorstellen konnte, ein halbwegs biederes Leben gebettet auf einer Menge Geld direkt an Aksels Seite zu führen, anstatt einfach nur ihren Anteil zu kassieren und weiter den unverbindlichen Sex mit ihm zu pflegen, war jetzt weniger vorhersehbar gewesen.

Wie auch immer, das Problem hatte sich ja nun auch erledigt. Bei Débora konnte er sich zumindest sicher sein, dass sie ihn nicht noch tiefer in die Scheiße zog, da ihr hübscher Arsch auch ziemlich weit aus dem Fenster ragte. Für ihn galt es jetzt erst einmal, sich aus der unmittelbaren Schusslinie zurückzuziehen und an Plan B zu arbeiten.

Fast widerwillig stieg er aus der Dusche, trocknete sich ab und zog sich an. Das restliche Packen dauerte nur fünf Minuten, wobei er bereute, seine Schmutzwäsche nicht wie geplant gestern noch zum Hotel eigenen overnight Wasch- & Bügelservice gegeben zu haben. Beim Auschecken demonstrierte er ein Pokerface, als er auf der Rechnung den mit einer Acht beginnenden dreistelligen Betrag für den Ankleidespiegel, den Beistelltisch und die Obstschale sah und verbuchte die Summe geistig als gewinnbringende Investitionen in ein neues Leben. Natürlich war es eine kleingeistige Rache, dennoch verzichtete Aksel darauf, auf dem Kreditkartenbeleg einen Trinkgeldbetrag einzutragen. Wer für fünfzig Euro die Zimmernummer eines Gastes verriet, galt als korrupt und musste bestraft werden. Shit happens.

Er trat auf die Straße und atmete tief durch. Dann sah er auf die Uhr. Es war jetzt fast neunzehn Uhr. Eigentlich verspürte er schon so ein wenig Hunger, wirklich viel gegessen hatte er heute ja nicht. Andererseits brauchte er eine neue Bleibe, und ein Samstagabend war ein eher suboptimaler Zeitpunkt, um in Lissabon nach einer eher bescheidenen Unterkunft zu suchen. Vermutlich würde es am Ende doch

wieder eines der superteuren Fünf-Sterne-Hotels werden.
Egal.

Er lief seine Koffer hinter sich her ziehend bis auf die Rua Augusto Rosa, setzte sich auf die kleine in die Wand eingelassene Bank neben dem kleinen Laden, in dem tagsüber bunt dekorierte Stoffsardinen verkauft wurden und zog sein Mobiltelefon aus der Tasche. Hostel? Manche hatten ja inzwischen auch ganz gute Angebote für Leute, die Wert auf ihre Privatsphäre legten. Eine Ferienwohnung? Machte nur Sinn, wenn er definitiv wüsste, dass er noch wenigstens eine Woche hierbleiben würde. Und wo überhaupt? Zentral, damit immer genug Menschen um ihn herum waren? Oder doch eher etwas außerhalb, in Cascais oder Estoril? Oder gar auf der anderen Seite des Tejo?

„Schönes Telefon", kam es plötzlich auf Englisch von oben, während gleichzeitig ein Schatten auf ihn fiel. „Fehlt mir noch in meiner Sammlung."

„Heißer Tipp", knurrte Aksel ohne hoch zu sehen. „Es gibt Läden, die haben so viele davon, dass sie sie sogar gegen Geld verkaufen." Genau auf so einen Schnorrer hatte er gerade gewartet.

„Ihr Scheißtouristen habt es nicht so mit Respekt, ha?" Plötzlich waren da noch zwei Schatten.

Das war nicht gut.

Vielleicht, wenn er aufstand ...?

Der Schlag in die Magengrube traf ihn völlig unvorbereitet.

Von einer Sekunde auf die andere fühlte er sich vor Schreck wie gelähmt. Was war das jetzt? Waren das die Männer des Türken, die ihn hier totschlagen würden?

Er bäumte sich auf, wodurch der für sein Gesicht bestimmte Fausthieb ins Leere ging. Ohne hinzusehen streckte Aksel den Arm aus, legte die Hand auf den Hinterkopf seines Angreifers und riss ihn mit aller Kraft zu sich heran. Im allerletzten Augenblick drehte er seinen Oberkörper ein wenig, sodass das Gesicht seines Angreifers ungeschützt und ungebremst in die Hauswand neben ihm einschlug. Aksel hörte das Nasenbein brechen, ein ersticktes Stöhnen, dann brach der Mann zusammen.

One down, two to go.

Die beiden Kumpane seines Angreifers hatten ihre Fassung leider wesentlich schneller wiedergefunden, als Aksel sich das gewünscht hatte. Ein Faustschlag explodierte an seinem Kinn, Aksel breitete seine Arme aus, um den Aufschlag an der Hauswand etwas zu mildern, da trafen ihn fast gleichzeitig zwei Schläge kurz unter dem Brustkorb, sodass ihm der Atem wegblieb.

Nein, das waren definitiv keine Zigeuner auf Beutezug. Das waren ausgebildete Schläger, die einen klar definierten Auftrag hatten. Und die keine Hemmungen hatten, diesen Auftrag quasi am helllichten Tag unter Zeugen auszuführen.

Warum auch nicht? Man war in Portugal. Dem Land der geballten Faust in der Hosentasche.

Niemand würde sich einmischen.

Diese Männer würden ihn in aller Seelenruhe totschlagen können, ohne dass auch nur einer der Vorbeilaufenden eine Hand heben würde.

Außer vielleicht, um ein Foto mit dem Mobiltelefon zu schießen und sofort auf Facebook oder Instagram zu posten. Brachte sicher eine Menge dümmlich-empört dreinschauender Smileys ...

Aber so leicht würde er es ihnen nicht machen. Aksel schaffte es, den Arm eines seiner Angreifer abzufangen, drückte ihn nach oben, drehte sich um einhundertachtzig Grad, während er den zweiten Mann grob mit der Schulter zur Seite stieß, um freie Bahn zu haben, hob sein linkes Bein und trat dem Mann, dessen Arm er im Schraubstockgriff hielt, mit aller Kraft seitlich gegen das Knie. Mit einem unschönen dumpfen Krachen brachen die Knochen, und der Mann brach mit einem überkippenden Schrei zusammen, das rechte Bein unterhalb des Knies im rechten Winkel nach außen weggeknickt.

Two down, one to go.

Aksel wandte sich dem letzten seiner Angreifer zu – leider eine Sekunde zu spät. Der Mann, selbst im Vergleich zu Aksel mit seinen 1,93 Meter Körpergröße ein Hüne mit einer Gestalt, mit der er in einem Alaska-Goldrush-Film problemlos als Double für einen Grizzly durchgehen würde, umschlang Aksel mit beiden Armen und presste ihn so fest an sich, dass Aksel spüren konnte, wie die Knochen in seinem Oberkörper zusammengeschoben wurden. Er japste nach Luft. Das Gesicht des Mannes war ganz dicht vor ihm, und er konnte die Ausdünstungen der zwischen den Zähnen hängenden und vor sich hin faulenden Essensreste, Huhn und Schrägstrich oder Fisch, riechen. Instinktiv hielt er die Luft an, als der Mann zu sprechen begann.

„Magst du Katzen?"

„Mag ich ...?"

„Katzen. Weißt du, was Katzen tun, wenn sie jemanden ganz besonders mögen?"

Aksel war sich nicht sicher, ob ihm gefiel, in welche Richtung diese Unterhaltung ging. Aber vielleicht lag das ja auch nur an der Tatsache, dass ihm aufgrund des Druckes, mit dem seine Rippen zusammengepresst wurden, der Atem ausging. „Nein ...?", krächzte er.

Der Mann nickte sichtbar zufrieden. „Das habe ich mir gedacht. Du bist eben kein Katzenmensch."

Täuschte sich Aksel oder lächelte dieser Schläger jetzt gerade verträumt vor sich hin?

„Wenn eine Katze jemanden ganz besonders mag, dann gibt sie Köpfchen."

„Sie macht ... was ...?"

Von einem Augenblick auf den anderen verschwand das verträumte Lächeln aus dem Gesicht des Mannes. „Sie. Gibt. Köpfchen!", sagte er mit auf einmal hart klingender Stimme. Dann zuckte sein Kopf nach vorn.

Eine Sekunde lang fühlte sich Aksel wie mitten im Vorspann für die Nerd-Serie „The Big Bang Theory", mit tausenden Bildern, die gleichzeitig vor seinen Augen vorbeirasten.

Dann schaltete sein Gehirn gnädigerweise ab.

Sonntag, 16:31 Uhr

Sie sah ihn aufmerksam an. Ja, er hatte sich definitiv verändert seit gestern. Er wirkte so stark, so entschlossen, wie er sich die Jacke überzog, mit einem Gesichtsausdruck, der verriet, dass er genau wusste, was er tat und was er wollte.

Sie hatten gestern Hände haltend neben Anas Bett im Krankenhaus gesessen, als die Ärzte sie aus dem künstlichen Koma geholt hatten, und Mário hatte sie fest an sich gedrückt, als der verantwortliche Arzt eine schier endlos erscheinende halbe Stunde später bestätigte, dass Ana keine bleibenden Schäden davon getragen hatte.

Bereits heute früh war er ein anderer Mann gewesen. Sie hatten sich auch in dieser Nacht wieder mehrmals geliebt, waren nach einem schnellen Frühstück zurück ins Krankenhaus gefahren und hatten die Stunden bis zum Mittag bei Ana verbracht. Draußen vor dem Krankenhaus hatte Mário sie plötzlich in seine Arme gerissen und ihr dann mit ernstem Gesicht tief in die Augen gesehen. „Das wird nie wieder passieren", hatte er leise gesagt, in einem Tonfall, der Inês hatte aufhorchen lassen. „Nie wieder. Vertrau mir."

Sie waren nach Hause gefahren und nach ihrer Ankunft in ihrer Wohnung in stillschweigender Übereinstimmung wortlos ins Bett gegangen und hatten sich geliebt, als wäre es das erste und letzte Mal in ihrem Leben. Danach hatten sie schweigend eine Weile nebeneinander gelegen und nach oben an die Decke gestarrt, bis Mário sich aufgeschwungen hatte.

„Wo gehst du hin?", hatte Inês gefragt.

Da war wieder dieser seltsame Gesichtsausdruck gewesen, den sie nicht deuten konnte. „Ich habe dir versprochen, dass so etwas nie wieder passieren wird", hatte er geantwortet, mit einer Stimme, in der so viel Ruhe gelegen hatte, dass es schon fast beängstigend war. „Dafür muss ich jetzt noch ein paar Sachen erledigen."

Mário hatte sich seine Jacke angezogen, nahm den Schlüssel vom Haken neben der Wohnungstür und drehte sich zu Inês. „Ich bin in etwa zwei bis drei Stunden wieder zurück", sagte er. „Mach dir keine Gedanken ums Abendessen, ich bringe etwas mit."

„Mário ..."

„Ja?"

„Pass auf dich auf."

Er nickte mit einem seltsamen, überlegenen Lächeln. „Keine Sorge, ich werde immer auf uns alle aufpassen."

Sonntag, 17:58 Uhr

„Da brennt Licht", sagte Kendra und deutete mit ausgestrecktem Arm auf das Fenster im zweiten Stock.

„Soviel dann zu ,Mal kurz vorbeischauen'", brummte Bruno. „Danke, Carina!"

„Dann solltest du dir jetzt vielleicht ganz unprofessionell wünschen, dass die gute Frau uns spontan kein umfassendes Geständnis in Aussicht stellt, denn in dem Fall hätte es sich nämlich mit Sushi All-You-Can-Eat für heute Abend erledigt."

Bruno schnaufte nur und drückte den Klingelknopf. Nach ein paar Sekunden schnarrte ein „Ja, bitte?" aus dem kleinen Lautsprecher.

„Kriminalpolizei Lissabon, die Kommissare Bruno Murício Lobão und Kendra Chakussanga. Senhora Inês Almeida Jardim? Entschuldigen Sie die späte Störung, und dann auch an einem Sonntag, aber wir haben ein paar wirklich wichtige Fragen an Sie. Es wird auch nur ein paar Minuten dauern."

„Die Polizei? Ich ... ich weiß nicht ... aber ja, kommen Sie hoch." Es summte, und die Haustür öffnete sich.

„Wenn wir dem Protokoll folgen wollten", sagte Kendra, „dann müsste einer von uns jetzt die Treppe und einer den Aufzug nehmen, damit die Verdächtige nicht fliehen kann."

„Da wir aber nicht dem Protokoll, sondern den natürlichen Gegebenheiten folgen, nehmen wir jetzt beide die Treppe, weil wir zu zweit nie in diesen schwebenden Minisarg reinpassen", antwortete Bruno düster. „Und die Verdächtige aktuell nur eine zu befragende potentielle Zeugin ist."

„Ein Gentleman hätte jetzt gesagt: ‚Nimm du den Aufzug, ich sichere die Treppe', aber deiner Argumentation habe ich natürlich nichts entgegenzusetzen."

„Na, da bin ich ja beruhigt", knurrte Bruno und begann den Aufstieg.

Inês Almeida empfing die beiden Polizisten an der geöffneten Wohnungstür. „Also, ich weiß wirklich nicht ...", begann sie.

„Senhora Almeida, wie gesagt, wir wollen Sie an einem Sonntagabend wirklich nicht unnötig belästigen, und ich verspreche Ihnen, dass es auch nicht lange dauern wird, aber wir müssen Ihnen ein paar Fragen stellen, die für unsere Ermittlungen außerordentlich wichtig sind. Vielleicht sollten wir das aber nicht im Treppenhaus ...?" Kendra sah die Frau mit einem Blick an, der, wie Bruno fand, durchaus Hypnotisierungspotential hatte.

„Bitte!" Inês Almeida trat zur Seite und deutete eine einladende Geste an.

Kendra und Bruno traten ein, und Inês Almeida schloss die Tür. Dann verschränkte sie die Arme vor der Brust. „Fragen Sie."

Übersetzt hieß das wohl: „Je schneller ihr wieder verschwindet, desto besser.'

„Senhora Almeida, kennen Sie zufällig eine Flávia Nogueira?", fragte Kendra.

Inês Almeida zog die Augenbrauen zusammen. „Ja ... mehr oder weniger ... sie ist die Mutter einer Klassenkameradin unserer Tochter. Warum?"

„War Senhora Nogueira am letzten Montag hier bei Ihnen zu Besuch? Anlässlich eines Kindergeburtstags?"

„Ja, war sie, aber ..."

„Können Sie uns vielleicht eine Liste der anderen bei diesem Geburtstag anwesenden Kinder und Elternteile geben?"

Inês Almeidas Gesichtsausdruck wechselte von verständnislos zu trotzig. „Nicht, bevor Sie mir sagen, weswegen Sie eigentlich hier sind."

Kendra sah Bruno an. Dann wanderte ihr Blick zurück. „Senhora Almeida, Flávia Nogueira wurde in der Nacht nach dem Kindergeburtstag in ihrer Wohnung ermordet. Wir sind derzeitig damit beschäftigt, den Tagesablauf des Opfers zu rekonstruieren, in dem Sie nun einmal unweigerlich vorkommen."

Inês Almeida starrte Kendra an „Oh mein Gott!", flüsterte sie. „Entschuldigen Sie, ich hatte ja keine Ahnung ..."

„Nein, nein", beeilte sich Bruno zu versichern. „Gar kein Problem. Aber für mich stellt sich gerade die Frage, warum Sie vom Tod der Mutter einer der Freundinnen Ihrer Tochter noch nichts wussten. Ich meine, es ist ja immerhin schon fast eine Woche her."

Wieder veränderte sich der Gesichtsausdruck der Frau. „Es ist ... nun ... Sie müssen wissen, wir haben keinen wirklich engen Kontakt gepflegt." Sie holte tief Luft. „Dieser Geburtstag ist so etwas wie ... eine Pflichtveranstaltung. Unsere Ana hat nicht viele Freundinnen. Aber man kann ein Kind doch nicht ohne Kindergeburtstagsfeiern aufwachsen lassen ... Das müssen Sie doch verstehen ..."

„Natürlich", nickte Bruno. „Ihre Tochter kann ja nichts

dafür, dass sie Diabetikerin des Typs Eins ist. Das ändert alles, nicht wahr?"

Inês Almeida erstarrte. „Was erlauben Sie sich ...!", flüsterte sie. „Ja, meine Tochter ist krank. Unheilbar krank. Sie haben keine Ahnung, was es heißt ..."

„Doch, Senhora Almeida, haben wir", sagte Bruno. „Ob Sie es glauben oder nicht. Wir wissen aufgrund unserer Ermittlungen genau, was es bedeutet, Diabetetiker des Typs Eins zu sein. Was mich direkt zu meiner nächsten Frage bringt: Ihre Tochter Ana war bis vor kurzem Probandin in einem Testprogramm einer amerikanischen Firma, die Insulinpumpen herstellt. Dieses Testprogramm ist nun abgeschlossen, und nach unseren Informationen ist es nun so, dass fünfzig der Testpersonen diese neue Insulinpumpe kostenlos weiter nutzen können. Ihre Tochter gehört nicht zu diesen Fünfzig. Was bedeutet das für Sie?"

Inês Almeida lachte bitter auf. „Was das für uns bedeutet? Das bedeutet, dass wir unserer Tochter jetzt wieder um die sechs bis acht Spritzen Insulin pro Tag setzen müssen, nachdem sie einmal die Erfahrung gemacht hat, was es heißt, nur alle drei Tage einen komischen Apparat, der nur einmal kurz piekst, aufgeklebt zu bekommen und den sie als Belohnung hinterher noch bunt anmalen durfte. Fragen Sie mal meinen Mann, was es heißt, seiner kleinen Tochter täglich Schmerzen zuzufügen!"

Eine unendliche Sekunde lang herrschte Schweigen. Schließlich hustete Kendra kurz. „Senhora Almeida, darf ich fragen, wo sich Ihr Mann und Ihre Tochter derzeit aufhalten?"

„Wollen Sie meine Tochter jetzt auch noch verhören?", schnappte Inês Almeida. „Die schläft heute Nacht auswärts, weil, ja, auch kleine Diabetikerinnen haben Freundinnen. Und mein Mann ist kurz weg, noch etwas fürs Abendbrot besorgen. Soll ich Ihnen seine Mobilnummer geben? Dann können Sie ja sein Telefon orten!"

„Ich denke, das wird nicht nötig sein", sagte Kendra mit

einer Ruhe, die Bruno überrascht aufblicken ließ. „Wir sind auch schon fast fertig hier. Eine einzige Frage habe ich noch. Es mag Zufall sein, immerhin arbeiten Sie in einer großen Firma, aber kennen Sie eventuell einen Jorge Ribeiro Tavares?"

Inês Almeida zögerte. „Ja ... flüchtig. Also ‚Hallo' und ‚Wie gehts?' in der Kantine oder im Foodcourt, wenn man sich mal begegnet ist. Aber wie Sie schon sagten, es ist eine große Firma. Warum fragen Sie?"

„Er ist Opfer eines Anschlags gewesen, den er glücklicherweise überlebt hat, und ist nun im Krankenhaus und Bestandteil unserer Ermittlungen."

„Oh mein Gott! Aber er lebt, sagten Sie?"

„Ja, er hatte wirklich Glück und einen rettenden Engel. Aber wir haben Sie wirklich schon viel zu lang aufgehalten, Senhora Almeida", sagte Kendra und wandte sich demonstrativ in Richtung Tür. „Danke noch einmal für Ihre Zeit und entschuldigen Sie bitte die späte Störung an einem Sonntag."

„Ist schon in Ordnung", sagte Inês Almeida verstört. „Sie tun ja auch nur Ihren Job."

„Magst du die Dame nicht?", fragte Kendra, als sie wieder auf dem Weg nach unten waren.

„Wie kommst du auf diese Idee?"

„Na, die Art und Weise, wie du mit ihr umgesprungen bist, hätte glatt von mir kommen können."

„Wieso? Ich war einfach nur professionell."

„Meine ich ja", antwortete Kendra. „Ich mag sie nicht und ich bin professionell."

„Leider ist die Tatsache, dass wir sie beide nicht mögen, noch kein Grund für eine Verhaftung."

„Glücklicherweise, sonst würde das Sushi All-You-Can-Eat tatsächlich ausfallen."

„Niemals. Dafür würde ich sie sogar laufen lassen, wenn sie gerade alle Morde gestanden hätte."

„Ach Bruno, du bist so ein Romantiker ..."

Montag, 08:22 Uhr

Es klopfte zaghaft an der Bürotür.
Verwundert sah Carina von ihrem Computerbildschirm auf. „Ja, bitte?", rief sie.
Die Tür öffnete sich. Carina setzte sich kerzengerade hin. „Matilde? Das ist ja eine Überraschung ... Komm rein, setz dich. Kaffee?"
„Entspann dich, Carina", sagte Matilde Sorento Barros lächelnd. „Die Zeiten, in denen ich deine Supervisorin war, sind doch nun wirklich lange genug vorbei. Und das meine ich nicht nur zeitlich betrachtet. Aber Kaffee ist ein gutes Stichwort, nur vielleicht nicht unbedingt in der Kantine."
Carina spürte, wie ihr der Hals eng wurde. Was kam denn jetzt? „Galão?", fragte sie, während sie aufstand.
Matilde Barros nickte. „Gutes Gedächtnis."
Während Carina die Kaffees vom Automaten auf dem Flur holte, rasten ihre Gedanken. Was konnte denn ihre ehemalige Vorgesetzte von ihr wollen? Technisch waren sie jetzt gleichgestellt, was den Dienstrang anging, wobei Matilde natürlich wesentlich mehr Dienstjahre vorzuweisen hatte. Hatte sich Carina mit ihrem internationalen Fall zu weit aus dem Fenster gelehnt, und man war ganz oben nun der Meinung, diesen Fall einer Kollegin mit mehr Erfahrung zu übergeben? Aber eine solche Übergabe wurde doch in der Regel vom gemeinsamen Vorgesetzten im Rahmen eines gemeinsamen Treffens durchgeführt, nicht ‚Hallo, Überraschung! Ich hab jetzt deinen Fall!'
Sie stellte die Kaffees ab. „Was die Kaffeequalität angeht, wäre die Kantine besser gewesen ..."
Zu ihrer Überraschung wirkte die fast fünfzehn Jahre ältere Matilde Barros auf einmal fast verlegen.
„Ich ... es ist ... ich weiß gar nicht, wie ich anfangen soll,

ohne dass du es missverstehst, Carina", begann sie zögernd. „Ich weiß auch, dass es völlig unprofessionell ist, deshalb bitte ich dich auch um deine absolute Verschwiegenheit. Ich war nie hier, außer vielleicht, um einen schlechten Automatenkaffee mit meiner ehemaligen Auszubildenden zu trinken."

Carinas Inneres verkrampfte sich noch ein bisschen mehr. Sie merkte, wie ihr der Schweiß ausbrach und die Schmerzen in der Schulter und das taube Gefühl in den Fingern der linken Hand wieder da waren. ‚Jetzt bitte nicht zusammenbrechen!', flehte sie innerlich.

Matilde Barros griff auf einmal mit einer schnellen Bewegung zu ihrer Tasche und zog zwei Dokumente heraus, jedes für sich in einer Klarsichtfolie. „Ich habe hier zwei Gutachten aus der Gerichtsmedizin, zwei meiner Fälle betreffend", sagte sie. „Und wenn du sie dir genauer ansiehst, dann weißt du auch, warum ich jetzt hier sitze, anstatt den großen Dienstweg zu nehmen."

Carina nahm die beiden Berichte aus ihren Hüllen und begann zu lesen. Zu Anfang tanzten die Buchstaben noch wild vor ihren Augen, doch dann wurde sie ruhiger. Schnell hatte sie den ersten Bericht gelesen und auf den ersten Blick nichts Ungewöhnliches gefunden. Sie begann mit dem zweiten Bericht. In der Mitte der zweiten Seite stockte sie, las noch einmal, griff dann zum ersten Bericht. „Das sieht ja ganz so aus", begann sie langsam, „als hätte jemand beide Akten gleichzeitig bearbeitet und verwechselt. Diese Eintragungen hier machen nur in dem anderen Bericht Sinn. Und umgekehrt."

„Richtig." Matilde Barros nickte. „Leider ist derjenige nicht nur irgendein Praktikant oder Berufsanfänger." Sie griff über den Tisch und schlug die jeweils letzte Seite der beiden Berichte auf. Carina starrte auf die Unterschriften.

Sie schluckte.

Nach einer endlosen Sekunde hatte sie sich wieder gefangen. „Danke Matilde. Du hast keine Ahnung, wie sehr ich das zu schätzen weiß."

Die Frau zuckte mit den Schultern. „Ich bin nur extrem eigennützig. Wenn ich damit unseren offiziellen Dienstweg gehe, dauert es ewig, bis ich die Berichte korrigiert zurückbekomme, weil noch dreißig Sesselpupser auf Kosten des Leiters der Gerichtsmedizin ihre Profilierungsneurose ausleben wollen. Das gönne ich ihnen nicht."

„Nein, Matilde, ehrlich, das kann ich gar nicht wieder gut machen", sagte Carina. „Wenn es irgendetwas gibt ..."

Matilde Barros hatte plötzlich ein eigenartiges Lächeln im Gesicht. „Hast du immer noch diesen schrägen Klingelton in deinem Mobiltelefon?"

„,Der Pate'? Ja ...?"

Matilde Barros lehnte sich ein wenig nach vorn, fasste sich ans Kinn und sagte mit gespielt heiserer Stimme: „Irgendwann, möglicherweise aber auch nie, werde ich dich bitten, mir eine kleine Gefälligkeit zu erweisen...." Dann lachte sie. „Du hilfst mir genug, wenn du dafür sorgst, dass ich meine Berichte schnell wiederbekomme, in einer Version, mit der ich arbeiten kann. Ansonsten schuldest du mir maximal einen anständigen Kaffee und ein bisschen Zeit für Privattratsch." Sie stand auf. „Und ich will alle Einzelheiten über deinen Heiratsantrag. Der Gerüchteküche nach zu urteilen, muss der ja eine Sensation gewesen sein."

‚Und du hast keine Ahnung von dem Davor ... und vor allem dem Danach!', dachte Carina. Laut sagte sie: „Natürlich, wann immer unsere beiden Kalender das zulassen."

„Soll ich dir einen Meeting Request schicken?"

„Absolut."

„Ach ja!", seufzte Matilde Barros. „Wo sind nur die Zeiten hin, in denen man einfach fragen konnte: ‚Kaffee? Morgen in der Mittagspause?'?"

„Frag das doch mal die Zeiten, in denen wir noch Mittagspausen hatten ..."

„DAS ist leider nur viel zu wahr ..."

Kaum, dass die Bürotür hinter Matilde Barros wieder

zugefallen war, griff Carina zum Telefon. „Nuno? Wir müssen reden. Jetzt gleich."

Montag, 08:32 Uhr

Er wusste, dass sie ihn beobachtete, doch er tat so, als würde er es nicht bemerken. Betont langsam krempelte er die Hemdsärmel hoch, nicht zu hoch, nur so, dass seine Unterarme freilagen. Genauso langsam griff er nach seiner Armbanduhr, stockte jedoch in der Bewegung, nahm die Uhr in die linke Hand und langte mit der Rechten nach seinem Mobiltelefon auf dem Wohnzimmertisch. Er öffnete die Uhrenapp, legte das Telefon wieder auf den Tisch, stellte die Zeiger seiner Uhr und zog die Krone heraus. Die Uhr blieb stehen. Als die Sekundenanzeige seiner Telefonuhr mit der Stellung des Sekundenzeigers seiner Uhr übereinstimmte, drückte er die Krone wieder hinein.

Die Uhr begann zu laufen. Auf die Sekunde genau.

Mário spürte, wie er erregt wurde. Er war in den vergangenen Stunden alles Schritt für Schritt durchgegangen, hatte jedes einzelne Bild jeder einzelnen seiner Bewegungen vor seinem inneren Auge gehabt, hatte jede mögliche Reaktion in Betracht gezogen und Alternativen entwickelt. Doch jetzt, in den letzten Minuten, bevor er aufbrechen würde, um es zu tun, mischte sich in das Gefühl der Erregung auch ein wenig Angst. Er spürte sogar ein ganz klein wenig Übelkeit.

Er trat in den Korridor hinaus, und auch ohne hinzusehen wusste er, dass Inês ihm folgte. Als er die Jacke vom Haken nahm, trafen sich ihre Blicke.

Seine Hand mit der Jacke sank herab. Er trat auf sie zu, legte seine Hände auf ihre Schultern und blickte ihr ganz tief in die Augen. „Es wird alles gut werden", sagte er leise.

Sie nickte zaghaft. „Ich weiß", flüsterte sie.

Als er sie vorsichtig küsste, schloss sie die Augen.

Schnell wandte er sich um, öffnete die Wohnungstür und trat ins Treppenhaus. Als sich die Tür hinter ihm schloss, musste er erst einmal tief Luft holen.

Dann lief er los.

Montag, 08:37 Uhr

Carina sah auf die Uhr. 08:37 Uhr. Nuno war vor knapp fünf Minuten vom Gerichtsmedizinischen Institut losgelaufen und würde wahrscheinlich in den nächsten fünfzehn bis zwanzig Minuten hier eintreffen. Aber wenn sie einfach nur so herum saß, würden diese paar Minuten sich wahrscheinlich wie eine Ewigkeit anfühlen.

Carina wandte sich ihrem Computer zu und öffnete einen Internetbrowser. Sie tippte das Wort ‚Diabetes', zögerte einen Moment mit dem Finger auf der Eingabetaste und löschte das Wort wieder. Sie schnaufte. Das war ja fast schon ein Déjà vu vom Abend davor, als sie mit dem ausgepackten Blutzuckertest am Küchentisch gesessen und diesen dann doch wieder unbenutzt eingepackt hatte ...

Aber Arbeit lenkte ja bekanntlich ab. Carina überlegte einen Augenblick lang, dann tippte sie den Namen ‚Flávia Nogueira' in das Suchfeld des Browsers und klickte dann auf ‚Bilder'. Ein paar Fotos von der attraktiven Frau, meist mit ihrem Mann, von den Motiven her wie aus einem Katalog für Stereotypen der Kategorie ‚Frau eines erfolgreichen Mannes': geschossen, meist auf irgendwelchen Partys, beide immer elegant gekleidet, beide fast immer ein Kameralächeln im Gesicht. Einige dieser Fotos kamen von einer Facebook-Seite. Carina klickte auf den Link. Es öffnete sich eine gemeinsame öffentliche Facebook-Seite mit demselben Thema. Fotos von Veranstaltungen, Essen mit Geschäftspartnern oder Selfies vor Sehenswürdigkeiten teurer Urlaubsorte. Die künstlich erschaffene Fassade eines nach außen hin perfekten Lebens – nach Maßstäben des Glamourmagazins „Caras" zumindest.

Wieder ein Blick auf die Uhr. 08:41 Uhr. Kein Nuno. Also weiter.

Helder Antunes Ferreira, das erste Opfer. Keine privaten Bilder, lediglich ein Profilfoto der Internetplattform LinkedIn. Ein hochintelligenter Mann, Softwareentwickler mit Bilderbuchlebenslauf. Zumindest hier im Internet.

08:44 Uhr. Immer noch kein Nuno ...

Mafalda Nunes, das Opfer aus dem Fitnessstudio. Das war schon etwas ergiebiger. Viele Bilder der jungen Frau von diversen Laufveranstaltungen, meist mit einer Medaille oder einer Urkunde in der Hand. Auch hier wieder eine Verlinkung zu Facebook. Dort eine ganz andere junge Frau. Nachdenklich, in sich versunken. Als Profilbild eine Schwarzweißfotografie, aufgenommen in einem kleinen Zimmer, sie mit angezogenen Beinen auf dem Bett, aus dem etwas höher gelegenen Fenster sehend, aus dem fahles Licht in den Raum fiel, Kopfhörer aufgesetzt, in der Timeline viele Bezüge zu Zitaten aus Songs von Linkin Park, Adele und – ein wenig aus der Reihe fallend – Meat Loaf. Ein hervorgehobener Post anlässlich ihres ersten komplett bestrittenen Halbmarathons nach der Diagnose als Diabetikerin, ein Verweis auf ein YouTube Video mit dem schlichten Satz ,Meine Hymne'. Das Bild zu dem Video passte so gar nicht in das, was sonst so auf der Facebook-Seite zu sehen war. Es zeigte ein Gruppenfoto von Menschen in blauschwarz-lilafarbenen Raumschiffuniformen und einem Banner mit dem Titel „Enterprise". Carina klickte auf den Link. Auf dem Bildschirm erschien ein Filmtrailer, eine Aneinanderreihung von Szenen aus der Entwicklung der Luft- und Raumfahrt, von den Anfängen bis in eine ferne Zukunft, untermalt von einer kraftvollen Musik einer angenehmen, leicht heiseren Männerstimme: „*I've got faith, faith of the heart, no-one's gonna bend or break me ...*"

Mit einem seltsamen Gefühl schloss Carina die Seite wieder. 08:51 Uhr. Noch immer keine Spur von Nuno. Also weiter ...

Jorge Ribeiro Tavares. Die Bilder erzählten die Geschichte einer geteilten Welt. Da waren Fotos von Jorge auf Gaming Conventions, zum Teil in recht kriegerischem Outfit. Und dann war da der Jorge Tavares in hautengen Jeans und ebenso engem rosa T-Shirt, Arm in Arm oder händchenhaltend mit einem anderen Mann. Das einzige Bild, das in keine dieser beiden Kategorien passte, war das von einer Betriebsfeier unter freiem Himmel, so wie es aussah, irgendwo bei den für diese Anlässe vorgesehenen Sitzbereichen im Park Monsanto.

Diesmal sah Carina nicht auf die Uhr. Sie starrte auf den Bildschirm, dann zog sie eine der Listen zu sich heran, die sie von Aksel Nysgård bekommen hatte. Wie hieß gleich noch einmal die Mutter von der Tochter, die es nicht auf die Liste der fünfzig Erwählten geschafft hatte? Ach ja, da war ja der Name ...

Laut Google gab es offensichtlich gefühlt eine Million Frauen mit demselben oder einem ähnlichen Namen. Das war dann auch der Punkt, an dem Carina bewusst wurde, dass sie von Inês Almeida noch nicht einmal wusste, wie sie aussah. Und dass Bruno und Kendra bei ihrem Besuch gestern Abend ein Selfie mit der Dame geschossen hatten, war mehr als unwahrscheinlich.

In der Sekunde, in der Carina das Fenster wieder schließen wollte, fiel ihr Blick auf ein kleines Foto, dass ihr irgendwie bekannt vorkam. Eine Betriebsfeier im Freien ... Aber wieso ...?

Einen Moment später schüttelte sie den Kopf. Natürlich, Inês Almeida und Jorge Tavares waren ja Kollegen, insofern machte das Sinn.

Sie klickte auf das Foto. Eine junge Frau an der Seite eines durchaus attraktiven Mannes, beide mit einem Glas Wein in der Hand, im Hintergrund das Buffet. Ja, den Wimpeln überall nach zu urteilen, war das dieselbe Betriebsfeier, auf der auch Jorge Tavares gewesen war.

Mehr durch Zufall kam sie mit dem Mauszeiger auf den kleinen Pfeil, und das nächste Bild wurde aufgerufen, ebenfalls von dieser Betriebsfeier. Diesmal zeigte es eine größere Gruppe von Menschen, die unter einem Banner mit einem Firmenlogo standen und mit den Fingern das Victoryzeichen machten.

Carina starrte auf das Bild ohne zu wissen, was sie da sah. Beziehungsweise, was an diesem Bild sie *störte*, wenn das überhaupt das richtige Wort war.

Plötzlich wusste sie es. Wenn das wahr wäre ...

Carina griff zum Telefon. Kurzwahl eins. Nuno. „Nuno?"

„Ja, ich bin ja gleich da ..."

„Vergiss es, wir müssen später reden. Ich habe einen Notfall."

„Aber ..."

„Nuno! Notfall! Deine Kunden sind schon tot, meine nicht, zumindest ein Teil davon. Wir reden heute Abend, ja?"

„Aber ..."

„Ich liebe dich auch. Bis heute Abend also. Tu mir nur einen Gefallen bis dahin."

„Wie...? Was ...? Gefallen ...?"

„Unterschreib nichts, was du nicht mindestens dreimal gelesen hast. Adeusinho und Küsschen."

Sie beendete den Anruf und wählte die nächste Nummer. Nach dem dritten Klingeln wurde abgenommen. „Ja?", kam es mürrisch von der anderen Seite.

„Senhor Nysgård, schön zu hören, dass Sie noch leben! Sind Sie gut umgezogen?"

„Wenn Sie wegen der Liste meiner Komplizen und Hintermänner anrufen, die ist noch nicht fertig. Mir ist da was dazwischengekommen ..."

„Das ist bedauerlich, aber wohl nicht zu ändern. Was jetzt viel wichtiger ist, ich brauche ganz dringend den Namen der Krankenversicherung, mit der Sie hier in Portugal

Ihren Feldversuch durchgeführt haben."

Schweigen.

„Senhor Nysgård?"

Ein Schnaufen. Dann: „Jetzt ist auch schon alles egal ... es ist die Metropolitan Seguro de Saúde S.A."

Carina holte tief Luft. „Senhor Nysgård, in welchem Hotel sind Sie abgestiegen?"

„Ich ... ich weiß nicht ..."

„Senhor Nysgård, ich habe Grund zur Annahme, dass ich gerade entdeckt habe, wer unser Mörder ist. Da ich nicht ausschließen kann, dass er gerade unterwegs ist, um den nächsten Mord zu begehen, brauche ich jetzt Ihre Hilfe. Ich denke, zum einen können Sie im absoluten Ernstfall besser helfen als irgendein Notarzt, und zum anderen können Sie in Ihrer derzeitigen Situation jede Aussage einer portugiesischen Behörde zu Ihren Gunsten mehr als nur gut gebrauchen. Also, welches Hotel?"

Wieder Schnaufen. „Kein Hotel. Eine Ferienwohnung. Rua da Palma 268, Nähe Martim Moniz. Das Haus, wo vorn der Chinamarkt drin ist."

„Rühren Sie sich nicht von der Stelle. Mein Kollege wird Sie in ein paar Minuten dort abholen." Ohne auf eine Antwort zu warten, legte sie auf und wählte die nächste Nummer.

„Bruno? Wo bist du gerade?"

„Es ist Montagmorgen kurz vor neun Uhr. Wo soll ich sein? Auf dem Weg zur Arbeit, wie sich das für einen portugiesischen Beamten mit platzendem Überstundenkonto gehört."

„Diese Bemerkung hat dir gerade einen Umweg eingebracht. Bitte fahr direkt zur Rua da Palma 268, lies unseren Dolph-Lundgren-Verschnitt auf und komm dann zu der Wohnung der Inês Almeida Jardim. Wir treffen uns dort."

„*Oui mon général ...*"

„Ist Kendra gerade bei dir?"

„Warum sollte sie?"

„Bruno!"

„Nein! Madame geruhte heute bei Mama Chakussanga zu nächtigen."

„Auch gut, dann bist du wenigstens ausgeruht ... Äh, sorry, das habe ich nie gesagt. Bis später!"

Nächste Nummer. „Carla? Bist du noch zuhause?"

„Äh ... ja ... woher ...? War ein wenig spät gestern ..."

„Darüber reden wir später. Mach dich fertig und dann warte auf Kendra, die wird dich in ein paar Minuten abholen."

„Okay ..."

Carina drückte auf ‚Beenden' und drückte die nächste Kurzwahl. Nach nur einmal Klingeln: „Chefin?"

„Wo bist du gerade, Kendra?"

„Marginal, Verkehr ist mörderisch."

„Fahr bitte nach Penha de França und hol Carla ab. Danach fahrt Ihr bitte zur Wohnung dieser Inês Almeida, wo du gestern schon mit Bruno warst. Wir treffen uns dort."

„Auf dem Weg."

Das Atrium Saldanha

ZEHNTES KAPITEL

Montag, 08:55 Uhr

Sie schreckte hoch. Um sie herum war es laut. Menschen in weißen, grauen und grünen Kitteln liefen umher, und das grelle Licht aus der Deckenlampe, das sich mit dem von links durch das große Fenster einfallenden Sonnenlicht vermischte, blendete sie. Es war schon spät, viel später als gestern früh, als sie die Augen aufgemacht hatte.

Plötzlich war da eine Erinnerung. Ihr Kopf fuhr herum, doch der Stuhl rechts neben ihrem Bett war leer. Und der zweite Stuhl, der gestern noch da gestanden hatte, war verschwunden.

Ana spürte, wie ihr plötzlich ein beklemmendes Angstgefühl die Brust zuschnürte. Als sie vorgestern Abend aus ihrem langen, seltsamen Schlaf aufgewacht war, hatten Papa und Mama gemeinsam an ihrem Bett gesessen. Sie hatten erst eigenartig ängstlich geguckt, dann erleichtert gelacht, als Ana ihnen gesagt hatte, dass sie sich gut fühlte, dass sie nur nicht wusste, wo sie war und wie sie hierher gekommen war. Aber da war noch etwas anderes gewesen. Papa und Mama waren ... irgendwie ... verändert. Sie hielten sich sogar an den Händen, etwas, das das letzte Mal vor so langer Zeit passiert war, dass Ana nicht einmal mehr wusste, ob das nicht vielleicht sogar nur ein Traum gewesen war. Und auch, wenn es gestern wieder passiert war, war sich Ana, nachdem sie in dieser Nacht so lange und tief geschlafen hatte, nicht mehr sicher, ob sie sich das Ganze nicht nur einbildete. Und sie hatte Angst davor, dass das Bild von Papa und Mama Hand in Hand an ihrem Bett nur in ihrem Kopf existierte.

„Na? Wie geht es unserer kleinen Patientin denn heute?", riss sie eine freundliche Frauenstimme aus ihren Gedanken.

„Wo sind Papa und Mama?", fragte Ana.

„Die kommen nachher bestimmt wieder zu dir", beruhigte sie die Ärztin. „So lieb, wie sie dich haben. Es ist wirklich schön, so eine starke und glückliche Familie wie deine zu sehen."

Ana fühlte, wie ihr warm wurde. Sie hatte nicht geträumt!

„Wollen wir jetzt mal sehen, wie süß dein Blut ist?", fragte die Ärztin.

Ana war noch so gefangen in ihrem Glücksgefühl, dass sie einfach nur nickte und den Finger ausstreckte.

Die Ärztin stutzte, dann lachte sie. „Deinen Finger brauche ich nicht, ich muss nur einmal kurz auf den Apparat da neben dir gucken." Sie trat neben das Bett. „4,2. Na, das ist doch gar nicht so schlecht dafür, dass du noch nicht gefrühstückt hast. Dann lass uns das mal ganz schnell nachholen. Die Schwester kommt gleich mit der Schüssel und dem Lappen für die Katzenwäsche und zum Zähneputzen. Und danach schauen wir mal, was die Küchenfrauen so vorbereitet haben. Oder soll ich dir lieber gleich ein Schokoladencroissant verschreiben?"

Ana musste lachen. „Ja, mit ganz vielen Streuseln drauf."

Die Ärztin holte einen Schreibblock und einen Stift aus

ihrem Kittel. Mit ernstem Gesicht schrieb sie und las dabei laut mit: „Auf ärztliche Anweisung: Ana Maria Jardim erhält zum Frühstück ein großes Schokoladencroissant mit extra vielen Streuseln und einen leicht gesüßten Kamillentee." Mit hochgezogenen Augenbrauen riss sie den Zettel aus dem Block. „Du musst mich jetzt entschuldigen, ich muss das Rezept in die Küche bringen." Sie trat noch einmal an den Apparat neben Anas Bett und drückte ein paar Tasten an der grün und rot flimmernden Schalttafel. „So, jetzt habe ich die Ampel gestellt, damit die in der Küche nicht so trödeln."

„Du hast mir jetzt mein Extra-Insulin gegeben, den Bolus für das Croissant, stimmts? Und deshalb muss ich jetzt schnell etwas essen."

Die Ärztin schaute sie mit großen erstaunten Augen an. „Na, du weißt ja schon eine Menge über Diabetes." Dann lächelte sie. „Mach dir keine Sorgen. Ich denke, deine Eltern werden noch vor dem Mittagessen hier sein. Bis dahin solltest du sauber und satt sein, also schicke ich jetzt die Schwester, ja?"

Ana nickte.

Als die Ärztin gegangen war, streckte sie sich ganz lang in ihrem Bett aus, legte die Arme auf die Bettdecke, drehte den Kopf etwas zur Seite und sah aus dem Fenster.

Alles war gut.

Einige Minuten früher

Aksel ließ sich stöhnend in den riesigen Wohnzimmersessel fallen. Sofort schossen Schmerzblitze durch seinen ganzen Körper, und sein Kopf drohte durch die Erschütterung zu platzen.

Trotz Ruhe, reichlich Schmerzsalbe und einem langen, traumlosen Schlaf fühlte er sich, als wäre er von einem Panzer überrollt worden. Nachdem bei ihm durch dem Kopfstoß des Riesen die Lichter ausgegangen waren, hatten die Schläger (zumindest die zwei, die noch auf ihren Beinen stehen konnten) es offensichtlich noch einmal so richtig krachen lassen. Sein Oberkörper war inzwischen flächendeckend mit schwarz-blau-violetten Hämatomen überzogen, und über den genauen Zustand seiner immer noch schmerzenden Genitalien wollte er lieber gar nicht erst nachdenken. Immerhin hatten sie sein Gesicht verschont, glücklicherweise, weil sichtbare Lädierungen den ob der frühen Stunde – Sonntag kurz vor acht Uhr – ohnehin schon angefressenen Vermieter der Ferienwohnung zusätzlich auch noch misstrauisch gemacht hätten.

Aufgewacht war er gestern gegen drei Uhr morgens, wie ein achtlos weggeworfener Müllsack, neben einem Pflanzkübel mit einer Palme, zusammengerollt und durchgefroren, in der Gasse, die zu seinem Hotel, dem Memmo Alfama hinunter führte. Sein Koffer lag geöffnet ein paar Meter weiter, die Sachen teilweise verstreut. Sein Laptop war verschwunden. Keine Überraschung, und auch kein Verlust. Der Laptop gehörte der Firma, war komplett verschlüsselt, und alle Daten lagerten auf einem externen Cloudserver.

Beim schmerzhaften Versuch, sich an der rauen Hauswand in eine aufrechte Position zu bringen, hatte er gestutzt, als er auf etwas Hartem zu sitzen gekommen war. Er hatte unter sich getastet, was eine neue Welle stechender Schmerzen durch seinen Körper gejagt hatte, und völlig überrascht seine Brieftasche, seinen Pass und sein Mobiltelefon aus den beiden hinteren Hosentaschen gezogen. Nach einem kurzen Anflug von Freude war ihm schlagartig klar geworden, dass er gerade die dritte Lektion dieser Nacht gelernt hatte. Lektion Eins: Rechne in Lissabon nicht mit Hilfe, wenn du auf offener Straße zusammengeschlagen wirst. Zivilcourage ist hier völlig überbewertet. Lektion Zwei: Liegst du bewusstlos auf der Straße, hält dich jeder für einen Betrunkenen oder Obdachlosen oder beides, und du wirst weiträumig umschifft. Den Beweis (Brieftasche,

Pass und Telefon) hielt er in der Hand. Was ihn zu Lektion Drei brachte: Dass er diese Dinge noch hatte, hieß, man wollte, dass er nicht wegen irgendwelcher Dokumente zur Polizei oder gar zur norwegischen Botschaft rannte und dass er darüber hinaus erreichbar war. Zusammengefasst: eine letzte Warnung. Dass sein Laptop verschwunden und sein Koffer geplündert worden waren, führte direkt zu Lektion Zwei zurück: Diese Dinge hatten offenbar weit genug von ihm entfernt gelegen.

Ach ja, und nicht zu vergessen: Katzen geben Köpfchen.

Mit einem Mal empfand Aksel die Stille in dieser riesigen, eigentlich für mindestens sechs Leute ausgelegten Ferienwohnung mit den großen, plüschig weinroten Samtvorhängen und kitschigen Gemälden an den Wänden als unerträglich. Er griff zur Fernbedienung, die neben diversen Reiseführern und Stadtplänen auf dem Wohnzimmertisch lag und schaltete den überdimensionalen Fernseher an der Wand ein. Er zappte ein wenig herum und blieb schließlich bei einer Dokumentation auf dem History Channel hängen, ohne wirklich zuzuhören.

Viel besser.

Aksel verspürte plötzlich Lust auf einen Kaffee, auch wenn das bedeutete, dass er sich wieder schmerzvoll aus seinem Sessel würde erheben müssen. In dem Augenblick, als er die Küche erreicht hatte, klingelte sein Telefon. Das natürlich auf dem Wohnzimmertisch lag. Fluchend humpelte er zurück. Als er die Nummer sah, stöhnte er innerlich und drückte auf ‚Annehmen'. „Ja?", knurrte er.

„Senhor Nysgård, schön zu hören, dass Sie noch leben! Sind Sie gut umgezogen?", zwitscherte es vom anderen Ende.

Diese Kommissarin war unglaublich ... „Wenn Sie wegen der Liste meiner Komplizen und Hintermänner anrufen, die ist noch nicht fertig. Mir ist da was dazwischengekommen ..."

„Das ist bedauerlich, aber wohl nicht zu ändern", unterbrach sie ihn. „Was jetzt viel wichtiger ist, ich brauche ganz dringend den Namen der Krankenversicherung, mit der Sie hier in Portugal Ihren Feldversuch durchgeführt haben."

Was zur Hölle ...?

„Senhor Nysgård?"

Er schnaufte. Dann: „Jetzt ist auch schon alles egal ... es ist die Metropolitan Seguro de Saúde S.A." Was wollte sie denn jetzt mit der Versicherung? Ihn noch tiefer in die Scheiße ziehen?

„Senhor Nysgård, in welchem Hotel sind Sie abgestiegen?"

Ja was denn noch alles? „Ich ... ich weiß nicht ..." Zeit gewinnen, Situation analysieren.

„Senhor Nysgård, ich habe Grund zur Annahme, dass ich gerade entdeckt habe, wer unser Mörder ist. Da ich nicht ausschließen kann, dass er gerade unterwegs ist, um den nächsten Mord zu begehen, brauche ich jetzt Ihre Hilfe. Ich denke, zum einen können Sie im absoluten Ernstfall besser helfen als irgendein Notarzt, und zum anderen können Sie in Ihrer derzeitigen Situation jede Aussage einer portugiesischen Behörde zu Ihren Gunsten mehr als nur gut gebrauchen. Also, welches Hotel?"

Soviel zum Analysieren der Situation ...

Er schnaufte erneut. „Kein Hotel. Eine Ferienwohnung. Rua da Palma 268, Nähe Martim Moniz. Das Haus, wo vorn der Chinamarkt drin ist."

„Rühren Sie sich nicht von der Stelle. Mein Kollege wird Sie in ein paar Minuten dort abholen." Ohne auf eine Antwort von ihm zu warten, legte sie auf.

Aksel ließ langsam die Hand mit dem Telefon sinken. War er jetzt eben ernsthaft Teil einer körperlichen Mörderjagd geworden?

Sein Telefon klingelte erneut.

„Was denn jetzt noch?", fragte er ohne aufs Display zu sehen.

Einen Moment lang war es still in der Leitung. Dann: „Ich hoffe, die Nachricht ist angekommen."

Zur selben Zeit

Maria Paiva Dourada sah missmutig in den Spiegel. Nein, selbst das Zauber-Make-up zu einem gelinde gesagt unsittlichen Preis überdeckte nicht die Tatsache, dass sie schlecht drauf war. Gut, nach einer üblen Nacht neben ihrem schnarchenden und furzenden Ehemann, einem unerquicklichen Besuch im Bad, bei dem sie entdeckt hatte, dass ihr Kater das Katzenklo zwar gefunden und benutzt, danach aber fast komplett ausgeräumt und die klumpige Streu im Rest des Badezimmers verteilt hatte, und nervigen Meldungen ihrer Kaffeemaschine, die zuerst den Wassertank gefüllt und dann den Kaffeesatzbehälter geleert haben wollte, bevor sie ihr den ersten Kaffee gönnte, war das ja wohl auch mehr als verständlich.

Dass sie jetzt auch noch spät dran war und sich beeilen musste, trug auch nicht unbedingt zur Verbesserung ihrer Stimmung bei.

Egal. Maria Dourada zerrte an den Revers des Blazers ihrer „Uniform", die sich ziemlich unangemessen über ihrem üppigen Busen spannte. Vergebens versuchte sie, wenigstens den dritten Knopf ihrer über dem Dekolleté recht offenherzigen weißen Bluse zu schließen. Etwas legerere und dezentere Kleidung wäre ihr wesentlich lieber gewesen, aber was tat man nicht alles, um selbst einen Scheißjob wie ihren zu behalten?

Schließlich erklärte sie ihrem Spiegelbild die bedingungslose Kapitulation, verließ das Bad und ging ins Wohnzimmer.

Vielleicht hätte sie es lassen sollen.

„Kriege ich noch einen Kuss, oder ist Madame sich zu fein dafür, nachdem sie sich schon für ihren Spießerjob aufgetakelt hat?"

Maria unterdrückte ein Stöhnen, ging zu ihrem im fleckigen Unterhemd und Trainingshose auf der Couch sitzenden Mann und beugte sich zu ihm herunter. „Mein Spießerjob bezahlt die Miete", antwortete sie nach einem mit angehaltenem Atem angedeuteten Kuss auf die bartstopplige Wange. „Und dein Bier. Wäre übrigens schön, wenn ich heute Abend mal in eine Wohnung kommen würde, die nicht stinkt wie ein Raubtierkäfig."

„Was kann ich dafür, dass unser Kater sein Futter nicht verträgt und permanent Dünnschiss hat?", verteidigte er sich.

‚Aber der würde wenigstens duschen, wenn er es könnte', verkniff sie sich, winkte resigniert ab und ging. Ein Gutes hatte es ja: Nach solchen Erlebnissen am Morgen kam ihr ihr Job gleich gar nicht mehr sooo schlimm vor ...

Montag, 08:59 Uhr

Inês blickte auf ihr Telefon. Keine Nachricht. Das war gut. Nichts würde ihre Montagsroutine stören.

Sie drehte eine letzte Runde durch die leere Wohnung. Mário war schon seit über einer Stunde weg. Sie hatten vereinbart, dass Inês ihre Mittagspause vorverlegen sollte und sie sich auf einen kurzen Besuch bei Ana im Krankenhaus treffen würden. Es hatte gestern Abend noch einen kritischen Moment gegeben, als Inês während des Abendbrots eine Textnachricht von Filipe Amaro erhalten hatte, der sie in seiner subtilen Art zu einem Quickie in ein Hotel bestellen wollte. Das Telefon hatte auf dem Tisch gelegen, und natürlich hatte Mário die Nachricht auch gesehen. Sie hatten sich einen Augenblick lang angesehen, dann hatte Inês das Telefon genommen, war mit dem Stuhl herumgerückt, bis sie neben Mário gesessen hatte, sodass er sehen konnte was sie schrieb: ‚DU WARST EIN GROSSER FEHLER.

ICH HABE ALLES, WAS ICH BRAUCHE. BITTE LÖSCH MEINE NUMMER' Danach hatten sie den Wein ausgetrunken und waren in schweigender Übereinkunft ins Bett gegangen.

Inês nahm ihre Jacke und ihre Handtasche. Noch ein letzter Blick in den Korridor.

Montag, ich komme ...

Montag, 09:21 Uhr

„Niemand zu Hause", sagte Carina. „Wir sind zu spät." ‚Hätte ich eigentlich wissen sollen!', dachte sie, wütend auf sich selbst.

„Und nun?", fragte Carla.

Carina überlegte einen Augenblick. „Gut, also, wir suchen eigentlich den Mann der Inês Almeida Jardim, einen Mário Pedro Damásio. Er hat damals zusammen mit seiner Frau Inês bei derselben Versicherung gearbeitet, die mit den Herstellern der Insulinpumpe diesen Versuch durchgeführt hat. Er hatte also theoretisch Zugang zu allen Daten, einschließlich der Namen aller Versuchspersonen. Ich habe auf dem Weg hierher mit der Personalabteilung der Versicherung telefoniert. Als Mário Damásio erfahren hat, dass seine Tochter Ana, eine dieser Versuchspersonen, das System nicht würde weiternutzen können, ist er ausgerastet und hat das halbe Büro seiner Versicherung zerlegt, woraufhin er natürlich gefeuert wurde. Damit hatte er außer einem starken Motiv nicht nur das Wissen um das Pumpensystem, sondern auch die Möglichkeit, zu jeder beliebigen Zeit des Tages an jedem beliebigen Ort zu sein, ohne dass er irgendwo vermisst wurde. Und genau das ist jetzt unser großes Problem: Mário Damásio ist immer noch arbeitslos und kann faktisch überall sein. Inzwischen weiß ich, dass seine Tochter aktuell im Krankenhaus liegt, es scheint am Freitag wohl einen Notfall gegeben zu haben, die Ärzte wollten mir am Telefon nichts Näheres sagen, sie haben aber indirekt bestätigt, dass es etwas mit der Diabetes des Kindes zu tun hat. Es ist nur eine Annahme, aber es ist denkbar, dass das der Auslöser für einen weiteren Mord sein kann." Sie holte tief Luft. „Ich löse sofort die Fahndung nach Mário Damásio aus. Sollte er wider Erwarten im Krankenhaus auftauchen, wird er dort von unseren Beamten in Empfang genommen. Wir machen uns jetzt alle auf den Weg nach Saldanha zu dieser Versicherung und versuchen, seine Frau abzupassen. Vielleicht kann die uns etwas darüber sagen, ob ihr Mann sich irgendwie eigenartig verhalten hat, oder zumindest, ob sie weiß, wo er seine Tage so verbringt, damit wir einen Anhaltspunkt für unsere Suche haben."

„Muss ich da unbedingt mit dabei sein?", fragte Aksel Nysgård.

„Ja", antwortete Carina knapp. „Müssen Sie. Im Übrigen", fügte sie hinzu. „Sie sehen scheiße aus."

Montag, 09:25 Uhr

Er stand da und starrte die Tür des Gebäudes auf der anderen Seite der Straße an. Es war gerade einmal kurz nach neun, was machten denn an einem Montag all diese Menschen hier? Und warum war *sie* noch nicht hier?

Ohnmächtig sah er zu, wie einige Meter vor dem Gebäude ein Bus hielt und eine weitere Traube an Menschen ausspuckte. Wenn das jetzt so weiterging ...

Dann plötzlich sah er die Gestalt, nach der er die ganze Zeit Ausschau gehalten hatte. Die Frau, mit der sein ganzer Plan stehen oder fallen würde.

Instinktiv wollte er loslaufen, doch irgendetwas hielt ihn zurück. Nein, jetzt ging es noch nicht, das Treiben vor dem Gebäude musste sich erst einmal beruhigen. Zu groß war die Gefahr, dass etwas schiefging. Es reichte schon aus, versehentlich angerempelt zu werden.

Vielleicht sollte er erst einmal noch einen Kaffee ...?
‚Unsinn!', schalt er sich. Er wusste aus ihrer denkwürdigen Sitzung damals mit der Psychologin, dass das alles Vorschubhandlungen waren. Sie hatte ihn damals schon davor gewarnt. Dinge, die getan werden mussten, mussten getan werden. Probleme wurden nicht kleiner, wenn man sie vor sich herschob.

Mário warf noch einen letzten Blick auf die Frau.

Jetzt.

Montag, 09:27 Uhr

Aksel spürte, wie ihn die Zentrifugalkraft trotz Sicherheitsgurt gegen die Beifahrertür presste. Er unterdrückte ein Stöhnen, als sich alle seine blauen Flecken gleichzeitig gegen diese Behandlung empörten und ihn schmerzhaft an die vorletzte Nacht erinnerten. „Geht das vielleicht auch ein bisschen langsamer?", fragte er Kommissar Bruno Lobão zähneknirschend.

Der angolanische Riese am Steuer drehte sich nur einmal kurz zu ihm um und warf ihm einen bedeutsamen Blick zu. „Das hier ist ein Polizeieinsatz, wir haben einen Mörder frei rumlaufen, und jetzt stellen Sie die Frage doch bitte noch einmal!"

„Da!", sagte Aksel hoffnungsvoll und deutete auf ein an einer Fußgängerbrücke befestigtes Zeichen ‚*Velocidade controlada*'.

Bruno Lobãos Kopf ruckte nach vorn. Er knurrte etwas Unverständliches – und trat aufs Gaspedal.

Der Wagen machte einen Satz nach vorn.

Sofort krallte sich Aksel in seinen Sitz. „Sind Sie irre?", schrie er. „Brauchen Sie neue Passbilder oder was?"

Der Polizist sah ihn verständnislos an. „Passbilder?"

„Wenn man hier in Portugal schon so nett ist, Schilder aufzuhängen, um die Leute vor Blitzern zu warnen, meinen

Sie nicht, Sie sollten das ernst nehmen? Ich meine, auch wenn Sie die Polizei sind?" Aksel schüttelte den Kopf.

Bruno Lobão lachte. „Machen die das in Norwegen so?", fragte er. „Schilder aufhängen und Leute abkassieren, die nicht lesen können? Das ist ja schon fast Diskriminierung von Analphabeten ..." Dann wurde er wieder ernst. „Hier haben diese Schilder tatsächlich einen Radar, aber nicht um Autofahrer abzuzocken, sondern um ernsthaft den Verkehr zu regeln. Fährt jemand mit mehr als der vorgeschriebenen Geschwindigkeit durch, schaltet die nächste Ampel automatisch auf Rot."

Aksel starrte ihn an. „Und Sie geben extra Gas, weil ...?

„Nicht ‚weil', sondern ‚um'. Um schneller zu sein als die Ampel ..."

„Macht das hier jeder so?"

Der Polizist zuckte mit den Schultern. „Jeder, dessen Auto genug Pferde unter der Haube hat."

„Dann macht diese Maßnahme natürlich absolut Sinn", antwortete Aksel und schüttelte den Kopf. „Und wenn Sie jemanden vor sich haben, der das nicht weiß? Einen Touristen? Oder einfach nur einen Einheimischen mit einem kleinen alten Auto, das bei fünfzig Kilometer pro Stunde schon auf dem letzten Topf röchelt?"

„Was denken Sie?"

„Ein gefährliches Überholmanöver selbst bei Gegenverkehr? Oder eben Dauerhupen ..."

Bruno Lobão grinste. „Sehen Sie, Senhor Nysgård? Jetzt denken Sie schon wie ein richtiger Portugiese ..."

Montag, 09:28 Uhr

Maria Dourada zerrte erneut an ihrer „Uniform". Es wurde nicht besser. Genauso wie die Blicke der vorbeigehenden Männer auf ihren Busen nicht weniger wurden.

Sie schob den linken Ärmel ihres Blazers etwas nach

oben, um einen Blick auf die Uhr werfen zu können, wobei der Stoff zwischen den Schultern gefährlich spannte. 09:29 Uhr, jetzt sollte aber langsam ...

In ihrer Tasche vibrierte ihr Mobiltelefon. ‚Nein, bitte nicht!', flehte sie innerlich. Reichte es denn noch nicht, dass heute Montag war?'

Sie zog das Telefon aus der Tasche und öffnete den Nachrichteneingang. ‚BIER IST ALLE'.

Maria Dourada verkniff sich zurückzuschreiben ‚SCHADE' und beschloss stattdessen, die Nachricht einfach zu ignorieren. Sie steckte das Telefon wieder ein, reckte den Hals und blickte links und rechts die breite, menschengefüllte Straße hinunter. Noch immer nichts zu sehen. Oder doch ...? Da ganz hinten, das sah doch ganz so aus ...

Montag, 09:30 Uhr

„Da seid ihr ja endlich", empfing Carina Bruno und Aksel Nysgård am Seiteneingang für die im Büroteil des Atrium Saldanha ansässigen Firmen. „Was hat euch aufgehalten?" Sie bemerkte Aksel Nysgårds starren Blick. „Was?"

„Wie haben Sie das gemacht?", fragte der Norweger. „Wie konnten Sie vor uns hier sein? Er hier", er ruckte mit dem Kopf in Brunos Richtung, „fährt doch schon wie ein Selbstmörder."

„Es gibt für alles eine Steigerung", antwortete Carina ungerührt. „Irgendetwas von Kendra und Carla?"

„Stecken noch am Praça de Espanha im Verkehr", sagte Bruno. „Ist ja fast wie in alten Zeiten, als wir noch als Team unterwegs waren. Gut, natürlich ohne ihn da", fügte er mit Blick auf Aksel Nysgård hinzu.

„War der früher auch schon so unhöflich?", knurrte ‚er da'.

„Wir können ja wieder tauschen, wenn du meinst, dass du zu viel Zeit mit Kendra verbringst. Aber das erklärst du ihr dann, ja?" Carina sah auf die Uhr. „Wie auch immer, wir können nicht länger warten." Noch im Umdrehen zog sie ihren Dienstausweis und hielt ihn dem Security Guard direkt vors Gesicht. „Hautkommissarin Carina Andreia da Cunha, Mordkommission. Wir haben *keine* Durchsuchungsanordnung, *keinen* Termin, stehen demzufolge auch auf *keiner* Besucherliste, aber wir müssten jetzt dringend die Räumlichkeiten der Metropolitan Seguro de Saúde S.A. aufsuchen. Ich denke, dass das kein Problem darstellt, oder?"

Der Wachmann deutete nur stumm auf die Aufzüge.

Eine Minute später standen sie vor einer edel geschliffenen Glastür mit der Aufschrift „Metropolitan Seguro de Saúde S.A.". Carina drückte den Klingelknopf. Nur den Bruchteil einer Sekunde später ertönte ein steriles „Ja, bitte?"

Das Bild einer Sekretärin in ‚Nanny MacPhee' Optik vor Augen sagte Carina: „Mordkommission Lissabon, Hauptkommissarin Carina Andreia da Cunha. Wir müssen dringend mit Inês Almeida Jardim sprechen."

„Welche Abteilung?"

„Sagen Sie es mir, Sie arbeiten hier."

Als Antwort verkündete der Summer, dass die Tür jetzt wohl offen war.

‚Nanny MacPhee', die in der Realität eher wie Mary Poppins aussah, empfing sie stehend vor dem Empfangstisch, offensichtlich bereit, ihre Firma mit allen ihr zu Gebote stehenden Mitteln zu verteidigen. „Senhora Almeida ist noch nicht im Haus", sagte sie mit einem Blick voller Hoffnung, dass dieser magische Satz die Polizisten zur sofortigen Umkehr bewegen würde.

Carina sah demonstrativ auf ihre Uhr. „Noch nicht im Haus? Es ist bereits nach halb zehn."

Mary Poppins Gesicht bekam einen leicht mitleidigen Ausdruck. „Wir sind eine moderne Firma mit verschiedenen Arbeitszeitmodellen", dozierte sie. „Senhora Almeida arbeitet auf Gleitzeit."

„Wann würde denn dann ihre Kernarbeitszeit beginnen?", fragte Carina zurück. Dass man so etwas bei der Polizei nicht hatte, hieß ja nicht, dass sie nichts darüber wusste.

Mary Poppins zögerte. „Da würde ich nachsehen müssen ..." Der Unwille, ihre Bastion vor dem Tisch zu verlassen, war ihr deutlich anzusehen.

Carina setzte ein zuckersüßes Lächeln auf. „Wenn es keine Umstände bereitet ...", sagte sie mit einem Tonfall, der auch Mary Poppins klar zu verstehen gab, dass sie ihrem Wunsch wenn nötig auch durchaus mit anderen Mitteln Nachdruck verleihen würde.

„10:15 Uhr", kam es eineinhalb Minuten später.

„So lange können wir nicht warten", sagte Carina entschlossen. „Können Sie Senhora Almeida eventuell telefonisch erreichen und sie fragen, wo sie sich gerade aufhält?"

„Ich ... ich weiß nicht ..."

„Aber ich weiß. Bitte?"

Mary Poppins drückte zwei Tasten auf ihrem Computer und griff zum Telefon. „Ihr Mobiltelefon ist ausgeschaltet", sagte sie nach einer halbe Minute. „Lassen Sie mich noch etwas probieren." Sie wählte eine weitere Nummer.

Das war jetzt deutlich mehr, als Carina erwartet hatte.

„Hallo, alles gut? Du, nur eine kurze Frage, Inês Almeida hat einen Besucher hier. Ich habe versucht, sie zu erreichen, aber ihr Telefon ist aus. Hast du eine Ahnung, wo sie gerade sein könnte? Wie? Ach so, ja gut, ich gebe das so weiter." Sie legte auf. „Also, Inês Almeida trifft sich jeden Montag mit einer Freundin auf einen Kaffee, bevor sie zur Arbeit kommt. Die Kollegin konnte mir aber nicht sagen, wo genau."

„Haben Sie vielen Dank für Ihre Bemühungen", sagte Carina mit ehrlicher Dankbarkeit. „Ich weiß, es klingt abgedroschen, aber es geht wirklich um Leben und Tod." Dann wandte sie sich an Bruno. „Wir haben keine Wahl, wir müssen alle Cafés hier in der Umgebung absuchen. Ruf bitte

Kendra an, sie soll einfach nur irgendwo parken, möglichst so, dass sie nicht abgeschleppt wird, und ebenfalls anfangen. Wir nehmen die Cafés auf der linken Seite der Avenida da República, in Richtung Campo Grande, Kendra und Carla sollen die rechte Seite nehmen. Könnten Sie uns einen allerletzten Gefallen tun?", fragte sie an die Empfangssekretärin gerichtet. „Hier ist meine Mobilnummer, bitte rufen Sie mich an, wenn Senhora Almeida hier auftaucht, nur für den Fall, dass wir sie verpassen."

„Natürlich."

Carina drehte sich um. „Also dann, Aufbruch."

Montag, 09:41 Uhr

Er hasste sich für sein Zögern. Anstatt vorhin loszulaufen, war er stehengeblieben, und jetzt ging er schon zum dritten Mal seitdem den Ablauf im Kopf durch.

Und er spürte, wie sein Mut bei jedem Mal etwas kleiner wurde.

Die Frau stand noch immer dort vor der Tür. Inzwischen waren weniger Menschen auf der Straße unterwegs. ‚Noch einen Bus', dachte er. ‚Ich warte noch einen Bus ab, dann geht es los.'

Mário erschrak, als quasi von einer Sekunde auf die andere ein Bus vorbeifuhr, ihm für einen Augenblick die Sicht auf die Frau versperrte und zehn Meter weiter zum Stehen kam. Für einen winzigen Moment hatte er die Hoffnung, dass noch einmal eine große Menschentraube aussteigen und ihm eine weitere Ausrede für das Warten liefern würde, doch der Bus war fast leer. Als er weiterfuhr, sah Mário, dass nur zwei Leute ausgestiegen waren.

Ein Vater mit seiner kleinen Tochter, etwa in Anas Alter.

Mit einem Schlag wurde er ruhig.

Genau dafür. Genau dafür war er hier.

Er atmete noch einmal tief durch, warf noch einen letzten Blick auf die Frau dort am Eingang und lief los.

Montag, 09:56 Uhr

„Das hat doch alles keinen Sinn", sagte Aksel Nysgård. „Hier gibt es gefühlt drei Millionen Cafés, und wahrscheinlich noch einmal genauso viele in den Seitenstraßen."

„Wenn Sie eine bessere Idee haben, dann bin ich begierig darauf, sie zu hören", antwortete Carina verbissen, in dem Wissen, dass dieser nervige Typ eigentlich Recht hatte.

Doch der Norweger winkte nur ab.

„Sie muss in zwanzig Minuten auf der Arbeit sein", sagte Bruno mit Blick auf die Uhr. „Ich glaube, inzwischen ist es sinnvoller, dort auf sie zu warten."

Carina überlegte einen Moment. „Ich denke, du hast Recht", sagte sie schließlich. „Aber die Hoffnung stirbt zuletzt. Lass uns noch einen Abstecher in die ‚Padaria Portuguesa' im ‚Monumental' machen, auch wenn ich nicht glaube, dass sich jemand für seinen Montag motiviert, indem er oder in dem Fall sie in ein Café geht, wo sie besten Ausblick auf ihre Arbeitsstätte hat."

„Kriege ich da vielleicht endlich mal einen Kaffee?", fragte Aksel Nysgård.

„Nein!", antworteten Carina und Bruno gleichzeitig.

Montag, 09:57 Uhr

Sie schielte unauffällig auf ihre Armbanduhr. In einer reichlichen Viertelstunde musste sie auf der Arbeit sein. Sonst war ihr das eigentlich egal, zwei Minuten früher oder später, bei ihrem unbezahlten Überstundenkonto konnte sie darüber nur lächeln. Aber heute war es wichtig.

Und ab morgen war sowieso alles egal.

Ihre Gedanken wanderten. Mário hatte so stark, so unbesiegbar ausgesehen heute Morgen, als er die Wohnung verlassen hatte.

Alles würde gut werden. So oder so.

„Ist alles in Ordnung?", kam es besorgt von der anderen Seite des Tisches.

‚Mehr, als du dir vorstellen kannst', dachte Inês. „Aber klar doch. Und sorry noch mal, dass ich heute etwas spät dran war. Ich hatte nicht so viel Schlaf heute Nacht ..."

„Ja danke auch! Ich hatte auch nicht viel Schlaf, aber das hatte andere Gründe! Vierhundert Dezibel Schnarchen direkt neben mir! Und wieso der überhaupt aufsteht, wenn er eigentlich liegen bleiben kann, ist mir ein Rätsel. Wahrscheinlich nur, um mich schon am Morgen mit seiner arbeits- und antriebslosen Gegenwart zu beehren ..." Sie guckte erschrocken. „Oh, entschuldige, ich wollte nicht ..."

Inês lächelte. „Trieblos ist meiner nicht, im Gegenteil ..."

„Ja, reibs nur noch rein in die offene Wunde! Wenn ich wissen will, wann ich das letzte Mal richtigen ... dann brauche ich einen Kalender von 2008 ..."

„Das war vor deiner Hochzeit."

„Genau."

„Scheidung?"

„Katholisch?"

„Scheiße."

„Du sagst es."

Inês blickte wieder auf die Uhr, diesmal demonstrativ sichtbar. „Du, tut mir leid, aber ich muss wirklich ..."

„Meu Deus, was ist das denn für ein Aufgebot?"

Montag, 09:59 Uhr

„Dort sitzt sie!" Bruno sah vom Display seines Mobiltelefons hoch und zeigte auf den Tisch am Fenster.

„Ich glaubs ja nicht ... Wir rennen die ganze Gegend ab, und sie ist hier ...", stöhnte Carina. Mit zwei schnellen Schritten war sie am Tisch von Inês Almeida Jardim und ihrer Freundin. „Senhora Almeida! Gut, dass Sie hier sind. Eine Frage: Wissen Sie zufällig, wo sich Ihr Mann gerade aufhält? Entschuldigung, ich vergaß mich vorzustellen: Hauptkommissarin Carina Andreia da Cunha, meinen Kollegen kennen Sie ja bereits."

Die Frau sah sie einigermaßen verstört an. „Was hat das zu bedeuten? Mein Mann? Wieso ...?"

„Senhora Almeida, wir können Ihnen das alles erklären, aber zuerst müssen wir wissen, wo Ihr Mann ist! Bitte!"

Inês Almeida Jardim schüttelte den Kopf. „Da bin ich überfragt", antwortete sie langsam. „Mein Mann ist arbeitslos, wie Sie ja sicher wissen. Was weiß ich, was er den Tag über so macht."

„Könnte er bei Ihrer Tochter im Krankenhaus sein?"

Inês Almeidas Gesicht verfinsterte sich. „Ach, das wissen Sie auch schon? Wäre schon möglich, aber wie gesagt, er hat alle Zeit der Welt." Sie stand auf. „Wenn Sie sonst keine Fragen mehr haben, würde ich dann gern gehen, ich komme sonst zu spät zur Arbeit."

„Ana ist im Krankenhaus?", fragte die andere Frau am Tisch erstaunt. „Warum hast du denn nichts gesagt, ich hatte ja keine Ahnung ..."

„Und Sie sind?", fragte Bruno.

„Maria Paiva Dourada, eine Freundin ..."

„Haben Sie die Beulenpest?", kam es plötzlich laut und missgelaunt von Aksel Nysgård.

Alle Köpfe fuhren herum.

Die der Gäste an den Nachbartischen eingeschlossen.

„Was erlauben Sie sich ...!", empörte sich die Frau.

Bruno machte einen drohenden Schritt auf den Norweger zu.

Der streckte nur den Arm aus und deutete auf den Bauch von Ana Dourada. „Entweder haben Sie da ein echt übles Geschwür oder Sie tragen ein medizinisches Gerät unter der Bluse. Lassen Sie mich raten: eine Insulinpumpe?"

Maria Dourada starrte ihn an. „Woher ...?"

„Also, ich muss dann wirklich ...", sagte Inês Almeida und griff nach ihrer Jacke.

„Das denke ich eher nicht", sagte Carina und schob sich ihr in den Weg. „Senhora Dourada, könnten Sie bitte einmal Ihre Steuereinheit herausholen?"

„Meine ... Inês, was soll das alles hier?"

„Das erkläre ich Ihnen gleich", sagte Carina an Inês Almeidas Stelle. „Aber jetzt erst einmal Ihre Steuereinheit, bitte. Es ist in Ihrem eigenen Interesse."

Zögernd gehorchte Maria Dourada und griff in ihre Handtasche. Begann zu kramen. Wurde blass. „Sie ist weg!", flüsterte sie. „Oh mein Gott, sie ist ... ich muss ..."

Stumm streckte Bruno Inês Almeida die offene Hand entgegen. Nach einem kurzen inneren Kampf griff diese in ihre Jacke und reichte Bruno das Gerät, der es sofort an die immer noch entsetzt starrende Maria Dourada weiterreichte. „Können Sie bitte überprüfen, ob Sie in der, sagen wir, letzten halben Stunde einen Bolus bekommen haben? Also außer dem, den Sie sich vermutlich selbst für Ihr Frühstück hier verabreicht haben?"

Mit zitternden Händen ergriff die Frau die Steuereinheit und drückte ein paar Knöpfe. Dann riss sie die Augen auf und hielt sich am Tisch fest. „Inês ...", flüsterte sie. „Wolltest ... wolltest du mich umbringen?"

„Wieviel?", kam es von Aksel Nysgård aus dem Hintergrund.

„Dreißig Einheiten ... aber ..."

„Schon vollständig injiziert?"

„Ja ..."

Der Norweger machte einen schnellen Schritt auf die Frau zu. „Um das Verfahren abzukürzen: Ja, Ihre Freundin wollte Sie umbringen." Unter Carinas entsetztem Blick riss er Maria Dourada über dem Bauch die Bluse auf, sodass die

Knöpfe in alle Richtungen wegflogen. „Das wird jetzt etwas wehtun", sagte er kurz und riss ihr mit einer schnellen Bewegung die *patch pump* ab. „Aber das Letzte, was Sie jetzt brauchen, ist lustig weiterplätscherndes Basalinsulin. Glücklicherweise stehen Sie gerade so unter Stress, dass Ihr Blutzucker durch die Stresshormone von selbst hochfährt." Dann drehte er sich um und rief in Richtung Tresen: „Ich brauche hier sofort dringend mindestens einen halben Liter Orangensaft! Und Sie rufen einen Krankenwagen!", sagte er an Carina gewandt, doch Bruno hatte schon das Telefon in der Hand und nickte.

Carina nickte zurück, griff nach hinten an ihren Gürtel und holte ein paar Handschellen hervor. Widerstandslos ließ Inês Almeida Jardim sich festnehmen.

In dem Moment klingelte Brunos Telefon. „Ja bitte?" Er hörte eine Weile zu. Dann: „Danke, Kollegen. Kann sein, dass wir uns den Herrn mal kurz ausborgen müssen, aber macht ihr erstmal euren Papierkram. Oder so, dann komme ich nachher beim Verhör einfach dazu. Adeusinho, bis später!" Er ließ das Telefon sinken. „Das waren die Kollegen vom Raubdezernat. Der Ehemann unserer Mordverdächtigen hier ist eben verhaftet worden, als er in Campo Grande versucht hat, eine Filiale der Millenium Bank zu überfallen."

Für einen Moment stand Carina das Bild von einem kleinen Mädchen im Krankenhaus vor Augen. Sie schluckte. Dann sah sie Inês Almeida direkt ins Gesicht. „War es das alles wirklich wert?", fragte sie leise.

Inês Almeida sah sie aus erloschenen Augen an. „Ich würde es jederzeit wieder tun", sagte sie bitter. „Reicht Ihnen das als Antwort?"

Montag, 16:09 Uhr

Bruno war sich nicht sicher, was genau der junge Mann dort auf der anderen Seite des Tisches hier im Verhörraum des Raubdezernats ausstrahlte. Wut darüber, dass der Überfall schiefgegangen war? Verzweiflung? Oder war da auch eine gewisse Erleichterung darüber, dass jetzt alles vorüber war? Vermutlich eine Mischung aus allem ...

„Mário Pedro Damásio", begann Ricardo Calmeiro, der Kommissar des Raubdezernats, der das Verhör leitete. „Nachdem Sie darauf verzichtet haben, dass Ihnen ein Anwalt bei Ihrer Befragung zur Seite steht, und Sie zugestimmt haben, dass Kommissar Bruno Murició Lobão von der Mordkommission anwesend ist, würden wir jetzt gern beginnen."

Mário Damásio nickte stumm.

„Nachdem der Tathergang unbestritten ist – wir haben ja die Aufzeichnungen der Kameras vor der Bank und diverse Zeugenaussagen – brauchen wir eigentlich nur noch ein Motiv. Was treibt einen intelligenten Mann wie Sie dazu zu versuchen, mit einer Spielzeugpistole eine für den Nahkampf trainierte Mitarbeiterin eines Sicherheitsdienstes als Geisel zu nehmen, um eine Bank zu nötigen, Ihnen Geld auszuhändigen? Ich meine, dass Sie noch nicht einmal in die Bank hineingekommen sind, hat zu Ihren Gunsten Schlimmeres verhindert."

Mário Damásio lächelte müde. „Was glauben Sie wohl? Warum überfällt jemand wie ich eine Bank? Um mir einen neuen Ferrari zu kaufen natürlich!"

„Senhor Damásio, bitte ..."

„Schon gut." Mário Damásio hob die Hände, soweit die Handschellen, mit denen er am Tisch festgemacht war, es zuließen. „Mein Tochter ist Diabetikerin", begann er.

„Es tut mir leid, das zu hören. Das ist sicher nicht leicht."

„Nicht leicht?" Mário Damásio ließ ein unechtes Lachen hören. „Haben Sie Kinder, Senhor Calmeiro?"

Bruno sah, wie der Kollege vom Raubdezernat nur mit den Schultern zuckte. Irgendwie spürte er, dass ihm nicht gefiel, wohin dieses Verhör jetzt gehen würde.

„Meiner Tochter wurde Diabetes diagnostiziert, als sie zwei Jahre alt war. Damals haben meine Frau und ich uns die Arbeit geteilt. Inês hat die Blutzuckermessungen übernommen, ich das Spritzen. Nicht schön, aber Ana war ja noch so klein. Dann hatten wir das Glück, für diese Testreihe ausgewählt zu werden. Keine sechs bis acht Spritzen pro Tag mehr, nur alle drei Tage die Insulinpumpe wechseln und programmieren. Ana ist regelrecht aufgeblüht, und was es für mich bedeutet hat, meiner Tochter diese schmerzhaften Spritzen nicht mehr geben zu müssen, können Sie sich nicht vorstellen. Dann nach sechs Monaten hieß es plötzlich: ‚Leider können Sie die Insulinpumpe bis zur offiziellen Markteinführung nicht weiternutzen, es kann sich aber nur um ein paar Monate, maximal ein Jahr handeln.'"

„Wie haben Sie auf diese Nachricht reagiert?"

Mário lachte wieder bitter auf. „Ich habe meinen Schreibtisch samt Computer umgekippt und den Bürostuhl durch die Glastür geworfen. Danach wurde ich natürlich gefeuert." Er schüttelte den Kopf. „Hätte ich mich damals nur beherrscht, dann wäre es nie soweit gekommen."

„Wie darf ich das denn verstehen?" Kommissar Calmeiro zog die Augenbrauen zusammen, während Bruno ahnte, was als Nächstes kommen würde.

„Nur eine Woche später erhielt ich einen Anruf, unterdrückte Rufnummer, von einem Mann, der sich mir nicht namentlich vorgestellt hat. Auf jeden Fall ein ausländischer Akzent. Er hat mir angeboten, dass meine Tochter das Insulinsystem bis zur Markteinführung weiternutzen kann, allerdings müssten wir es aus eigener Tasche bezahlen. Hätte ich meinen Job noch gehabt, dann wäre es immer noch sehr eng geworden, aber wir hätten es irgendwie geschafft, aber so?"

„Und dann war ein Banküberfall natürlich die naheliegende Alternative", sagte Kommissar Calmeiro.

Bruno unterdrückte den Drang, dem Kollegen vors

Schienbein zu treten. „Bitte erzählen Sie weiter, Senhor Damásio", sagte er mit einem Seitenblick auf Ricardo Calmeiro.

Mário Damásio nickte. „Wir hatten etwa eine Woche, um das System wieder zurückzugeben und unsere Tochter wieder auf Spritzen umzustellen. Inês und ich waren mit der ganzen Situation, Ana die neue Lebensqualität wieder wegnehmen zu müssen, völlig überfordert. Wir haben daraufhin beschlossen, uns die professionelle Hilfe einer Psychologin zu holen. Ich werde dieses Gespräch vermutlich nie in meinem Leben vergessen ... Sie hat sich unsere Geschichte angehört, dann hat sie gefragt, wen von uns beiden Ana denn lieber hätte, Papa oder Mama. Ich habe diese Frage nicht wirklich ernst genommen und habe zu Inês mehr so im Scherz gesagt, dass Ana ja doch schon eine kleine Mama-Prinzessin sei. ‚Gut', hat die Psychologin geantwortet. ‚Dann sind Sie ab jetzt nicht mehr der Papa, sondern der Typ mit der Nadel'. Es hat eine Weile gedauert, bis uns klar geworden ist, dass sie das ernst gemeint hat."

Ricardo Calmeiro starrte Mário Damásio mit offenem Mund an. „Wie kann eine Psychologin so etwas auch nur andeuten?", fragte er fassungslos.

Mário Damásio zuckte mit den Schultern. „So grausam es klingt, aber sie hatte ja irgendwo Recht. Um die Schmerzen beim Spritzen wären wir in keinem Fall herumgekommen, und so hat das Kind wenigstens noch eine Bezugsperson, zu der es gehen konnte, ohne davor Angst haben zu müssen, wieder eine Injektion zu bekommen. ‚Prinzip des sicheren Hafens', sozusagen. Wir konnten beide nicht vorhersehen, dass ..." Seine Stimme brach ab.

„Dass was?"

Mário Damásio presste die Lippen aufeinander und schüttelte den Kopf.

„Die Tochter von Senhor Damásio liegt im Krankenhaus", antwortete Bruno an seiner Stelle. „Nachdem sie erfolglos versucht hat, sich selbst eine Insulininjektion zu verabreichen, um nicht mehr zusehen zu müssen, wie ihr Vater darunter leidet, ihr die Spritzen geben zu müssen."

Kommissar Calmeiro schluckte schwer. „Tut mir leid, ich hatte ja keine Ahnung."

Mário Damásio winkte ab. „Ich bin halt ein lausiger Schauspieler", sagte er düster. „Meine Tochter ist stärker als ich, meine Frau konnte meine Anfälle von Selbstmitleid und Selbstvorwürfen auch nicht mehr ertragen und ist fremdgegangen. Ich habe angefangen zu trinken, so ist eines zum anderen gekommen. Jeder kompensiert eben anders. Ich hoffe nur, meine Frau zerbricht nicht daran, wenn ich erstmal im Gefängnis bin."

Bruno blickte überrascht zu seinem Kollegen. „Sie haben es ihm noch nicht gesagt?"

„Ich habe mir gedacht, dass das eigentlich Ihre Aufgabe sein sollte, Kommissar Lobão."

Bruno spürte, wie es ihm den Hals zuschnürte.

„Kann mich mal jemand aufklären?", fragte Mário Damásio ungehalten. „Bitte!"

„Senhor Damásio", begann Bruno. „Sie sagten eben, dass jeder von Ihnen auf seine eigene Weise diesen unglaublichen psychischen Druck kompensiert hat. Ich denke nur, Sie haben keine Ahnung, wie dieses Kompensieren bei Ihrer Frau ausgesehen hat."

Mário Damásio starrte ihn an. „Inês? Was ...?"

„Senhor Damásio, Sie wissen sicher, dass nach dieser Versuchsreihe, aus der Ihre Tochter bedauerlicherweise ausgeschlossen wurde, fünfzig der Versuchspersonen das Insulinpumpensystem behalten durften, gefördert durch die Herstellerfirma."

Sein Gegenüber nickte langsam. „Und?"

„Ihre Frau sitzt derzeit bei uns in Untersuchungshaft, nachdem sie drei dieser fünfzig Menschen ermordet und zwei weitere Mordversuche begangen hat, nur damit Ihre Tochter auf die Liste der Fünfzig nachrücken kann."

Mário Damásio ließ ein irres Lachen hören. „Mord?

Inês? Gott, wie verzweifelt müssen Sie sein, um sich so etwas Abstruses auszudenken."

„Ihre Frau wurde während ihres letzten Mordversuchs verhaftet, etwa zu der Zeit, als Sie die Bank überfallen haben. Soweit ich weiß, hat sie alles gestanden. Und wissen Sie, was das eigentlich Traurige an der ganzen Geschichte ist? Selbst wenn Ihr Bankraub erfolgreich gewesen wäre, es hätte Ihnen nichts gebracht. Der Kopf der Organisation, die Sie in den nächsten Monaten illegal mit Insulinpumpen versorgt hätte, hat sich gestellt."

Mário Damásio sackte von einem Moment auf den anderen in sich zusammen. Er schlug die Hände vors Gesicht und begann zu weinen.

Bruno wandte sich an Ricardo Calmeiro, der auffallend schweigsam vor sich hinstarrte: „Ich denke, ich bin hier fertig. Eine Tatbeteiligung an den Morden seiner Frau schließe ich zu einhundert Prozent aus." Er stand auf.

Kommissar Calmeiro erhob sich ebenfalls. „Danke, Kollege. Sollte noch etwas sein, melde ich mich." Er sah zu Mário Damásio. „Ich hätte nie gedacht, dass ich das einmal über einen potentiellen Bankräuber sagen würde, aber ich hoffe, er findet einen milden Richter", sagte er leise.

Zur selben Zeit

„Noch immer nichts?"

Kendra schüttelte den Kopf und blickte durch das einseitige Spiegelfenster in den Verhörraum. Inês Almeida Jardim saß mit trotzig vor der Brust verschränkten Armen am Tisch und starrte ausdruckslos vor sich hin. Den an der Wand stehenden uniformierten Beamten schien sie gar nicht wahrzunehmen. „Sie hat lediglich ihren Namen bestätigt und den Verzicht auf einen Anwalt erklärt. Seitdem sitzt sie so da und sagt noch nicht einmal ‚Kein Kommentar'."

„Ich weiß nicht, ob ich das an ihrer Stelle nicht genauso

machen würde", antwortete Carina. „Es gibt nicht wirklich viel, um das Ganze schön zu reden. Realistisch betrachtet kann sie wirklich nur dasitzen und die Dinge geschehen lassen. Drei Menschen sind tot, dazu zwei Mordversuche, da wird ihr auch die Situation ihrer Tochter nicht dabei helfen, mildernde Umstände zu bekommen."

„Höre ich etwa so etwas wie einen Anflug von Mitleid?", fragte Kendra. „Mit einer mehrfachen Mörderin?"

„Nein." Carina schüttelte den Kopf. „Mit der Mutter sicher nicht, aber für die Tochter ist das eine Katastrophe."

„Was wird nun aus der Kleinen? Fürsorge?"

„Ich habe keine Ahnung und ehrlicherweise möchte ich darüber auch gar nicht nachdenken." Carina stand auf. „Machst du bitte noch das Vernehmungsprotokoll fertig? Ist ja nur, um die Formalien zu erfüllen."

„Natürlich. Und du?"

„Ich werde jetzt nach Hause gehen, da wartet das nächste Highlight des Tages auf mich."

„Bist du sicher, dass du in der richtigen Stimmung dafür bist?"

„Glaub mir", antwortete Carina. „Dafür gibt es keine richtige Stimmung. Bis morgen dann."

Vor der Tür griff sie zum Telefon und wählte Nunos Nummer.

„Ja?"

Carina holte tief Luft. „Hallo Nuno, tut mir leid, dass ich dich vorhin so abgewürgt habe. Ich fahre jetzt nach Hause. Kannst du vielleicht auch …?"

„Absolut."

Montag, 16:31 Uhr

Er fühlte eine eigenartige Ruhe in sich. Er nahm noch einen Schluck aus seinem Portweinglas, rollte das Getränk mit der Zunge hin und her und ließ den Geschmack sich im ganzen Mund ausbreiten. Seine Blicke schweiften über die Dächer der sich unter ihm ausbreitenden Alfama, glitten über die leicht wellige Wasseroberfläche des Tejo, der in unzähligen Blau-, Grau-, Weiß- und Grünschattierungen schimmerte. Ein rotes Containerschiff ankerte in der Flussmitte, darauf wartend, dass ein Liegeplatz in Santa Apolónia frei wurde. Von rechts näherte sich ein riesiges Kreuzfahrtschiff dem neuen Terminal. Wieder drei- bis viertausend Touristen mehr, gutes Geld für die Stadt.

Von der Aussichtsplattform links von ihm drang die Musik eines brasilianischen Straßenmusikers zu ihm herüber. Nicht einmal schlecht, aber leider zu leise, um das nervige Gedudel des Zigeunerakkordeons von rechts zu übertönen, das dieselbe aus zirka zehn, zwölf Tönen bestehende Folge wieder und wieder spielte.

Aksel sah auf die Uhr. Kurz nach halb fünf. Noch genug Zeit. Er nahm den letzten Schluck aus seinem Glas, legte demonstrativ sein Sonnenbrillenetui auf den Tisch und stand auf. Grinsend beobachtete er, wie ein junges Pärchen mit einem Tablett in der Hand sofort auf seinen scheinbar leeren Tisch direkt am Geländer des Aussichtspunktes zusteuerte, unschlüssig stehen blieb, als sie das Etui sahen, den Kopf kurz in Richtung Kiosk wandten, wo Aksel inzwischen in der kurzen Schlange stand, um sich Nachschub zu holen, und schließlich resigniert abdrehten, als er kurz den Finger hob, auf den Tisch zeigte und den Kopf schüttelte.

Wenig später saß er mit seinem gefüllten Glas wieder am Tisch. Nach diesem Portwein würde er in seine Unterkunft zurücklaufen, zu Fuß, um das ganze Leben hier in der Stadt noch einmal richtig in sich aufzusaugen. Er würde duschen, sich umziehen und richtig dekadent essen gehen, vielleicht sogar in dem Edelrestaurant in der Baixa mit dem riesigen Lobsteraquarium im Schaufenster. Wer wusste denn, was ihn ab morgen erwartete?

Nach der Festnahme der Mörderin hatte man ihn vorhin

zur Niederschrift der Zeugenaussage mit zum Polizeigebäude genommen. Beim Rausgehen, also quasi als Abschiedsgeschenk, hatte ihm die helläugige Kommissarin noch eine Vorladung der Abteilung Wirtschaftskriminalität vorgelegt. Morgen Vormittag 10:00 Uhr sollte er vorstellig werden, es wurde ausdrücklich darauf hingewiesen, dass er das Gespräch natürlich in Gegenwart eines Anwalts und als Ausländer auch eines Dolmetschers würde führen dürfen. Nichterscheinen würde entsprechende Konsequenzen haben.

Konsequenzen! Guter Witz!

Plötzlich wurde es laut um ihn herum. Aksel verzog schmerzlich das Gesicht, als er sah, wie sich eine riesige Traube von Touristen auf den Rand der Aussichtsplattform zuwälzte. Auch ohne die Sprache zu erkennen, lediglich auf Basis der Lautstärke und der völligen Abwesenheit des Gefühls für Abstand und Wohlfühlzonen, identifizierte Aksel das Rudel als Spanier. Er zog den Kopf zwischen die Schultern und zwang sich, einfach nur nach unten auf den Fluss zu blicken, während rechts und links (und gefühlt auch über und unter ihm) Selfies mit zugegebenermaßen grandioser Aussicht im Hintergrund geschossen wurden. Dazwischen hörte er die unvermeidlichen Rufe der schnell herbeigeeilten Senegalesen: „Selfie-Stick?"

Er zog den Kopf noch ein bisschen mehr ein, als er plötzlich ein leichtes, unangenehmes Stechen in der Nierengegend spürte. Er richtete sich auf, und das Stechen verschwand.

Tja, es wurde halt niemand jünger ... Vielleicht sollte er sich ja nachher am Praça de Martim Moniz noch eine Massage gönnen.

Er griff wieder zu seinem Glas. Vielmehr: Er wollte es. Auf dem Weg zum Glas traf seine Hand nur die Tischkante, rutschte ab und hing wie ein totes Gewicht an seiner Seite herunter.

Was zur Hölle ...?

Dann kamen die dunklen Wolken.
Nicht über dem Tejo.
Nicht auf der anderen Seite des Flusses, über der Halbinsel Setúbal.
Direkt vor seinen Augen.
Sein Atem ging auf einmal flach, sein Herz raste. Und es wurde immer dunkler.
Plötzlich war da ganz dicht neben ihm eine Stimme, die da sagte: „Bling-bling. *Hundert Jahre Garantie ...*"

Montag, 18:38 Uhr

Carina kämpfte mit sich. Die Gedanken in ihrem Kopf rasten, doch da war nichts, absolut nichts Sinnvolles, was sie jetzt sagen konnte. Also am besten ehrlich sein. „Nuno, ich ... ich weiß nicht, was ich sagen soll. Ich weiß, ich kann nicht einmal ansatzweise nachvollziehen, was in dir vorgehen muss. Der vermutlich einzige Anlass im Leben eines Menschen, wo sich die ganze Familie versammelt und ... Ich ... ich danke dir einfach nur, dass du es mir gesagt hast. Ich weiß, das ist nicht viel, aber ..."

„Carina, du bist der erste Mensch, dem ich überhaupt davon erzählt habe. Ansonsten wissen nur die Leute, die damals direkt bei dem Verfahren dabei waren, dass mein Bruder im Gefängnis sitzt. Mein Bruder, von dem sich die gesamte Familie losgesagt hat. Ich weiß noch nicht einmal, ob man mich benachrichtigen würde, wenn ..."

Carina legte ihre Hand auf seinen Arm. „Nuno, Eduardo hat seinen Weg selbst gewählt, wie du deinen auch. Ich weiß, das klingt jetzt klugscheißerisch, aber du hättest genauso wenig verhindern können, dass er abrutscht, wie er hätte verhindern können, dass du ein brillanter Gerichtsmediziner geworden bist."

„Der zwei Obduktionsprotokolle lustig miteinander mixt ..."

„Weil du auch nur ein Mensch bist. Weil genau das dich menschlich macht. Genauso wie das schlechte Gewissen, dass du das ganze Familienvermögen geerbt hast. Und nein, in meinen Augen hättest du nicht wie der Ritter in der silbern glänzenden Rüstung gewirkt, wenn du alles verschenkt hättest, sondern nur als, nun ... äh ... nicht ganz so ... äh ... intelligent." Sie holte tief Luft. „Mein Angebot, und es gilt genau dreißig Sekunden: Hochzeit im kleinsten Kreis. Keine Familie, maximal die Trauzeugen und Kollegen."

Als Antwort legte Nuno Martins seinen linken Arm auf den Tisch, zog den Ärmel etwas hoch und berührte die schwarz glänzende Oberfläche seiner Uhr, die daraufhin zu einer digitalen Zeitanzeige wurde.

„Nuno ...?"

Er schwieg.

„Nuno!"

Er sah auf. „Die dreißig Sekunden sind um. Natürlich heiratest du nicht ohne deine Familie."

Carina atmete tief durch. „Danke."

„Da ist noch etwas."

Carina verzog das Gesicht, als hätte sie Zahnschmerzen. „Will ich das wissen?"

„Das ist keine Frage von ‚wollen' oder ‚nicht wollen'", antwortete Nuno Martins ungerührt. „Aber nachdem das nun schon einmal thematisiert worden ist, solltest du als meine zukünftige Frau wissen, was wir haben." Er packte einen kleinen Stapel Papiere auf den Tisch. „Das sind die aktuellen Ausdrucke aller Salden aller Konten, Wertgegenstände und –anlagen."

Carina hob abwehrend die Hände. „Den Teufel werde ich tun. Ich fasse das nicht an."

„Du hast keine Wahl."

„Wir machen einen Deal: Du nennst mir die Gesamtsumme, während ich mir die Ohren zuhalte und la-la-la sage?"

„Keine Option. Kompromiss: Ich nenne dir die Summe,

und danach gehen wir zur Tagesordnung über. Wie zum Beispiel Abendessen. ‚Onda das Sabores', du zahlst."

Carina kniff ganz fest die Augen zu. „Mach es kurz und schmerzlos."

Als Nuno Martins die Summe genannt hatte, riss Carina die Augen auf und starrte ihn mit offenem Mund an. Dann schluckte sie schwer. „Ich will einen Ehevertrag! Kein Mensch glaubt mir, dass ich dich *nicht* des Geldes wegen heirate!"

Dienstag, 19:01 Uhr

Eigentlich sah dieses komische Teil doch recht harmlos aus. Wesentlich kleiner als diese elektronischen Möchtegern-Zigaretten, ganz leicht. Und dennoch, da vorn würde gleich eine Nadel herauskommen ...

„Ich stelle die Lanzette mal auf drei Millimeter", sagte Nuno Martins. „Sollte dann kein Blut kommen, können wir immer noch höher gehen."

„Drei? Das ist aber schon ganz schön viel ... Können wir nicht vielleicht mit eineinhalb anfangen ...?"

„Süße, jetzt reiß dich aber mal zusammen!", sagte Sara laut. „Warst du nicht diejenige, die sich vor noch gar nicht allzu langer Zeit in die Schulter hat schießen lassen? Natürlich erst, nachdem du dir den Fuß vierfach gebrochen hattest?"

„Das ist schon mehr als ein Jahr her!", sagte Carina kläglich. „Und wie du schon richtig erkannt hast: Ich hab mir nicht selbst in die Schulter geschossen, das war der durchgeknallte Hacker, der Carla entführt hatte. Und das mit dem Fuß war die Putzfrau im Colombo Center ..."

„Siehst du? Und jetzt darfst du endlich mal selbst. Also? Wo ist das Problem", fragte Miguel.

„Du hättest auch zu Zeiten der Inquisition groß Karriere gemacht", maulte Carina in Saras Richtung. „Als Folterknecht ..."

"So, Schluss jetzt, Finger her", sagte Nuno Martins mit strenger Stimme. "Halt still, sonst sage ich Miguel, dass er dich festhalten soll." Er legte das Blutzuckermessgerät mit dem bereits eingesteckten Teststreifen auf dem Tisch ab, ergriff Carinas Finger und setzte die Lanzette etwas seitlich an der Fingerkuppe an. "Ich zähle bis drei", sagte er. "Eins ..." Dann drückte er den Knopf an der Oberseite der Lanzette.

"Autsch!"

Sofort drückte Nuno ihre Fingerkuppe etwas zusammen, griff nach dem Messgerät und berührte das ausgetretene Blut mit dem Teststreifen.

Nach einigen Sekunden verkündete das Gerät mit einem Piepen, dass es ein Ergebnis hatte.

"Und? Will ich es wissen?"

"4,1", sagte Nuno. "Völlig normal vor dem Essen. Womit wir beim Thema wären. Hilft mir jemand, das Abendbrot aus der Küche zu holen? Heute wird es italienisch."

Die noch warmen Bruschettas verschwanden in Rekordzeit, dann erst schenkte Nuno den Wein ein und hob sein Glas. "Worauf?

"Darauf, dass die wichtigsten Menschen heute hier sind", sagte Carina. "Ich hatte so eine Scheißangst vor dem Test ..."

"Auch auf die Gefahr hin, dass du mich hasst", sagte Nuno, "aber der zweite Teil steht noch aus. Nächster Test zwei Stunden nach dem Essen, dann sollte dein Wert höchstens bei 7,7 liegen. Und ich habe extra darauf geachtet, dass es eine Menge Kohlehydrate und Zucker zum Abendbrot gibt: *spaghetti vongole alla genovese* in Knoblauch-Weißweinsauce und als Dessert natürlich hausgemachtes Tiramisu. Sünde pur. Wenn deine Bauchspeicheldrüse das schafft, ist sie mehr als gesund." Er nahm einen Schluck Wein.

"Jetzt weiß ich wieder, warum ich mir mal geschworen

habe, nie mit Medizinern auszugehen", murmelte Sara zu ihrem Freund, laut genug, dass jeder es hören konnte. „Diese Tischgespräche ..."

Carinas Telefon begann, den ‚Paten' zu spielen. Während sie nach dem Teil griff, zog sie schuldbewusst den Kopf ein. „Sorry ... Bereitschaft ... Ja bitte?"

„Hallo Carina, Matilde hier. Ich hoffe, ich störe nicht zu sehr?"

„Nein, nein, ist schon in Ordnung", antwortete Carina unter den strengen Blicken von Sara, Miguel und Nuno. „Was kann ich für dich tun?"

„Mir ist gestern Abend ein Mordfall reingeflattert, und bei näherem Hinsehen habe ich mir gedacht, dass der lieber an dich gehen sollte. Zum einen hast du schon Erfahrungen mit ausländischen Mordopfern, und zum anderen hattest du mit diesem Herrn hier bis gestern noch zu tun."

„Wer ist es?", fragte Carina.

„Ein Norweger. Ein gewisser Aksel Nysgård."

Die „Padaria Portuguesa" in Saldanha, Ort des „Showdowns"

EINIGE BEMERKUNGEN ZUM SCHLUSS

Auf der Welt leben derzeit zirka 360 Millionen Menschen mit diagnostizierter Diabetes. Wenn man die unterschiedlichen Niveaus der Gesundheitsversorgungssysteme in den verschiedenen Regionen der Welt in Betracht zieht – und damit die Zahl der Menschen, die noch nie einen Arzt zu Gesicht bekommen haben – und dann noch diejenigen dazu addiert, die wirklich nur dann zum Arzt gehen, wenn es keine andere Möglichkeit mehr gibt (sei es aus Kostengründen oder aus Prinzip oder schlichter Ignoranz dem eigenen Körper gegenüber), dann würde sich diese Zahl vermutlich verdoppeln. Tendenz steigend. Immerhin fünf Prozent davon (also 18 Millionen mit Diagnose) sind Diabetiker des in diesem Buch beschriebenen Typs 1. Trotz dieser nicht unerheblichen Zahl ist das Allgemeinwissen über Diabetes in der Bevölkerung erschreckend gering.

Ebenso wenig bekannt ist der unglaubliche Fortschritt, den die Medizintechnik auf dem Gebiet dieser erst 1921 entdeckten Krankheit gemacht hat. Die ersten Blutzuckermessgeräte brauchten *Stunden* (und recht ansehnliche Blutmengen), um einen Wert zu ermitteln, und die ersten Insulinpumpen in den 60er Jahren hatten etwa die Größe eines Outdoor-Rucksacks. Was die Medizintechnik in der Zwischenzeit geleistet hat, um dem Leben von Diabetikern eine höhere Qualität und Sicherheit zu geben, verdient unseren höchsten Respekt.

Ist Medizintechnik ein Geschäft? Zweifellos. Es werden tatsächlich wie im Buch beschrieben dreistellige Milliardenbeträge für die Behandlung von Diabetes ausgegeben. Nicht vergessen werden sollte aber auch, dass sich Forschung,

Entwicklung, Tests und vor allem Genehmigungs- und Anerkennungsverfahren über *Jahre* hinziehen, bevor aus einer Idee ein für jeden Diabetiker des Typs 1 verwendbares – und vor allen auch bezahltes oder zumindest bezahlbares – Hilfsmittel wird, um diese heimtückische Krankheit zu managen.

Ist es möglich, ein System wie hier beschrieben zu missbrauchen, um Menschen damit zu schaden oder sogar zu töten?

Die Herstellung medizintechnischer Produkte unterliegt Sicherheitsstandards, die zu den höchsten industriellen Standards schlechthin gehören. Es wird immer vom DAU (= dümmsten anzunehmenden User) ausgegangen, um eine versehentliche Fehlbedienung auszuschließen oder zumindest die Konsequenzen einer solchen auf ein Minimum zu reduzieren. Selbstverständlich werden Geräte, die mit Datenübertragung arbeiten auch auf die Resistenz gegen Interferenzen oder Datenhacking getestet. Wir dürfen dennoch nicht vergessen, dass es faktisch kein elektronisches System gibt, das 100%ig sicher ist. Und dass, in Abwandlung eines Zitats von Albert Einstein, nicht nur das Universum und die menschliche Dummheit, auch die menschliche kriminelle Energie manchmal unendlich ist ...

IM SCHATTEN DES SANTA JUSTA

BILDNACHWEIS

Fotos im Innenteil:

S. 26:	"Eduardinho"
S. 53:	Stadthaus in der Avenida da Liberdade
S. 83:	Café Pit
S. 114:	Senegalesischer Schmuckverkäufer
S. 150:	Restaurant "Pharmárcia"
S. 175:	Hospital de Luz
S. 206:	Café und Restaurant "Versailles"
S. 241:	Cais do Sodré
S. 274:	Atrium Saldanha
S. 308:	Padaria Portuguesa in Saldanha

Fotos und Bildbearbeitung: Randolph Kroening

Coverdesign:

Front-Cover	"Elevador de Santa Justa" von der Rua do Carmo aus gesehen
Back-Cover:	Praça Dom Pedro IV. (Rossio) vom "Ginginha do Carmo" aus gsehen

Fotos und Bildbearbeitung: Randolph Kroening

ÜBER DEN AUTOR

Randolph Kroening (Pseudonym), Jahrgang 1972, hat vor mehr als fünfzehn Jahren seinen Job als Senior Consultant bei einer großen deutschen Unternehmensberatungsgesellschaft an den Nagel gehängt, Deutschland den Rücken gekehrt und lebt seitdem in Portugal. Unter seinem richtigen Namen veröffentlicht er Sachbücher und Romane in einem komplett anderen Genre.

Randolph Kroening ist verheiratet und wohnt mit seiner Frau in Caxias, einem Vorort von Lissabon.

„Ferngesteuert" ist nach "Auf die Sekunde genau", "Der Hirte ist mein Herr", "Das Vergnügen ist ganz auf deiner Seite" und "Bis zum allerletzten Tropfen" der fünfte Teil der "Im Schatten des Santa Justa" Krimi-Reihe um die Lissabonner Hauptkommissarin Carina Andreia da Cunha.

www.facebook.com/Randolph-Kroening-100837393976134/

http://randolphkroening.wixsite.com/santa-justa-lissabon

Printed in Poland
by Amazon Fulfillment
Poland Sp. z o.o., Wrocław

54402116R00181